名家　名作　名课

文学经典与现代人生

黄景春　主编

复旦大学 出版社

编 选 说 明

一、本书为上海大学本科生校级通识教育教材。选文兼顾学术性、思想性与趣味性,力争打造一部能体现人类文明进程、体现当代社会价值观的高质量教材。选文分为九个专题,采取以类相从的编排方式,每一专题内按照由古至今、先中后外的顺序排列。

二、本书注重选入经典作品。为了保证本书的学术性,选文采用权威版本,或原始的结集版本,文后附有相关的版本信息,以便读者查阅。底本为繁体者,统一改为简体字。凡是涉及民国时期的原文,均采用旧体用法。凡遇到原文中的文字讹误而确需改正者,将在注释中标明改正之处。

三、本书每篇选文前加"解题",简要介绍作者的生平、成就以及本篇文章的思想内容,以有助于教师较全面把握文章主旨,也利于大学生阅读时更准确理解原文。

四、本书本着方便阅读的原则适度注释。所选编作品在保留原版本注释的同时,也对文中未注释的生僻字词注音、释义。释义或遵从前贤,或增补修正,力争做到贴切、中肯,避免繁琐考证。

五、本书九个专题后面都设置了拓展阅读书目。为便于读者阅读权威版本,所列书目都注明了版本信息。

目 录

人 生 意 义

社 会 理 想

自 我 与 社 会

情 与 爱

人 与 自 然

科 技 与 人 生

美 的 发 现

人生意义

报 任 安 书

〔汉〕司马迁

【解题】

　　司马迁(约前145—前90),字子长,夏阳(今陕西韩城)人,太史令司马谈之子,西汉史学家、文学家,十岁随父到长安,先后师从董仲舒和孔安国攻习今文经学;二十岁"南游江淮,上会稽,探禹穴,窥九疑,浮沅湘。北涉汶泗,讲业齐鲁之都,观夫子遗风……过梁楚以归",采集旧闻,凭吊先哲,为创作《史记》积累了丰富的素材。汉武帝元封三年(前108)任太史令。天汉三年(前98)因替李陵辩护而遭受宫刑。他"发愤著书",以坚忍不拔之志著成《史记》。《史记》原名《太史公书》,是我国第一部纪传体通史,记载了从上古到汉武帝元狩元年(前122)三千多年的历史大事。该书体例宏大,包括本纪、表、书、世家、列传五部分,开创了我国正史的写作范式,影响深远。本纪和列传两部分具有重要的文学价值,尤其是列传部分对后世的史传文学影响很大。《史记》被鲁迅誉为"史家之绝唱,无韵之离骚"。

　　《报任安书》是司马迁给友人任安的复信,写于他遭受宫刑之后。儒家人士注重身体器官的完整性,认为"身体发肤,受之父母,不敢毁伤,孝之始也"(《孝经·开宗明义》)。司马迁遭受宫刑后知道会遭时人鄙视,但为了完成《史记》又不得不忍辱负重。此时旧友任安也将受腰斩之刑,二人可谓同病相怜。对自己遭遇的愤慨和对挚友任安的无助,使司马迁陷入痛苦的深渊。《报任安书》正是这种复杂、痛苦心情的反映。他以激愤的口吻陈述自己的不幸,多次提到自己惨遭腐刑,为完成史书而不计个人得失,体现出一种阔达的生死观。

少卿足下：曩者①辱赐书，教以慎于接物，推贤进士为务，意气勤勤恳恳，若望②仆不相师用，而流俗人之言③。仆非敢如是也。虽罢驽④，亦尝侧闻⑤长者遗风矣。顾自以为身残处秽⑥，动而见尤⑦，欲益反损⑧，是以抑郁而无谁语⑨。谚曰："谁为为之，孰令听之？"⑩盖钟子期死，伯牙终身不复鼓琴⑪。何则？士为知己用，女为说己容⑫。若仆大质已亏缺⑬，虽材怀随、和⑭，行若由、夷⑮，终不可以为荣，适足以发笑而自点耳⑯。

书辞宜答⑰，会东从上来⑱，又迫贱事⑲，相见日浅，卒卒⑳无须臾之间得竭指意㉑。今少卿抱不测之罪㉒，涉旬月，迫季冬，仆又薄从上上雍，恐卒然㉓不可讳。是仆终已不得舒愤懑以晓左右，则长逝者魂魄私恨无穷。请略陈固陋。阙然不报㉔，幸勿过。

仆闻之，修身者智之府也，爱施者仁之端也，取予者义之符㉕也，耻辱者勇之决㉖也，立名者行之极也㉗。士有此五者，然后可以托于世，列于君子之林矣。故祸莫憯于欲利㉘，悲莫痛于伤心，行莫丑于辱先，而诟莫大于宫刑。刑余之人，无所比数，非一世也，所从来远矣。昔卫灵公与雍渠㉙载，孔子适陈；商鞅因景监见㉚，赵良寒心；同子㉛参乘，爰丝变色：自古而耻之。夫中材之人，事关于宦竖㉜，莫不伤气，况忼慨㉝之士乎！如今朝虽乏人，奈何令

---

① 曩(nǎng)者：从前。 ② 望：抱怨。 ③ 流俗人之言：追随世俗人的意见。 ④ 罢驽（pí nú）："罢"通"疲"，"驽"为劣马。疲驽比喻才能低下。 ⑤ 侧闻：听说，谦辞。 ⑥ 身残处秽：指遭受宫刑。 ⑦ 尤：过错。 ⑧ 益：增益。损：损害。 ⑨ 无谁语：找不到可以诉说的知己。 ⑩ 谁为为之，孰令听之：为之指修名立言，即为谁修名立言，又让谁来倾听呢？ ⑪ 钟子期、伯牙：均为春秋时期楚国人，伯牙善于鼓琴，钟子期通过琴声而得知其内心想法。二人是志同道合的朋友，钟子期先逝，伯牙因找不到知音而不再弹琴。事见《列子·汤问》。 ⑫ 说：通"悦"。容：梳妆、打扮。 ⑬ 大质：身体。亏缺：指被刑罚。详见《文选》卷四十一《报任少卿书》李周翰注。 ⑭ 随：随侯珠，春秋时期随国珍宝。和：和氏璧，春秋时楚国的珍宝。二者是古代珍宝的代称。 ⑮ 由：许由，尧时贤士。传说尧曾让天下而许由不受。夷：伯夷，商朝末年孤竹国公子，曾因躲避继承王位而逃往西方。许由、伯夷是不重权位、品节高洁的典型。 ⑯ 发笑：引起别人的耻笑。自点：自取污辱、自取羞辱。 ⑰ 宜答：应该及早回信。 ⑱ 东从上来：侍从汉武帝东巡归来。 ⑲ 贱事：指供职的卑贱、劳苦之事，谦辞。一说指个人家之私事。 ⑳ 卒卒(cù cù)：通"猝猝"，匆忙急促。 ㉑ 得竭指意：详尽地表达意旨。 ㉒ 不测之罪：大罪、深罪。此指任安因卷入太子蛊惑一事而被武帝认为有不忠之心，将被腰斩。 ㉓ 卒(cù)然：突然。 ㉔ 阙然不报：很久没有复信。 ㉕ 符：符节、标志。 ㉖ 决：标准、准则。 ㉗ 极：终极目标。 ㉘ 憯(cǎn)：同"惨"，惨痛。欲利：贪图利益。 ㉙ 雍渠：阉人，卫灵公的近臣。 ㉚ 景监：秦孝公的宠臣，《史记·秦本纪》张守节《正义》："监，阉人也。" ㉛ 同子：宦官赵谈，又作"赵同"，西汉文帝的宠臣。司马迁因避父讳而将"谈"改为"同"，故称同子。 ㉜ 宦竖：对宦官的鄙称。 ㉝ 忼慨(kāng kǎi)："忼"通"慷"。

刀锯之余荐天下豪隽哉！仆赖先人绪业，得待罪辇毂①下，二十余年矣。所以自惟②：上之，不能纳忠效信，有奇策材力之誉，自结明主；次之，又不能拾遗补阙，招贤进能，显岩穴之士③；外之，不能备行伍，攻城野战④，有斩将搴⑤旗之功；下之，不能累日积劳，取尊官厚禄，以为宗族交游光宠。四者无一遂，苟合取容，无所短长之效，可见于此矣。乡者⑥，仆亦尝厕下大夫之列⑦，陪外廷末议。不以此时引维纲，尽思虑，今已亏形为扫除之隶，在阘茸⑧之中，乃欲卬首信眉⑨，论列是非，不亦轻朝廷，羞当世之士邪！嗟乎！嗟乎！如仆，尚何言哉！尚何言哉！

　　且事本末未易明也。仆少负⑩不羁之才，长无乡曲之誉，主上幸以先人之故，使得奉薄技，出入周卫⑪之中。仆以为戴盆何以望天⑫，故绝宾客之知，忘室家之业，日夜思竭其不肖之材力，务壹心营职，以求亲媚于主上。而事乃有大谬不然者。夫仆与李陵俱居门下，素非相善也，趣舍异路，未尝衔杯酒接殷勤之欢。然仆观其为人自奇士⑬，事亲孝，与士信，临财廉，取予义，分别有让，恭俭下人，常思奋不顾身以徇国家之急。其素所畜积也⑭，仆以为有国士之风。夫人臣出万死不顾一生之计，赴公家之难，斯已奇矣。今举事壹不当，而全躯保妻子之臣随而媒孽⑮其短，仆诚私心痛之。且李陵提步卒不满五千，深践戎马之地，足历王庭，垂饵虎口，横挑强胡，卬⑯亿万之师，与单于连战十余日，所杀过当⑰。虏救死扶伤不给，旃裘之君长⑱咸震怖，乃悉征左右贤王，举引弓之民，一国共攻而围之。转斗千里，矢尽道穷，救兵不至，士卒死伤如积。然李陵一呼劳军，士无不起，躬流涕，沫血饮

① 辇毂(niǎn gǔ)：皇帝的车舆，此指侍从皇帝。　② 自惟：自思。　③ 岩穴之士：隐居山野的贤士。　④ 野战：原为"战野"，此依中华书局标点本《汉书》校勘记改。　⑤ 搴(qiān)：拔取。　⑥ 乡者："乡"(鄉)通"向"(嚮)，向者即以前、以往。　⑦ 下大夫之列：汉代太史令月俸禄为千石，位列下大夫。故司马迁自称置身于下大夫的行列。　⑧ 阘茸(tà róng)：地位或品格下贱、低劣的人。　⑨ 卬(áng)：通"昂"。信(shēn)：通"伸"。　⑩ 负：无、缺少，与后面"无"对举。一说"负"为"恃""怀有"，此不取。　⑪ 周卫：宿卫周密，即皇宫。　⑫ 戴盆何以望天：戴盆与望天是不可兼施的两件事，喻事难两全。此指司马迁要忠心效力朝廷。　⑬ 奇士：不平常之人。　⑭ 畜积：蓄积，指蓄积品德。　⑮ 媒孽(niè)：孽亦作"蘖"，比喻借机构陷，酿成其罪。　⑯ 卬(yǎng)：即"仰"，仰攻。汉军自南向北攻，匈奴南向抵御，因北方地势高于南方，故曰汉军"仰亿万之师"。下文说汉军"北首争死敌"，亦此原因。　⑰ 过当：超过自己军队的人数，形容杀敌之多。　⑱ 旃(zhān)：毛织品。旃裘君长：匈奴君长。

泣①,张空拳②,冒白刃,北首争死敌。陵未没③时,使有来报,汉公卿王侯皆奉觞上寿。后数日,陵败书闻,主上为之食不甘味,听朝不怡。大臣忧惧,不知所出。仆窃不自料其卑贱,见主上惨凄怛悼④,诚欲效其款款之愚。以为李陵素与士大夫绝甘分少⑤,能得人之死力,虽古名将不过也。身虽陷败,彼观其意,且欲得其当而报汉⑥。事已无可奈何,其所摧败⑦,功亦足以暴于天下。仆怀欲陈之⑧,而未有路。适会召问,即以此指⑨推言陵功,欲以广主上之意,塞睚眦之辞⑩。未能尽明,明主不深晓,以为仆沮⑪贰师,而为李陵游说,遂下于理⑫。拳拳之忠,终不能自列⑬。因为诬上,卒从吏议⑭。家贫,财赂不足以自赎,交游莫救,左右亲近不为一言。身非木石,独与法吏为伍,深幽囹圄之中,谁可告愬者!此正少卿所亲见,仆行事岂不然邪?李陵既生降,隤⑮其家声,而仆又茸⑯以蚕室,重为天下观笑。悲夫!悲夫!

事未易一二为俗人言也。仆之先人非有剖符丹书之功,文史星历近乎卜祝之间,固主上所戏弄,倡优畜之,流俗之所轻也。假令仆伏法受诛,若九牛亡一毛,与蝼蚁何异?而世又不与能死节者比,特以为智穷罪极,不能自免,卒就死耳。何也?素所自树立使然。人固有一死,死有重于泰山,或轻于鸿毛,用之所趋异也。太上不辱先,其次不辱身,其次不辱理色,其次不辱辞令,其次诎体⑰受辱,其次易服⑱受辱,其次关木索被棰楚⑲受辱,其次鬄毛发婴金铁⑳受辱,其次毁肌肤断支体受辱,最下腐刑,极矣。传曰"刑不上大夫",此言士节不可不厉㉑也。猛虎处深山,百兽震恐,及其在阱槛㉒之中,摇尾而求食,积威约之渐㉓也。故士有画地为牢势不入,削木为吏议不对,定计于鲜也。今交手足,受木索,暴肌肤,受榜棰,幽于圜墙㉔之中,当此之时,见狱吏则头枪地㉕,视徒隶则心惕息㉖。何者?积威约之势也。及已至此,

---

① 沫(mèi)血饮泣:血流满面,眼泪流入口中,形容战斗场面悲惨。 ② 拳(quān):弩弓。 ③ 没:覆没。 ④ 怛悼(dá dào):悲伤。 ⑤ 绝甘分少:同甘共苦。 ⑥ 得其当而报汉:寻找机会立功,以报效汉廷。 ⑦ 摧败:摧破匈奴兵之举。 ⑧ 怀:内心。陈之:向皇帝陈说自己的看法。 ⑨ 指:意。 ⑩ 睚眦之辞:攻击性的陷害言论。 ⑪ 沮:毁坏。 ⑫ 理:理官、狱官。 ⑬ 列:陈、陈述。 ⑭ 卒:终。吏议:法吏的决议。 ⑮ 隤(tuí):败坏。 ⑯ 茸:推入、置入。 ⑰ 诎(qū):通"屈",弯曲。屈体指捆绑。 ⑱ 易服:更换衣服,穿上囚服。 ⑲ 关木索:戴上脚镣、手铐。被棰楚:被杖打、鞭策。 ⑳ 鬄:通"剔"。婴金铁:颈绕枷锁。 ㉑ 厉:通"励",勉励。 ㉒ 阱槛:陷阱与栅栏,此指囚猛兽的牢笼。 ㉓ 积威约之渐:不断使用威力、约束力而逐渐驯服。 ㉔ 圜(yuán)墙:牢狱。 ㉕ 枪地:叩头至地。 ㉖ 惕息:胆战心惊。

言不辱者，所谓强颜耳，曷足贵乎！且西伯，伯也①，拘牖里；李斯，相也，具五刑②；淮阴，王也，受械于陈③；彭越、张敖，南乡称孤，系狱具罪④；绛侯诛诸吕，权倾五伯，囚于请室⑤；魏其，大将也，衣赭关三木⑥；季布为朱家钳奴；灌夫受辱居室。此人皆身至王侯将相，声闻邻国，及罪至罔加，不能引决自财⑦。在尘埃之中，古今一体，安在其不辱也！由此言之，勇怯，势也；强弱，形也。审⑧矣，曷足怪乎！且人不能蚤自财绳墨⑨之外，已稍陵夷至于鞭棰⑩之间，乃欲引节，斯不亦远乎！古人所以重⑪施刑于大夫者，殆为此也。夫人情莫不贪生恶死，念亲戚，顾妻子，至激⑫于义理者不然，乃有不得已也。今仆不幸，蚤失二亲，无兄弟之亲，独身孤立，少卿视仆于妻子何如哉？且勇者不必死节，怯夫慕义，何处不勉焉！仆虽怯耎⑬欲苟活，亦颇识去就之分矣，何至自湛溺累绁⑭之辱哉！且夫臧获⑮婢妾犹能引决，况若仆之不得已乎！所以隐忍苟活，函粪土之中而不辞者，恨⑯私心有所不尽，鄙没世而文采不表于后也。

古者富贵而名摩灭，不可胜记，唯倜傥非常之人称⑰焉。盖西伯拘而演《周易》；仲尼厄而作《春秋》；屈原放逐，乃赋《离骚》；左丘失明，厥有《国语》；孙子膑脚，《兵法》修列；不韦迁蜀，世传《吕览》；韩非囚秦，《说难》《孤愤》。《诗》三百篇，大氐贤圣发愤之所为作也。此人皆意有所郁结，不得通其道，故述往事，思来者⑱。及如左丘明无目，孙子断足，终不可用，退论书策以舒其愤，思垂空文⑲以自见⑳。仆窃不逊，近自托于无能之辞，网罗天下放失旧闻，考之行事，稽其成败兴坏之理，凡百三十篇，亦欲以究天人之际，通古今之变，成一家之言。草创未就，适会此祸，惜其不成，是以就极刑而无愠色。仆诚已㉑著此书，藏之名山，传之其人㉒，通邑大都，则仆偿前辱之责，虽万被

---

① 伯：通"霸"。 ② 五刑：指墨、劓、刖、宫、大辟五种刑罚。 ③ 械：桎梏，指囚禁。 ④ 系狱具罪：指彭越、张敖被捕治罪。 ⑤ 绛侯：汉初功臣周勃，在诛灭诸吕的过程中起着重要作用，后被诬告谋反而入狱。 ⑥ 赭（zhě）：赤褐色，此指赤褐色的囚服。三木：施在囚犯颈和手足上的刑具。 ⑦ 财：通"裁"，杀。 ⑧ 审：知晓、明白。 ⑨ 绳墨：此指遭受刑罚。 ⑩ 鞭棰：杖刑。 ⑪ 重：慎重。 ⑫ 激：激奋。 ⑬ 怯耎（ruǎn）：软弱。 ⑭ 累绁（léi xiè）：捆绑犯人的黑绳索，此指监狱、囚禁。 ⑮ 臧获：古时海岱、燕地的方言，指奴婢。 ⑯ 恨：遗憾。 ⑰ 称：著称于世、流传后世。 ⑱ 思来者：使后世了解自己的思想。 ⑲ 空文：指文人著述。此为相对于实际的功业而言。 ⑳ 自见："见"即"现"，表达自己的思想。 ㉑ 已：完成、完毕。 ㉒ 人：能将此书传布的志同道合者。

戮,岂有悔哉!然此可为智者道,难为俗人言也。

且负①下未易居②,下流③多谤议。仆以口语遇遭此祸,重为乡党戮笑,污辱先人,亦何面目复上父母之丘墓乎?虽累百世,垢弥甚耳!是以肠一日而九回,居则忽忽若有所亡,出则不知所如往。每念斯耻,汗未尝不发背沾衣也。身直为闺阁之臣④,宁得自引深臧于岩穴邪!故且从俗浮湛,与时俯仰,以通其狂惑。今少卿乃教以推贤进士,无乃与仆之私指谬乎?今虽欲自雕瑑⑤,曼辞⑥以自解,无益,于俗不信,只取辱耳。要之死日,然后是非乃定。书不能尽意,故略陈固陋。

——选自班固:《汉书·司马迁传》,中华书局1962年版

(梁奇 选编)

---

①负:负罪、戴罪。 ②未易居:不能安稳地生活。 ③下流:地位卑下。 ④闺阁之臣:深宫中的侍臣,此指宦官。 ⑤瑑(zhuàn):修饰、美化。 ⑥曼辞:华美之辞。

希 望

鲁 迅

【解题】

鲁迅(1881—1936),原名周樟寿,后改名周树人,浙江绍兴人。1918 年发表《狂人日记》时始用笔名"鲁迅"。鲁迅是二十世纪中国最重要的文学家、思想家和革命家,中国现代文学的奠基人之一。代表作品有小说集《呐喊》《彷徨》和散文集《野草》《朝花夕拾》等。

散文诗《希望》是鲁迅 1925 年创作的新年抒怀之作,最初发表于当年 1 月 19 日《语丝》周刊第十期。作者曾说:"见过辛亥革命,见过二次革命,见过袁世凯称帝,张勋复辟,看来看去,就看得怀疑起来,于是失望,颓唐得很了。"(《南腔北调集·〈自选集〉自序》)而当时的青年人亦消沉颓废,毫无生机可言。面对如此境况,鲁迅通过象征和暗喻手法表达自己的绝望与孤寂,以期唤醒青年人挣脱消沉,积极奋起,敢于搏击黑暗,用"希望"之"盾"抗击黑夜。一方面,鲁迅通过"希望"之歌,为寂寞、渺茫、绝望的死水注入鲜活的生机;另一方面,在动荡不安的时刻,鲁迅对"希望"也不能全盘肯定,因为其中暗含着"绝望"。此文即展现他纠葛、纷繁、矛盾的内心世界。

我的心分外地寂寞。

然而我的心很平安:没有爱憎,没有哀乐,也没有颜色和声音。

我大概老了。我的头发已经苍白,不是很明白的事么? 我的手颤抖着,不是很明白的事么? 那么,我的魂灵的手一定也颤抖着,头发也一定苍白了。

然而这是许多年前的事了。

9

　　这以前,我的心也曾充满过血腥的歌声:血和铁,火焰和毒,恢复和报仇。而忽而这些都空虚了,但有时故意地填以没奈何的自欺的希望。希望,希望,用这希望的盾,抗拒那空虚中的暗夜的袭来,虽然盾后面也依然是空虚中的暗夜。然而就是如此,陆续地耗尽了我的青春。

　　我早先岂不知我的青春已经逝去了? 但以为身外的青春固在:星,月光,僵坠①的胡蝶,暗中的花,猫头鹰的不祥之言,杜鹃的啼血②,笑的渺茫,爱的翔舞……。虽然是悲凉漂渺的青春罢,然而究竟是青春。

　　然而现在何以如此寂寞? 难道连身外的青春也都逝去,世上的青年也多衰老了么?

　　我只得由我来肉薄③这空虚中的暗夜了。我放下了希望之盾,我听到Petöfi Sándor④的"希望"之歌:

　　　　希望是甚么? 是娼妓:

　　　　她对谁都蛊惑,将一切都献给;

　　　　待你牺牲了极多的宝贝——

　　　　你的青春——她就弃掉你。

　　这伟大的抒情诗人,匈牙利的爱国者,为了祖国而死在可萨克⑤兵的矛尖上,已经七十五年了。悲哉死也,然而更可悲的是他的诗至今没有死。

　　但是,可惨的人生! 桀骜英勇如 Petöfi,也终于对了暗夜止步,回顾着茫茫的东方了。他说:

---

　　① 僵坠:死后坠落。　② 杜鹃啼血:杜鹃俗称布谷鸟,据说它叫声清脆,昼夜啼鸣,直至流血方止。杜鹃啼血形容极度哀伤。　③ 肉薄:搏击。　④ Petöfi Sándor(裴多菲·山陀尔)(1823—1849),匈牙利诗人、革命家。曾于 1848 年参加反抗奥地利统治的民族革命战争,1849 年在与协助奥地利的沙俄军队作战中牺牲;主要作品有《勇敢的约翰》《民族之歌》《旅行书简》等。　⑤ 可萨克:源于突厥语,亦译为"哥萨克",意思是"自由人""勇敢人"。他们是早期逃亡到俄罗斯边远地区的鞑靼人、斯拉夫人,以及家奴和城市贫民。十五至十七世纪,这些人群因不堪俄国的奴役制度而逃出、定居在俄国南部的库班河和顿河一带,自称为"哥萨克人"。后来俄国采取怀柔政策,允许他们参军入伍。1849 年俄国援助奥地利反动派而入侵匈牙利镇压革命,俄军中即有哥萨克部队。

绝望之为虚妄，正与希望相同。①

倘使我还得偷生在不明不暗的这"虚妄"中，我就还要寻求那逝去的悲凉漂渺的青春，但不妨在我的身外。因为身外的青春倘一消灭，我身中的迟暮也即凋零了。

然而现在没有星和月光，没有僵坠的胡蝶以至笑的渺茫，爱的翔舞。然而青年们很平安。

我只得由我来肉薄这空虚中的暗夜了，纵使寻不到身外的青春，也总得自己来一掷我身中的迟暮。但暗夜又在那里呢？现在没有星，没有月光以至笑的渺茫和爱的翔舞；青年们很平安，而我的面前又竟至于并且没有真的暗夜。

绝望之为虚妄，正与希望相同！

一九二五年一月一日

——选自《鲁迅全集》（第二卷），人民文学出版社 2005 年版

（孙晓忠、梁奇　选编）

---

① 绝望之为虚妄，正与希望相同：此为鲁迅所译裴多菲诗句"A kétségdeesés csak ugy csal, mint a remény"。这是裴多菲 1847 年 7 月 17 日致友人凯雷尼·弗里杰什的信中内容，后被收入其散文集《旅行书简·致盖雷尼》。此句是裴多菲在对 1848 年资产阶级革命爆发期复杂心理的写照——否定绝望，也否定希望，故而又被译为"绝望是那样地骗人，正如同希望一样"。

人 生 真 义

陈独秀

【解题】

　　陈独秀(1879—1942)，原名庆同，字仲甫，号实庵，安徽怀宁人，中国近现代史上伟大的革命家、启蒙思想家，五四运动的发起者，中国共产党的创始人之一。早年曾因宣传反清活动而被迫逃往日本，"二次革命"失败后被捕，后在上海创办《新青年》杂志，成为革命人士舆论宣传的重要阵地。陈独秀力倡思想革命，呼吁青年人要放眼世界，充满进取与实干精神。曾任北京大学文科学长，与李大钊共同宣传马克思主义。晚年脱离中国革命组织，转入文字学研究且取得重要的学术成果。其著作收入《独秀文存》《陈独秀文章选编》《陈独秀思想论稿》和《陈独秀著作选编》等。

　　《人生真义》是1918年陈独秀在《新青年》第四卷第二号上发表的一篇文章。作者以探究人生的真谛为宗旨，综括古今的宗教家、哲学家和科学家的人生观，并逐个评判个中优劣，认为安明知足、听任自然的生活是低等、退化的人生，进而表达自己反对平庸、陈腐的人生观，以此激励青年人要有远大的眼光与宽阔的胸襟，应立足当下，放眼世界，直面人生，崇尚奋斗，积极进取，创造幸福。这是陈独秀在社会动荡、变革时期对人生意义的独特思索，表现其宏大的气魄和"与时俱进"的时代精神。

　　人生在世，究竟为的什么？究竟应该怎样？这两句话实在难得回答的很。我们若是不能回答这两句话，糊糊涂涂过了一生，岂不是太无意识吗？自古以来，说明这个道理的人也算不少，大概约有数种：第一是宗教家，像那佛教家说：世界本来是个幻象，人生本来无生；"真如"①本性为"无明"②所迷，才现出一切生灭幻象；一旦"无明"灭，一切生灭幻象都没有了，还有什么世界，还有什么人生呢？又像那耶稣教说：人类本是上帝用土造成的，死后仍旧变为泥土；那生在世上信从上帝的，灵魂升天；不信上帝的，便魂归地狱，永无超生的希望。第二是哲学家，像那孔孟一流人物，专以正心，修身，齐家，治国，平天下，做一大道德家，大政治家，为人生最大的目的。又像那老庄的意见，以为万事万物都应当顺应自然；人生知足，便可常乐，万万不可强求。又像那墨翟主张牺牲自己，利益他人为人生义务。又像那杨朱③主张尊重自己的意志，不必对他人讲什么道德。又像那德国人尼采也是主张尊重个人的意志，发挥个人的天才，成功一个大艺术家，大事业家、叫做寻常人以上的"超人"，才算是人生目的；什么仁义道德，都是骗人的说话。第三是科学家。科学家说人类也是自然界一种物质，没有什么灵魂；生存的时候，一切苦乐善恶，都为物质界自然法则所支配；死后物质分散，另变一种作用，没有联续的记忆和知觉。

　　这些人所说的道理，各个不同。人生在世，究竟为的什么，应该怎样呢？我想佛教家所说的话，未免太迂阔。个人的生灭，虽然是幻象，世界人生之全体，能说不是真实存在吗？人生"真如"性中，何以忽然有"无明"呢？既然有了"无明"，众生的"无明"，何以忽然都能灭尽呢？"无明"既然不灭，一切生灭现象，何以能免呢？一切生灭现象既不能免，吾人人生在世，便要想想究竟为的什么，应该怎样才是。耶教所说，更是凭空捏造，不能证实的了。上帝能造人类，上帝是何物所造呢？上帝有无，既不能证实；那耶教的人生观，便完全不足相信了。孔孟所说的正心，修身，齐家，治国，平天下，只算是人生一种行为和事业，不能包括人生全体的真义。吾人若是专门牺牲自己，利益他人，乃是为他人而生，不是为自己而生，决非个人生存的根本理由；墨子的思想，也未免太偏了。杨朱和尼采的主张，虽然说破了人生的真相，但

---

① 真如：佛教术语，真理。　② 无明：佛教术语，天性愚痴。　③ 杨朱：战国中期的思想家，主张"贵生""重己"，尊崇个人生命，注重"全性葆真"，反对人与人间的侵夺。其思想见载于《孟子》《庄子》《列子》等典籍。

照此极端做去,这组织复杂的文明社会,又如何行得过去呢?人生一世,安命知足,事事听其自然,不去强求,自然是快活的很。但是这种快活的幸福,高等动物反不如下等动物,文明社会反不如野蛮社会;我们中国人受了老庄的教训,所以退化到这等地步。科学家说人死没有灵魂,生时一切苦乐善恶,都为物质界自然法则所支配,这几句话到难以驳他。但是我们个人虽是必死的,全民族是不容易死的,全人类更是不容易死的了。全民族全人类所创的文明事业,留在世界上,写在历史上,传到后代,这不是我们死后联续的记忆和知觉吗?

照这样看起来,我们现在时代的人所见人生真义,可以明白了;今略举如左①:

(一)人生在世,个人是生灭无常的,社会是真实存在的。

(二)社会的文明幸福,是个人造成的,也是个人应该享受的。

(三)社会是个人集成的,除去个人,便没有社会;所以个人的意志和快乐,是应该尊重的。

(四)社会是个人的总寿命,社会解散,个人死后便没有联续的记忆和知觉;所以社会的组织和秩叙,是应该尊重的。

(五)执行意志,满足欲望(自食色以至道德的名誉,都是欲望)是个人生存的根本理由,始终不变的。(此处可以说"天不变,道亦不变"。)

(六)一切宗教,法律,道德,政治,不过是维持社会不得已的方法,非个人所以乐生的原意,可以随着时势变更的。

(七)人生幸福,是人生自身出力造成的,非是上帝所赐,也不是听其自然所能成就的。若是上帝所赐,何以厚于今人而薄于古人?若是听其自然所能成就,何以世界各民族的幸福不能够一样呢?

(八)个人之在社会,好像细胞之在人身;生灭无常,新陈代谢,本是理所当然,丝毫不足恐怖。

(九)要享幸福,莫怕痛苦。现在个人的痛苦,有时可以造成未来个人

---

① 原文从右起竖排,故此处为"如左"。变为横排后应是"如下"。

的幸福。譬如有主义的战争所流的血，往往洗去人类或民族的污点。极大的瘟疫，往往促成科学的发达。

总而言之，人生在世，究竟为的什么？究竟应该怎样？我敢说道：

"个人生存的时候，当努力造成幸福，享受幸福；并且留在社会上，后来的个人也能够享受。递相授受，以至无穷。"

一九一六，二，十五

——选自《独秀文存》（卷一），外文出版社2013年版

（梁奇　选编）

人生的意义及人生中的境界(乙)

冯友兰

【解题】

冯友兰(1895—1990),字芝生,河南唐河人,中国当代著名哲学家,北京大学哲学系毕业后赴美留学,获哥伦比亚大学哲学博士学位,归国后在多所大学任教。曾任清华大学哲学系主任、文学院院长,西南联大文学院院长,中国科学院哲学社会科学学部常务委员、哲学所中国哲学组长,并多次当选全国政协委员和人大代表。冯友兰生活在古今、中西文化激烈碰撞的近现代文化转型时期,面对本土思想与外来文化的矛盾,他进行了深邃的思索,终以儒家文化为归趋,确立了新实在主义的哲学信仰。其主要作品有《中国哲学史》《人生哲学》《贞元六书》等,今收入《三松堂全集》。

《人生的意义及人生中的境界(乙)》是冯友兰的演讲词。他依据人们不同的觉解与体悟,将人生的境界分为自然境界、功利境界、道德境界和天地境界四类。自然境界以本能、天然的生物形式存在,强调无"我"观念;功利境界是为"小我"的利己动机而努力;道德境界强调人伦关系,以"正其谊不谋其利"(《汉书·董仲舒传》)的仁人态度服务社会;天地境界是超越凡俗、天人合一的哲学境界,以服务于宇宙为终极目标。四类境界呈递升次序排列,其中,前两类境界为注重物质的低层次产物,后两种境界是强调精神的高层次创造,人生的意义各有差异。哲学的根本任务是提升人的精神境界,从而成为"赞天地之化育"的圣贤之士。冯友兰对人生意义和人生境界的独到见解为我们提供了可资参酌的范式。

何谓"意义"?意义发生于自觉及了解。任何事物,如果我们对它能够

16

了解，便有意义；否则便无意义。了解越多，越有意义；了解得少，便没有多大的意义。何谓"自觉"？我们知道自己在做一种事情，便是自觉。人类与禽兽所不同的地方，就是人类能够了解，能够自觉，而禽兽则否。譬如喝水吧，我们晓得自己在喝水，并且知道喝水是怎么一回事。可是兽类喝水的时候，它却不晓得它在喝水，而且不明白喝水是什么一回事，兽类的喝水，常常是出于一种本能。

对于任何事物，每个人了解的程度不一定相同，然而兽类对于事物，却谈不到什么了解。例如我们在礼堂演讲，忽然跑进了一条狗，狗只看见一堆东西，坐在那里，它不了解这就是演讲，因为它不了解演讲，所以我们的演讲，对于它便毫无意义。又如逃警报的时候，街上的狗每每跟着人们乱跑，它们对于逃警报，根本就不懂得是一回什么事，不过跟着人们跑跑而已。可是逃警报的人却各有各的了解，有的懂得为什么会有警报，有的懂得为什么敌人会打我们，有的却不能完全了解这些道理。

同样的，假如我们能够了解人生，人生便有意义；倘使我们不能了解人生，人生便无意义。各个人对于人生的了解多不相同，因此，人生的境界，便有分别。境界的不同，是由于认识的互异。这，有如旅行游山一样，地质学家与诗人虽同往游山，可是地质学家的观感和诗人的观感，却大不相同。

人生的境界，大体上可分为四类：（一）自然境界——最低级的，了解的程度最少，这一类人，大半是"顺才"或"顺习"。（二）功利境界——较高级的，需要进一层的了解。（三）道德境界——更高级的，需要更高深的理解。（四）天地境界——最高的境界，需要最彻底的了解。在自然境界中的人，不论干什么事情，不是依照社会习惯，便是依照其本性去做。他们从来未曾了解做某种事情的意义，往好处说，这就是"天真烂漫"，往坏处说便是"糊里糊涂"。他们既不懂得为什么要这样做，又不明白做某种事情有什么意义，所以他们可说没有自觉。有时他们纵然是整天笑嘻嘻，可是却不自觉快乐。这，有如天真的婴孩，他虽然笑逐颜开，可是却一点都不觉得自己快乐，两种情况，完全相同。这一类人，对于"生"、"死"皆不了解，而且亦没有"我"的观念。功利境界中的人,对于人生的了解,比较进了一步,他们有"我"的观念;不论做什么事,都是为着功利,为着自己的利益打算。这一批人,大抵贪生怕死。有时他们亦会为社会服务,为国家做点事,可是他们做事的动机,是想换取更高的代价。表面上,他们虽在服务,但其最后的目的还是为着小我。在道德境界中的人,不论所做何事,皆以服务社会为目的。这一类人既不贪生,又不怕死。他们晓得除"我"以外,上面还有一个社会,一个全体。他们了解个人是社会的一部分,个人与社会是部分与全体的关系。就普通常识来说,部分的存在似乎先于全体,可是从哲学来说,应该先有全体,然后始有个体。例如房子中的支"柱",是有了房子以后,始有所谓"柱",假使没有房子,则柱不成为柱,它只是一件大木料而已。同样,人类在有了人伦的关系以后,始有所谓"人",如没有人伦关系,则人便不成为人,只是一团血肉。不错,在没有社会组织以前,每个人确已先具有一团肉,可是我们之成为人,却因为是有了社会组织的缘故。道德境界的人,很清楚的了解这一点。天地境界中的人,一切皆以服务宇宙为目的。他们对于生死的见解:既无所谓生,复无所谓死;他们认为在社会之上,尚有一个更高的全体——宇宙。科学家的所谓宇宙,系指天体、太阳系及天河等;哲学家的所谓宇宙,系指一切。所以宇宙之外,不会有其它的东西,我人绝对不能离开宇宙而存在。天地境界的人能够彻底了解这些道理,所以他们所做的事,便是为宇宙服务。

中国的所谓"圣贤",应该有一个分别,"贤"是指道德境界的人,"圣"是指天地境界的人。至于一般的芸芸众生,不是属于自然境界,便属于功利境界。要达到自然境界或功利境界非常容易,要想进入道德境界或天地境界却需要努力。只有努力,才能了解。究竟要怎样做,才算是为宇宙服务呢?为宇宙服务所做的事,绝对不是什么离奇特别的事,与为社会服务而做的事,并无二致。不过所做的事虽然一样,了解的程度不同,其境界就不同了。我曾经看见一个文字学的教授,在指责一个粗识文字的老百姓,说他写了一个别字。那一个所谓别字者,本来可以当做古字的假借,所以当时我便代那写字的人辩护,结果,那位文字学教授这样的回答我:"这一个字如果是我写的，就是假借；出自一个粗识文字的人的手笔，便是别字。"这一段话很值得寻味，这就是说，做同样的事情，因为了解程度互异，可以有不同的境界。再举一例：同样是大学教授，因为了解不同，亦有几种不同的境界：属于自然境界的，他们留学回来以后，有人请他教课，他便莫名其妙的当起教授来，什么叫做教育，他毫不理会。有些教授则属于功利境界，他们所以跑去当教授，是为着提高声望，以便将来做官，可以铨叙①较高的职位。另外有些教授则属于道德境界，因为他们具有"得天下英才而教育之"的怀抱。有些教授则系天地境界，他们执教的目的，是为欲"得宇宙天才而教育之"。在客观上，这四种教授所做的事情是一样的，可是因为了解的程度不同，其境界自有差别。

《中庸》有两句话，说圣人可以"赞天地之化育"，可以"与天地参"。所谓"赞天地之化育"并不是帮助天地刮风或下雨，"化育"是什么呢？能够在天地间生长的都是化育，能够了解这一点，则我们的生活行动，都可以说是"赞天地之化育"，如果不明白这一点，那么我们的生活行动，只能说是"为天地所化育"。所谓圣人，他能够了解天地的化育，所以始能顶天立地，与天地参。草木无知（不懂化育的原理），所以草木只能为天地所化育。

由此看来，做圣人可以说很容易，亦可以说很难。圣人固然可以干出特别的事来，但并不是干出特别的事，始能成为圣人。所谓"迷则为凡，悟则为圣"，就是指做圣人的容易，人人可为圣贤，其原因亦在于此。

总而言之，所谓人生的意义，全凭我们对于人生的了解。

——选自《三松堂全集》第7卷，中华书局2017年版

（梁奇　选编）

【拓展阅读】

1. ［德］爱因斯坦：《我的信仰》，见《爱因斯坦文集》（第三卷），许良英、

---

① 铨叙：古代的选官制度，依官吏的资格与业绩而确定职位。

范岱年编译,商务印书馆 2009 年版。

2. 〔美〕杰克·伦敦:《热爱生命》,万紫等译,人民文学出版社 2012 年版。

3. 胡适:《人生有何意义》,东方出版中心 2007 年版。

社会理想

礼记·礼运（节选）

【解题】

　　《礼记》作为儒家十三经之一，包含了孔子、孟子、荀子等人有关"礼"的论说。作为早期儒家礼学文献汇编，《礼记》的基本内容多系先秦古制，体现了宗法制原则和精神。《礼记》在我国思想史、学术史上均占有重要地位。由戴圣（西汉武帝、宣帝时期人）编定的四十九篇本为其现存主要版本。

　　《礼运》主要记载周礼的起源、发展、演变及运用。从人类步入文明社会起，种种对立、不平等诸现象便存在着，由此引发思想家、政治家及各方仁人志士为建构一个理想的社会而苦苦追寻。中国古代描述的理想社会以儒家的"大同"最具代表性。《礼运》通过子游问、孔子答的形式，高度理想化形塑"所传闻世"的尧舜社会，将之概括为"大同"理想，勾勒出天下为公、选贤与能、兼爱和乐三个基本内涵。在对"大同"理想社会予以充分肯定的同时，孔子对"小康"社会的不足进行了批评，他认为通过道德规范与礼仪制度，可以将"小康"社会治理得更好。作为儒家设计的理想社会，"大同"与农家"并耕而食"、道家"小国寡民"等理想社会对照，体现出更加高远的思想境界，因而对后世，尤其是对近现代的康有为、孙中山的大同社会产生了更大的影响。

　　昔者仲尼与于蜡宾①，事毕，出游于观②之上，喟然而叹。仲尼之叹，盖叹鲁也。言偃③在侧曰："君子何叹？"孔子曰："大道④之行也，天下为公，选

---

　　① 蜡（zhà）：每年十二月合聚万物之神的祭祀仪式，行蜡祭还当聚民于学校以行饮酒礼，行饮酒礼当设宾主，而孔子"与于蜡宾"。　② 观：门两旁建高台，台上建可观望之楼，即所谓观，又名门阙。　③ 言偃，字子游，亦称言游，孔子的学生。春秋末吴国人，为《礼运》篇主体部分的记录者。　④ 大道：此谓五帝时期的治理天下之道。

贤与能，讲信修睦①。故人不独亲其亲，不独子其子，使老有所终，壮有所用，幼有所长，矜寡孤独废疾者皆有所养②，男有分，女有归③。货恶其弃于地也，不必藏于己；力恶其不出于身也，不必为己。是故谋闭而不兴④，盗窃乱贼而不作⑤，故外户而不闭。是谓大同。"

"今大道既隐，天下为家，各亲其亲，各子其子，货力为己，大人世及以为礼⑥，城郭沟池⑦以为固，礼义以为纪，以正君臣，以笃⑧父子，以睦兄弟，以和夫妇，以设制度，以立田里⑨，以贤勇知，以功为己。故谋用是作，而兵由此起。禹、汤、文、武、成王、周公，由此其选也。此六君子者，未有不谨于礼者也。以著其义，以考⑩其信，著有过，刑仁讲让⑪，示民有常，如有不由此者，在埶者去⑫，众以为殃。是谓小康。"

言偃复问曰："如此乎，礼之急也？"孔子曰："夫礼，先王以承天之道，以治人之情，故失之者死，得之者生。《诗》曰：'相鼠有体，人而无礼。人而无礼，胡不遄⑬死？'是故夫礼，必本于天，殽⑭于地，列于鬼神，达于丧、祭、射、御、冠、昏、朝、聘⑮。故圣人以礼示之，故天下国家可得而正也。"

——选自杨天宇：《礼记译注》，上海古籍出版社 2004 年版

（杨秀礼　选编）

---

① 修睦：培养和睦（气氛）。修：培养。　② 矜，通"鳏"，老而无妻的人。寡：老而无夫的人。孤：幼而无父的人。独：老而无子的人。废：身体残损的人。疾：有疾病的人。　③ 分（fèn）：职分，指职业、职守。归：指女子出嫁。　④ 闭：杜绝。兴：发生。　⑤ 盗：抢劫。窃：偷取。贼：贼害。　⑥ 大人：指天子诸侯。世及：父子相传叫"世"，兄弟相传叫"及"。　⑦ 沟池：指护城河。⑧ 笃：纯厚。使动用法，使……纯厚。　⑨ 田里：指土地户籍制度。里：闾里，住处。　⑩ 考：成全。　⑪ 刑：法式。后来写作"型"。这里用作意动，即"以为法式"。　⑫ 埶：势力，权利。　⑬ 遄（chuán）：速、快。　⑭ 殽：混杂，掺和。　⑮ 射：乡射礼。古代乡饮酒礼之后举行乡射礼。昏：婚礼。

桃 花 源 记

〔晋〕陶渊明

【解题】

陶渊明(约 369—427),浔阳柴桑(今江西九江)人,字元亮,又名潜,私谥"靖节",我国著名田园诗人、辞赋家。因曾短暂出任彭泽县令,人称"陶彭泽",又因曾作《五柳先生传》,又被称作"五柳先生"。陶渊明受东晋"儒玄双修"的风气濡染,诗文平淡自然,情韵醇厚,有《陶渊明集》传世。

如果说《礼运·大同》是以说理性的语言从时间的维度阐述了尧舜式的"大同"理想,那么《桃花源记》则是以描绘性的语言从空间的维度设计了世外的"桃源"社会。这一理想社会产生于儒学价值遭受怀疑的魏晋时期,故而已超越儒家的"大同"理想,更多地渗透着道家和玄学成分,尤其是《老子》"小国寡民"的思想。《桃花源记》勾画出的没有战乱、自给自足、鸡犬相闻、老幼自得的生活图景,形成一幅东方"乌托邦"的社会图景。作为避世的理想空间,桃花源成为古往今来众多人士的向往之地,"世外桃源"也成为人间乐土的同义语。

晋太元①中,武陵②人捕鱼为业,缘溪行,忘路之远近。忽逢桃花林,夹岸数百步,中无杂树,芳草鲜美,落英缤纷。渔人甚异之。复前行,欲穷其林。林尽水源,便得一山。山有小口,仿佛若有光。便舍船,从口入,初极狭,才通人。复行数十步,豁然开朗。土地平旷,屋舍俨然。有良田、美池、

---

① 太元:东晋孝武帝(司马曜)年号(376—396)。这里年代应为假托。　② 武陵:郡名。汉高祖割黔中故治置,郡治武陵(今湖南省常德市)。

桑竹之属。阡陌交通①，鸡犬相闻。其中往来种作，男女衣着，悉如外人②。黄发垂髫③，并怡然自乐。见渔人，乃大惊；问所从来，具答之。便要还家④，设酒杀鸡作食。村中闻有此人，咸来问讯。自云先世避秦时乱，率妻子邑人来此绝境⑤，不复出焉，遂与外人隔绝。问今是何世，乃不知有汉，无论魏晋。此人一一为具言所闻，皆叹惋。余人各复延⑥至其家，皆出酒食。停数日，辞去，此中人语云："不足为外人道也。"

　　既出，得其船，便扶向路⑦，处处志⑧之。及郡下⑨，诣太守，说如此。太守即遣人随其往，寻向所志，遂迷，不复得路。南阳刘子骥⑩，高尚士也，闻之，欣然规⑪往。未果，寻病终。后遂无问津者。

——选自龚斌校笺：《陶渊明集校笺》，上海古籍出版社 1996 年版

（杨秀礼　选编）

---

① 阡陌：南北走向的叫阡，东西走向的叫陌。交通：交错相通。　② 外人：谓方外或尘外之人，这里指桃花源外的人。　③ 黄发：指老人。垂髫(tiáo)：指儿童。　④ 要：通"邀"，邀请。　⑤ 绝境：指与外界隔绝的地方。　⑥ 延：邀请。　⑦ 扶：沿着，上文"缘"与此同义。向路：旧路，指来时的路。　⑧ 志：标记。　⑨ 郡下：指武陵郡治所在地。　⑩ 南阳：郡名。郡治在今河南省南阳市。刘子骥：即刘驎之，字子骥，东晋南阳（今河南南阳）人。《晋书·隐逸传》里说他"好游山泽"。　⑪ 规：计划，打算。

理 想 国（节选）

[古希腊] 柏拉图

【解题】

柏拉图（约前427—前347），古代欧洲最伟大的哲学家和思想家之一，与苏格拉底、亚里士多德并称为古希腊三大哲学家。《理想国》共分十卷，属于柏拉图著作中篇幅较长的作品，内容十分丰富，是西方政治学的基本经典。

本文节录自《理想国》第八卷。该卷是在第二卷至第七卷描写正义的理想国家，即贵族政制之后，通过以苏格拉底与格劳孔、阿德曼托斯的对话，引经据典（包括歌剧、诗歌等）地对各种现实政制，即斯巴达政制、寡头政制、民主政制、僭主政制展开讨论，从这些政制的产生、特点以及与其相应的人的性格这三个方面加以分析，说明四种政制的优劣、相互之间的联系及其转变原因，探讨的领域包括经济学、政治社会学、政治哲学、伦理学、正义及知识等，柏拉图通过把正义和各种形式的非正义进行对比，试图说明自己理想国家的模式及其合理性。

苏：很好，格劳孔，到这里我们一致同意：一个安排得非常理想的国家，必须妇女公有，儿童公有，全部教育公有。不论战时平时，各种事情男的女的一样干。他们的王则必须是那些被证明文武双全的最优秀人物。

格：这些我们是意见一致的。

苏：其次，我们也曾取得过一致意见：治理者一经任命，就要带领部队驻扎在我们描述过的那种营房里；这里的一切都是大家公有，没有什么是私人的。除了上述营房而外，你还记得吗，我们同意过他们还应该有些什么东西？

格：是的，我记得。我们原来认为他们不应当有一般人现在所有的那些个东西。但是由于他们要训练作战，又要做护法者，他们就需要从别人那里每年得到一年的供养作为护卫整个国家的一种应有的报酬。

苏：你的话很对。我们已经把这方面所有的话都讲过了。请告诉我，我们是从哪里起离开本题的？让我们还是回到本题去，言归正传吧。

格：要回到本题，那时（也可说刚刚）是并不难的。假定那时你已把国家描写完毕，并进而主张，你所描述的那种国家和相应的那种个人是好的，虽然我们现在看来，你还可以描写得更好些。无论如何，你刚才是说，如果这国家是正确的，其它种种的国家必定是错误的。我还记得，你说过其它国家制度有四种，这四种国家制度是值得考察其缺点和考察其相应的代表人物的。当我们弄清楚了这些问题，对哪些是最善的人，哪些是最恶的人，这些问题都取得了一致意见时，我们就可以确定最善的人是不是最幸福的，最恶的人是不是最痛苦的；或者，是不是情况正好反过来？当我问起四种政制你心里指的是哪四种时，玻勒马霍斯和阿得曼托斯立即插了进来，你就从头重讲了起来，一直讲到现在。

苏：你的记忆力真了不得！

格：那么，让我们象摔跤一样，再来一个回合吧。当我问同样的问题时，请你告诉我，你那时本想说什么的。

苏：尽我所能。

格：我本人的确极想听你说一说，四种政制你指的是什么？

苏：这并不难。我所指的四种制度正是下列有通用名称的四种。第一种被叫做斯巴达和克里特政制，受到广泛赞扬的。第二种被叫做寡头政制，少数人的统治，在荣誉上居第二位，有很多害处的。第三种被叫做民主政制，是接着寡头政制之后产生的，又是与之相反对的。最后，第四种，乃是与前述所有这三种都不同的高贵的僭主政制，是城邦的最后的祸害。你还能提出任何别种政制的名称吗？所谓别种政制，我是指的能构成一个特殊种的。有世袭的君主国，有买来的王国，以及其它介于其间的各种类似的政治制度。在野蛮人中比在希腊人中,这种小国似乎为数更多。

格:许多离奇的政治制度,确曾听到传说过。

苏:那么,你一定知道,有多少种不同类型的政制就有多少种不同类型的人们性格。你不要以为政治制度是从木头里或石头里产生出来的。不是的,政治制度是从城邦公民的习惯里产生出来的;习惯的倾向决定其它一切的方向。

格:制度正是由习惯产生,不能是由别的产生的。

苏:那么,如果有五种政治制度,就应有五种个人心灵。

格:当然。

苏:我们已经描述了与贵族政治或好人政治相应的人,我们曾经正确地说他们是善者和正义者。

格:我们已经描述过了。

苏:那么,下面我们要考察一下较差的几种。一种是好胜争强、贪图荣名的人,他们相应于斯巴达类型的制度;依次往下是:寡头分子、民主分子和僭主。这样我们在考察了最不正义的一种人之后就可以把他和最正义的人加以比较,最后弄清楚纯粹正义的人与纯粹不正义的人究竟哪一个快乐哪一个痛苦? 这以后我们便可以或者听信色拉叙马霍斯,走不正义的路,或者相信我们现在的论述,走正义之路了。

格:无论如何,下一步我们一定要这样做。

苏:我们先来考查国家制度中的道德品质,然后再考查个人的道德品质,因为国家的品质比个人品质容易看得清楚。因此,现在让我们首先来考查爱荣誉的那种政制;在希腊文中我们找不到别的名词,我们只好叫它荣誉统治或荣誉政制。然后我们将联系这种制度考察这种个人。其次考察寡头政制和寡头式的个人;接下来考察民主政制和民主式的个人;其四我们来到僭主统治的国家考察,然后再看一看僭主式的个人心灵。于是我们就可以试着来正确判断我们面临的问题了。你说这样做好吗?

格:我至少要说这是很合论证程序的研究方法与判断方法。

苏:好。那么,让我们来谈荣誉政制是怎样从贵族政制产生出来的。

我想,有一件事是很显然的。政治制度的变动全都是由领导阶层的不和而起的。如果他们团结一致,那怕只有很少的一致,政治制度变动也是不可能的。

格:这是真的。

苏:那么,格劳孔,我们的国家怎样才会起动乱的呢? 我们的帮助者统治者怎样会彼此互相争吵同室操戈的呢? 或者,你要不要我们象荷马那样祈求文艺女神告诉我们内讧是怎样第一次发生的呢? 我们要不要想象这些文艺之神象逗弄小孩子一样地,用悲剧的崇高格调一本正经地对我们说话呢?

格:怎么说呢?

苏:大致如下。一个建立得这么好的国家要动摇它颠覆它确是不容易的;但是,既然一切有产生的事物必有灭亡,这种社会组织结构当然也是不能永久的,也是一定要解体的。情况将如下述。不仅地下长出来的植物而且包括地上生出来的动物,它们的灵魂和躯体都有生育的有利时节和不利时节;两种时节在由它们组合成环转满了一圈时便周期地来到了。(活的时间长的东西周期也长,活的时间短的东西周期也短。)你们为城邦培训的统治者尽管是智慧的,但他们也不能凭感官观察和理性思考永远准确无误地为你们的种族选定生育的大好时节,他们有时会弄错,于是不适当地生了一些孩子。神圣的产生物有一个完善的数的周期;而有灭亡的产生物周期只是一个最小的数——一定的乘法(控制的和被控制的,包括三级四项的,)用它通过使有相同单位的有理数相似或不相似,或通过加法或减法,得出一个最后的得数。其 4 对 3 的基本比例,和 5 结合,再乘三次,产生出两个和谐;其中之一是等因子相乘和 100 乘同次方结合的产物,另一是有的相等有的不相等的因子相乘的产物,即,其一或为有理数(各减"1")的对角线平方乘100,或为无理数(各减"2")平方乘100,另一为"3"的立方乘100。① 这全部

---

① 柏拉图这里神秘地使用几何数的关系,说明天道有常。在吉利时节生的孩子才有智慧和好运,将来统治国家才能造福人民。

的几何数乃是这事（优生和劣生）的决定性因素。如果你们的护卫者弄错
了,在不是生育的好时节里让新郎新娘结了婚,生育的子女就不会是优秀的
或幸运的。虽然人们从这些后代中选拔最优秀者来治理国家,但,由于他们
实际上算不上优秀,因此,当他们执掌了父辈的权力成为护卫者时,他们便
开始蔑视我们这些人,先是轻视音乐教育然后轻视体育锻炼,以致年轻人愈
来愈缺乏教养。从他们中挑选出来的统治者已经丧失了真正护卫者的那种
分辨金种、银种、铜种、铁种——赫西俄德①说过的,我们也说过的——的能
力了。而铁和银、铜和金一经混杂起来,便产生了不平衡:不一致和不和
谐——不一致和不和谐在哪里出现就在哪里引起战争和仇恨。论冲突发生
在何时何地,你都必须认为这就是这种血统的冲突。

格:我们将认为女神的答复是正确的。

苏:既是女神,她们的答复必定是正确的。

格:女神接下去还会说些什么呢?

苏:这种冲突一经发生,统治者内部两种集团将采取两种不同的方向;
铜铁集团趋向私利,兼并土地房屋、敛聚金银财宝;而金银集团则由于其自
身心灵里拥有真正的财富而趋向美德和传统秩序;他们相互斗争,然后取得
某种妥协,于是分配土地、房屋,据为私有,把原先的朋友和供养人变成边民
和奴隶。护卫者本来是保卫后一类人的自由,终身专门从事战争捍卫他们
的,现在却变成奴役他们和压迫他们的人了。

格:我以为,变动便是从这里发生的。

苏:那么,这种制度不是介于贵族制和寡头制之间的某种中间制度吗?

格:正是的。

苏:变动即如上述。变动后的情况会怎样呢?既然这种制度介于贵族
制和寡头制之间,那么很显然,在有些事情上它就会象前一种制度,在另一
些事情上它又会象后一种制度。此外,也很显然,它会有自身的某些特有的

---

① 赫西俄德:生活于公元前 8 世纪,享年不明,古希腊诗人。代表作品有《工作与时日》
《神谱》。

特点。不是吗?

格:是这样。

苏:尊崇统治者,完全不让战士阶级从事农业、手工业和商业活动,规定公餐,以及统治者终身从事体育锻炼、竞技和战争——所有这些方面使它象前一种国家制度,不是吗?

格:是的。

苏:但是,不敢让智慧者执掌国家权力(因为国家现有的这些智者已不再是从前那种单纯而忠诚的人物了,他们的品质已经混杂了),而宁可选择较为单纯而勇敢的那种人来统治国家。这是一些不适于和平而更适于战争的人,他们崇尚战略战术,大部分时间都在从事战争。——这些特征大都是这种国家所特有的。不是吗?

格:是的。

苏:这种统治者爱好财富,这和寡头制度下的统治者相象。他们心里暗自贪图得到金银,他们有收藏金银的密室,住家四面有围墙;他们有真正的私室,供他们在里边挥霍财富取悦妇女以及其他宠幸者。

格:极是。

苏:他们一方面爱钱另一方面又不被许可公开捞钱,所以他们花钱也会是很吝啬的,但是他们很高兴花别人的钱以满足自己的欲望。他们由于轻视了真正的文艺女神,这些哲学和理论之友,由于重视了体育而放弃了音乐教育,因而受的不是说服教育而是强制教育。所以他们秘密地寻欢作乐,避开法律的监督,象孩子逃避父亲的监督一样。

格:你非常出色地描述了一个善恶混杂的政治制度。

苏:是的,已经混杂了。但是这种制度里勇敢起主导作用,因而仅有一个特征最为突出,那就是好胜和爱荣誉。

格:完全是这样。

苏:这种制度的起源和本性即如上所述,如果我们可以仅仅用几句话勾勒一种制度的概貌而不必详加列举的话。因为这种概述已足够让我们看见哪种人是最正义的哪种人是最不正义的了,而将各种形式的制度和各种习性的人列举无遗也不是切实可行的。

格：对。

苏：与我们刚才概述的这种制度相应的个人是什么样的人呢？这种人是怎么产生的？他们有怎样的性格特征？

阿得曼托斯：我想，这种人在好胜这一点上，近似格劳孔。

苏：在这一点上或许近似，但是在下述方面，我认为他们的性格不象他。

阿（阿狄曼图）：在哪些方面？

苏：他们必须是比较自信的和比较缺乏文化的，但还喜爱文化喜爱听讲的，虽然本人决不长于演讲。这种人对待奴隶的态度是严厉的，而不象一个受过充分教育的人那样只是保持对他们的优越感。他们对自由人态度是和蔼的，对长官是恭顺的。他们爱掌权爱荣誉，但不是想靠了能说会道以及诸如此类的长处而是想靠了战功和自己的军人素质达到这个目标。他们喜爱锻炼身体喜爱打猎。

阿：是的，这是和那种制度相适应的习性。

苏：这种人年轻时也未必重视钱财，但是随着年龄的增长，就会愈来愈爱财了。这是因为随着年龄的增长他们的天性开始接触爱财之心，由于失去了最善的保障，向善之心也不纯了。

阿：这个最善的保障你指的什么？

苏：掺合着音乐的理性。这是人一生美德的唯一内在保障，存在于拥有美德的心灵里的。

阿：说得好。

苏：相应于爱荣誉的城邦的爱荣誉的年轻人的性格就是这样。

阿：完全对。

苏：这种性格是大致如下述这样产生的。譬如有个年轻人，他的父亲是善的，住在一个政局混乱的城邦里。他不要荣誉、权力、也不爱诉讼以及一切诸如此类的无是生非，为了少惹麻烦他宁愿放弃一些自己的权利。

阿：他的儿子怎么变成爱荣誉的呢？

苏：起初他听到他母亲埋怨说，他的父亲不当统治者，致使她在妇女群中也受到轻视；当她看到丈夫不大注意钱财，在私人诉讼和公众集会上与人不争，把所有这类事情看得很轻，当她看到丈夫全神贯注于自己的心灵修养，对她也很淡漠，既无尊重也无不敬，看到所有这些情况她叹着气对儿子说，他的父亲太缺乏男子汉气概，太懒散了。还有妇女们在这种场合惯常唠叨的许多别的怨言。

阿：的确有许多这一类的怨言。

苏：你知道这种人家有些仆人表面上很忠实，同样会背了主人向孩子讲这类话。他们看见欠债的或为非作歹的，主人不去控告，他们便鼓励孩子将来长大起来要惩办那种人，比父亲做得更象一个堂堂的男子汉。孩子走到外面去，所闻所见，也莫非如此。安分守己的人，大家瞧不起，当作笨蛋；到处奔走专管闲事的人，反而得到重视，得到称赞。于是这个年轻人一方面耳濡目染外界的这种情况，另一方面听惯了父亲的话语，并近看过父亲的举止行为，发现与别人的所言所行，大相径庭。于是两种力量争夺青年有如拔河一样，父亲灌输培育他心灵上的理性，别人的影响增强他的欲望和激情。他由于不是天生的劣根性，只是在和别人的交往中受到了坏影响，两种力量的争夺使他成了一个折衷性的人物，自制变成了好胜和激情之间的状态，他成了一个傲慢的喜爱荣誉的人。

阿：我觉得你已经准确地描述了这种人的产生过程了。

苏：这样说来，我们对于第二类型国家制度和第二类型个人的描写可告一段落了。

阿：是的。

苏：那么，我们要不要接下去象埃斯库罗斯所说的那样，谈论与另一种国家对应的另一种人呢？或者还是按照我们的计划，先谈论国家，后说个人呢？

阿：当然先说国家。

苏：第三个类型的国家制度，据我看来，该是寡头政治了。

阿：这是什么制度？你懂得寡头政治是什么制度？

苏：是一种根据财产资格的制度。政治权力在富人手里，不在穷人手里。

阿：我懂得。

苏：我们首先必须说明，寡头政治如何从荣誉政治产生出来的，是吗？

阿：是的。

苏：说实在的，这个产生过程就是一个瞎子也会看得清清楚楚的。

阿：这是怎么一回事？

苏：私人手里的财产，能破坏荣誉政治。这些人想方设法挥霍浪费，违法乱纪，无恶不作。男人如此，女人们也跟在后面依样效尤。

阿：很可能的。

苏：据我看来，他们然后互相看着，互相模仿，统治阶级的大多数人形成了同一种风气。

阿：很可能的。

苏：长此下去，发了财的人，越是要发财，越是瞧得起钱财，就越瞧不起善德。好象在一个天平上，一边往下沉，一边就往上翘，两边总是相反，不是吗？

阿：确是如此。

苏：一个国家里尊重了钱财，尊重了有钱财的人，善德与善人便不受尊重了。

阿：显然是这样。

苏：受到尊重的，人们就去实践它，不受尊重的，就不去实践它。总是这样的。

阿：是的。

苏：于是，终于，好胜的爱荣誉的人变成了爱钱财的人了。他们歌颂富人，让富人掌权，而鄙视穷人。

阿：完全是这样的。

苏：这时他们便通过一项法律来确定寡头政制的标准，规定一个最低限度的财产数目；寡头制程度高的地方这个数目大些、寡头制程度低的地方规定的数目就小些。法律宣布，凡财产总数达不到规定标准的人，谁也不得当选。而这项法律的通过则是他们用武力来实现的，或者用恐吓以建立起自己的政府后实现的。你说寡头制是这样实现的吗？

阿：是的。

苏：那么，寡头政制的建立可说就是这样。

阿：是的。但是这种制度有什么特点？我们说它有什么毛病呢？

苏：首先，表明制度本质的那个标准是有问题的。假定人们根据财产标准来选择船长，那么一个穷人虽然有更好的航海技术，也是不能当选的。

阿：那么，他们就会把一次航行搞得很糟。

苏：关于其它任何需要领导的工作，道理不也是一样的吗？

阿：我个人认为是的。

苏：政治除外吗？还是说，也是这个道理呢？

阿：政治上尤其应该这样，因为政治上的领导是最大最难的领导。

苏：因此寡头政治的一个毛病就在这里。

阿：显然是的。

苏：那么，这是一个比较小的毛病吗？

阿：什么？

苏：这样的城邦必然不是一个而是两个，一个是富人的国家，一个是穷人的国家，住在一个城里，总是在互相阴谋对付对方。

阿：说真的，这个毛病一点不小。

苏：在这种制度下很可能无法进行战争，这是它的另一个毛病。它的少数统治者要打仗，非武装人民群众不可。但是，他们害怕人民甚于害怕敌人。如果不武装人民群众，而是亲自作战，他们会发现自己的确是孤家寡人，统辖的人真是少得可怜了。此外，他们又贪财而吝啬。

阿：这真是个不光彩的毛病。

苏：还有一种现象，即同一人兼有多种不同的职业，既做农民，又做商人，又要当兵。对这种现象你觉得怎么样？我们以前曾责备过这种事，现在你看这样对吗？

阿：当然不对。

苏：下面让我们来考虑一下，这种制度是不是最早允许这种毛病中之最大者存在的？

阿：最大的毛病你指的什么？

苏：允许一个人出卖自己的全部产业，也允许别人买他的全部产业。卖完了以后，还继续住在这个城里，不作为这个国家的任何组成部分，既非商人，又非工人，既非骑兵，又非步兵，仅仅作为一个所谓的穷人或依附者。

阿：是的。这是有这种情况发生的最早一个国家体制。

苏：在寡头制度里，没有什么法令是可以阻止这种情况发生的。否则就不会有的人变成极富有些人变得极穷了。

阿：对。

苏：还有一点请注意。即，当一个人在花费自己财富时，他在上述几个方面对社会有什么益处吗？或者，他是不是仅仅看上去象属于统治阶级，事实上既不领导别人，又不在别人领导下为社会服务，而只是一个单纯的生活资料的消费者呢？

阿：他就只是一个消费者，不管看上去象什么样的人。

苏：我们是不是可以称他为雄蜂？他在国家里成长，后来变为国家的祸害，象雄蜂在蜂房里成长，后来变为蜂房的祸害一样。

阿：这是一个恰当的比喻，苏格拉底。

苏：阿得曼托斯，你同意不同意这个看法：天生所有能飞的雄蜂，都没有刺，但是人类中的雄蜂就有不同，有些没有刺，有些有很可怕的刺；那些没有刺的老来成为乞丐，那些有刺的就成了一些专干坏事的人了。

阿：很对。

苏：因此可见，在任何一个国家里，你在哪里看到有乞丐，也就在那里附近藏匿着小偷、扒手、抢劫神庙的盗贼，以及其他为非作歹的坏人。

阿：这是很明显的。

苏：那么，在寡头制城邦里你看到乞丐了吗？

阿：除了统治阶级以外差不多都是的。

苏：那么我们是否可以认为，这里也有大量有刺的雄蜂，即罪犯，被统治者严密地控制着呢？

阿：我们可以这样认为。

苏：那么，我们是不是可以说，这种公民的出现是由于这里缺少好的教育，好的培养和好的政治制度的缘故呢？

阿：可以这么说。

苏：不管怎么说，寡头政治就是这个样子。刚才所说这些，或许不止这些，大概就是寡头制城邦的毛病。

阿：你说得差不多啦。

苏：因此，这种由财产资格决定统治权力的、被人们叫做寡头政治的制度，我们就说这些吧。接下去让我们讲与此相应的个人吧，让我们讲这种人的产生和他的性格特征。

阿：好。

苏：我以为从爱好荣誉的人转变到爱好钱财的人，大都经过如下的过程。是吗？

阿：什么样的过程？

苏：爱好荣誉的统治者的儿子，起初效法他的父亲，亦步亦趋，后来看到父亲忽然在政治上触了礁，人财两空，——他或许已是一个将军或掌握了其它什么大权，后来被告密，受到法庭审判，被处死或流放，所有财产都被没收了。

阿：这是很可能发生的。

苏：我的朋友，这个儿子目击了这一切，经受了这一切，又丧失了家产，我想他会变得胆小，他灵魂里的荣誉心和好胜心会立即动摇，他会因羞于贫穷而转向挣钱，贪婪地，吝啬地，节省苦干以敛聚财富。你不认为这种人这时会把欲望和爱财原则奉为神圣，尊为心中的帝王，饰之以黄金冠冕，佩之以波斯宝刀吗？

阿：我是这样认为的。

苏：在这原则统治下，我认为理性和激情将被迫折节为奴。理性只被允许计算和研究如何更多地赚钱,激情也只被允许崇尚和赞美财富和富人,只以致富和致富之道为荣耀。

阿:从好胜型青年到贪财型青年,再没有什么比这一变化更迅速更确定不移的了。

苏:这种青年不就是寡头政治型的人物吗?

阿:不管怎么说,我们这里所说的这种年轻人,反正是从和寡头政治所从发生的那种制度相对应的那种人转变来的。

苏:那么,让我们来看看这种人和这种制度有没有相似的特征。

阿:看吧。

苏:他们的第一个相似特征不就是崇拜金钱吗?

阿:当然是的。

苏:他们的第二个相似特征不是省俭和勤劳吗?他们但求满足基本需要,绝不铺张浪费,其它一些欲望均被视为无益,加以抑制。

阿:正是。

苏:他实在是个寸利必得之徒,不断地积攒,是大家称赞的一种人。这种人的性格不是恰恰与寡头制度对应一致的吗?

阿:我很同意。财富是最为这种国家和这种个人所重视的东西。

苏:据我看,这是因为这种人从来没有注意过他自己的文化教育。

阿:我想他没有注意过;否则他断不会选一个盲人做剧中的主角,让他得到最大荣誉的。①

苏:说得好。但请考虑一下,由于他们缺乏教养,雄蜂的欲念在他们胸中萌发,有的象乞丐,有的象恶棍。但由于他们的自我控制,自我监管,这些欲念总算被压制下去了。我们能不能这样说呢?

阿:当然可以这样说。

苏:那么,你从什么地方可以看出这些人的恶棍特征呢?

阿:你说呢?

---

① 古希腊人相传,财神是个瞎子。阿里斯托芬有剧本《财神》传世。

苏：从他们监护孤儿上面可以看出来，从他们为非作歹而不受惩罚时可以觉察出来。

阿：诚然。

苏：很清楚，在交易往来，签订契约方面，他们有似乎诚实的名声。这是他们心灵中比较善良的部分起了作用，把心中邪恶的欲望压了下去，——不是用委婉的劝导，也不是用道理说服，而是用强迫恐吓的方法，要自己为了保住财产而小心谨慎。

阿：完全是这样。

苏：我的好朋友，说真的，他们中大多数人一有机会花别人的钱时，你就能在他们身上看到有雄蜂似的嗜欲。

阿：肯定如此。

苏：因此，这种人无法摆脱内心矛盾。他不是事实上的一个人，而是某种双重性格的人。然而一般讲来，他的较善的要求总能战胜较恶的要求。

阿：确是如此。

苏：因此，我以为，这种人或许要比许多其它的人更体面些可敬些；但是心灵自身和谐一致的真正的至善，在他们身上是找不到的，离他远远的。

阿：我也这样想。

苏：再说，省俭吝啬者本人在城邦里往往是一个软弱的竞争者，难以取得胜利和光荣。他们不肯花钱去争名夺誉，担心激起自己花钱的欲望来帮助赢得胜利支持好胜心。他们只肯花费一小部分钱财，作真正孤家寡人般的战斗。于是战斗失败了，他们的财富保全了！

阿：的确是这样。

苏：那么，对于吝啬的只想赚钱的人物与寡头政体的对应一致，我们还有什么怀疑的吗？

阿：一点没有了。

苏：我们下一步看来要讨论平民政治的起源和本性，然后进而讨论与之相类似的个人品格了。我们还要把这种人和别种人物加以比较，作出我们的判断。

阿：这至少是个前后一贯的研究程序。

苏：那么，从寡头政治过渡到平民政治是不是经过这样一个过程——贪得无厌地追求最大可能的财富？

阿：请详为说明。

苏：统治者既然知道自己的政治地位靠财富得来，他们就不愿意用法律来禁止年轻人中出现的挥霍浪费祖产的现象；他们借钱给这些浪荡子，要他们用财产抵押，或者收买他们的产业，而自己则变得愈来愈富有，愈有影响和声誉。

阿：正是。

苏：崇拜财富与朴素节制的生活不能并存，二者必去其一。这个道理在一个国家的人民中不是不言而喻的吗？

阿：这是不言而喻的。

苏：这样，一方面丝毫不能自制，一方面又崇拜金钱，铺张浪费，寡头社会里这种鼓励懒散和放荡的结果往往不断地把一些世家子弟变成为无产的贫民。

阿：是的，往往如此。

苏：我想，他们有的负债累累，有的失去了公民资格，有的两者兼有，他们武装了，象有刺的雄蜂，同吞并了他们产业的以及其他的富而贵者住在一个城里，互相仇恨，互相妒忌，他们急切地希望革命。

阿：是这样。

苏：但是，那些专讲赚钱的人们，终日孜孜为利，对这些穷汉熟视无睹，只顾把自己金钱的毒饵继续抛出去，寻找受骗的对象，用高利率给以贷款，仿佛父母生育子女一样，使得城邦里的雄蜂和乞丐繁殖起来，日益增多。

阿：结果必然如此。

苏：当这种恶的火焰已经燃烧起来时，他们还不想去扑灭它，或用一项禁止财产自由处置的法令，或用一项其它的适当法令。

阿：什么法律？

苏：不是一项最好法律，而是一项次于最好的法律，可以强使公民们留意道德的。如果有一项法令规定自愿订立的契约，由订约人自负损失，则一国之内惟利是图的无耻风气可以稍减，我们刚才所讲的那些恶事，也可以少些了。

阿：会少得多。

苏：但是作为实际情况，由于上述这一切原因，在寡头制的国家里，统治者使人民处于水深火热之中，他们自己养尊处优。他们的后辈不就变得娇惯放纵，四体不勤，无所用心，苦乐两个方面都经不起考验，成了十足的懒汉了吗？

阿：一定会的。

苏：他们养成习惯，除了赚钱，什么不爱。对于道德简直不闻不问，象一般穷人一样，不是吗？

阿：他们简直不管。

苏：统治者和被统治者平时关系如此。一旦他们走到一起来了，或一起行军，或一同徒步旅行，或一处履行其它任务，或一起参加宗教庆典，或同在海军中或陆军中一起参加战争，或竟同一战场对敌厮杀，他们彼此观察，那时穷人就一点也不会被富人瞧不起了。相反地，你是不是相信会出现一种情况，即战场上一个瘦而结实的晒黑的穷人就站立在一个养得白白胖胖的富人的旁边，看到后者那气喘吁吁，一副无可奈何的样子，你是不是相信，这时这个穷人会想到：是由于穷人胆小，这些有钱人才能保住自己财富的，当穷人遇到一起时，他们也会背后议论说："这般人不是什么好样的"？

阿：我很知道他们是这样做的。

苏：就象一个不健康的身体，只要遇到一点儿外邪就会生病，有的时候甚至没有外邪，也会病倒，一个整体的人就是一场内战。一个国家同样，只要稍有机会，这一党从寡头国家引进盟友，那一党从民主国家引进盟友，这样这个国家就病了，内战就起了。有时没有外人插手，党争也会发生。不是吗？

阿：断然是这样。

苏：党争结果，如果贫民得到胜利，把敌党一些人处死，一些人流放国外,其余的公民都有同等的公民权及做官的机会——官职通常抽签决定。一个民主制度,我想就是这样产生的。

阿:对。这是民主制度,无论是通过武装斗争,或是通过恐吓手段建立起来的,最后结果反正一样,反对党被迫退出。

苏:那么在这种制度下人民怎样生活? 这种制度的性质怎样? 因为,很显然,这种性质的人将表明自己是民主的人。

阿:很显然。

苏:首先,他们不是自由吗? 城邦不确确实实充满了行动自由与言论自由吗? 不是每个人都被准许想做什么就做什么吗?

阿:据说是这样。

苏:既然可以这样随心所欲,显然就会每个人都有自己的一套过日子的计划,爱怎么过就怎么过啦。

阿:显然如此。

苏:于是这个城邦里就会有最为多样的人物性格。

阿:必定的。

苏:可能这样。这是政治制度中最美的一种人物性格,各色各样,有如锦绣衣裳,五彩缤纷,看上去确实很美。而一般群众也或许会因为这个缘故而断定,它是最美的,就象女人小孩只要一见色彩鲜艳的东西就觉得美是一样的。

阿:确实如此。

苏:是的,我的好友,这里是寻找一种制度的最合适的地方。

阿:为什么?

苏:由于这里容许有广泛的自由,所以它包括有一切类型的制度。很可能凡希望组织一个国家的人,象我们刚才说过的,必须去一个民主城邦,在那里选择自己所喜欢的东西作为模式,以确定自己的制度,如同到一个市场上去选购自己喜欢的东西一样。

阿:不管怎么说,在这个市场上他大概是不会选不到合适的模式的。

苏:又,在这种国家里,如果你有资格掌权,你也完全可以不去掌权;如果你不愿意服从命令,你也完全可以不服从,没有什么勉强你的。别人在作战,你可以不上战场;别人要和平,如果你不喜欢,你也可以要求战争;如果有什么法令阻止你得到行政的或审判的职位,只要机缘凑巧,你也一样可以得到它们。就眼前而论,这不是妙不可言的赏心乐事吗?

阿:就眼前而论也许是的。

苏:那些判了刑的罪犯,那毫不在乎的神气,不有点使人觉得可爱吗?你一定看到过,在这种国家里,那些被判了死罪的或要流放国外的,竟好象没事人一样,照旧在人民中间来来往往,也竟好象来去无踪的精灵似的没人注意他们。

阿:我看到过不少。

苏:其次,这种制度是宽容的,它对我们那些琐碎的要求是不屑一顾的,对我们建立理想国家时所宣布的庄严原则是蔑视的。我们说过除非天分极高的人,不从小就在一个好的环境里游戏、学习受到好的教养,是不能成长为一个善人的。民主制度以轻薄浮躁的态度践踏所有这些理想,完全不问一个人原来是干什么的,品行如何,只要他转而从政时声称自己对人民一片好心,就能得到尊敬和荣誉。

阿:实在是个好制度啊!

苏:这些以及类似的特点就是民主制度的特征。这看来是一种使人乐意的无政府状态的花哨的管理形式。在这种制度下不加区别地把一种平等给予一切人,不管他们是不是平等者。

阿:你这话是很容易理解的。

苏:那么,让我们考察一下与这种社会相应的人物性格。我们要不要象在考查这种社会制度时一样首先来考查一下这种人的起源呢?

阿:要的。

苏:那么是不是这样?我的意思是说,我们吝啬的寡头政治家可能要按照他自己的样子培育他的儿子。

阿:是很可能的。

苏:这个年轻人也会竭力控制自己的欲望,控制那些必须花钱而不能赚钱的所谓不必要的快乐。

阿：是的，显然会如此。

苏：那么我们为了辩论时不致摸黑走弯路，我们要不要先给欲望下一个定义，分清什么是必要的欲望，什么是不必要的欲望？

阿：好，要这样。

苏：有些欲望是不可避免的，它们可以正当地被叫做"必要的"。还有一些欲望满足了对我们是有益的，我想这些也可以说是"必要的"。因为这两种欲望的满足是我们本性所需要的。不是吗？

阿：当然是的。

苏：那么，我们可以正当地把"必要的"用于它们吗？

阿：可以。

苏：但是有些欲望如果我们从小注意是可以戒除的，而且这些欲望的存在，对我们没有好处，有时还有害处。我们是不是可以确当地把这种欲望叫做"不必要的"呢？

阿：可以。

苏：让我们关于每一种各举一例，来说明我们的意思吧。

阿：行。

苏：为了维持健康和身体好要吃东西，只要求吃饭和肉。这些欲望必要吗？

阿：我想是必要的。

苏：吃饭从两个方面看都是必要的，它对我们既是有益的，缺少了它又是活不成的。

阿：是的。

苏：至于吃肉的欲望，就促进身体好而言，也是必要的。

阿：当然。

苏：欲望超过了这些，要求更多的花样，还有那些只要从小受过训练大都可以纠正的，以及对身体有害的，对心灵达到智慧及节制有妨碍的等等欲望，难道我们不能说它们是不必要的吗？

阿：再正确不过了。

苏：我们不是可以把第一种欲望称为"浪费的"欲望,把第二种欲望称为"得利的"欲望吗? 因为第二种欲望有利于生产。

阿：真的。

苏：关于色欲及其它欲望我们的看法同此。

阿：是的。

苏：我们刚才所称雄蜂型的那些人物,是一些充满了这种快乐和欲望的,即受不必要的欲望引导的人物,所谓省俭型的寡头人物则是被必要的欲望所支配的。

阿：的确是的。

苏：让我们还是回到民主式的人物怎样从寡头式的人物演变出来的问题上来吧。据我看来大致是这样:

阿：怎样?

苏：当一个年轻人从刚才我们所说过的那种未见世面的吝啬的环境里培育出来以后,初次尝到了雄蜂的甜头,和那些粗暴狡猾之徒为伍,只知千方百计寻欢作乐。你得毫不动摇地相信,他内心的寡头思想正是从这里转变为民主思想的。

阿：这是完全必然的。

苏：在一个城邦里当一个党派得到同情于自己的国外盟友的支持时,变革于是发生。我们年轻人也同样,当他心灵里的这种或那种欲望在得到外来的同类或类似的欲望支持时,便发生心灵的变革。我们这样说对吗?

阿：当然对。

苏：我设想,假如这时又有一外力,或从他父亲那里或从其他家庭成员那里来支持他心里的寡头思想成分的话,结果一定是他自己的内心发生矛盾斗争。

阿：诚然。

苏：我认为有时民主成分会屈服于寡头成分,他的欲望有的遭到毁灭,有的遭到驱逐,年轻人心灵上的敬畏和虔诚感又得到发扬,内心的秩序又恢复过来。

阿：是的，有时这种情况是会发生的。

苏：有时由于父亲教育不得法，和那些遭到驱逐的欲望同类的另一些欲望继之悄悄地被孵育出来，并渐渐繁衍增强。

阿：往往如此。

苏：这些又把他拉回到他的老伙伴那里，在秘密交合中它们得到繁殖、滋生。

阿：是的。

苏：终于它们把这年轻人的心灵堡垒占领了，发觉里面空无所有，没有理想，没有学问，没有事业心，——这些乃是神所友爱者心灵的最好守卫者和保护者。

阿：是最可靠的守卫者。

苏：于是虚假的狂妄的理论和意见乘虚而入，代替它们，占领了他的心灵。

阿：确是如此。

苏：这时这年轻人走回头路又同那些吃忘忧果①的旧友们公开生活到一起去了。如果他的家人亲友对他心灵中节俭成分给以援助，入侵者②便会立刻把他心灵的堡垒大门关闭，不让援军进入。他们也不让他倾听良师益友的忠告。他们会在他的内心冲突中取得胜利，把行己有耻说成是笨蛋傻瓜，驱逐出去；把自制说成是懦弱胆怯，先加辱骂，然后驱逐出境；把适可而止和有秩序的消费说成是"不见世面"是"低贱"；他们和无利有害的欲望结成一帮，将这些美德都驱逐出境。

阿：的确这样。

苏：他们③既已将这个年轻人心灵中的上述美德除空扫净，便为别的成分的进入准备了条件；当他们在一个灿烂辉煌的花冠游行的队伍中走在最

---

① 出自史诗《奥德赛》。　② 指上述"虚假的狂妄的理论和意见"。　③ 还是说的那些虚假的狂妄的意见。

前头，率领着傲慢、放纵、奢侈、无耻行进时，他们赞不绝口，称傲慢为有礼，放纵为自由，奢侈为慷慨，无耻为勇敢。你同意我的话吗：从那些必要的欲望中培育出来的一个年轻人，就是这样蜕化变质为肆无忌惮的小人，沉迷于不必要的无益欲望之中的？

阿：是的，你说得很清楚。

苏：我设想，他在一生其余的时间里，将平均地花费钱财、时间、辛劳在那些不必要的欲望上，并象在必要的欲望上面花的一样多。如果他幸而意气用事的时间不长，随着年纪变大，精神渐趋稳定，让一部分被放逐的成分，先后返回，入侵者们将受到抑制。他将建立起各种快乐间的平等，在完全控制下轮到哪种快乐，就让那种快乐得到满足，然后依次轮流，机会均等，各种快乐都得到满足。

阿：完全是的。

苏：如果有人告诉他，有些快乐来自高贵的好的欲望，应该得到鼓励与满足，有些快乐来自下贱的坏的欲望，应该加以控制与压抑，对此他会置若罔闻，不愿把堡垒大门向真理打开。他会一面摇头一面说，所有快乐一律平等，应当受到同等的尊重。

阿：他的心理和行为确实如此。

苏：事实上他一天又一天地沉迷于轮到的快乐之中。今天是饮酒、女人、歌唱，明天又喝清水，进严格规定的饮食；第一天是剧烈的体育锻炼，第二天又是游手好闲，懒惰玩忽；然后一段时间里，又研究起哲学。他常常想搞政治，经常心血来潮，想起什么就跳起来干什么说什么。有的时候，他雄心勃勃，一切努力集中在军事上，有的时候又集中在做买卖发财上。他的生活没有秩序，没有节制。他自以为他的生活方式是快乐的，自由的，幸福的，并且要把它坚持到底。

阿：你对一个平等主义信徒的生活，描述得好极了。

苏：我的确认为，这种人是一种集合最多习性于一身的最多样的人，正如那种民主制城邦的具有多面性复杂性一样。这种人也是五彩缤纷的，华丽的，为许多男女所羡妒的，包含最多的制度和生活模式的。

阿：确是如此。

苏：那么这个民主的个人与民主的制度相应，我们称他为民主分子是合适的。我们就这样定下来，行吗？

阿：好，就这么定下来吧。

苏：现在只剩下一种最美好的政治制度和最美好的人物需要我们加以描述的了，这就是僭主政治与僭主了。

阿：诚然如此。

苏：那么，我亲爱的阿得曼托斯，僭主政治是怎样产生出来的呢？据我看来，很显然，这是从民主政治产生出来的。

阿：这是很明白的。

苏：那么僭主政治来自民主政治，是不是象民主政治来自寡头政治那样转变来的呢？

阿：请解释一下。

苏：我看，寡头政治所认为的善以及它所赖以建立的基础是财富，是吗？

阿：是的。

苏：它失败的原因在于过分贪求财富，为了赚钱发财，其它一切不管。

阿：真的。

苏：那么民主主义是不是也有自己的善的依据，过分追求了这个东西导致了它的崩溃？

阿：这个东西你说的是什么？

苏：自由。你或许听到人家说过，这是民主国家的最大优点。也因为这个原因，所以这是富于自由精神的人们最喜欢去安家落户的唯一城邦。

阿：这话确是听说过的，而且听得很多的。

苏：那么，正象我刚才讲的，不顾一切过分追求自由的结果，破坏了民主社会的基础，导致了极权政治的需要。

阿：怎么会的？

苏：我设想，一个民主的城邦由于渴望自由，有可能让一些坏分子当上了领导人,受到他们的欺骗,喝了太多的醇酒,烂醉如泥。而如果正派的领导人想要稍加约束,不是过分放任纵容,这个社会就要起来指控他们,叫他们寡头分子,要求惩办他们。

阿:这正是民主社会的所作所为。

苏:而那些服从当局听从指挥的人,被说成是甘心为奴,一文不值,受到辱骂。而凡是当权的象老百姓,老百姓象当权的,这种人无论公私场合都受到称赞和尊敬。在这种国家里自由走到极端不是必然的吗?

阿:当然是的。

苏:我的朋友,这种无政府主义必定还要渗透到私人家庭生活里去,最后还渗透到动物身上去呢!

阿:你说的什么意思?

苏:噢,当前风气是父亲尽量使自己象孩子,甚至怕自己的儿子,而儿子也跟父亲平起平坐,既不敬也不怕自己的双亲,似乎这样一来他才算是一个自由人。此外,外来的依附者也认为自己和本国公民平等,公民也自认和依附者平等;外国人和本国人彼此也没有什么区别。

阿:这些情况确实是有的。

苏:确是有的。另外还有一些类似的无聊情况。教师害怕学生,迎合学生,学生反而漠视教师和保育员。普遍地年轻人充老资格,分庭抗礼,侃侃而谈,而老一辈的则顺着年轻人,说说笑笑,态度谦和,象年轻人一样行事,担心被他们认为可恨可怕。

阿:你说的全是真的。

苏:在这种国家里自由到了极点。你看买来的男女奴隶与出钱买他们的主人同样自由,更不用说男人与女人之间有完全平等和自由了。

阿:那么,我们要不要"畅所欲言",有如埃斯库罗斯所说的呢?①

苏:当然要这样做。若非亲目所睹,谁也不会相信,连人们畜养的动物

---

① 埃斯库罗斯:古希腊最伟大的悲剧作家,有"悲剧之父"之称。代表作有《被缚的普罗米修斯》、《阿伽门农》、《善好者》(或称《复仇女神》)等。

在这种城邦里也比在其他城邦里自由不知多少倍。狗也完全象谚语所说的"变得象其女主人一样"了,①同样,驴马也惯于十分自由地在大街上到处撞人,如果你碰上它们而不让路的话。什么东西都充满了自由精神。

阿:你告诉我的,我早知道。我在城外常常碰到这种事。

苏:所有这一切总起来使得这里的公民灵魂变得非常敏感,只要有谁建议要稍加约束,他们就会觉得受不了,就要大发雷霆。到最后象你所知道的,他们真的不要任何人管了,连法律也不放心上,不管成文的还是不成文的。

阿:是的,我知道。

苏:因此,朋友,我认为这就是僭主政治所由发生的根,一个健壮有力的好根。

阿:确是个健壮有力的根,但后来怎样呢?

苏:一种弊病起于寡头政治最终毁了寡头政治,也是这种弊病——在民主制度下影响范围更大的,由于放任而更见强烈的——奴役着民主制度。"物极必反",这是真理。天气是这样,植物是这样,动物是这样,政治社会尤其是这样。

阿:理所当然的。

苏:无论在个人方面还是在国家方面,极端的自由其结果不可能变为别的什么,只能变成极端的奴役。

阿:是这样。

苏:因此,僭主政治或许只能从民主政治发展而来。极端的可怕的奴役,我认为从极端的自由产生。

阿:这是很合乎逻辑的。

苏:但是我相信你所要问的不是这个。你要问的是,民主制度中出现的是个什么和寡头政治中相同的毛病在奴役着或左右着民主制度。

阿:正是的。

---

① 有谚语说:"有这种女主人,就有这种女仆人。"

苏：你总记得我还告诉过你有一班懒惰而浪费之徒，其中强悍者为首，较弱者附从。我把他们比作雄蜂，把为首的比作有刺的雄蜂，把附从的比作无刺的雄蜂。

阿：很恰当的比喻。

苏：这两类人一旦在城邦里出现，便要造成混乱，就象人体里粘液与胆液造成混乱一样。因此一个好的医生和好的立法者，必须老早就注意反对这两种人。象有经验的养蜂者那样，首先不让它们生长，如已生长，就尽快除掉它们，连同巢白彻底铲除。

阿：真的，一定要这样。

苏：那么，为了我们能够更清楚地注视着我们的目标，让我依照下列步骤进行吧！

阿：怎么进行？

苏：让我们在理论上把一个民主国家按实际结构分成三个部分。我们曾经讲过，其第一部分由于被听任发展，往往不比寡头社会里少。

阿：姑且这么说。

苏：在民主国家里比在寡头国家里更为强暴。

阿：怎么会的？

苏：在寡头社会里这部分人是被藐视的，不掌权的，因此缺少锻炼，缺少力量。在民主社会里这部分人是处于主宰地位的，很少例外。其中最强悍的部分，演说的办事的都是他们。其余的坐在讲坛后面，熙熙攘攘、喊喊喳喳地抢了讲话，不让人家开口。因此在民主国家里一切（除了少数例外）都掌握在他们手里。

阿：真是这样。

苏：还有第二部分，这种人随时从群众中冒出来。

阿：哪种人？

苏：每个人都在追求财富的时候，其中天性最有秩序最为节俭的人大都成了最大的富翁。

阿：往往如此。

苏：他们那里是供应雄蜂以蜜汁的最丰富最方便的地方。

阿：穷人身上榨不出油水。

苏：所谓富人者,乃雄蜂之供养者也。

阿：完全是的。

苏：第三种人大概就是所谓"平民"了。他们自食其力,不参加政治活动,没有多少财产。在民主社会中这是大多数。要是集合起来,力量是最大的。

阿：是的,不过他们不会时常集会,除非他们可以分享到蜜糖。

苏：他们会分享得到的。他们的那些头头,劫掠富人,把其中最大的一份据为己有,把残羹剩饭分给一般平民。

阿：是的,他们就分享到了这样的好处。

苏：因此,我认为那些被抢夺的人,不得不在大会上讲话或采取其它可能的行动来保卫自己的利益。

阿：他们怎么会不如此呢?

苏：于是他们受到反对派的控告,被诬以反对平民,被说成是寡头派,虽然事实上他们根本没有任何变革的意图。

阿：真是这样。

苏：然后终于他们看见平民试图伤害他们(并非出于有意,而是由于误会,由于听信了坏头头散布的恶意中伤的谣言而想伤害他们),于是他们也就只好真的变成了寡头派了(也并非自愿这样,也是雄蜂刺螫的结果)。

阿：完全对。

苏：接着便是两派互相检举,告上法庭,互相审判。

阿：确是如此。

苏：在这种斗争中平民总要推出一个人来带头,做他们的保护人,同时他们培植他提高他的威望。

阿：是的,通常是这样。

苏：于是可见,僭主政治出现的时候,只能是从"保护"这个根上产生的。

阿：很清楚。

苏：一个保护人变成僭主，其关键何在呢？——当他的所作所为变得象我们听说过的那个关于阿卡狄亚的吕克亚宙斯圣地的故事①时，这个关键不就清楚了吗？

阿：那是个什么故事呀？

苏：这个故事说，一个人如果尝了那怕一小块混和在其它祭品中的人肉时，他便不可避免地要变成一只狼。你一定听说过这个故事吧？

阿：是的，我听说过。

苏：人民领袖的所作所为，亦是如此。他控制着轻信的民众，不可抑制地要使人流血；他诬告别人，使人法庭受审，谋害人命，罪恶地舔尝同胞的血液；或将人流放域外，或判人死刑；或取消债款，或分人土地。最后，这种人或自己被敌人杀掉，或由人变成了豺狼，成了一个僭主。这不是必然的吗？

阿：这是完全必然的。

苏：这就是领导一个派别反对富人的那种领袖人物。

阿：是那种人。

苏：也可能会这样：他被放逐了，后来不管政敌的反对，他又回来了，成了一个道地的僭主回来了。

阿：显然可能的。

苏：要是没有办法通过控告，让人民驱逐他或杀掉他，人们就搞一个秘密团体暗杀他。

阿：常有这种事情发生。

苏：接着就有声名狼藉的策划出现：一切僭主在这个阶段每每提出要人民同意他建立一支警卫队来保卫他这个人民的保卫者。

阿：真的。

苏：我想，人民会答应他的请求，毫无戒心，只为他的安全担心。

---

① 阿卡狄亚为古希腊神话中的牧神潘的主要所在地。传说阿卡狄亚的猎人如在捕猎中失望，会鞭打神像。

阿：这也是真的。

苏：对于任何一个有钱的同时又有人民公敌嫌疑的人来说,现在该是他按照给克劳索斯①的那个神谕来采取行动的时候了。"沿着多石的赫尔墨斯河岸逃跑,不停留,不害羞,不怕人家笑话他怯懦。"②

阿：因为他一定不会再有一次害羞的机会。

苏：他要是给抓住,我以为非死不可。

阿：对,非死不可。

苏：这时很清楚,那位保护者不是被打倒在地"张开长大的肢体"③,而是他打倒了许多反对者,攫取了国家的最高权力,由一个保护者变成了一个十足的僭主独裁者。

阿：这是不可避免的结局。

苏：我们要不要描述这个人的幸福以及造就出这种人的那个国家的幸福呢?

阿：要,让我们来描述吧!

苏：这个人在他早期对任何人都是满面堆笑,逢人问好,不以君主自居,于公于私他都有求必应,豁免穷人的债务,分配土地给平民和自己的随从,到处给人以和蔼可亲的印象。

阿：必然的。

苏：但是,我想,在他已经和被流放国外的政敌达成了某种谅解,而一些不妥协的也已经被他消灭了时,他便不再有内顾之忧了。

这时他总是首先挑起一场战争,好让人民需要一个领袖。

阿：很可能的。

苏：而且,人民既因负担军费而贫困,成日忙于奔走谋生,便不大可能有功夫去造他的反了,是吧?

阿：显然是的。

---

① 吕底亚国王,以富有闻名。　② 出自希罗多德《历史》第一章。　③ 出自《伊里亚特》。赫克托耳的驭者克布里昂尼斯被派特罗克洛斯杀死,张开长大的身躯四肢躺在地上。

苏：还有，如果他怀疑有人思想自由，不愿服从他的统治，他便会寻找借口，把他们送到敌人手里，借刀杀人。由于这一切原因，凡是僭主总是必定要挑起战争的。

阿：是的，他是必定要这样做的。

苏：他这样干不是更容易引起公民反对吗？

阿：当然啦。

苏：很可能，那些过去帮他取得权力现在正在和他共掌大权的人当中有一些人不赞成他的这些做法，因而公开对他提意见，并相互议论，而这种人碰巧还是些最勇敢的人呢。不是吗？

阿：很可能的。

苏：那么如果他作为一个僭主要保持统治权力，他必须清除所有这种人，不管他们是否有用，也不管是敌是友，一个都不留。

阿：这是明摆着的。

苏：因此，他必须目光敏锐，能看出谁最勇敢，谁最有气量，谁最为智慧，谁最富有；为了他自己的好运，不管他主观愿望如何，他都必须和他们为敌到底，直到把他们铲除干净为止。

阿：真是美妙的清除呀！

苏：是的。只是这种清除和医生对人体进行的清洗相反。医生清除最坏的，保留最好的，而僭主去留的正好相反。

阿：须知，如果他想保住他的权力，看来非如此不可。

苏：他或者是死，或者同那些伙伴——大都是些没有价值的人，全都是憎恨他的人——生活在一起，在这两者之间他必须作一有利的抉择。

阿：这是他命中注定的啊！

苏：他的这些所作所为越是不得人心，他就越是要不断扩充他的卫队，越是要把这个卫队作为他绝对可靠的工具。不是吗？

阿：当然是的。

苏：那么，谁是可靠的呢？他又到哪里去找到他们呢？

阿：只要他给薪水，他们会成群结队自动飞来的。

苏：以狗的名义起誓，我想，你又在谈雄蜂了，一群外国来的杂色的雄蜂。

阿：你猜的对。

苏：但是他不也要就地补充一些新兵吗？

阿：怎么个搞法呢？

苏：抢劫公民的奴隶，解放他们，再把他们招入他的卫队。

阿：是真的。他们将是警卫队里最忠实的分子。

苏：如果他在消灭了早期拥护者之后，只有这些人是他的朋友和必须雇佣的忠实警卫，那么僭主的幸运也真令人羡慕了！

阿：唔，就是这么搞的。

苏：我想，这时僭主所亲近的这些新公民是全都赞美他，而正派人是全都厌恶他，回避他。

阿：当然如此。

苏：悲剧都被认为是智慧的，而这方面欧里庇得斯还被认为胜过别人。这不是无缘无故的。

阿：为什么？

苏：因为在其它一些意味深长的话之外，欧里庇得斯还说过"以有智慧的人为友的僭主是智慧的"。这句话显然意味着，僭主周围的这些人是有智慧的人。

阿：他也说过，"僭主有如神明"，他还说过许多别的歌颂僭主的话。别的许多诗人也曾说过这种话。

苏：所以悲剧诗人既然象他们那样智慧，一定会饶恕我们以及那些和我们有同样国家制度的人们不让他们进入我们的国家，既然他们唱歌赞美僭主制度。

阿：我认为其中的明智之士会饶恕我们的。

苏：我设想他们会去周游其它国家，雇佣一批演员，利用他们美妙动听的好嗓子，向集合在剧场上的听众宣传鼓动，使他们转向僭主政治或民主政治。

阿：是的。

苏：为此他们将得到报酬和名誉。可以预料，主要是从僭主方面，其次是从民主制度方面得到这些。但是，他们在攀登政治制度之山时，爬得愈高，名誉却愈往下降，仿佛气喘吁吁地无力再往上攀登似的。

阿：说得极象。

苏：不过，这是一段题外话，我们必须回到本题。我们刚才正在谈到的僭主私人卫队，一支美好的人数众多的杂色的变化不定的军队。这支军队如何维持呢？

阿：不言而喻，如果城邦有庙产，僭主将动用它，直到用完为止；其次是使用被他除灭了的政敌的财产；要求平民拿出的钱比较少。

苏：如果这些财源枯竭了，怎么办？

阿：显然要用他父亲的财产来供养他和他的宾客们以及男女伙伴了。

苏：我懂了。你的意思是说那些养育了他的平民现在不得不供养他的一帮子了。

阿：他不得不如此。

苏：如果人民表示反对说，儿子已是成年还要父亲供养是不公道的，反过来，儿子奉养父亲才是公道的；说他们过去养育他拥立他，不是为了在他成为一个大人物以后，他们自己反而受自己奴隶的奴役，不得不来维持他和他的奴隶以及那一群不可名状的外国雇佣兵的，而是想要在他的保护之下自己可以摆脱富人和所谓上等人的统治的，现在他们命令他和他的一伙离开国家象父亲命令儿子和他的狐朋狗友离开家庭一样，——如果这样，你有什么想法呢？

阿：这时人民很快就要看清他们生育培养和抬举了一只什么样的野兽了。他已经足够强大，他们已经没有办法把他赶出去了。

苏：你说什么？你是不是说僭主敢于采取暴力对付他的父亲——人民，他们如果不让步，他就要打他们？

阿：是的，在他把他们解除武装以后。

苏：你看出僭主是杀父之徒，是老人的凶恶的照料者了。实际上我们这里有真相毕露的直言不讳的真正的僭主制度。人民发现自己象俗话所说的,跳出油锅又入火炕;不受自由人的奴役了,反受起奴隶的奴役来了;本想争取过分的极端自由的,却不意落入了最严酷最痛苦的奴役之中了。

阿：实际情况的确是这样。

苏：好,我想至此我们有充分理由可以说我们已经充分地描述了民主政治是如何转向僭主政治的,以及僭主政治的本质是什么的问题了。是不是?

阿：是的。

——选自柏拉图:《理想国》,郭斌和、张竹明译,商务印书馆 1986 年版

（杨秀礼　选编）

《乌托邦》(节选)

[英]托马斯·莫尔

【解题】

托马斯·莫尔(1478—1535),英国杰出的人文主义者,著名政治家,空想社会主义创始人之一。曾当过律师、财政副大臣、国会下院议长、大法官。因主张教皇权力的至高无上,反对亨利八世兼任教会首脑而被处死,在天主教与英国历史上均具有崇高的历史地位。

乌托邦意为"空想的国家",最早的提出者是古希腊哲学家柏拉图。《乌托邦》一书是莫尔的代表作,全名为《关于最完全的国家制度和乌托邦新岛的既有益又有趣的金书》。在这部著名而又颇具争议的作品里,莫尔以航海家拉斐尔·希斯拉德的见闻,描述假想的岛屿国家乌托邦的"最完全的国家制度",开创了空想社会主义学说,是现代社会主义思潮的思想来源之一。书中展现了"最有价值和最有尊严"的城市乌托邦,即一个作者所憧憬的美好社会。节选部分主要从城市、官员、职业、社交生活等方面展开,对乌托邦的社会运行机制及其优越性展开讨论。虽然深受柏拉图《理想国》的影响,但与柏拉图为实现最高的善的目标不同,莫尔是为了改变当时社会贫富不均等社会不良现状而写作《乌托邦》的。

拉斐尔·希斯拉德①关于某一个国家理想盛世的谈话,由伦敦公民和行政司法长官托马斯·莫尔转述。

---

① 拉斐尔·希斯拉德(Raphael Hythloday),书中亦简称希斯拉德。《乌托邦》中人名及地名多杜撰,此处除拉斐尔系借用教名外,希斯拉德是用希腊语构成,大意可能为"空谈的见闻家"。——译者原注

乌托邦岛中部最宽，延伸到二百哩，全岛大部分不亚于这样的宽度，只是两头逐渐尖削。从一头到另一头周围五百哩，使全岛呈新月状，两角间有长约十一哩的海峡，展开一片汪洋大水。由于到处陆地环绕，不受风的侵袭，海湾如同一个巨湖，平静无波，使这个岛国的几乎整个腹部变成一个港口，舟舶可以通航各地，居民极为称便。

港口出入处甚是险要，布满浅滩和暗礁。约当正中，有岩石矗立，清楚可见，因而不造成危险，其上筑有堡垒，由一支卫戍部队据守。此外是水底暗礁，因而令人难以提防。只有本国人熟知各条水道。外人不经乌托邦人领航，很难进入海湾。实则，这个出入处即使对乌托邦人自己也不能算是安全的，除非他们依照岸上的明显标志作指引。这些标志一经移位，不管敌人舰队多么壮大，都容易被诱趋于毁灭。

岛的外侧也是港湾重重。可是到处天然的或工程的防御极佳，少数守兵可以阻遏强敌近岸。

根据传说以及地势证明，这个岛当初并非四面环海。征服这个岛（在此以前叫做阿布拉克萨岛[①]）而给它命名的乌托普国王使岛上未开化的淳朴居民成为高度有文化和教养的人，今天高出几乎其他所有的人。乌托普一登上本岛，就取得胜利。然后他下令在本岛联接大陆的一面掘开十五哩，让海水流入，将岛围住。他不但要居民干这个活，而为了不使他们觉得这种劳动不光采，也让自己的兵士参加进去。既然动手的人多，任务完成得异常快，邻国人民当初讥笑这个工程白费气力，及见大功告成，无不惊讶失色。

岛上有五十四座城市，无不巨大壮丽，有共同的语言、传统、风俗和法律。各城市的布局也相仿，甚至在地势许可的情况下，其外观无甚差别。城市之间最近的相隔不到二十四哩，最远的从不超过一天的脚程。每年每个城市有三名富于经验的老年公民到亚马乌罗提集会商讨关系全岛利益的事。亚马乌罗提作为全国中心的一座城，其位置便于各界代表到来。它被

---

① 阿布拉克萨(Abraxa)：组成本名的希腊字母代表数字 365，等于全年的天数，寓有神秘意味。——译者原注

看成是主要的城,亦即是首都。

各个城的辖境分配得宜,任何城的每一个方向都至少有十二哩区域,甚至更宽些,亦即两城相距较远的一面。每个城都不愿扩张自己的地方,因为乌托邦人认为自己是土地的耕种者,而不是占有者。

农村中到处是间隔适宜的农场住宅,配有充足的农具。市民轮流搬到这儿居住。每个农户男女成员不得少于四十人,外加农奴二人,由严肃的老年男女各一人分别担任管理。每三十户设长官一人,名飞拉哈。①

每户每年有二十人返回城市,他们都是在农村住满两年的。其空额由从城市来的另二十人填补。这些新来者从已在那儿住过一年因而较熟悉耕作的人接受训练。新来者本身次年又转而训练另一批人。这样,就不发生由于技术缺乏而粮食年产会出问题的危险。如果大家同时都是不懂农业的新来者,这种危险就会不可避免。虽然农业人员的更换是常规,以免有人在不愿意情况下被迫长期一直从事颇为艰苦的工作,然而许多人对农事有天然的爱好,他们获得许可多住几年。

农业人员的职务是耕田,喂牲口,砍伐木材,或经陆路或经水路将木材运到城市,视方便而定。他们用巧妙的方法大规模养鸡。母鸡不用孵蛋。农业人员使大量的蛋保持一样的温度,从而成熟孵化。小鸡一脱壳,就依恋人,视同自己的母亲!

他们饲养少量的马,全是良种,只供青年驰骋锻炼,不作他用。耕犁及驮运是由牛担任。他们深知牛不如马善于奔腾,但是牛比马更吃苦耐劳,又较少生病。此外,牛的饲养更经济省力。超过服役年龄的牛还可以供食用。

他们种谷物,专当粮食。他们喝的是葡萄或苹果或梨子酿成的酒,甚至只是水。他们有时喝清水,但通常水里加上煮过的蜂蜜或当地盛产的甘草。他们对于本城及附近地区消费粮食的数量虽然心中十分有数,却生产出超过自己需要的谷物及牲畜。他们将剩余分给邻境居民。当他们需用农村无从觅得的物品时,就派人到城市取得全部供应,无须任何实物交换,城市官

---

① 飞拉哈(Phylarch):希腊语,意谓部落酋长。——译者原注

员发出这些供应时是毫无议价麻烦的。反正每月逢假的那一天,农村中许多人进城度假。

将近收获时,农业飞拉哈通知城市官员应派遣下乡的人数。这批收割大军迅速按指定时间到达后,几乎在一个晴天飞快地全部收割完毕。

关于城市,特别是亚马乌罗提城

我们只要熟悉其中一个城市,也就熟悉全部城市了,因为在地形所许可的范围内,这些城市一模一样。所以我将举一个城市来描写(究竟哪一个城市,无关紧要)。但还有什么城比亚马乌罗提更适宜呢? 首先,没有别的城市比它地位更高,其余城市都推它为元老院会议所在地。其次,没有别的城市最为我所熟悉,因为它是我住过整整五年的城市。

请听我说下去。亚马乌罗提位于一个不太陡的山坡上,几成正方形。它宽达两哩左右,从近山顶处蜿蜒而下,直达阿尼德罗河。它沿河部分延伸稍微长些。阿尼德罗河发源于距城八十哩上游的一小股水,由于若干支流的汇注而河身加宽(其中两条支流水势颇大),使阿尼德罗河在城前流过时达半哩宽。稍远,河水更加浩阔,一泻六十哩,注入大海。从城到海这一段河道,甚至直到城那边的上游,每隔六小时有海水涨落,潮势凶猛。每当潮起,河水被迫后退,海水侵入河床达二十哩。这时,连远至三十哩之外,河水都是咸的。更上,水味渐淡,所以阿尼德罗河在城附近一段是不受海潮污染的。一旦潮退,河中澄清的水又流往下方到河口一带。

该城有桥通河的对岸,桥基不是用木桩而是用巨大的石拱建成。这个桥位置于距海最远的地方,因而船只可无妨碍地沿城的这一面全程航行。

这儿还另有一条小河,水流舒缓而怡人心目。它发源于城基所在的那座山,穿过城的中部流入阿尼德罗河。由于这条河的源头在城郊,居民便在该处筑成外围工事,和城连接起来,以防一旦敌人进攻,河流不致被截断或改道,也不致被放毒污染。居民从源头用瓦管将水分流到城中较低各处。凡因地势而不适于安设水管的地方,有容积大的雨水池,同样称便。

绕城有高而厚的城墙,其上密布望楼和雉堞。城的三面筑有碉堡,其下周围是既阔且深的干壕,其中荆棘丛生,难以越过。剩下的一面就用那道河作为护城河。

街道的布局利于交通,也免于风害。建筑是美观的,排成长条,栉比相连,和街对面的建筑一样。各段建筑的住屋正面相互隔开,中间为二十呎宽的大路。整段建筑的住屋后面是宽敞的花园,四围为建筑的背部,花园恰在其中。每家前门通街,后门通花园。此外,装的是折门,便于用手推开,然后自动关上,任何人可随意进入。因而,任何地方都没有一样东西是私产。事实上,他们每隔十年用抽签方式调换房屋。

乌托邦人酷爱自己的花园,园中种有葡萄、各种果树及花花草草,栽培得法,郁郁葱葱,果实之多及可口确为生平第一次见到。他们搞好花园的热忱,由于从中得到享乐以及各街区于此争奇斗胜而不断受到鼓励。一见而知,花园是对全城人民最富于实惠及娱乐性的事物。这个城的建立者所最爱护的似乎也是花园。

实际上,乌托邦人宣称,该城的全部设计是最初由乌托普国王本人拟出草图的。至于修饰加工,他看到这不是一个人毕生力量所能完成,就留给后代去做。他们的纪事史长达一千七百六十年,写得翔实认真。史书载明,最初住屋低矮,与棚舍无异,随便用任何到手的木料构成,围以泥墙。屋面陡斜,用草葺成。

今天则各户外观都很美,为三层的楼房。墙面用坚石或涂上泥灰,也有砖砌的,墙心用碎石填充。屋面为平顶,覆盖着一层廉价水泥,调制极精,可以防火,对于抵抗风暴又比铅板优越。他们用玻璃窗防风,玻璃在乌托邦使用极广;也间或用细麻布代玻璃装窗,布上涂透明的油料或琥珀。这个办法具有两个优点,光线较充足,抗风更有效。

关 于 官 员

每三十户每年选出官员一人,在他们的古代语言中名叫摄护格朗特①,在近代语言中叫飞拉哈。每十名摄护格朗特以及其下所掌管的各户隶属于一个高级的官员,过去称为特朗尼菩尔②,现称为首席飞拉哈。

全体摄护格朗特共二百名,他们经过宣誓对他们认为最能胜任的人进行选举,用秘密投票方式公推一个总督,特别是从公民选用的候选人四名当中去推。因为全城四个区,每区提出一名总督候选人,准备提到议事会去。

总督为终身职,除非因有阴谋施行暴政嫌疑而遭废黜。特朗尼菩尔每年选举,但如无充分理由,无须更换。其他官员都是一年一选。

特朗尼菩尔每三天与总督商量公务,倘有必要,可以有时更频繁地接触。他们商讨国事。但如公民私人间发生纠纷(这种情况是不多的),他们总是及时处理。他们经常让两名摄护格朗特出席议事会,这两名每天不同。他们规定,任何涉及国家的事,在通过一项法令的三天前如未经议事会讨论,就得不到批准。在议事会外或在民众大会外议论公事,以死罪论。这种措施的目的,据他们说,是使总督及特朗尼菩尔不能轻易地共谋对人民进行专制压迫,从而变革国家的制度。因此,凡属认为重要的事都要提交摄护格朗特会议,由摄护格朗特通知各人所管理的住户,开会讨论,将决定报告议事会。有时问题须交全岛大会审议。

此外,议事会照例不在某一问题初次提出的当天讨论,而是留到下次会议上。他们一般这样作,以防止任何成员未经深思,信口议论,往后却是更多地考虑为自己的意见辩护,而不是考虑国家的利益,即宁可危害公共福利,而不愿使自己的名声遭受风险,其原因是出于坚持错误的不适当的面子观点,唯恐别人会认为他一开始缺乏预见——其实他一开始本应充分预见到发言应该慎重而不应轻率。

---

① 摄护格朗特(Syphogrant):对本词希腊语原意,名家解释不一,有人解为老人或长者。——译者原注　② 特朗尼菩尔(Tranibor):各家对本词希腊语原意有不同解释,一说指坐首席席位者。——译者原注

关 于 职 业

乌托邦人不分男女都以务农为业。他们无不从小学农,部分是在学校接受理论,部分是到城市附近农庄上作实习旅行,有如文娱活动。他们在农庄上不只是旁观者,而是每当有体力劳动的机会,从事实际操作。

每人除我所说的都要务农外,还得自己各学一项专门手艺。这一般是毛织、麻纺、圬工、冶炼或木作。除此而外,部分人从事的其它职业是不值得提的。至于服装,全岛几百年来是同一式样,只是男女有别,已婚未婚有别。这种衣服令人看了感到愉快,方便行动,而且寒暑咸宜。哦,每户都是做自己的衣服呢!

除了裁制衣服而外,其它的手艺都是每人学一种,男的如此,女的也是如此。妇女体力较弱,因而做轻易的工作,一般是毛织和麻纺。男人担任其余较繁重的活计。子承父业是一般的情况,由于多数人有这种自然倾向。但如任何人对家传以外的其他行业感到对他有吸引力,他可以寄养到操他所喜欢的那种行业的人家。他的父亲,乃至地方当局,都关心替他找一个庄严可敬的户主。此外,如某人精通一艺后,想另学一艺,可得到同样的批准。他学得两门手艺后,可以任操一艺,除非本城市对其中之一有更大的需要。

摄护格朗特的主要的和几乎唯一的职掌是务求做到没有一个闲人,大家都辛勤地干他们的本行,但又不至于从清早到深夜工作不停,累得如牛马一般。那样倒霉是比奴隶的处境还不幸了,然而除乌托邦人外,劳动人民的生活几乎到处如此。乌托邦人把一昼夜均分为二十四小时,只安排六小时劳动。午前劳动三小时,然后是进午膳。午后休息二小时,又是继以三小时工作,然后停工进晚餐。他们从正午算起是第一小时,第八小时左右就寝,睡眠时间占八小时。

工作、睡眠及用餐时间当中的空隙,由每人自己掌握使用,不是浪费在欢宴和游荡上,而是按各人爱好搞些业余活动。这样的空闲一般是用于学术探讨。他们照例每天在黎明前举行公共演讲。只有经特别挑选去做学问的人方必须出席。然而大部分各界人士,无分男女,成群结队来听讲,按各人性之所近,有听这一种的,也有听那一种的。但如任何人宁可把这个时间花在自己的手艺上,则听其自便。许多人就是这样的情况,他们的水平不够达到用脑的较高深的学科。他们搞自己的手艺实际上还受到表扬,因为对国家有益。

晚餐后有一小时文娱,夏季在花园中,冬季在进餐的厅馆内,或是演奏音乐,或是彼此谈心消遣。骰子以及类乎此的荒唐有害的游戏,乌托邦是从不知道的。可是他们间通行两种游戏,颇类下棋。一种是斗数,一个数目捉吃另一个数目。另一个游戏是罪恶摆好架势向道德进攻,于此首先很巧妙地显示出罪恶与罪恶之间彼此倾轧而又一致反抗道德,然后是什么样的罪恶反抗什么样的道德,用什么样的兵力公开袭击道德,用什么样的策略迂回向道德进军,而道德又是采取什么样的防护以阻止罪恶的猖獗得势,用什么样的计谋挫败罪恶的花招,直到最后,其中一方通过什么样途径取得胜利。

可是,为了避免误会,这儿有一点你必须更深入地加以考察。既然他们只工作六小时,你可能认为其后果是必需品会有些是不足的。然而事实远非如此。对于生活上的必需或便利所万不可少的全部供应,这六小时不但够用,而且绰有余裕。这种现象你会理解,假使你考虑到在别的国家只吃饭而不干活的在全人口中占多么大的一个比例,首先是几乎所有的妇女,她们是全民的半数,或是妇女有事干的地方,男子又通常睡懒觉。而且,那伙僧侣以及所谓的宗教信徒又是多么队伍庞大,多么游手好闲呀!和他们加在一起的还有全部富人,特别是叫做绅士与贵族的地主老爷。再算上他们的仆从,我指那些干不出一件好事的仗势凌人的全部下流东西。末了,包括在内的又有身强力壮的乞丐,他们借口有病,专吃闲饭。这样,你就一定发现,创造人们全部日用必需品的劳动者远比你所想象的人数要少。

现在可以估计一下,在劳动者当中从事必要的手艺的人又是多么少得可怜。因为,在以金钱衡量一切的社会中,人们势不得不操许多毫无实用的多余的行业,徒然为奢侈荒淫的生活提供享受。倘使现在干活的这一大群人分配到为满足生活的少数自然需要与便利的少数行业中去,商品就必然大为增加，价格就会跌落到使制造工人无法靠作工维持生活。可是又倘使目前全部不务正业的人以及全部懒汉（他们每个人所消耗的别人劳动的成果就等于两个工人所消耗的）都被分派去劳动，做有益的工作，那么，你不难看出，只需要多么少的工作时间便足够有余地生产出生活上需要与便利（甚至享乐，只要是真正自然的享乐）所必不可少的一切。

乌托邦的经验证明了上述的后一种情况。那儿，每一座城及其附近地区中凡年龄体力适合于劳动的男女都要参加劳动，准予豁免的不到五百人。其中各位摄护格朗特虽依法免除劳动，可是不肯利用这个特权，而是以身作则，更乐意地带动别人劳动。有些人经过教士的推荐以及摄护格朗特的秘密投票，也可以豁免，以便认真进行各科学术的研究。但是如果任何做学问的人辜负了寄托在他们身上的期望，就被调回去做工。相反，往往有这样的事，一个工人业余钻研学问，孜孜不倦，成绩显著，因而他可以摆脱自己的手艺，被指定做学问。正是从一批有学问的人当中，乌托邦人选出外交使节、教士、特朗尼菩尔，乃至总督。在他们的古代语言中，总督叫做巴桑①，近来称为阿丹麦②。

几乎其余所有居民既不懒散，所忙碌从事的又非无益的工作，因此可想而知，他们制出的好东西多么丰富，花时间又多么节省。除此而外，他们对大多数必需的手艺，不如在别的国家要费那么多工，这也是一个便利。首先，房屋的建成和修理在别处要大批工人经常付出劳动，这是因为一个父亲经营的建筑，他的不知爱惜财力的后人总是任其逐渐颓毁。结果，本是花小钱就可以维修的房子，后人须花大钱另起一幢。而且，甲虽然使用巨款才造成的房子，乙却任意挑剔，不把它看在眼里，不加爱惜，任其失修倒塌，然后在别处花同样数目的钱另造一所。而在乌托邦土地上，由于一切井井有条，公众福利管理认真，很少见到辟新地建新房。乌托邦人勤于维修房屋，尤其重视事前爱护。从而花的劳动量最小，房屋非常经久，瓦木工有时闲得无事可作，除非在自己家中砍劈木料，同时整修石块，以便一日有兴土木的需要，

---

① 巴桑（Barzanes）：一说据希腊语指宙斯之子（宙斯乃希腊神话中的主神）。——译者原注
② 阿丹麦（Ademus）：据希腊语为"无国民"之意。——译者原注

可以很快建好房子。

同样,关于服装,也请注意消费的劳动力多么少。首先,他们在工作时间穿可以经用七年的粗皮服,这是朴素的衣着。他们出外到公共场所时,披上外套,不露出较粗的工作装。外套颜色全岛一律,乃是羊毛的本色。因此,毛绒的需要固比他处为少,而且比别处价格低廉。从另一方面说,亚麻布制成较省力,用途也就较广。对亚麻布他们着重的只是颜色白,对毛呢他们着重的只是质地洁。毛头纤细他们不希罕。所以,在别的国家,一个人有各色的毛衣四五件,又是四五件绸衫,不觉得满足,更爱挑挑拣拣的人甚至有了十件还不满足;而在乌托邦,只一件外套就使人称心满意,一般用上两年。当然,乌托邦人无理由要更多的衣服,因为更多并不穿得更暖和些,也不显得更漂亮。

此所以,既然他们大家忙于有益的手工艺,而且从中取得较少的产品已经足够,他们在一切日用品充沛时,间或调出不计其数的公民修理一切损坏了的公共道路。如果甚至这样的修理都无需要,他们还往往公开宣告减少工作时数。政府并不强迫公民从事多余无益的劳动。乌托邦宪法规定:在公共需要不受损害的范围内,所有公民应该除了从事体力劳动,还尽可能充裕的时间用于精神上的自由及开拓,他们认为这才是人生的快乐。

关于社交生活

现在似应说明公民如何彼此来往,他们的社会关系的性质,以及物资分配方法。城市是由家组成的,家是由有亲属关系的成员共同居住的。女子成年结婚后,到丈夫家居住。儿子及孙男则住在自己家中,听命于年纪最大的家长,除非他已年老昏聩,这样,他就由次老的人取代其地位。

为使城市人口不过稀也不过密,规定每家成年人不得少于十名,也不得多于十六名。每一个城市须有六千个这样的户,郊区除外。未成年的儿童当然不限定数目。这个限制不难遵守,只须把一户过多的人口抽出,以填补人口不足的一户。如果全城各户人口都已足额,凡有超出数字的成年人可迁移出来，帮助充实其他人口不足的城市。

如全岛人口超出规定的数量，他们就从每一个城市登记公民，按照乌托邦法律，在邻近大陆无人的荒地上建立殖民地。如当地人愿意前来和他们一起生活，他们就与其联合起来。如实行联合，两方逐渐容易地融成一体，吸收共同的生活方式及风俗，对两方都有极大的好处。乌托邦人通过所采取的步骤，使两方都有足以维持生活的土地，而这种土地先前是被当地人认为荒芜不毛的。对不遵守乌托邦法律的当地人，乌托邦人就从为自己圈定的土地上将他们逐出。他们若是反抗，乌托邦便出兵讨伐。如果某个民族听任自己的土地荒废，不去利用，又不让按照自然规律应当依靠这片土地为生的其他民族使用，那么，乌托邦人认为这是作战的绝好理由。

假如乌托邦城市因某种祸灾而人口减少，不能从岛上其他地区取得补充而不损害别的城市的适当人力（据说，这种情形历来只有两次，由于瘟疫流行），他们就从殖民地调回公民充实。他们宁可让殖民地消灭，不愿看到岛上的任何城市削弱。

现在再把话回到公民的彼此交往上。我上面说过，年纪最老的人当家。妻子呢，伺候丈夫；儿女呢，服侍父母。一般说来，年轻人照顾年老人。

每座城市分成四个大小一样的部分。每一区的中心是百货汇聚的市场。任何一户的制品都运到市场的指定建筑物中。各种货物在仓库中是按类存放。每一户的户主来到仓库觅取他自己以及他的家人所需要的物资，领回本户，不付现金，无任何补偿。有什么理由要拒绝给予所需要的物资呢？首先一切货品供应充足。其次无须担心有人所求超出自己所需。有什么理由要怀疑一个人会要求过多的货品，当他确信货品决不会不够？当然，就一切生物而言，贪得无厌的心，都来自唯恐供应缺乏，可是就人而言，则出自尊感，即认为显示一下占有的东西超过别人是值得引以为荣的。这种坏风尚丝毫不存在于乌托邦人的生活习惯中。

在我所说的那市场的近旁是食品市场。运到这儿的不但有各种蔬菜、水果、面包，还有鱼，以及可供食用的禽鸟及牲畜。全部血腥污秽在城外专地经过流水冲洗掉，然后从这儿将由奴隶屠宰并洗涤过的牲畜躯体运出。

乌托邦人不准自己的公民操屠宰业，认为这会逐渐消灭人性中最可贵的恻隐之心。而且，他们不允许将任何不洁的东西带进城市，以防止空气受腐朽物的污染而引起疾病。

此外，每条街有宽敞的厅馆，位置的距离相等，每一座有自己的专名。摄护格朗特住在这些厅馆里。一个厅馆左方右方各十五户，共管三十户，集中在厅馆中用膳。各厅馆的伙食经理按时到市场聚齐，根据自己掌管的开伙人数领取食品。

在公医院治疗的病人首先得到特殊照顾。在每一个城的范围内，邻近城郊，有四所公医院，都是十分宽大，宛如四个小镇。其目的有二：第一，不管病人有好多，不至于挤在一起而造成不舒适；其次，患传染病的人可以尽量隔离。这些医院设备完善，凡足以促进健康的用具无不应有尽有。而且，治疗认真而体贴入微，高明医生亲自不断护理，所以病人被送进医院虽不带强迫性，全城居民一染上病无不乐于离家住院护理。

病号管理员领到医生对病人所规定的食物后，将最精美的各种饭菜根据各厅馆人数平均分配，但是对总督、主教、特朗尼菩尔，以及外国使节和全部外侨（倘若有外侨的话，不过一般说来，难得有外侨）则是例外地给以特殊照顾。外侨来到乌托邦，有为他们准备好的固定住所。

在规定的午餐及晚餐时间，听到铜喇叭号声，摄护格朗特辖下全部居民便前来厅馆聚齐，住院或在家生病者除外。厅馆开饭后，如有人又从市场领取食品回家，并不禁止。乌托邦人认识到，一个人那样做一定是有原因的。因为虽然任何人在家开伙并不是不允许，但任何人不愿在家开伙。附近厅馆中的饭菜既然如此精美丰盛，一个人却傻到自找麻烦去从事质量差的烹饪，这种做法是被认为欠体统的。

厅馆中或多或少费力而又肮脏的全部贱活都由奴隶承担。但是食物烹调以及全餐的安排由妇女单独担任，由各户妇女轮流。或分三个食桌或分更多的食桌进餐，视全体人数多少而定。男子在岁桌上背墙坐，女子靠外坐，因而后者如感到急痛或不适（怀孕妇女往往不免），便可离座到保姆处而不至于引起秩序搅乱。

　　保姆带婴儿另在专门指定的餐室里,那儿经常生火,备有清洁用水,还放有摇篮。保姆可以把婴儿放进摇篮,也可以随意解开婴儿包裹,听其在火边自在地游戏。母亲哺育自己的婴儿,母亲死亡或生病者除外。万一母亲死亡或生病,摄护格朗特的夫人很快找来一个保姆,这并非难事。因为凡能对此胜任的妇女无不自愿,出以非常踊跃的心情。这种慈善得到人人赞扬。并且在这种情况下受到抚养的婴儿视保姆如生母一般。五岁以下婴儿都和保姆同住。其他未成年人,其中包括未达结婚年龄男女,或在食桌旁伺候进餐者,或由于年幼不胜任本职则静立一旁。以上两种青年人吃的是从餐桌上递给他们的饭菜,无另外用膳时间。

　　摄护格朗特和他的夫人坐在首席正中方,这个地方最荣誉,又可以使他们看到全体进膳的人。这个首席是横安在食堂的最尽头。和摄护格朗特夫妇同桌的是两位最年长的公民。他们总是四人一桌。如某一摄护格朗特区设有教堂,教士夫妇便在摄护格朗特席上就座,并担任席长。两旁餐桌是年轻人使用,接下去又是老年人用桌,全食堂的餐桌都是这样互相间隔地排下去,年龄相同的人一桌,又和年龄不同的人交叉。他们说,这样安排,老人们的严肃而可敬畏的威仪足以防止青年言行失检而涉于浪荡,因为他们一言一行都逃不了在场老年人的注意。

　　食盘并非依次序端上第一席后,再上第二席等等,而是坐位显著的老人首先有最好的食品端上,然后其他各桌位才得到平均的分配。如果这种美味分量有限,不能供食堂全体享受,老人可随自己意将他的美味分给邻座的人。因此,老年人受到理所应得的尊敬,其余的人也平均沾光。

　　午餐及晚餐开始前,有人先读一段书,劝人为善,但内容简短,不至于令听者厌烦。老人就按这段书的提示,引出认为适当的话题,调子是开朗的而且略带风趣的。但老人并不终席自己长篇大论,也乐于听青年发言,甚至故意引出他们的话,以便在进餐时谈话的轻松气氛中考验每一青年流露出的才华及性格。

　　午膳时间不算长,晚膳时间倒长些,因午膳后须工作,而晚膳后则是就寝,整夜休息。乌托邦人认为一夜的安眠大有助于肠胃消化。每逢晚膳,必有音乐,餐后的甜点心极为可口。他们燃香,喷洒香水,尽力之所能使所有的人心情愉快。他们总是宁可认为:一切无害的享乐都不应该禁止。

他们在城市中便是这样共同生活。然而在乡村中,由于大家的住处彼此相隔辽远,各人就在自己家中进餐。任何一户都有一切食品的供应,原来城市中人吃的东西也是全部来自乡村老百姓那儿。

——选自托马斯·莫尔:《乌托邦》,戴镏龄译,商务印书馆1996年版

(杨秀礼　选编)

【拓展阅读】

1. 晁福林:《先秦社会形态研究》,北京师范大学出版社2003年版。

2. 康有为:《大同书》,汤志钧导读,上海古籍出版社2008年版。

3. 张岂之、宋玉波:《天下大同》,学习出版社2014年版。

4. [美]约翰·E.彼得曼:《柏拉图》,胡自信译,中华书局2014年版。

5. [苏联]扎米亚京、[英]赫胥黎、[英]乔治·奥威尔:《反乌托邦三部曲》,译林出版社2017年版。

自我与社会

明　　独

章太炎

【解题】

　　章太炎(1869—1936)，字枚叔，后易名为炳麟，号太炎，浙江余杭人。清末民初民主革命家、思想家，研究范围涉及小学、历史、哲学、政治、佛学、医学等。1897 年任《时务报》撰述，因参加维新运动被通缉，流亡日本。1903 年因发表《驳康有为论革命书》并为邹容《革命军》作序，触怒清廷，被捕入狱。1913 年宋教仁被刺后参加讨袁活动，遭袁世凯禁锢。1917 年脱离孙中山改组的国民党，在苏州设章氏国学讲习会，以讲学为业。晚年愤日本侵略中国，积极参加抗日救亡运动。

　　《明独》选自章太炎的名著《訄书》。《訄书》是一部探索中国救亡之路的书。訄，音 qiú，意"急迫"。《明独》解释什么是"独"，什么是"小独"，什么是"大独"，说明独与群、个人与社会的关系。章太炎认为"大独必群"，真正有个性，也就是真"独"的人必定是求"群"的，而且"群必以独成"，在一个好的共同体内部，也会充分发展每个人的个性。

　　遇灵星舞僮①而谓之曰："子材众庶也。"则按剑而噁②。俄而曰："子材固卓荦，天上所独也。"则笑屑然有声矣。则又曰："子入世不能与人群，独行而已。"则又按剑噁。乌乎！是何于名誉则欲其独，而入世则以独为大邮③也？彼痼俗也，僮子且然，而况丈夫哉！

---

　　① 灵星：古代占星名。灵星僮：这里指有才艺的普通少年。　② 噁(wù)：怀怒气。　③ 邮：通"尤"，大邮指重大的过失。

眯夫①，其乱于独之名实！夫大独必群，不群非独也。是故卓诡②其行，虓然③与俗争，无是非必胜，如有捲④勇，如不可敔⑤者，则谓之鸷夫⑥而已矣；原其泉贝，膏其田园，守之如天府之宲⑦，非己也，莫肯费半菽也，则谓之啬夫而已矣；深溪博林，幽闲以自乐，菑⑧华矣，不菑人也，翭鸟矣，不翭宾也，过此而靓，和精端容，务以尊其生，则谓旷夫而已矣。三者皆似独，惟不能群，故靳与之独也。

大独必群，群必以独成。日红采而光于晁，天下震动也；日柳色⑨而光于夕，天下震动也；使日与五纬⑩群，尚不能照寸壤，何暇及六合？海尝欲与江河群矣，群则成一渠，不群则百谷东流以注壑，其灌及天表。曰：与群而成独，不如独而为群王。灵鼓之翁博⑪，惟不与吹管群也，故能进众也。使嘉木与莸⑫群，则莫荫其下，且安得远声香？凤之冯风也，尐⑬雏不能群，故卒从以万数。贞虫之无耦，便其独也，以是有君臣，其类泡盛。繇是言之⑭，小群，大群之贼也；大独，大群之母也。

不眯于独，古者谓之圣之合莫⑮，抱蜀⑯不言，而四海讙⑰应，人君之独也。握其节⑱，莫与分其算⑲，士卒无敢不用命，大帅之独也。用心不枝，孑然与精神往来，其立言，诵千人，和万人，儒墨之独也。闭阁而省事，思凑单微⑳，发其政教，百姓悦从如蒲苇，卿大夫之独也。总是杂术也，以一身教乡井，有贤不肖，或觥之、或挞之㉑，或具染请之，皆磬折而愿为之尸，父师之独也。吾读范氏书，至《独行传》，迹其行事，或出入党锢。嗟乎，菲独，何以

---

① 眯(mì)：尘土入眼，不能睁开看东西。　② 卓诡：与上文的"卓荦"都指与众不同。　③ 虓(xiāo)：像虎一样怒吼。　④ 捲：通"拳"，指锐不可当的气势。　⑤ 敔(yǔ)：古乐器名，用于曲终止乐。不可敔：指不能停止。　⑥ 鸷夫：凶猛的人。　⑦ 宲(bǎo)：古人称宫廷宝库为天府。宲：藏的意思。　⑧ 菑(zī)：开荒，栽培。　⑨ 柳色：昏暗色。　⑩ 五纬：指太阳系中金、木、水、火、土五大行星。　⑪ 灵鼓：古代祭祀时的一种鼓。翁博：鼓的声音。　⑫ 莸(yóu)：古书上指一种有臭味的草。　⑬ 尐：《说文·小部》："尐，少也……读若辍。"　⑭ 繇(yóu)：古同"由"。繇是言之即由是言之。　⑮ 合莫：谓祭祀时祭者通过进献祭物与所祭鬼神相感通，这里意指相通。　⑯ 抱蜀：抱持祠器，《管子·形势》："抱蜀不言，而庙堂既修。"又《形势解》："人主立其度量，陈其分职，明其法式，以莅其民，而不以言先之，则民循正。所谓'抱蜀'者，祠器也。故曰：'抱蜀不言，而庙堂既修。'"　⑰ 讙：同"欢"。　⑱ 节：符节，指通掌兵权。　⑲ 算：分算。这里指不干预前线将士的具体指挥。　⑳ 思凑单微：所想的问题越来越少。　㉑ 觥和挞是古代两种教化措施。觥(gōng)：古同"觵"，《周礼·地官·闾胥》凡事，掌其比觥挞罚之事。挞：鞭打。古代地方官对有失礼者，轻者以觥酒罚其不敬，重者鞭打其背。

党哉！

古之人欤，其独而群者，则衣冠与骨俱朽矣。今之人，则有钱唐汪翁。其性廉制，与流俗不合。自湖北罢知县归，人呼曰"独头"，（案：独头，语甚古。《水经·河水注》"河北雷首山"引阚骃《十三州志》云："山一名独头，山南有古冢，陵柏蔚然，攒茂丘阜①，俗谓之夷齐墓。"是则以其狷介赴义，号曰独头，因名其山矣）自命曰"独翁"，署所居曰"独居"。章炳麟入其居，曰："翁之独，抑其群也。"其为令，斡榷税②，虽一锱不自私，府臧益充，而同官以课不得比，怨之：其群于州部也。罢归，遇乡里有不平，必争之，穷其氏③，豪右衔忿，而寡弱者得其职姓：其群于无告者也。诖④礼必抨弹，繇礼必揖⑤：其群于知方之士也。夫至性恫天下，博爱尚同，枸录⑥以任之，虽贾怨不悔⑦，其群至矣，其可谓独欤？入瞽师之室，则视者独矣；入伛巫跛击之室，则行者独矣。视与行，至群也，而有时谥之曰独。故夫独者群，则群者独矣。人独翁，翁亦自独也，案以知群者之鲜也。

乌乎！吾求群而不可得也久矣。抑岂无辑辞以定民者，吾与之耦？天下多败群。窥是而入吾邻，则吾邻败矣；窥是而入吾屯，则吾屯败矣。故西入周南，而东入郁铏⑧之野，傥⑨得一二。当是时，社庙未迁，官号未革，权概未变，节筊未毁⑩；俎犹若俎，钲犹若钲，羽犹若羽，龠犹若龠，戚犹若戚⑪；而文武解弛，举事丧实，引弓持柄，无政若雨。是为大群之将涣，虽有合者，财比于蚑虬。于是愯然⑫而流汗曰："于斯时也，是天地闭、贤人隐之世也。"虽然，目睹其支体骨肉之裂而不忍，去之而不可，则惟强力忍诟以图之。

————————

① 攒（cuán）：聚集。阜：高大的土山。　② 榷（què）：榷指像鹤颈那样可以灵活升降起伏的活动独木桥，设在城门口，由守城士兵掌控。要过"榷"的生意人只有耐心同操控者商量一个过桥费的数量。所以古人留下了"商榷"一词，最初表示过桥税费数额可以"讨论"，这里"榷"与"税"含义相同。　③ 氏：根本，结果。　④ 诖：同"悖"。　⑤ 繇（yóu）：古同"尤"，从，由。揖：古同"揖"，拜。　⑥ 枸（jū）录：劳身苦体之意。　⑦ 贾怨（jiǎ yuàn）：招致怨恨。　⑧ 郁夷（yù yí）：又作嵎夷，古指青州也。传说尧命羲仲理东方青州嵎夷之地，日所出处，名曰阳明之谷。　⑨ 傥（tǎng）：偶然，意外。　⑩ 权概：计量单位。节筊：指筊节、竹节。犹竹符，古代信使持其半以验证。　⑪ 俎（zǔ）：古代祭祀时放祭品的器物。钲（zhēng）：古代乐器名。形如钟，有柄可执，行军时用。后为军事代称。如钲鼓，古时行军击钲使士兵肃静，击鼓使士兵前进，钲乐即指军乐。古代五音之一，相当于简谱"6"。龠（yuè）：中国古代管乐器，像编管之形，形状像笛。戚：古兵器名，斧的一种。　⑫ 愯（sǒng）：古同"悚"，恐惧。

余，越之贱氓也。生又羸弱，无骥骜之气，焦明之志①，犹憯凄忉怛②，悲世之不淑，耻不逮重华，而哀非吾徒者。窃闵夫志士之合而莫之为缀游也，其任侠者又吁群而失其人也，知不独行，不足以树大萃。虽然，吾又求独而不可得也。于斯时也，是天地闭、贤人隐之世也。吾不能为狂接舆③之行吟，吾不能为逢子庆之戴盆。吾流污于后世，必矣！

——选自《章太炎选集》，朱维铮、姜义华编注，上海人民出版社 1981 年版

（孙晓忠　选编）

---

① 焦明：古代一种珍贵的鸟，长得像凤凰。　② 憯凄（cǎn qī）：悲痛，感伤。忉怛（dāo dá）：忧伤，悲痛。　③ 接舆（jiē yú）：春秋时楚国隐士，姓陆，名通，字接舆。平时"躬耕以食"，因不满时政，剪发佯狂不仕，故称楚狂接舆。

孤　独　者

鲁　迅

【解题】

　　《孤独者》选自小说集《彷徨》,通过描写民国初期知识分子魏连殳的遭遇,鲁迅呈现了整个社会如何把一个"异类"逼到绝境的深刻现实。但鲁迅思考的重点还是一个人绝望"之后"应该怎么办? 鲁迅同情魏连殳的绝望,肯定了他起初的不同流合污的特立独行精神,批判了魏连殳为了"报复"对象而走向对象,进而"恭行先前所憎恶的一切"。生计打败了英雄,信仰者走向另一极端,变成虚无者。通过对孤独者的批判,鲁迅努力反省和克服自己身上因绝望和孤独而产生的个人主义美学,也表明鲁迅从早期的针对民众的国民性批判转向对包含自身在内的知识精英的批判。

一

　　我和魏连殳相识一场,回想起来倒也别致,竟是以送殓始,以送殓终。

　　那时我在 S 城,就时时听到人们提起他的名字,都说他很有些古怪:所学的是动物学,却到中学堂去做历史教员;对人总是爱理不理的,却常喜欢管别人的闲事;常说家庭应该破坏,一领薪水却一定立即寄给他的祖母,一日也不拖延。此外还有许多零碎的话柄;总之,在 S 城里也算是一个给人当作谈助的人。有一年的秋天,我在寒石山的一个亲戚家里闲住;他们就姓魏,是连殳的本家。但他们却更不明白他,仿佛将他当作一个外国人看待,说是"同我们都异样的"。

　　这也不足为奇,中国的兴学虽说已经二十年了,寒石山却连小学也没有。全山村中，只有连殳是出外游学的学生，所以从村人看来，他确是一个异类；但也很妒羡，说他挣得许多钱。

到秋末，山村中痢疾流行了；我也自危，就想回到城中去。那时听说连殳的祖母就染了病，因为是老年，所以很沉重；山中又没有一个医生。所谓他的家属者，其实就只有一个这祖母，雇一名女工简单地过活；他幼小失了父母，就由这祖母抚养成人的。听说她先前也曾经吃过许多苦，现在可是安乐了。但因为他没有家小，家中究竟非常寂寞，这大概也就是大家所谓异样之一端罢。

寒石山离城是旱道一百里，水道七十里，专使人叫连殳去，往返至少就得四天。山村僻陋，这些事便算大家都要打听的大新闻，第二天便轰传她病势已经极重，专差也出发了；可是到四更天竟咽了气，最后的话，是："为什么不肯给我会一会连殳的呢？……"

族长，近房，他的祖母的母家的亲丁，闲人，聚集了一屋子，豫计连殳的到来，应该已是入殓的时候了。寿材寿衣早已做成，都无须筹画；他们的第一大问题是在怎样对付这"承重孙"①，因为逆料他关于一切丧葬仪式，是一定要改变新花样的。聚议之后，大概商定了三大条件，要他必行。一是穿白，二是跪拜，三是请和尚道士做法事②。总而言之：是全都照旧。

他们既经议妥，便约定在连殳到家的那一天，一同聚在厅前，排成阵势，互相策应，并力作一回极严厉的谈判。村人们都咽着唾沫，新奇地听候消息；他们知道连殳是"吃洋教"的"新党"，向来就不讲什么道理，两面的争斗，大约总要开始的，或者还会酿成一种出人意外的奇观。

传说连殳的到家是下午，一进门，向他祖母的灵前只是弯了一弯腰。族长们便立刻照豫定计画进行，将他叫到大厅上，先说过一大篇冒头，然后引入本题，而且大家此唱彼和，七嘴八舌，使他得不到辩驳的机会。但终于话都说完了，沉默充满了全厅，人们全数悚然地紧看着他的嘴。只见连殳神色

---

① 承重孙：按封建宗法制度，长子先亡，由嫡长孙代替亡父充当祖父母丧礼的主持人，故有此称。 ② 法事：原指佛教徒念经、供佛一类活动。这里指和尚、道士超度亡魂的仪式。也叫做功德。

也不动,简单地回答道:

"都可以的。"

这又很出于他们的意外,大家的心的重担都放下了,但又似乎反加重,觉得太"异样",倒很有些可虑似的。打听新闻的村人们也很失望,口口相传道,"奇怪!他说'都可以'哩!我们看去罢!"都可以就是照旧,本来是无足观了,但他们也还要看,黄昏之后,便欣欣然聚满了一堂前。

我也是去看的一个,先送了一份香烛;待到走到他家,已见连殳在给死者穿衣服了。原来他是一个短小瘦削的人,长方脸,蓬松的头发和浓黑的须眉占了一脸的小半,只见两眼在黑气里发光。那穿衣也穿得真好,井井有条,仿佛是一个大殓的专家,使旁观者不觉叹服。寒石山老例,当这些时候,无论如何,母家的亲丁是总要挑剔的;他却只是默默地,遇见怎么挑剔便怎么改,神色也不动。站在我前面的一个花白头发的老太太,便发出羡慕感叹的声音。

其次是拜;其次是哭,凡女人们都念念有词。其次入棺;其次又是拜;又是哭,直到钉好了棺盖。沉静了一瞬间,大家忽而扰动了,很有惊异和不满的形势。我也不由的突然觉到:连殳就始终没有落过一滴泪,只坐在草荐上,两眼在黑气里闪闪地发光。

大殓便在这惊异和不满的空气里面完毕。大家都怏怏地,似乎想走散,但连殳却还坐在草荐上沉思。忽然,他流下泪来了,接着就失声,立刻又变成长嚎,像一匹受伤的狼,当深夜在旷野中嗥叫,惨伤里夹杂着愤怒和悲哀。这模样,是老例上所没有的,先前也未曾豫防到,大家都手足无措了,迟疑了一会,就有几个人上前去劝止他,愈去愈多,终于挤成一大堆。但他却只是兀坐着号啕,铁塔似的动也不动。

大家又只得无趣地散开;他哭着,哭着,约有半点钟,这才突然停了下来,也不向吊客招呼,径自往家里走。接着就有前去窥探的人来报告:他走进他祖母的房里,躺在床上,而且,似乎就睡熟了。

隔了两日,是我要动身回城的前一天,便听到村人都遭了魔似的发议论,说连殳要将所有的器具大半烧给他祖母,余下的便分赠生时侍奉、死时送终的女工,并且连房屋也要无期地借给她居住了。亲戚本家都说到舌敝唇焦,也终于阻当不住。

恐怕大半也还是因为好奇心,我归途中经过他家的门口,便又顺便去吊慰。他穿了毛边的白衣出见,神色也还是那样,冷冷的。我很劝慰了一番;他却除了唯唯诺诺之外,只回答了一句话,是:

"多谢你的好意。"

<h1 style="text-align:center">二</h1>

我们第三次相见就在这年的冬初,S城的一个书铺子里,大家同时点了一点头,总算是认识了。但使我们接近起来的,是在这年底我失了职业之后。从此,我便常常访问连殳去。一则,自然是因为无聊赖;二则,因为听人说,他倒很亲近失意的人的,虽然素性这么冷。但是世事升沉无定,失意人也不会我一投名片,他便接见了。两间连通的客厅,并无什么陈设,不过是桌椅之外,排列些书架,大家虽说他是一个可怕的"新党",架上却不很有新书。他已经知道我失了职业;但套话一说就完,主客便只好默默地相对,逐渐沉闷起来。我只见他很快地吸完一枝烟,烟蒂要烧着手指了,才抛在地面上。

"吸烟罢。"他伸手取第二枝烟时,忽然说。

我便也取了一枝,吸着,讲些关于教书和书籍的,但也还觉得沉闷。我正想走时,门外一阵喧嚷和脚步声,四个男女孩子闯进来了。大的八九岁,小的四五岁,手脸和衣服都很脏,而且丑得可以。但是连殳的眼里却即刻发出欢喜的光来了,连忙站起,向客厅间壁的房里走,一面说道:

"大良,二良,都来!你们昨天要的口琴,我已经买来了。"

孩子们便跟着一齐拥进去,立刻又各人吹着一个口琴一拥而出,一出客厅门,不知怎的便打将起来。有一个哭了。

"一人一个,都一样的。不要争呵!"他还跟在后面嘱咐。

"这么多的一群孩子都是谁呢?"我问。

"是房主人的。他们都没有母亲,只有一个祖母。"

"房东只一个人么?"

"是的。他的妻子大概死了三四年了罢,没有续娶。——否则,便要不肯将余屋租给我似的单身人。"他说着,冷冷地微笑了。

我很想问他何以至今还是单身,但因为不很熟,终于不好开口。

只要和连殳一熟识,是很可以谈谈的。他议论非常多,而且往往颇奇警。使人不耐的倒是他的有些来客,大抵是读过《沉沦》①的罢,时常自命为"不幸的青年"或是"零余者",螃蟹一般懒散而骄傲地堆在大椅子上,一面唉声叹气,一面皱着眉头吸烟。还有那房主的孩子们,总是互相争吵,打翻碗碟,硬讨点心,乱得人头昏。但连殳一见他们,却再不像平时那样的冷冷的了,看得比自己的性命还宝贵。听说有一回,三良发了红斑痧,竟急得他脸上的黑气愈见其黑;不料那病是轻的,于是后来便被孩子们的祖母传作笑柄。

"孩子总是好的。他们全是天真……"他似乎也觉得我有些不耐烦了,有一天特地乘机对我说。

"那也不尽然。"我只是随便回答他。

"不。大人的坏脾气,在孩子们是没有的。后来的坏,如你平日所攻击的坏,那是环境教坏的。原来却并不坏,天真……我以为中国的可以希望,只在这一点。"

"不。如果孩子中没有坏根苗,大起来怎么会有坏花果?譬如一粒种子,正因为内中本含有枝叶花果的胚,长大时才能够发出这些东西来。何尝是无端……"我因为闲着无事,便也如大人先生们一下野,就要吃素谈禅②一样,正在看佛经。佛理自然是并不懂得的,但竟也不自检点,一味任意地说。

———————————

① 小说集《沉沦》,郁达夫著,内收中篇小说《沉沦》和短篇小说《南迁》《银灰色的死》,上海泰东图书局1921年10月出版。这些作品以"不幸的青年"或"零余者"为主人公,反映了当时一部分小资产阶级知识分子在帝国主义、封建势力压抑下的忧郁、苦闷和自暴自弃的病态心理,带有颓废的倾向。 ② 吃素谈禅:指吃素食、谈论佛教教义。当时军阀官僚在失势后,往往发表下野"宣言"或"通电",宣称出洋游历或隐居山林、吃斋念佛,从此不问国事等,实则窥测方向,伺机再起。

　　然而连殳气忿了，只看了我一眼，不再开口。我也猜不出他是无话可说呢，还是不屑辩。但见他又显出许久不见的冷冷的态度来，默默地连吸了两枝烟；待到他再取第三枝时，我便只好逃走了。

　　这仇恨是历了三月之久才消释的。原因大概是一半因为忘却，一半则他自己竟也被"天真"的孩子所仇视了，于是觉得我对于孩子的冒渎的话倒也情有可原。但这不过是我的推测。其时是在我的寓里的酒后，他似乎微露悲哀模样，半仰着头道：

　　"想起来真觉得有些奇怪。我到你这里来时，街上看见一个很小的小孩，拿了一片芦叶指着我道：杀！他还不很能走路……"

　　"这是环境教坏的。"

　　我即刻很后悔我的话。但他却似乎并不介意，只竭力地喝酒，其间又竭力地吸烟。

　　"我倒忘了，还没有问你，"我便用别的话来支梧，"你是不大访问人的，怎么今天有这兴致来走走呢？我们相识有一年多了，你到我这里来却还是第一回。"

　　"我正要告诉你呢：你这几天切莫到我寓里来看我了。我的寓里正有很讨厌的一大一小在那里，都不像人！"

　　"一大一小？这是谁呢？"我有些诧异。

　　"是我的堂兄和他的小儿子。哈哈，儿子正如老子一般。"

　　"是上城来看你，带便玩玩的罢？"

　　"不。说是来和我商量，就要将这孩子过继给我的。"

　　"呵！过继给你？"我不禁惊叫了，"你不是还没有娶亲么？"

　　"他们知道我不娶的了。但这都没有什么关系。他们其实是要过继给我那一间寒石山的破屋子。我此外一无所有，你是知道的；钱一到手就化完。只有这一间破屋子。他们父子的一生的事业是在逐出那一个借住着的老女工。"

　　他那词气的冷峭，实在又使我悚然。但我还慰解他说：

　　"我看你的本家也还不至于此。他们不过思想略旧一点罢了。譬如，你那年大哭的时候,他们就都热心地围着使劲来劝你……"

"我父亲死去之后,因为夺我屋子,要我在笔据上画花押,我大哭着的时候,他们也是这样热心地围着使劲来劝我……"他两眼向上凝视,仿佛要在空中寻出那时的情景来。

"总而言之:关键就全在你没有孩子。你究竟为什么老不结婚的呢?"我忽而寻到了转舵的话,也是久已想问的话,觉得这时是最好的机会了。

他诧异地看着我,过了一会,眼光便移到他自己的膝髁上去了,于是就吸烟,没有回答。

三

但是,虽在这一种百无聊赖的境地中,也还不给连殳安住。渐渐地,小报上有匿名人来攻击他,学界上也常有关于他的流言,可是这已经并非先前似的单是话柄,大概是于他有损的了。我知道这是他近来喜欢发表文章的结果,倒也并不介意。S城人最不愿意有人发些没有顾忌的议论,一有,一定要暗暗地来叮他,这是向来如此的,连殳自己也知道。但到春天,忽然听说他已被校长辞退了。这却使我觉得有些兀突;其实,这也是向来如此的,不过因为我希望着自己认识人能够幸免,所以就以为兀突罢了,S城人倒并非这一回特别恶。

其时我正忙着自己的生计,一面又在接洽本年秋天到山阳去当教员的事,竟没有工夫去访问他。待到有些余暇的时候,离他被辞退那时大约快有三个月了,可是还没有发生访问连殳的意思。有一天,我路过大街,偶然在旧书摊前停留,却不禁使我觉到震悚,因为在那里陈列着的一部汲古阁初印本《史记索隐》①,正是连殳的书。他喜欢书,但不是藏书家,这种本子,在他是算作贵重的善本,非万不得已,不肯轻易变卖的。难道他失业刚才两三

---

① 《史记索隐》为唐代司马贞注释《史记》的书,共三十卷。汲古阁是明末藏书家毛晋的藏书室。《史记索隐》是毛晋重刻的宋版书之一。

月,就一贫至此么?虽然他向来一有钱即随手散去,没有什么贮蓄。于是我便决意访问连殳去,顺便在街上买了一瓶烧酒,两包花生米,两个熏鱼头。

他的房门关闭着,叫了两声,不见答应。我疑心他睡着了,更加大声地叫,并且伸手拍着房门。

"出去了罢!"大良们的祖母,那三角眼的胖女人,从对面的窗口探出她花白的头来了,也大声说,不耐烦似的。

"那里去了呢?"我问。

"那里去了?谁知道呢?——他能到那里去呢,你等着就是,一会儿总会回来的。"

我便推开门走进他的客厅去。真是"一日不见,如隔三秋"①,满眼是凄凉和空空洞洞,不但器具所余无几了,连书籍也只剩了在 S 城决没有人会要的几本洋装书。屋中间的圆桌还在,先前曾经常常围绕着忧郁慷慨的青年,怀才不遇的奇士和腌臜吵闹的孩子们的,现在却见得很闲静,只在面上蒙着一层薄薄的灰尘。我就在桌上放了酒瓶和纸包,拖过一把椅子来,靠桌旁对着房门坐下。

的确不过是"一会儿",房门一开,一个人悄悄地阴影似的进来了,正是连殳。也许是傍晚之故罢,看去仿佛比先前黑,但神情却还是那样。

"阿!你在这里?来得多了么?"他似乎有些喜欢。

"并没有多久。"我说,"你到那里去了?"

"并没有到那里去,不过随便走走。"

他也拖过椅子来,在桌旁坐下;我们便开始喝烧酒,一面谈些关于他的失业的事。但他却不愿意多谈这些;他以为这是意料中的事,也是自己时常遇到的事,无足怪,而且无可谈的。他照例只是一意喝烧酒,并且依然发些关于社会和历史的议论。不知怎地我此时看见空空的书架,也记起汲古阁初印本的《史记索隐》,忽而感到一种淡漠的孤寂和悲哀。

"你的客厅这么荒凉……近来客人不多了么?"

_____

① 语出《诗经·王风·采葛》:"一日不见,如三秋兮。"

"没有了。他们以为我心境不佳,来也无意味。心境不佳,实在是可以给人们不舒服的。冬天的公园,就没有人去……"

他连喝两口酒,默默地想着,突然,仰起脸来看着我问道,"你在图谋的职业也还是毫无把握罢?……"

我虽然明知他已经有些酒意,但也不禁愤然,正想发话,只见他侧耳一听,便抓起一把花生米,出去了。门外是大良们笑嚷的声音。

但他一出去,孩子们的声音便寂然,而且似乎都走了。他还追上去,说些话,却不听得有回答。他也就阴影似的悄悄地回来,仍将一把花生米放在纸包里。

"连我的东西也不要吃了。"他低声,嘲笑似的说。

"连殳,"我很觉得悲凉,却强装着微笑,说,"我以为你太自寻苦恼了。你看得人间太坏……"

他冷冷的笑了一笑。

"我的话还没有完哩。你对于我们,偶而来访问你的我们,也以为因为闲着无事,所以来你这里,将你当作消遣的资料的罢?"

"并不。但有时也这样想。或者寻些谈资。"

"那你可错误了。人们其实并不这样。你实在亲手造了独头茧①,将自己裹在里面了。你应该将世间看得光明些。"我叹惜着说。

"也许如此罢。但是,你说:那丝是怎么来的?——自然,世上也尽有这样的人,譬如,我的祖母就是。我虽然没有分得她的血液,却也许会继承她的运命。然而这也没有什么要紧,我早已豫先一起哭过了……"

我即刻记起他祖母大殓时候的情景来,如在眼前一样。

"我总不解你那时的大哭……"于是鹘突地问了。

"我的祖母入殓的时候罢?是的,你不解的。"他一面点灯,一面冷静地说,"你的和我交往,我想,还正因为那时的哭哩。你不知道,这祖母,是我父

————
① 独头茧:绍兴方言称孤独的人为"独头"。蚕吐丝作茧,将自己孤独地裹在里面,所以这里用"独头茧"比喻自甘孤独的人。

亲的继母；他的生母，他三岁时候就死去了。"他想着，默默地喝酒，吃完了一个熏鱼头。

"那些往事，我原是不知道的。只是我从小时候就觉得不可解。那时我的父亲还在，家景也还好，正月间一定要悬挂祖像，盛大地供养起来。看着这许多盛装的画像，在我那时似乎是不可多得的眼福。但那时，抱着我的一个女工总指了一幅像说：'这是你自己的祖母。拜拜罢，保佑你生龙活虎似的大得快。'我真不懂得我明明有着一个祖母，怎么又会有什么'自己的祖母'来。可是我爱这'自己的祖母'，她不比家里的祖母一般老；她年青，好看，穿着描金的红衣服，戴着珠冠，和我母亲的像差不多。我看她时，她的眼睛也注视我，而且口角上渐渐增多了笑影：我知道她一定也是极其爱我的。

"然而我也爱那家里的，终日坐在窗下慢慢地做针线的祖母。虽然无论我怎样高兴地在她面前玩笑，叫她，也不能引她欢笑，常使我觉得冷冷地，和别人的祖母们有些不同。但我还爱她。可是到后来，我逐渐疏远她了；这也并非因为年纪大了，已经知道她不是我父亲的生母的缘故，倒是看久了终日终年的做针线，机器似的，自然免不了要发烦。但她却还是先前一样，做针线；管理我，也爱护我，虽然少见笑容，却也不加呵斥。直到我父亲去世，还是这样；后来呢，我们几乎全靠她做针线过活了，自然更这样，直到我进学堂……。"

灯火销沉下去了，煤油已经将涸，他便站起，从书架下摸出一个小小的洋铁壶来添煤油。

"只这一月里，煤油已经涨价两次了……"他旋好了灯头，慢慢地说。"生活要日见其困难起来。——她后来还是这样，直到我毕业，有了事做，生活比先前安定些；恐怕还直到她生病，实在打熬不住了，只得躺下的时候罢……

"她的晚年，据我想，是总算不很辛苦的，享寿也不小了，正无须我来下泪。况且哭的人不是多着么？连先前竭力欺凌她的人们也哭，至少是脸上很惨然。哈哈！……可是我那时不知怎地，将她的一生缩在眼前了，亲手造成孤独，又放在嘴里去咀嚼的人的一生。而且觉得这样的人还很多哩。这些人们，就使我要痛哭，但大半也还是因为我那时太过于感情用事……

"你现在对于我的意见，就是我先前对于她的意见。然而我的那时的意见，其实也不对的。便是我自己，从略知世事起，就的确逐渐和她疏远起来了……"

他沉默了，指间夹着烟卷，低了头，想着。灯火在微微地发抖。

"呵，人要使死后没有一个人为他哭，是不容易的事呵。"

他自言自语似的说；略略一停，便仰起脸来向我道，"想来你也无法可想。我也还得赶紧寻点事情做……"

"你再没有可托的朋友了么？"我这时正是无法可想，连自己。

"那倒大概还有几个的，可是他们的境遇都和我差不多……"

我辞别连殳出门的时候，圆月已经升在中天了，是极静的夜。

四

山阳的教育事业的状况很不佳。我到校两月，得不到一文薪水，只得连烟卷也节省起来。但是学校里的人们，虽是月薪十五六元的小职员，也没有一个不是乐天知命的，仗着逐渐打熬成功的铜筋铁骨，面黄肌瘦地从早办公一直到夜，其间看见名位较高的人物，还得恭恭敬敬地站起，实在都是不必"衣食足而知礼节"①的人民。我每看见这情状，不知怎的总记起连殳临别托付我的话来。他那时生计更其不堪了，窘相时时显露，看去似乎已没有往时的深沉，知道我就要动身，深夜来访，迟疑了许久，才吞吞吐吐地说道：

"不知道那边可有法子想？——便是钞写，一月二三十块钱的也可以的。我……"

我很诧异了，还不料他竟肯这样的迁就，一时说不出话来。

"我……，我还得活几天……"

"那边去看一看，一定竭力去设法罢。"

---

① 语出《管子·牧民》："仓廪实则知礼节，衣食足则知荣辱。"

这是我当日一口承当的答话,后来常常自己听见,眼前也同时浮出连殳的相貌,而且吞吞吐吐地说道"我还得活几天"。到这些时,我便设法向各处推荐一番;但有什么效验呢,事少人多,结果是别人给我几句抱歉的话,我就给他几句抱歉的信。到一学期将完的时候,那情形就更加坏了起来。那地方的几个绅士所办的《学理周报》上,竟开始攻击我了,自然是决不指名的,但措辞很巧妙,使人一见就觉得我是在挑剔学潮①,连推荐连殳的事,也算是呼朋引类。

我只好一动不动,除上课之外,便关起门来躲着,有时连烟卷的烟钻出窗隙去,也怕犯了挑剔学潮的嫌疑。连殳的事,自然更是无从说起了。这样地一直到深冬。

下了一天雪,到夜还没有止,屋外一切静极,静到要听出静的声音来。我在小小的灯火光中,闭目枯坐,如见雪花片片飘坠,来增补这一望无际的雪堆;故乡也准备过年了,人们忙得很;我自己还是一个儿童,在后园的平坦处和一伙小朋友塑雪罗汉。雪罗汉的眼睛是用两块小炭嵌出来的,颜色很黑,这一闪动,便变了连殳的眼睛。

"我还得活几天!"仍是这样的声音。

"为什么呢?"我无端地这样问,立刻连自己也觉得可笑了。

这可笑的问题使我清醒,坐直了身子,点起一枝烟卷来;推窗一望,雪果然下得更大了。听得有人叩门;不一会,一个人走进来,但是听熟的客寓杂役的脚步。他推开我的房门,交给我一封六寸多长的信,字迹很潦草,然而一瞥便认出"魏缄"两个字,是连殳寄来的。

这是从我离开 S 城以后他给我的第一封信。我知道他疏懒,本不以杳无消息为奇,但有时也颇怨他不给一点消息。待到接了这信,可又无端地觉得奇怪了,慌忙拆开来。里面也用了一样潦草的字体,写着这样的话:

"申飞……

---

① 1925 年 5 月,作者和北京女子师范大学其他六位教授发表了支持该校学生反对反动的学校当局的宣言,陈西滢于同月《现代评论》第一卷第二十五期发表的《闲话》中,攻击作者等是"暗中挑剔风潮"。作者在这里借用此语,含有讽刺陈西滢文句不通的意味。

"我称你什么呢？我空着。你自己愿意称什么，你自己添上去罢。我都可以的。

"别后共得三信，没有复。这原因很简单：我连买邮票的钱也没有。

"你或者愿意知道些我的消息，现在简直告诉你罢：我失败了。先前我自以为是失败者，现在知道那并不，现在才真是失败者了。先前，还有人愿意我活几天，我自己也还想活几天的时候，活不下去；现在，大可以无须了，然而要活下去……。

"然而就活下去么？

"愿意我活几天的，自己就活不下去。这人已被敌人诱杀了。谁杀的呢？谁也不知道。

"人生的变化多么迅速呵！这半年来，我几乎求乞了，实际，也可以算得已经求乞。然而我还有所为，我愿意为此求乞，为此冻馁，为此寂寞，为此辛苦。但灭亡是不愿意的。你看，有一个愿意我活几天的，那力量就这么大。然而现在是没有了，连这一个也没有了。同时，我自己也觉得不配活下去；别人呢？也不配的。同时，我自己又觉得偏要为不愿意我活下去的人们而活下去；好在愿意我好好地活下去的已经没有了，再没有谁痛心。使这样的人痛心，我是不愿意的。然而现在是没有了，连这一个也没有了。快活极了，舒服极了；我已经躬行我先前所憎恶，所反对的一切，拒斥我先前所崇仰，所主张的一切了。我已经真的失败，——然而我胜利了。

"你以为我发了疯么？你以为我成了英雄或伟人了么？不，不的。这事情很简单；我近来已经做了杜师长的顾问，每月的薪水就有现洋八十元了。

"申飞……

"你将以我为什么东西呢，你自己定就是，我都可以的。

"你大约还记得我旧时的客厅罢，我们在城中初见和将别时候的客厅。现在我还用着这客厅。这里有新的宾客，新的馈赠，新的颂扬，新的钻营，新的磕头和打拱，新的打牌和猜拳，新的冷眼和恶心，新的失眠和吐血……

"你前信说你教书很不如意。你愿意也做顾问么？可以告诉我，我给你办。其实是做门房也不妨，一样地有新的宾客和新的馈赠，新的颂扬……

"我这里下大雪了。你那里怎样？现在已是深夜，吐了两口血，使我清醒起来。记得你竟从秋天以来陆续给了我三封信，这是怎样的可以惊异的事呵。我必须寄给你一点消息，你或者不至于倒抽一口冷气罢。

"此后，我大约不再写信的了，我这习惯是你早已知道的。何时回来呢？倘早，当能相见。——但我想，我们大概究竟不是一路的；那么，请你忘记我罢。我从我的真心感谢你先前常替我筹划生计。但是现在忘记我罢；我现在已经'好'了。

连殳。十二月十四日。"

这虽然并不使我"倒抽一口冷气"，但草草一看之后，又细看了一遍，却总有些不舒服，而同时可又夹杂些快意和高兴；又想，他的生计总算已经不成问题，我的担子也可以放下了，虽然在我这一面始终不过是无法可想。忽而又想写一封信回答他，但又觉得没有话说，于是这意思也立即消失了。

我的确渐渐地在忘却他。在我的记忆中，他的面貌也不再时常出现。但得信之后不到十天，S城的学理七日报社忽然接续着邮寄他们的《学理七日报》来了。我是不大看这些东西的，不过既经寄到，也就随手翻翻。这却使我记起连殳来，因为里面常有关于他的诗文，如《雪夜谒连殳先生》《连殳顾问高斋雅集》等等；有一回，《学理闲谭》里还津津地叙述他先前所被传为笑柄的事，称作"逸闻"，言外大有"且夫非常之人，必能行非常之事"①的意思。

不知怎地虽然因此记起，但他的面貌却总是逐渐模胡；然而又似乎和我日加密切起来，往往无端感到一种连自己也莫明其妙的不安和极轻微的震颤。幸而到了秋季，这《学理七日报》就不寄来了；山阳的《学理周刊》上却又按期登起一篇长论文：《流言即事实论》。里面还说，关于某君们的流言，已在公正士绅间盛传了。这是专指几个人的，有我在内；我只好极小心，照例连吸烟卷的烟也谨防飞散。小心是一种忙的苦痛，因此会百事俱废，自然也

---

① 语出《史记·司马相如列传》："盖世必有非常之人，然后有非常之事。"

无暇记得连殳。总之：我其实已经将他忘却了。

但我也终于敷衍不到暑假，五月底，便离开了山阳。

五

从山阳到历城，又到太谷，一总转了大半年，终于寻不出什么事情做，我便又决计回 S 城去了。到时是春初的下午，天气欲雨不雨，一切都罩在灰色中；旧寓里还有空房，仍然住下。在道上，就想起连殳的了，到后，便决定晚饭后去看他。我提着两包闻喜名产的煮饼，走了许多潮湿的路，让道给许多拦路高卧的狗，这才总算到了连殳的门前。里面仿佛特别明亮似的。我想，一做顾问，连寓里也格外光亮起来了，不觉在暗中一笑。但仰面一看，门旁却白白的，分明帖着一张斜角纸①。我又想，大良们的祖母死了罢；同时也跨进门，一直向里面走。

微光所照的院子里，放着一具棺材，旁边站一个穿军衣的兵或是马弁，还有一个和他谈话的，看时却是大良的祖母；另外还闲站着几个短衣的粗人。我的心即刻跳起来了。她也转过脸来凝视我。

"阿呀！您回来了？何不早几天……"她忽而大叫起来。

"谁……谁没有了？"我其实是已经大概知道的了，但还是问。

"魏大人，前天没有的。"

我四顾，客厅里暗沉沉的，大约只有一盏灯；正屋里却挂着白的孝帏，几个孩子聚在屋外，就是大良二良们。

"他停在那里，"大良的祖母走向前，指着说，"魏大人恭喜之后，我把正屋也租给他了；他现在就停在那里。"

孝帏上没有别的，前面是一张条桌，一张方桌；方桌上摆着十来碗饭菜。我刚跨进门，当面忽然现出两个穿白长衫的来拦住了，瞪了死鱼似的眼睛，

---

① 斜角纸：我国旧时民间习俗，人死后在大门旁斜贴一张白纸，纸上写明死者的性别和年龄，入殓时需要避开的是哪些生肖的人，以及"殃"和"煞"的种类、日期，使别人知道避忌。这就是所谓"殃榜"。据清代范寅《越谚》：煞神，"人首鸡身"，"人死必如期至，犯之辄死"。

从中发出惊疑的光来,钉住了我的脸。我慌忙说明我和连殳的关系,大良的祖母也来从旁证实,他们的手和眼光这才逐渐弛缓下去,默许我近前去鞠躬。

我一鞠躬,地下忽然有人呜呜的哭起来了,定神看时,一个十多岁的孩子伏在草荐上,也是白衣服,头发剪得很光的头上还络着一大绺苎麻丝①。

我和他们寒暄后,知道一个是连殳的从堂兄弟,要算最亲的了;一个是远房侄子。我请求看一看故人,他们却竭力拦阻,说是"不敢当"的。然而终于被我说服了,将孝帏揭起。

这回我会见了死的连殳。但是奇怪!他虽然穿一套皱的短衫裤,大襟上还有血迹,脸上也瘦削得不堪,然而面目却还是先前那样的面目,宁静地闭着嘴,合着眼,睡着似的,几乎要使我伸手到他鼻子前面,去试探他可是其实还在呼吸着。

一切是死一般静,死的人和活的人。我退开了,他的从堂兄弟却又来周旋,说"舍弟"正在年富力强,前程无限的时候,竟遽尔"作古"了,这不但是"衰宗"不幸,也太使朋友伤心。言外颇有替连殳道歉之意;这样地能说,在山乡中人是少有的。但此后也就沉默了,一切是死一般静,死的人和活的人。

我觉得很无聊,怎样的悲哀倒没有,便退到院子里,和大良们的祖母闲谈起来。知道入殓的时候是临近了,只待寿衣送到;钉棺材钉时,"子午卯酉"四生肖是必须躲避的。她谈得高兴了,说话滔滔地泉流似的涌出,说到他的病状,说到他生时的情景,也带些关于他的批评。

"你可知道魏大人自从交运之后,人就和先前两样了,脸也抬高起来,气昂昂的。对人也不再先前那么迂。你知道,他先前不是像一个哑子,见我是叫老太太的么? 后来就叫'老家伙'。唉唉,真是有趣。人送他仙居术②,他自己是不吃的,就摔在院子里,——就是这地方,——叫道,'老家伙,你吃去

---

① 苎麻丝:指"麻冠"(用苎麻编成)。旧时习俗,死者的儿子或承重孙在守灵和送殡时戴用,作为"重孝"的标志。 ② 仙居术:浙江省仙居县所产的药用植物白术。

罢.'他交运之后，人来人往，我把正屋也让给他住了，自己便搬在这厢房里。他也真是一走红运，就与众不同，我们就常常这样说笑。要是你早来一个月，还赶得上看这里的热闹，三日两头的猜拳行令，说的说，笑的笑，唱的唱，做诗的做诗，打牌的打牌……

"他先前怕孩子们比孩子们见老子还怕，总是低声下气的。近来可也两样了，能说能闹，我们的大良们也很喜欢和他玩，一有空，便都到他的屋里去。他也用种种方法逗着玩；要他买东西，他就要孩子装一声狗叫，或者磕一个响头。哈哈，真是过得热闹。前两月二良要他买鞋，还磕了三个响头哩，哪，现在还穿着，没有破呢。"

一个穿白长衫的人出来了，她就住了口。我打听连殳的病症，她却不大清楚，只说大约是早已瘦了下去的罢，可是谁也没理会，因为他总是高高兴兴的。到一个多月前，这才听到他吐过几回血，但似乎也没有看医生；后来躺倒了；死去的前三天，就哑了喉咙，说不出一句话。十三大人从寒石山路远迢迢地上城来，问他可有存款，他一声也不响。十三大人疑心他装出来的，也有人说有些生痨病死的人是要说不出话来的，谁知道呢……

"可是魏大人的脾气也太古怪，"她忽然低声说，"他就不肯积蓄一点，水似的化钱。十三大人还疑心我们得了什么好处。有什么屁好处呢？他就冤里冤枉胡里胡涂地化掉了。譬如买东西，今天买进，明天又卖出，弄破，真不知道是怎么一回事。待到死了下来，什么也没有，都糟掉了。要不然，今天也不至于这样地冷静……

"他就是胡闹，不想办一点正经事。我是想到过的，也劝过他。这么年纪了，应该成家；照现在的样子，结一门亲很容易；如果没有门当户对的，先买几个姨太太也可以：人是总应该像个样子的。可是他一听到就笑起来，说道，'老家伙，你还是总替别人惦记着这等事么？'你看，他近来就浮而不实，不把人的好话当好话听。要是早听了我的话，现在何至于独自冷清清地在阴间摸索，至少，也可以听到几声亲人的哭声……"

一个店伙背了衣服来了。三个亲人便检出里衣，走进帏后去。不多久，孝帏揭起了，里衣已经换好，接着是加外衣。这很出我意外。一条土黄的军裤穿上了,嵌着很宽的红条,其次穿上去的是军衣,金闪闪的肩章,也不知道是什么品级,那里来的品级。到入棺,是连殳很不妥帖地躺着,脚边放一双黄皮鞋,腰边放一柄纸糊的指挥刀,骨瘦如柴的灰黑的脸旁,是一顶金边的军帽。

三个亲人扶着棺沿哭了一场,止哭拭泪;头上络麻线的孩子退出去了,三良也避去,大约都是属"子午卯酉"之一的。

粗人打起棺盖来,我走近去最后看一看永别的连殳。

他在不妥帖的衣冠中,安静地躺着,合了眼,闭着嘴,口角间仿佛含着冰冷的微笑,冷笑着这可笑的死尸。

敲钉的声音一响,哭声也同时迸出来。这哭声使我不能听完,只好退到院子里;顺脚一走,不觉出了大门了。潮湿的路极其分明,仰看太空,浓云已经散去,挂着一轮圆月,散出冷静的光辉。

我快步走着,仿佛要从一种沉重的东西中冲出,但是不能够。耳朵中有什么挣扎着,久之,久之,终于挣扎出来了,隐约像是长嗥,像一匹受伤的狼,当深夜在旷野中嗥叫,惨伤里夹杂着愤怒和悲哀。

我的心地就轻松起来,坦然地在潮湿的石路上走,月光底下。

一九二五年十月十七日毕。

——选自《鲁迅全集》(第二卷),人民文学出版社 1995 年版

(孙晓忠 选编)

鲁滨逊漂流记（节选）

[英] 丹尼尔·笛福

【解题】

《鲁滨逊漂流记》是英国作家丹尼尔·笛福的一部长篇小说。该书首次出版于 1719 年 4 月，被认为是英国第一部现代小说。

这部小说是笛福受 1704 年英国报纸上报道的一个故事的启发而创作的。小说讲述了主人公鲁滨逊·克鲁索(Robinson Crusoe)出生于一个中产阶级家庭，一生志在"遨游四海"。在一次去非洲的航海途中遇到风暴，只身漂流到一个无人的荒岛上，开始了一段与世隔绝的生活。他凭着强韧的意志与不懈的努力，在荒岛上顽强地生存下来，经过 28 年 2 个月零 19 天后得以返回故乡。

鲁滨逊形象产生的背景是欧洲海洋殖民和口岸资本主义时代，反映了西方文化的殖民野心。小说塑造了一个独自生活在荒岛上、不依赖社会而无所不能的理性文明人形象。本文节选的部分是鲁滨逊看到荒岛上出现了他人的"脚印"而陷入恐惧，进而做出一系列防御举措。需要追问的是，鲁滨逊为什么恐惧？

可是，我一连跑去挤了两三天奶，什么也没有看到，我的胆子稍稍大了一点。我想，其实没有什么事情，都是我的想象罢了。但我还不能使自己确信那一定是自己的脚印，除非我再到海边去一趟，亲自看看那个脚印，用自己的脚去比一比，看看是不是一样大；只有这样，我才能确信那是我自己的脚印。不料，我一到那边，首先发现的是，当初我停放小船时，绝不可能在那儿上岸；其次，当我用自己的脚去比那脚印时，发现我的脚小得多。这两个情况又使我马上胡思乱想起来，并使我忧心忡忡，忐忑不安。结果我吓得浑身颤抖，好像发疟疾一样。我马上跑回家里，深信至少一个人或一些人上过岸。总之，岛上已经有人了，说不定什么时候会对我进行突然袭击，使我措手不及。至于我应采取什么措施进行防卫，却仍毫无头绪。

唉！人在恐惧中所作出的决定是多么荒唐可笑啊！凡是理智提供他们保护自己的种种办法，一旦恐惧心占了上风，他们就不知道如何使用这些办法了。我的第一个想法，就是把那些围墙拆掉，把所有围地中的羊放回树林，任凭它们变成野羊，免得敌人发现之后，为了掠夺更多的羊而经常上岛骚扰；其次，我又打算索性把那两块谷物田也挖掉，免得他们在那里发现这种谷物后，再常常到岛上来劫掠。最后，我甚至想把乡间茅舍和海边住所的帐篷都通通毁掉，免得他们会发现住人的痕迹，从而会进行搜索，找出住在这里的人。

这些都是我第二次从发现脚印的海边回家之后在晚上想到的种种问题。那时候，我又像第一次发现脚印后那样，惊魂不定，心里充满疑虑，心情忧郁低落。由此可见，对危险的恐惧比看到危险本身更可怕千百倍；而焦虑不安给人的思想负担又大大超过我们所真正担忧的坏事。更糟糕的是，我以前总能听天由命，从中获得安慰；而现在祸到临头，却不能使自己听从天命了，因而也无法获得任何安慰。我觉得我像《圣经》里的扫罗，不仅埋怨非利士人攻击他，并且埋怨上帝离弃了他。因为我现在没有用应有的办法来安定自己的心情，没有在危难中大声向上帝呼吁，也没有像以前那样把自己的安全和解救完全交托给上帝，听凭上帝的旨意。假如我那样做了，对这新的意料之外的事，我至少会乐观些，也会有更大的决心渡过这一难关。

我胡思乱想，彻夜不眠。到早晨，由于思虑过度，精神疲惫，才昏昏睡去。我睡得很香，醒来之后，觉得心里比以往任何时候都安定多了。我开始冷静地思考当前的问题。我内心进行了激烈的争辩，最后得出了这样的结论：这个小岛既然风景宜人，物产丰富，又离大陆不远，就不可能像我以前想象的那样绝无人迹。岛上虽然没有居民，但对面大陆上的船只有时完全有可能来岛上靠岸。那些上岛的人，有些可能有一定的目的，有些则可能被逆风刮过来的。

我在这岛上已住了十五年了,但从未见过一个人影。因为,即使他们偶尔被逆风刮到岛上来,也总是尽快离开,看来,到目前为止,他们仍认为这座孤岛是不宜久居的地方。

现在,对我来说最大的危险不过是那边大陆上偶尔在此登岸的三三两两的居民而已。他们是被逆风刮过来的,上岛完全是出于不得已,所以他们也不愿留下来,上岛后只要可能就尽快离开,很少在岛上过夜。否则的话,潮水一退,天色黑了,他们要离岛就困难了。所以,现在我只要找到一条安全的退路,一看到野人上岸就躲起来,别的事情就用不着操心了。

这时,我深深后悔把山洞挖得太大了,并且还在围墙和岩石衔接处开了一个门。经过一番深思熟虑后,我决定在围墙外边,也就是我十二年前种两行树的地方,再筑起一道半圆形的防御工事。那些树原来就种得非常密,所以现在只需在树干之间再打一些木桩,就可以使树干之间的距离变得十分紧密。我很快就把这道围墙打好了。

现在,我有两道墙了。我又在外墙上用了不少木料、旧缆索及其他我能想到的东西进一步加固,并在墙上开了七个小洞,大小刚好能伸出我的手臂。在围墙里面,我又从山洞里搬了不少泥土倒在墙脚上用脚踩实。这样,把墙加宽到十多英尺宽。这七个小洞是准备放我的短枪的。我从破船上拿下了七支短枪。现在把这些枪安置在七个洞里,并用架子支撑好,样子像七尊大炮。这样,在两分钟之内我可以连开七枪。我辛勤工作了好几个月,才完成了这道墙;而在没有完成以前,我一直感到自己不够安全。

这项工程完成后,我又在墙外空地周围密密地插了一些杨柳树树桩或树枝,差不多插了两万多支,因为杨柳树特别容易生长。在杨柳树林与围墙之间,我特地留出一条很宽的空地。这样,如有敌人袭击,一下子就能发现。因为他们无法在外墙和小树间掩蔽自己,这样就难以接近外墙了。

不到两年时间,我就有了一片浓密的丛林,不到五六年工夫,我住所面前便长成了一片森林,又浓密又粗壮,简直无法通行。谁也不会想到树林后会有什么东西,更不会想到有人会住在那儿了。在树林里我没有留出小路,因此我的进出办法是用两架梯子。一架梯子靠在树林侧面岩石较低的地上;岩石上有一个凹进去的地方,正好放第二架梯子。只要把两架梯子拿走,谁想走近城堡,谁就难以保护自己不受到我的反击;就算他能越过树林,也只是在我的外墙外边而进不了外墙。

现在,我可以说已竭尽人类的智慧,千方百计地保护自己了。以后可以看到,我这样做不是没有道理的,虽然我目前还没有预见到什么危险,所感到的恐惧也没有什么具体的对象。

进行上述工作时,我也没有忽略别的事情。我仍十分关心我的羊群,它们随时可以充分满足我的需要,使我不必浪费火药和子弹,也省得费力气去追捕野山羊。我当然不愿放弃自己驯养山羊所提供的便利,免得以后再从头开始驯养。

为此,我考虑良久,觉得只有两个办法可以保全羊群。一是另外找个适当的地方,挖一个地洞,每天晚上把羊赶进去;另一个办法是再圈两三块小地方,彼此相隔较远,愈隐蔽愈好,每个地方养六七只羊。万一大羊群遭到不测,我还可以花点时间和精力再恢复起来。这个办法虽然要付出很多时间和劳力,但我却认为是一个最合理的计划。

因此,我就花了一些时间,寻找岛上最深幽之处。我选定了一块非常隐蔽的地方,完全合乎我的理想。那是一片小小的湿洼地,周围是一片密林。这座密林正是我上次从岛的东部回家时几乎迷路的地方。这儿我找到一片空地,大约有三英亩大,四周的密林几乎像是天然的篱墙,至少用不着像我在别的地方圈地那样费时费力。

于是,我立刻在这块地上干起来。不到一个月时间,篱墙就打好,羊群就可以养在里面了。现在这些山羊经过驯养,已不像以前那样野了,放在那儿十分安全。因此我一点也不敢耽搁,马上就移了十只小母羊和两只公羊到那儿去。羊移过去之后,我继续加固篱墙,做得与第一个圈地的篱墙一样坚固牢靠。所不同的是,我做第一个篱墙时比较从容不迫,花的时间也多得多。

我辛辛苦苦从事各项工作,仅仅是因为我看到那只脚印,因而产生了种种疑惧。其实，直到现在，我还没有看到任何人到岛上来过。就这样在这种忐忑不安的心情下我又过了两年。这种不安的心情使我的生活远远不如从前那样舒畅了。这种情况任何人都可以想象的。试想一个人成天提心吊胆地生活，生怕有人会害他，这种生活会有什么乐趣呢？更令我痛心的是，这种不安的心情大大影响了我的宗教观念。因为我时刻担心落到野人或食人生番的手里，简直无心祈祷上帝；即使在祈祷的时候，也已不再有以往那种宁静和满足的心情了。

我祈祷时，心情苦恼，精神负担很重，仿佛危机四伏，每夜都担心可能被野人吃掉似的。经验表明，平静、感激和崇敬的心情比恐怖和不安的心情更适于祈祷。一个人在大祸临头的恐惧下作祈祷，无异于在病榻上作忏悔祈祷，心情同样不安。这种时候是不宜作祈祷的，因为，这种不安的心情影响到一个人的心理，正如疾病影响肉体一样。不安是心灵上的缺陷，其危害性不亚于肉体上的缺陷，甚至超过肉体上的缺陷。而祈祷是心灵的行为，不是肉体的行为。

现在，再接着说说我接下去做的事。我把一部分家畜安置妥当后，便走遍全岛，想再找一片这样深幽的地方，建立一个同样的小圈地养羊。我一直往岛的西部走，到了一个我从前从未涉足的地方。我往海里一看，仿佛看到极远处有一只船。我曾从破船上一个水手的箱子里找到了一两只望远镜，可惜没有带在身边。那船影太远，我也说不准到底是否是船。

我一直凝望着，看得我眼睛都痛得看不下去了。当我从山上下来时，那船影似的东西已完全消失了，我也只好随它去了。

不过，我由此下了决心，以后出门衣袋里一定要带一副望远镜。

我走下山岗，来到小岛的尽头。这一带我以前从未来过。

一到这里，我马上明白，在岛上发现人的脚印，并不像我原来想象的那样稀奇。只是老天爷有意安排，让我飘流到岛上野人从来不到的那一头。否则，我早就知道，那些大陆上来的独木舟，有时在海上走得太远了，偶尔会渡过海峡到岛的这一边来找港口停泊。这是经常有的事。而且，他们的独木舟在海上相遇时，经常要打仗，打胜了的部落就把抓到的俘虏带到岛上这边来,按照他们吃人部落的习惯,把俘虏杀死吃掉。关于吃人肉的事,我下面再谈。

再说我从山岗上下来,走到岛的西南角,我马上就吓得惊慌失措,目瞪口呆了。只见海岸上满地都是人的头骨、手骨、脚骨,以及人体其他部分的骨头,我心里的恐怖,简直无法形容。我还看到有一个地方曾经生过火,地上挖了一个斗鸡坑似的圆圈,那些野蛮人大概就围坐在那里,举行残忍的宴会,吃食自己同类的肉体。

见到这一情景,我简直惊愕万分。好久好久,我忘记了自身的危险。想到这种极端残忍可怕的行为,想到人性竟然堕落到如此地步,我忘记了自己的恐惧。吃人的事我以前虽然也经常听人说起过,可今天才第一次亲眼看到吃人留下的现场,我转过脸去,不忍再看这可怕的景象。我感到胃里东西直往上冒,人也几乎快晕倒了,最后终于恶心得把胃里的东西都吐了出来。我吐得很厉害,东西吐光后才略感轻松些。

但我一分钟也不忍心再待下去了,所以马上拔脚飞跑上小山,向自己的家里走去。

当我略微跑远吃人现场之后,还是惊魂不定,呆呆地在路上站了一会儿。直到后来,心情才稍稍安定下来。我仰望苍天,热泪盈眶,心里充满了感激之情,感谢上帝把我降生在世界上别的地方,使我没有与这些可怕的家伙同流合污。尽管我感到自己目前的境况十分悲惨,但上帝还是在生活上给我种种照顾。我不仅不应该抱怨上帝,而且应衷心地感激他。

尤其是,在这种不幸的境遇中,上帝指引我认识他,乞求他的祝福,这给了我莫大的安慰。这种幸福足以补偿我曾经遭受的和可能遭受的全部不幸还有余。

我就怀着这种感激的心情回到了我的城堡。我比以往任何时候都感到自己的住所安全可靠,因而心里也宽慰多了。因为我看到,那些残忍的食人部落来到岛上并不是为了寻找什么他们所需要的东西;他们到这儿来根本不是为了寻求什么,需求什么或指望得到什么。因为,有一点是毫无疑问的:那就是他们一般在树深林密的地方登岸后,从未发现过任何他们所需要的东西。我知道,我在岛上已快十八年了,在这儿,我从未见过人类的足迹。只要我自己不暴露自己,只要自己像以前一样很好地隐蔽起来,我完全可以再住上十八年。何况,我当然绝不会暴露自己,因为我唯一的目的就是很好地隐蔽自己,除非我发现比吃人生番更文明的人,才敢与他们交往。

我对这伙野蛮的畜生,对他们互相吞食这种灭绝人性的罪恶风俗真是深恶痛绝。所以,差不多有两年时间,我整天愁眉不展,郁郁寡欢,并不敢超越自己的活动范围。我所谓的活动范围,就是指我的三处庄园——我的城堡,我的别墅和我那森林中的圈地。这中间,那森林中的圈地,我只是用来养羊,从不派别的用处。因为我天生憎恶那些魔鬼似的食人畜生,所以害怕看到他们,就像害怕看到魔鬼一样。这两年中,我也没有去看过那只小船,只想另外再造一只。我根本不敢再想把那只小船从海上弄回来,唯恐在海上碰到那些野人。那时候,若落到他们手里,我的命运就可想而知了。

可是,尽管如此,时间一久,我对食人生番的担心逐渐消失了,更何况我确信自己没有被他们发现的危险。所以,我又像以前那样泰然自若地过平生活了。所不同的是,我比以前更小心了,比以前更留心观察,唯恐被上岛的野人看见。特别是,我使用枪时更小心谨慎,以免给上岛的野人听到枪声。

所幸我早就驯养了一群山羊,现在就再也不必到树林里去打猎了。这就是说,我用不着开枪了。后来,我也捉过一两只野山羊,但用的都是老办法,即用捕机和陷阱捉到的。因此,此后两年中,我记得我没有开过一次枪,虽然每次出门时还总是带着的。此外,我曾从破船上弄到三把手枪,每次出门,我总至少带上两把,挂在腰间的羊皮皮带上。我又把从船上拿下来的一把大腰刀磨快,系了一条带子挂在腰间。这样,我出门时,样子实在令人可怕。除了前面我描述过的那些装束外,又添了两支手枪和一把没有刀鞘的腰刀,挂在腰间的一条皮带上。

——选自丹尼尔·迪福:《鲁滨逊漂流记》,徐霞村译,人民文学出版社1995年版

(孙晓忠　选编)

局 外 人（节选）

[法] 阿尔贝·加缪

【解题】

阿尔贝·加缪（Albert Camus，1913—1960），法国作家、哲学家，存在主义文学、"荒诞哲学"的代表人物。主要作品有《局外人》《鼠疫》等。

《局外人》形象地体现了存在主义哲学关于"荒谬"的观念。由于人和世界的分离，世界对于人来说是荒诞的、毫无意义的，而人对荒诞的世界无能为力，因此不抱任何希望，对一切事物都无动于衷。作者通过塑造默尔索这个行为冷漠的"局外人"形象，充分揭示了这个世界的荒谬性及人与社会的对立状况。加缪在后期的另一重要小说《鼠疫》中，对世界荒诞和冷漠的主题做了改写，通过塑造一个热心拯救世界的医生形象，体现了加缪对存在主义哲学的反思。

今天，妈妈死了。也许是昨天，我不知道。我收到养老院的一封电报，说："母死。明日葬。专此通知。"这说明不了什么。可能是昨天死的。

养老院在马朗戈，离阿尔及尔八十公里。我乘两点钟的公共汽车，下午到，还赶得上守灵，明天晚上就能回来。我向老板请了两天假，有这样的理由，他不能拒绝。不过，他似乎不大高兴。我甚至跟他说："这可不是我的错儿。"他没有理我。我想我不该跟他说这句话。反正，我没有什么可请求原谅的，倒是他应该向我表示哀悼。不过，后天他看见我戴孝的时候，一定会安慰我的。现在有点像是妈妈还没有死似的，不过一下葬，那可就是一桩已经了结的事了，一切又该公事公办了。

我乘的是两点钟的汽车。天气很热。跟平时一样，我还是在赛莱斯特的饭馆里吃的饭。他们都为我难受,赛莱斯特还说:"人只有一个母亲啊。"我走的时候,他们一直送我到门口。我有点儿烦,因为我还得到艾玛努埃尔那里去借黑领带和黑纱。他几个月前刚死了叔叔。

为了及时上路,我是跑着去的。这番急,这番跑,加上汽车颠簸,汽油味儿,还有道路和天空亮得晃眼,把我弄得昏昏沉沉的。我几乎睡了一路。我醒来的时候,正歪在一个军人身上,他朝我笑笑,问我是不是从远地方来。我不想说话,只应了声"是"。

养老院离村子还有两公里,我走去了。我真想立刻见到妈妈。但门房说我得先见见院长。他正忙着,我等了一会儿。这当儿,门房说个不停,后来,我见了院长。他是在办公室里接待我的。那是个小老头,佩戴着荣誉团勋章。他那双浅色的眼睛盯着我。随后,他握着我的手,老也不松开,我真不知道如何抽出来。他看了看档案,对我说:"默而索太太是三年前来此的,您是她唯一的赡养者。"我以为他是在责备我什么,就赶紧向他解释。但是他打断了我:"您无须解释,亲爱的孩子。我看过您母亲的档案。您无力负担。她需要有人照料,您的薪水又很菲薄。总之,她在这里更快活些。"我说:"是的,院长先生。"他又说:"您知道,她有年纪相仿的人作朋友。他们对过去的一些事有共同的兴趣。您年轻,跟您在一起,她还会闷得慌呢。"

这是真的。妈妈在家的时候,一天到晚总是看着我,不说话。她刚进养老院时,常常哭。那是因为不习惯。几个月之后,如果再让她出来,她还会哭的。这又是因为不习惯。差不多为此,近一年来我就几乎没来看过她。当然,也是因为来看她就得占用星期天,还不算赶汽车、买车票、坐两小时的车所费的力气。

院长还在跟我说,可是我几乎不听了。最后,他说:"我想您愿意再看看您的母亲吧。"我站了起来,没说话,他领着我出去了。在楼梯上,他向我解释说:"我们把她抬到小停尸间里了。因为怕别的老人害怕。这里每逢有人死了,其他人总要有两三天工夫才能安定下来。这给服务带来很多困难。"我们穿过一个院子,院子里有不少老人,正三五成群地闲谈。我们经过的时候,他们都不作声;我们一过去,他们就又说开了。真像一群鹦鹉在喊喊喳喳低声乱叫。走到一座小房子门前，院长与我告别："请自便吧，默而索先生。有事到办公室找我。原则上，下葬定于明晨十点钟。我们是想让您能够守灵。还有，您的母亲似乎常向同伴们表示，希望按宗教的仪式安葬。这事我已经安排好了。只不过想告诉您一声。"我谢了他。妈妈并不是无神论者，可活着的时候也从未想到过宗教。

我进去了。屋子里很亮，玻璃天棚，四壁涮着白灰。有几把椅子，几个 X 形的架子。正中两个架子上，停着一口棺材，盖着盖。一些发亮的螺丝钉，刚拧进去个头儿，在刷成褐色的木板上看得清清楚楚。棺材旁边，有一个阿拉伯女护士，穿着白大褂，头上一方颜色鲜亮的围巾。

这时，门房来到我的身后。他大概是跑来着，说话有点儿结巴："他们给盖上了，我得再打开，好让您看看她。"他走近棺材，我叫住了他。他问我："您不想？"我回答说："不想。"他站住了，我很难为情，因为我觉得我不该那样说。过了一会儿，他看了看我，问道："为什么？"他并没有责备的意思，好像只是想问。我说："不知道。"于是，他拈着发白的小胡子，也不看我，说道："我明白。"他的眼睛很漂亮，淡蓝色，脸上有些发红。他给我搬来一把椅子，自己坐在我后面。女护士站起来，朝门口走去。这时，门房对我说："她长的是恶疮。"因为我不明白，就看了看那女护士，只见她眼睛下面绕头缠了一条绷带。在鼻子的那个地方，绷带是平的。在她的脸上，人们所能见到的，就是一条雪白的绷带。

她出去以后，门房说："我不陪你了。"我不知道我做了个什么表示，他没有走，站在我后面。背后有一个人，使我很不自在。傍晚时分，屋子里仍然很亮。两只大胡蜂在玻璃天棚上嗡嗡地飞。我感到困劲儿上来了。我头也没回，对门房说："您在这里很久了吗？"他立即回答道："五年了。"好像就等着我问他似的。

接着，他滔滔不绝地说了起来。如果有人对他说他会在马朗戈养老院当一辈子门房，他一定会惊讶不止。他六十四岁，是巴黎人。说到这儿，我打断了他："噢，您不是本地人？"我这才想起来，他在带我去见院长之前，跟我谈起过妈妈。他说要赶快下葬，因为平原天气热，特别是这个地方。就是那个时候,他告诉我他在巴黎住过,而且怎么也忘不了巴黎。在巴黎,死人在家里停放三天,有时四天。这里不行,时间太短,怎么也习惯不了才过这么短时间就要跟着柩车去下葬。这时,他老婆对他说:"别说了,这些事是不能对先生说的。"老头子脸红了,连连道歉。我就说:"没关系,没关系。"我觉得他说得对,很有意思。

在小停尸间里,他告诉我,他进养老院是因为穷。他觉得自己身体还结实,就自荐当了门房。我向他指出,无论如何,他还是养老院收留的人。他说不是。我先就觉得奇怪,他说到住养老院的人时(其中有几个并不比他大),总是说:"他们","那些人",有时也说"老人们"。当然,那不是一码事。他是门房,从某种程度上说,他还管着他们呢。

这时,那个女护士进来了。天一下子就黑了。浓重的夜色很快就压在玻璃天棚上。门房打开灯,突然的光亮使我眼花目眩。他请我到食堂去吃饭。但是我不饿。他于是建议端杯牛奶咖啡来。我喜欢牛奶咖啡,就接受了。过了一会儿,他端着一个托盘回来了。我喝了咖啡,想抽烟。可是我犹豫了,我不知道能不能在妈妈面前这样做。我想了想,认为这不要紧。我给了门房一支烟,我们抽了起来。

过了一会儿,他对我说:"您知道,令堂的朋友们也要来守灵。这是习惯。我得去找些椅子,端点咖啡来。"我问他能不能关掉一盏灯。照在白墙上的灯光使我很难受。他说不行。灯就是那样装的:要么全开,要么全关。我后来没有怎么再注意他。他出去,进来,摆好椅子,在一把椅子上围着咖啡壶放了一些杯子。然后,他隔着妈妈的棺木在我对面坐下。女护士也坐在里边,背对着我。我看不见她在干什么。但从她胳膊的动作看,我认为她是在织毛线。屋子里暖洋洋的,咖啡使我发热,从开着的门中,飘进来一股夜晚和鲜花的气味。我觉得我打了个盹儿。

一阵窸窸窣窣的声音把我弄醒了。乍一睁开眼睛,屋子更显得白了。在我面前,没有一点儿阴影,每一样东西,每一个角落,每一条曲线,都清清楚楚,轮廓分明,很显眼。妈妈的朋友们就是这个时候进来的。一共有十来个,静悄悄地在这耀眼的灯光中挪动。他们坐下了,没有一把椅子响一声。

我看见了他们,我看人从来没有这样清楚过,他们的面孔和衣着的任何一个细节都没有逃过我的眼睛。然而,我听不见他们的声音,我真难相信他们是真的在那里。几乎所有的女人都系着围裙,束腰的带子使她们的大肚子更突出了。我还从没有注意过老太太会有这样大的肚子。男人几乎都很瘦,拄着手杖。使我惊奇的是,我在他们的脸上看不见眼睛,只看见一堆皱纹中间闪动着一缕混浊的亮光。他们坐下的时候,大多数人都看了看我,不自然地点了点头,嘴唇都陷进了没有牙的嘴里,我也不知道他们是向我打招呼,还是脸上不由自主地抽动了一下。我还是相信他们是在跟我招呼。这时我才发觉他们都面对着我,摇晃着脑袋坐在门房的左右。有一阵,我有一种可笑的印象,觉得他们是审判我来了。

不多会儿,一个女人哭起来了。她坐在第二排,躲在一个同伴的后面,我看不清楚。她抽抽答答地哭着,我觉得她大概不会停的。其他人好像都没有听见。他们神情沮丧,满面愁容,一声不吭。他们看看棺材,看看手杖,或随便东张西望,他们只看这些东西。那个女人一直在哭。我很奇怪,因为我并不认识她。我真希望她别再哭了,可我不敢对她说。门房朝她弯下身,说了句话,可她摇摇头,嘟囔了句什么,依旧抽抽答答地哭着。于是,门房朝我走来,在我身边坐下。过了好一阵,他才眼睛望着别处告诉我:"她跟令堂很要好。她说令堂是她在这儿唯一的朋友,现在她什么人也没有了。"

我们就这样坐了很久。那个女人的叹息声和呜咽声少了,但抽泣得很厉害,最后总算无声无息了。我不困了,但很累,腰酸背疼。现在,是这些人的沉默使我难受。我只是偶尔听见一种奇怪的声响,不知道是什么。时间长了,我终于猜出,原来是有几个老头子嗫腮帮子,发出了这种怪响。他们沉浸在冥想中,自己并不觉得。我甚至觉得,在他们眼里,躺在他们中间的死者算不了什么。但是现在我认为,那是一个错误的印象。

我们都喝了门房端来的咖啡。后来的事,我就不知道了。一夜过去了。我现在还记得,有时我睁开眼,看见老头们一个个缩成一团睡着了,只有一位,下巴颏压在拄着手杖的手背上,在盯着我看,好像他就等着我醒似的。随后,我又睡了。因为腰越来越疼,我又醒了。晨曦已经悄悄爬上玻璃窗。

一会儿，一个老头儿醒了，使劲地咳嗽。他掏出一块方格大手帕，往里面吐痰，每一口痰都像使尽了全身的力气。其他人都被吵醒了，门房说他们该走了。他们站了起来。这样不舒服的一夜使他们个个面如死灰。出乎意料的是，他们出去时竟都同我握了手，好像过了彼此不说一句话的黑夜，我们的亲切感倒增加了。

我累了。门房把我带到他那里，我洗了把脸，我又喝了一杯牛奶咖啡，好极了。我出去时，天已大亮。马朗戈和大海之间的山岭上空，一片红光。从山上吹过的风带来了一股盐味。看来是一个好天。我很久没到乡下来了，要不是因为妈妈，这会儿去散散步该多好啊。

我在院子里一棵梧桐树下等着。我闻着湿润的泥土味儿，不想再睡了。我想到了办公室里的同事们。这个时辰，他们该起床上班去了，对我来说，这总是最难熬的时刻。我又想了一会儿，被房子里传来的铃声打断了。窗户后面一阵忙乱声，随后又安静下来。太阳在天上又升高了一些，开始晒得我两脚发热。门房穿过院子，说院长要见我。我到他办公室去。他让我在几张纸上签了字。我见他穿着黑衣服和带条纹的裤子。他拿起电话，问我："殡仪馆的人已来了一会儿了，我要让他们来盖棺。您想最后再见见您的母亲吗？"我说不。他对着电话低声命令说："费雅克，告诉那些人，他们可以去了。"

然后，他说他也要去送葬，我谢了他。他在写字台后面坐下，又起两条小腿。他告诉我，送葬的只有我和他，还有值勤的女护士。原则上，院里的老人不许去送殡，只许参加守灵。他指出："这是个人道问题。"不过这一次，他允许妈妈的一个老朋友多玛·贝莱兹参加送葬。说到这儿，院长笑了笑。他对我说："您知道，这种感情有点孩子气。他和您的母亲几乎是形影不离。在院里，大家都拿他们打趣，他们对贝莱兹说：'她是您的未婚妻。'他只是笑。他们觉得开心。问题是默而索太太的死使他十分难过，我认为不应该拒绝他。但是，根据医生的建议，我昨天没有让他守灵。"

我们默默地坐了好一会儿。院长站起来，往窗外观望。他看了一会儿，说："马朗戈的神甫来了。他倒是提前了。"他告诉我至少要走三刻钟才能到教堂，教堂在村子里。我们下了楼。神甫和两个唱诗童子等在门前。其中一个手拿香炉，神甫弯下腰，调好香炉上银链子的长短。我们走到时，神甫已直起腰来。他叫我“儿子”，对我说了几句话。他走进屋里，我随他进去。

我一眼就看见螺钉已经旋进去了，屋子里站着四个穿黑衣服的人。同时，我听见院长说车子已经等在路上，神甫也开始祈祷了。从这时起，一切都进行得很快。那四个人走向棺材，把一条毯子蒙在上面。神甫、唱诗童子、院长和我，一齐走出去。门口，有一位太太，我不认识。“默而索先生，”院长介绍说。我没听见这位太太的姓名，只知道她是护士代表。她没有一丝笑容，向我低了低瘦骨嶙峋的长脸。然后，我们站成一排，让棺材过去。我们跟在抬棺材的人后面，走出养老院。送葬的车停在大门口，长方形，漆得发亮，像个铅笔盒。旁边站着葬礼司仪，他身材矮小，衣着滑稽，还有一个态度做作的老人，我明白了，他就是贝莱兹先生。他戴着一顶圆顶宽檐软毡帽（棺材经过的时候，他摘掉了帽子），裤脚堆在鞋上，大白领的衬衫太大，而黑领花又太小。鼻子上布满了黑点儿，嘴唇不住地抖动。满头的白发相当细软，两只耷拉耳，耳轮胡乱卷着，血红的颜色衬着苍白的面孔，给我留下了强烈的印象。司仪安排了我们的位置。神甫走在前面，然后是车子。旁边是四个抬棺材的。再后面，是院长和我，护士代表和贝莱兹先生断后。

天空中阳光灿烂，地上开始感到压力，炎热迅速增高。我不知道为什么要等这么久才走。我穿着一身深色衣服，觉得很热。小老头本来已戴上帽子，这时又摘下来了。院长跟我谈到他的时候，我歪过头，望着他。他对我说，我母亲和贝莱兹先生傍晚常由一个女护士陪着散步，有时一直走到村里。我望着周围的田野。一排排通往天边山岭的柏树，一片红绿相杂的土地，房子不多却错落有致，我理解母亲的心理。在这个地方，傍晚该是一段令人伤感的时刻啊。今天，火辣辣的太阳晒得这片地方直打颤，既冷酷无情，又令人疲惫不堪。

我们终于上路了。这时我才发觉贝莱兹有点儿瘸。车子渐渐走快了，老人落在后面。车子旁边也有一个人跟不上了，这时和我并排走着。我真奇怪，太阳怎么在天上升得那么快。我发现田野上早就充满了嗡嗡的虫鸣和簌簌的草响。我脸上流下汗来。我没戴帽子，只好拿手帕扇风。殡仪馆的那个伙计跟我说了句什么，我没听见。同时，他用右手掀了掀鸭舌帽檐，左手拿手帕擦着额头。我问他："怎么样？"他指了指天，连声说："晒得够呛。"我说："对。"过了一会儿，他问我："里边是您的母亲吗？"我又回了个"对"。"她年纪大吗？"我答道："还好。"因为我也不知道她究竟多少岁。然后，他就不说话了。我回了回头，看见老贝莱兹已经拉下五十多米远了。他一个人急忙往前赶，手上摇晃着帽子。我也看了看院长。他庄严地走着，没有一个多余的动作。他的额上渗出了汗珠，他也不擦。

我觉得一行人走得更快了。我周围仍然是一片被阳光照得发亮的田野。天空亮得让人受不了。有一阵，我们走过一段新修的公路。太阳晒得柏油爆裂，脚一踩就陷进去，留下一道亮晶晶的裂口。车顶上，车夫的熟皮帽子就像在这黑油泥里浸过似的。我有点迷迷糊糊，头上是青天白云，周围是单调的颜色，开裂的柏油是黏乎乎的黑，人们穿的衣服是死气沉沉的黑，车子是漆得发亮的黑。这一切，阳光、皮革味、马粪味、漆味、香炉味、一夜没睡觉的疲倦，使我两眼模糊，神志不清。我又回了回头，贝莱兹已远远地落在后面，被裹在一片蒸腾的水气中，后来干脆看不见了。我仔细寻找，才见他已经离开大路，从野地里斜穿过来。我注意到前面大路转了个弯。原来贝莱兹熟悉路径，正抄近路追我们呢。在大路拐弯的地方，他追上了我们。后来，我们又把他拉下了。他仍然斜穿田野，这样一共好几次。而我，我感到血直往太阳穴上涌。

以后的一切都进行得如此迅速、准确、自然，我现在什么也记不得了。除了一件事，那就是在村口，护士代表跟我说了话。她的声音很怪，与她的面孔不协调，那是一种抑扬的、颤抖的声音。她对我说："走得慢，会中暑；走得太快，又要出汗，到了教堂就会着凉。"她说得对。进退两难，出路是没有的。我还保留着这一天的几个印象，比方说，贝莱兹最后在村口追上我们时的那张面孔。他又激动又难过，大滴的泪水流上面颊。但是，由于皱纹的关系，泪水竟流不动，散而复聚，在那张形容大变的脸上铺了一层水。还有教堂，路旁的村民，墓地坟上红色的天竺葵，贝莱兹的昏厥（真像一个散架的木

113

偶），撒在妈妈棺材上血红色的土，杂在土中的雪白的树根，又是人群，说话声，村子，在一个咖啡馆门前的等待，马达不停的轰鸣声，以及当汽车开进万家灯火的阿尔及尔，我想到我要上床睡它十二个钟头时我所感到的喜悦。

——选自加缪：《局外人》，柳鸣九译，上海文艺出版社 2015 年版

（孙晓忠　选编）

【拓展阅读】

1. ［法］加缪：《鼠疫》，柳鸣九译，上海文艺出版社 2015 年版。

2. ［英］笛福：《鲁滨逊漂流记》，徐霞村译，人民文学出版社 1995 年版。

3. 康有为：《大同书》，上海古籍出版社 2014 年版。

4. 章太炎：《明群》，见《章太炎选集》，朱维铮、姜义华编注，上海人民出版社 1981 年版。

情与爱.................

祭 妹 文

〔清〕袁　枚

【解题】

　　袁枚(1716—1798)，字子才，号简斋，晚年自号仓山居士、随园主人、随园老人，浙江钱塘(今杭州市)人。清代著名诗人、散文家，与赵翼、蒋士铨并称乾隆三大家，存诗四千余首。袁枚论诗主"性灵"说，认为"诗者，由情生者也。有必不可解之情，而后有必不可朽之诗"，对当代及后世均影响很大。在实际创作中，袁枚擅长捕捉个人生活遭际中真实的感受、情趣和体验，以熟练的技巧和流畅的语言，追求真率自然、清新灵巧而又不失风趣的艺术风格。

　　《祭妹文》是袁枚为祭奠三妹袁机而作。袁枚与袁机年龄相仿，从幼年起就一同读书嬉戏，可谓手足情深。袁机虽才貌双全，知书达理，却因坚守自己对于婚姻与爱情的忠贞之念，而遭遇一场饱受摧残的痛苦婚姻。后袁机不得已离婚回到随园，不数年即郁郁而终，年仅四十岁。对于妹妹的去世，袁枚可谓痛彻心扉。文中所记虽皆为琐碎小事，絮絮之中却随处可见真情流露。兄妹二人，一为爱情，一为亲情，皆感人至深。此文不拘俗套，感情真挚，与韩愈《祭十二郎文》等同为古代祭文中的代表之作。

　　乾隆丁亥冬①，葬三妹素文于上元之羊山②，而奠以文曰：

　　呜呼！汝生于浙，而葬于斯，离吾乡七百里矣；当时虽觭梦③幻想，宁知

---

① 此丁亥指清乾隆三十二年(1767)，时袁机正式下葬，距离其去世之乾隆二十四年(1759)已有八年。本文注释主要参考袁世硕主编《中国古代文学作品选》，部分内容则为编者所加。　② 上元：县名，今属南京市。羊山：在南京市东。　③ 觭(qī)梦：怪异的梦。

此为归骨所耶？

汝以一念之贞，遇人仳离①，致孤危托落，虽命之所存，天实为之。然而累汝至此者，未尝非予之过也。予幼从先生授经，汝差②肩而坐，爱听古人节义事；一旦长成，遽躬蹈之。呜呼！使汝不识《诗》《书》，或未必艰贞若是。

余捉蟋蟀，汝奋臂出其间；岁寒虫僵，同临其穴。今予殓汝葬汝，而当日之情形，憬然赴目。予九岁，憩书斋，汝梳双髻，披单缣③来，温《缁衣》一章；适先生奓④户入，闻两童子音琅琅然，不觉莞尔，连呼"则则"，此七月望日事也。汝在九原，当分明记之。予弱冠粤行⑤，汝掎⑥裳悲恸。逾三年，予披宫锦还家⑦，汝从东厢扶案出，一家瞠视而笑，不记语从何起，大概说长安登科、函使报信迟早云尔。凡此琐琐，虽为陈迹，然我一日未死，则一日不能忘。旧事填膺，思之凄梗，如影历历，逼取便逝。悔当时不将婗婗⑧情状，罗缕纪存；然而汝已不在人间，则虽年光倒流，儿时可再，而亦无与为证印者矣。

汝之义绝高氏而归也，堂上阿奶，仗汝扶持；家中文墨，眱⑨汝办治。尝谓女流中最少明经义、谙雅故者。汝嫂非不婉嫕⑩，而于此微缺然。故自汝归后，虽为汝悲，实为予喜。予又长汝四岁，或人间长者先亡，可将身后托汝；而不谓汝之先予以去也！

前年予病，汝终宵刺探，减一分则喜，增一分则忧。后虽小差，犹尚殗殜⑪，无所娱遣；汝来床前，为说稗官野史可喜可愕之事，聊资一欢。呜呼！今而后，吾将再病，教从何处呼汝耶？

汝之疾也，予信医言无害，远吊扬州；汝又虑戚吾心，阻人走报；及至绵惙⑫已极，阿奶问："望兄归否？"强应曰："诺。"已予先一日梦汝来诀，心知不祥，飞舟渡江，果予以未时还家，而汝以辰时气绝；四支犹温，一目未瞑，盖犹

---

① 仳(pǐ)离：离别，此指妇女被遗弃。语出《诗经·王风·中谷有蓷》："有女仳离，慨其叹矣。"
② 差(cī)：犹参差，不齐貌。　③ 缣(jiān)：双丝织的浅黄色细绢。　④ 奓(zhà)：开；张开。　⑤ 弱冠粤行：指乾隆元年(1736)袁枚二十一岁前往广西投奔叔父袁鸿事。时因受到广西巡抚金钲的赏识与推荐，袁枚曾赴京参加当年的博学鸿词考试。　⑥ 掎(jǐ)：牵引；拖住。　⑦ 披宫锦还家：指乾隆四年(1739)冬袁枚在京考中进士后，祈假归娶之事。披宫锦：即所谓衣锦还乡。　⑧ 婗婗(yī ní)：婴儿。　⑨ 眱(shùn)：以目示意。　⑩ 婉嫕(yì)：亦作"婉懿"，温顺娴静。　⑪ 殗殜(yè dié)：病不太重，时卧时起的样子。　⑫ 绵惙(chuò)：亦作"绵缀"，谓病情沉重，气息仅存。

忍死待予也。呜呼痛哉！早知诀汝，则予岂肯远游？即游，亦尚有几许心中言要汝知闻、共汝筹画也。而今已矣！除吾死外，当无见期。吾又不知何日死，可以见汝；而死后之有知无知，与得见不得见，又卒难明也。然则抱此无涯之憾，天乎人乎！而竟已乎！

汝之诗，吾已付梓；汝之女，吾已代嫁；汝之生平，吾已作传；惟汝之窀穸①，尚未谋耳。先茔在杭，江广河深，势难归葬，故请母命而宁汝于斯，便祭扫也。其傍，葬汝女阿印；其下两冢：一为阿爷侍者朱氏，一为阿兄侍者陶氏。羊山旷渺，南望原隰，西望栖霞，风雨晨昏，羁魂有伴，当不孤寂。所怜者，吾自戊寅年读汝哭侄诗后，至今无男；两女牙牙，生汝死后，才周晬耳。予虽亲在未敢言老，而齿危发秃，暗里自知，知在人间，尚复几日？阿品远官河南，亦无子女，九族无可继者。汝死我葬，我死谁埋？汝倘有灵，可能告我？

呜呼！生前既不可想，身后又不可知；哭汝既不闻汝言，奠汝又不见汝食。纸灰飞扬，朔风野大，阿兄归矣，犹屡屡回头望汝也。呜呼哀哉！呜呼哀哉！

——选自袁世硕主编：《中国古代文学作品选》四，人民文学出版社2002年版

（郑幸　选编）

---

① 窀穸（zhūn xī）：墓穴。

牡丹亭·惊梦（节选）①

〔明〕汤显祖

【解题】

汤显祖(1550—1616)，字义仍，号海若、若士等，江西临川人。明代著名诗人、戏曲家。万历十一年(1583)进士，曾任太常寺博士、詹事府主簿等职，后因触怒明神宗遭贬，出任浙江遂昌知县，万历二十六年(1598)弃官归里，自此专事著述。以戏曲名世，代表作为"临川四梦"，包括《牡丹亭》《邯郸记》《紫钗记》《南柯记》。作品收入《汤显祖全集》。

《牡丹亭》全称《牡丹亭还魂记》，是汤显祖的代表作，也是作者思想、艺术趋于成熟时期的作品。全剧共五十五出，完成于万历二十六年(1598)。此书一出，即轰动一时，在社会上造成了很大的影响，所谓"家传户诵，几令《西厢》减价"。全剧内容主要讲述杜家小姐杜丽娘与书生柳梦梅在梦中相遇相爱，为情感伤，死而复生的故事。汤显祖曾在《牡丹亭题词》中总结其主旨云："情不知所起，一往而深。生者可以死，死可以生。生而不可与死，死而不可复生者，皆非情之至也。"不仅强调了情的客观性与合理性，还突出了情(欲)与理(礼)之间的冲突，以极具梦幻色彩的表述手法，对明代女性饱受礼教束缚的现状作了有力的抨击。作者对于爱情、人性、欲望等问题的探讨，直到今天仍然值得我们进一步的思考。

---

① 《牡丹亭》第十出《惊梦》由"游园""惊梦"两部分内容组成，此为"游园"部分。本文注释主要参考徐朔方、杨笑梅校注《牡丹亭》，也有部分内容系编者所加。

【绕池游】(旦①上)梦回莺啭,乱煞年光遍。人立小庭深院。(贴)炷尽沉烟,抛残绣线,恁今春关情似去年?

(乌夜啼)(旦)晓来望断梅关②,宿妆残。(贴)你侧着宜春髻子恰凭栏③。(旦)剪不断,理还乱④,闷无端。(贴)已分付催花莺燕借春看。(旦)春香,可曾叫人扫除花径?(贴)分付了。(旦)取镜台衣服来。(贴取镜台衣服上)云髻罢梳还对镜,罗衣欲换更添香⑤。镜台衣服在此。

【步步娇】(旦)袅晴丝吹来闲庭院⑥,摇漾春如线。停半晌、整花钿⑦。没揣菱花⑧,偷人半面,迤逗的彩云偏⑨。(行介)步香闺怎便把全身现。(贴)今日穿插的好。

【醉扶归】(旦)你道翠生生出落的裙衫儿茜,艳晶晶花簪八宝填,可知我常一生儿爱好是天然。恰三春好处无人见。不堤防沉鱼落雁鸟惊喧,则怕的羞花闭月花愁颤。

(贴)早茶时了,请行。(行介)你看:画廊金粉半零星,池馆苍苔一片青。踏草怕泥新绣袜,惜花疼煞小金铃⑩。(旦)不到园林,怎知春色如许!

【皂罗袍】原来姹紫嫣红开遍,似这般都付与断井颓垣⑪。良辰美景奈何天,赏心乐事谁家院!恁般景致,我老爷和奶奶⑫再不提起。(合)朝飞暮卷,云霞翠轩,雨丝风片,烟波画船。锦屏⑬人忒看的这韶光贱!

(贴)是花都放了,那牡丹还早。

---

① 旦:戏曲中扮演女子的角色。女主角称正旦,又有副旦、贴旦、外旦、小旦、大旦、老旦、花旦、色旦、搽旦等名目。下文所出现的"贴"即贴旦,指丫鬟等次要旦角。 ② 梅关:指大庾岭,在广东、江西交界的地方。柳梦梅家住广东,到江西来,梅关是必经之处。此为暗示。 ③ 宜春髻子:古代妇女的一种发型。见《荆楚岁时记》。 ④ "剪不断,理还乱"句:出自李煜《相见欢》词。 ⑤ "云髻罢梳还对镜,罗衣欲换更添香"句:出自唐诗人薛逢《宫词》。 ⑥ 袅(niǎo):微风吹拂飘动的样子。李渔《闲情偶寄》:"《惊梦》首句云:'袅晴丝吹来闲庭院,摇漾春如线。'以游丝一缕,逗起情丝。发端一语,即费如许深心,可谓渗澹经营矣。" ⑦ 花钿(diàn):用金翠珠宝制成的花形首饰。唐白居易《长恨歌》:"花钿委地无人收,翠翘金雀玉搔头。" ⑧ 没揣:不意,不料,有突然的意思。菱花:菱花镜。 ⑨ 迤(tuó)逗:引惹,挑逗。彩云:代指美丽的头发。此句指杜丽娘无意中看到镜子中自己的身影如此美丽,害羞紧张得把头发也弄歪了。这几句写出一少女含情脉脉而又羞涩的微妙心理。 ⑩ 小金铃:典出《开元天宝遗事》:"天宝初,宁王至春日,于后园中纫红丝为绳,密缀金铃,系于花稍之上,每有鸟雀翔集,则令园吏掣铃索以惊之。盖惜花故也。"一说古代为限制女子行走,在鞋上系铃铛,使行动有声。 ⑪ 断井颓垣:残断的井栏,倾倒的短墙,用以形容庭院破败的景象。 ⑫ 老爷和奶奶:指杜丽娘父母。 ⑬ 锦屏:锦绣的屏风。这里的锦屏人代指富贵中人,不珍视天然美景。

【好姐姐】(旦)遍青山啼红了杜鹃,荼蘼①外烟丝醉软。春香呵,牡丹虽好,他春归怎占的先!(贴)成对儿莺燕呵。(合)闲凝眄②,生生燕语明如翦③,呖呖莺歌溜的圆。

(旦)去罢。(贴)这园子委是观之不足也。(旦)提他怎的!(行介)

【隔尾】观之不足由他缱④,便赏遍了十二亭台是枉然。到不如兴尽回家闲过遣。

(作到介)(贴)开我西阁门,展我东阁床⑤;瓶插映山紫,炉添沉水香。小姐,你歇息片时,俺瞧老夫人去也。(下)

——选自汤显祖著,徐朔方、杨笑梅校注:《牡丹亭》第十出,人民文学出版社 2005 年版

（郑幸　选编）

① 荼蘼(tú mí):蔷薇科落叶灌木,一般在春季末夏季初开花,宣告着春天的结束。宋王琪《春暮游小园》有"开到荼蘼花事了"之句。　② 眄(miǎn):看,望。　③ 翦(jiǎn):用剪刀剪碎。这里形容鸟叫声的清脆。　④ 缱:留恋。　⑤ "开我西阁门,展我东阁床"句:语出《木兰辞》"开我东阁门,坐我西阁床"。

丈　夫

沈从文

【解题】

沈从文(1902—1988)，原名沈岳焕，字崇文，湖南凤凰县人。现代著名作家、历史文物研究家。14 岁投身行伍，辗转于湘、川、黔交界地区。1922 年前往北京，求学未果，后开始文学创作，20—30 年代前后创作出版《长河》《边城》等小说，这也是他创作的高峰时期。抗战爆发后任教于西南联大。1946 年回到北京大学任教。中华人民共和国成立后在中国历史博物馆和中国社会科学院历史研究所工作，不再创作小说，转而从事中国古代历史研究，著有《中国古代服饰研究》。

《丈夫》创作于 1930 年，后收入同名小说集《丈夫集》。此文以"丈夫"这一男性身份为标题，却又将这位丈夫置于默许妻子以肉体换取利益这样一种屈辱的现实处境中，通过极具个性的对话与细致的心理描写，逐步刻画出丈夫从麻木、尴尬、愤怒直至最后走向觉醒的心路历程。和其他作品多反映湘西质朴之美不同，此文着眼更多的是湘西落后、愚昧与阴暗的现实。作者曾在《边城》的题记中说："我将把这个民族为历史所带走向一个不可知的命运中前进时，一些小人物在变动中的忧患，与由于营养不足所产生的'活下去'以及'怎样活下去'的观念和欲望，来作朴素的叙述。"而本文所展现的，或许正是人性在面对"怎样活下去"的困境时所表现出的扭曲与挣扎。

落了春雨，一共有七天，河水涨大了。

河中涨了水，平常时节泊在河滩的烟船妓船，离岸极近，船皆系在吊脚楼下的支柱上。

在四海春茶馆楼上喝茶的闲汉子,伏身在临河一面窗口,可以望到对河的宝塔"烟雨红桃"好景致,也可以知道船上妇人陪客烧烟的情形。因为那么近,上下都方便,有喊熟人的声音,从上面或从下面喊叫,到后是互相见到了,谈话了,取了亲昵样子,骂着野话粗话,于是楼上人会了茶钱,从湿而发臭的甬道走去,从那些肮脏地方走到船上了。

上了船,花钱半元到五块,随心所欲吃烟睡觉,同妇人毫无拘束的放肆取乐,这些在船上生活的大臀肥身年青女人,就用一个妇人的好处,服侍男子过夜。

船上人,她们把这件事也象其余地方一样称呼,这叫做"生意"。她们都是做生意而来的。在名分上,那名称与别的工作同样,既不与道德相冲突,也并不违反健康。她们从乡下来,从那些种田挖园的人家,离了乡村,离了石磨同小牛,离了那年青而强健的丈夫,跟随到一个熟人,就来到这船上做生意了。做了生意,慢慢的变成为城市里人,慢慢的与乡村离远,慢慢的学会了一些只有城市里才需要的恶德,于是这妇人就毁了。但那毁,是慢慢的,因为需要一些日子,所以谁也不去注意了。而且也仍然不缺少在任何情形下还依然会好好的保留着那乡村纯朴气质的妇人,所以在市的小河妓船上,决不会缺少年青女子的来路。

事情非常简单,一个不疤疤于生养孩子的妇人,到了城市,能够每月把从城市里两个晚上所得的钱,送给那留在乡下诚实耐劳种田为生的丈夫处去,在那方面就可以过了好日子,名分不失,利益存在,所以许多年青的丈夫,在娶妻以后,把妻送出来,自己留在家中耕田种地安分过日子,也竟是极其平常的事。

这种丈夫,到什么时候,想及那在船上做生意的年青的媳妇,或逢年过节,照规矩要见见媳妇的面了,自己便换了一身浆洗干净的衣服,腰带上挂了那个工作时常不离口的短烟袋,背了整箩整篓的红薯糍粑之类,赶到市上来,象访远亲一样,从码头第一号船上问起,一直到认出自己女人所在的船上为止。问明白了,到了船上,小心小心的把一双布鞋放到舱外护板上,把带来的东西交给了女人,一面便用着吃惊的眼睛,搜索女人的全身。这时节,女人在丈夫眼下自然已完全不同了。

大而油光的发髻,用小镊子扯成的细细眉毛,脸上的白粉同绯红胭脂,以及那城市里人神气派头,城市里人的衣裳,都一定使从乡下来的丈夫感到极大的惊讶,有点手足无措。那呆像是女人很容易清楚的。女人到后开了口,或者问:"那次五块钱得了么?"或者问:"我们那对猪养儿子了没有?"女人说话时口音自然也完全不同了,变成象城市里做太太的大方自由,完全不是在乡下做媳妇的神气了。

听女人问到钱,问到家乡豢养的猪,这作丈夫的看出自己做主人的身分,并不在这船上失去,看出这城里奶奶还不完全忘记乡下,胆子大了一点,慢慢的摸出烟管同火镰。第二次惊讶,是烟管忽然被女人夺去,即刻在那粗而厚大的掌握里,塞了一枝哈德门香烟的缘故。吃惊也仍然是暂时的事,于是这做丈夫的,一面吸烟一面谈话……

到了晚上,吃过晚饭,仍然在吸那有新鲜趣味的香烟。来了客,一个船主或一个商人,穿生牛皮长统靴子,抱兜一角露出粗而发亮的银链,喝过一肚子烧酒,摇摇荡荡的上了船。一上船就大声的嚷要亲嘴要睡,那洪大而含胡的声音,那势派,都使这作丈夫的想起了村长同乡绅那些大人物的威风,于是这丈夫不必指点,也就知道怯生生的往后舱钻去,躲到那后梢舱上去低低的喘气,一面把含在口上那枝卷烟摘下来,毫无目的的眺望河中暮景。夜把河上改变了,岸上河上已经全是灯火,这丈夫到这时节一定要想起家里的鸡同小猪,仿佛那些小小东西才是自己的朋友,仿佛那些才是亲人,如今与妻接近,与家庭却离得很远,淡淡的寂寞袭上了身,他愿意转去了。

当真转去没有?不。三十里路路上有豺狗,有野猫,有查夜的放哨的团丁,全是不好惹的东西,转去自然做不到。船上的大娘自然还得留他上三元宫看夜戏,到四海春去喝清茶,并且既然到了市上,大街上的灯同城市中的人更不可不去看看。于是留下了,坐到后舱看河中景致,等候大娘的空暇。到后要上岸了,就由小阳桥上扳篷架到船头;玩过后,仍然由那旧地方转到船上,小心小心使声音放轻,省得留在舱里躺到床上烧烟的人发怒。

到要睡觉的时候,城里起了更,西梁山上的更鼓冬冬响了一会,悄悄地从板缝里看看客人还不走，丈夫没有什么话可说，就在梢舱上新棉絮里一个人睡了。半夜里，或者已睡着，或者还在胡思乱想，那媳妇抽空爬过了后舱，问是不是想吃一点糖。本来非常欢喜口含冰糖的脾气，是做媳妇的记得清楚明白，所以即或说已经睡觉，已经吃过，也仍然还是塞了一小片冰糖在口里。媳妇用着略略抱怨自己那种神气走去了，丈夫把冰糖含在口里，正象仅仅为了这一点理由，就得原谅媳妇的行为，尽她在前舱陪客，自己也仍然很和平的睡觉了。

这样的丈夫在黄庄多着，那里出强健女子同忠厚男人。地方实在太穷了，一点点收成照例要被上面的人拿去一大半，手足贴地的乡下人，任你如何勤省耐劳的干做，一年中四分之一时间，即或用红薯叶子拌和糠灰充饥，总还不容易对付下去。地方虽在山中，离大河码头只三十里，由于习惯，女子出乡讨生活，男人通明白这做生意的一切利益。他懂事，女子名分上仍然归他，养得儿子归他，有了钱，也总有一部分归他。

那些船排列在河下，一个陌生人，数来数去是永远无法数清的。明白这数目，而且明白那秩序，记忆得出每一个船与摇船人样子，是五区一个老水保。

水保是个独眼睛的人。这独眼就据说在年青时节因殴斗杀过一个水上恶人，因为杀人，同时也就被人把眼睛抠瞎了。但两只眼睛不能分明的，他一只眼睛却办到了。一个河里都由他管事。他的权力在这些小船上，比一个中国的皇帝、总统在地面上的权力还统一集中。

涨了河水，水保比平时似乎忙多了。由于责任，他得各处去看看。是不是有些船上做父母的上了岸，小孩子在哭奶了。是不是有些船上在吵架，需要排难解纷。是不是有些船因照料无人，有溜去的危险。在今天，这位大爷，并且要到各处去调查一些从岸上发生影响到了水面的事情。岸上这几天来发生三次小抢案，据公安局那方面人说，是凡地上小缝小罅都找寻到了，还是毫无痕迹。地上小缝小罅都亏那些体面的在职人员找过，于是水保的责任便到了。他得了通知，就是那些说谎话的公安局办事处通知，要他到半夜会同水面武装警察上船去搜索"歹人"。

　　水保得到这个消息时是上半天。一个整白天他要做许多事。他要先尽一些从平日受人款待好酒好肉而来的义务了，于是沿了河岸，从第一号船起始，每个船上去谈谈话。他得先调查一下，问问这船上是不是留容得有不端正的外乡人。

　　做水保的人照例是水上一霸，凡是属于水面上的事他无有不知。这人本来就是一个吃水上饭的人，是立于法律同官府对面，按照习惯被官吏来利用，处治这水上一切的。但人一上了年纪，世界成天变，变去变来这人有了钱，成过家，喝点酒，生儿育女，生活安舒，这人慢慢地转成一个和平正直的人了。在职务上帮助了官府，在感情上却亲近了船家。在这些情形上面他建设了一个道德的模范。他受人尊敬不下于官，却不让人害怕讨厌。他做了河船上许多妓女的干爹。由于这些社会习惯的联系，他的行为处事是靠在水上人一边的。

　　他这时正从一个木跳板上跃到一只新油漆过的"花船"头，那船位置在较清静的一家莲子铺吊脚楼下。他认得这只船归谁管，一上船就喊"七丫头"。

　　没有声音。年青的女人不见出来，年老的掌班也不见出来。老年人很懂事情，以为或者是大白天有年青男子上船做呆事，就站在船头眺望，等了一会。

　　过一阵他又喊了两声，又喊伯妈，喊五多；五多是船上的小毛头，年纪十二岁，人很瘦，声音尖锐，平时大人上了岸就守船，买东西煮饭，常常挨打，爱哭，过一会儿又唱起小调来。但是喊过五多后，也仍然得不到结果。因为听到舱里又似乎实在有声音，象人出气，不象全上了岸，也不象全在做梦。水保就钩身窥觑舱口，向暗处询问是谁在里面。

　　里面还是不作答。

　　水保有点生气了，大声地问，"你是哪一个？"

　　里面一个很生疏的男子声音，又虚又怯回答说，"是我。"接着又说，"都上岸去了。"

"都上岸了么?"

"上岸了。她们……"

好象单单是这样答应,还深恐开罪了来人,这时觉得有一点义务要尽了,这男子于是从暗处爬出来,在舱口,小心小心扳到篷架,非常拘束的望到来人。

先是望到那一对峨然巍然似乎是为柿油涂过的猪皮靴子,上去一点是一个赭色柔软麂皮抱兜,再上去是一双回环抱着的毛手,满是青筋黄毛,手上有颗其大无比的黄金戒指,再上去才是一块正四方形象是无数橘子皮拼合而成的脸膛。这男子,明白这是有身分的主顾了,就学到城市里人说话,说,"大爷,您请里面坐坐,她们就回来。"

从那说话的声音,以及干浆衣服的风味上,这水保一望就明白这个人是才从乡下来的种田人。本来女人不在就想走,但年青人忽然使他发生了兴味,他留着了。

"你从什么地方来的?"他问他,为了不使人拘束,水保取得是做父亲的和平样子,望到这年青人。"我认不得你。"

他想了一下,好象也并不认得客人,就回答,"我昨天来的。"

"乡下麦子抽穗了没有?"

"麦子吗? 水碾子前我们那麦子,哈,我们那猪,哈,我们那……"

这个人,象是忽然明白了答非所问,记起了自己是同一个有身分的城里人说话,不应当说"我们",不应当说我们"水碾子"同"猪",把字眼用错,所以再也接不下去了。

因为不说话,他就怯怯的望到水保笑,他要人了解他,原谅他——他是个正派人,并不敢有意张三拿四。

水保是懂这个意思的。且在这对话中,明白这是船上人的亲戚了,他问年青人,"老七到什么地方去了,什么时候可以回来?"

这时节,这年青人答语小心了。他仍然说,"是昨天来的。"他又告水保,他"昨天晚上来的。"末了才说,老七同掌班、五多上岸烧香去了,要他守船。因为守船必得把守船身分说出,他还告给了水保,他是老七的"汉子"。

因为老七平常喊水保都喊干爹,这干爹第一次认识了女婿,不必挽留,再说了几句,不到一会儿,两人皆爬进舱中了。

舱中有个小小床铺,床上有锦绸同红色印花洋布铺盖,摺叠得整整齐齐。来客照规矩应当坐在床沿。光线从舱口来,所以在外面以为舱中极黑,在里面却一切分明。

年青人为客找烟卷,找自来火,毛脚毛手打翻了身边一个贮栗子的小坛子,圆而发乌金光泽的板栗在薄明的船舱里各处滚去,年青人各处用手去捕捉,仍然放到小坛中去,也不知道应当请客人吃点东西。但客人却毫不客气,从舱板上把栗拾起咬破了吃,且说这风干的栗子真好。

"这个很好,你不欢喜么?"因为水保见到主人并不剥栗子吃。

"我欢喜。这是我屋后栗树上长的。去年结了好多,乖乖地从刺球里爆出来,我欢喜。"他笑了,近于提到自己儿子模样,很高兴说这个话。

"这样大栗子不容易得到。"

"我一个一个选出来的。"

"你选?"

"是的,因为老七欢喜吃这个,我才留下来。"

"你们那里可有猴栗?"

"什么猴栗?"

水保就把故事所说的"猴子在大山上住,被人辱骂时,抛下拳大栗子打人。人想这栗子,就故意去山下骂丑话,预备捡栗子。"——说给乡下人听。

因为栗子,正苦无话可说的年青人,得到同情他的人了。他就告水保另外属于栗子的种种事情。他知道的乡下问题可多咧。于是他说到地名"栗坳"的新闻。又说到一种栗木作成的犁具如何结实合用。这人是太需要说到这些了。昨天来一晚上都有客人吃酒烧酒,把自己关闭在小船后梢,同五多说话,五多睡得成死猪。今天一早上,本来应当有机会同媳妇谈到乡下事情了,女人又说要上岸过七里桥烧香,派他一个人守船。坐到船上等了半天,还不见人回,到后梢去看河上景致,一切新奇不同,全只给自己发闷。先一时,正睡在舱里,就想这满江大水若到乡下涨,鱼梁上不知道应当有多少鲤鱼上梁！把鱼捉来时，用柳条穿鳃到太阳下去晒，正计算到那数目，总算不清楚。忽然客人来到船上，似乎一切鱼都争着跳进水中去了。

来了客人，且在神气上看出来人是并不拒绝这些谈话的，所以这年青人，凡是预备到同自己媳妇在枕边诉说的各样事情，这时得到了一个好机会，都拿来同水保谈了。

他告给水保许多乡下情形，说到小猪捣乱的脾气，叫小猪名字是"乖乖"，又说到新由石匠整治过的那副石磨，顺便告给了一个石匠的笑话。又说到一把失去了多久的镰刀，一把水保梦想不到的小镰刀，他说，

"你瞧，奇怪不奇怪？我赌咒我各处都找到了。我们的床下，门枋上，仓角里，什么不找到？它躲了。躲猫猫一样，不见了。我为这件事骂过老七。老七哭过。可还是不见。鬼打岩，蒙蒙眼，原来它躲在屋梁上饭箩里！半年躲在饭箩里！它吃饭！一身锈得象生疮。这东西多狡猾！我说这个你明白我没有？怎么会到饭箩里半年？那是一只做样子的东西，挂到斗窗上。我记起那事了，是我削楔子，手上刮了皮，流了血，生了大气，赌气把刀一丢。……到水上磨了半天，还不错，仍然能吃肉，你一不小心，就得流血。我还不曾同老七说到这个，她不会忘记那哭得伤心的一回事。找到了，哈哈，真找到了。"

"找到它就好了。"

"是的，得到了它那是好的。因为我总疑心这东西是老七掉到溪里，不好意思说明。我知道她不骗我了。我明白了。我知道她受了冤屈，因为我说过：'找不出么？那我就要打人！'我并不曾动过手。可是生气时也真吓人。她哭了半夜！"

"你不是用得着它割草么？"

"嗨，哪里，用处多咧。是小镰刀，那么精巧，你怎么说是割草？那是削一点薯皮，刮刮箫：这些这些用的。小得很，值三百钱，钢火妙极了。我们都应当有这样一把刀放到身边，不明白么？"

水保说，"明白明白：都应当有一把，我懂你这个话。"

他以为水保当真是懂的，什么也说到了，甚至于希望明年来一个小宝

宝,这样只合宜于同自己的媳妇睡到一个枕头上商量的话也说到了。年青人毫无拘束的还加上许多粗话蠢话。说了半天,水保起身要走了,他才记起问客人贵姓。

"大爷,您贵姓? 留一个片子到这里,我好回话。"

"不用不用。你只告她有这么一个大个儿到过船上,穿这样大靴子。告她晚上不要接客,我要来。"

"不要接客,您要来?"

"就是这样说,我一定要来的。我还要请你喝酒。我们是朋友。"

"我们是朋友,是朋友。"

水保用他那大而肥厚的手掌,拍了一下年青人的肩膊,从船头上岸,走到别一个船上去了。

在水保走后,年青人就一面等候一面猜想这个大汉子是谁。他还是第一次同这样尊贵的人物谈话。他不会忘记这很好的印象的。人家今天不仅是同他谈话,还喊他做朋友,答应请他喝酒! 他猜想这人一定是老七的"熟客"。他猜想老七一定得了这人许多钱。他忽然觉得愉快,感到要唱一个歌了,就轻轻的唱了一首山歌。用四溪人体裁,他唱得是"水涨了,鲤鱼上梁,大的有大草鞋那么大,小的有小草鞋那么小。"

但是等了一会还不见老七回来,一个鬼也不回来,他又想起那大汉子的丰采言谈了。他记起那一双靴子,闪闪发光,以为不是极好的山柿油涂到上面,是不会如此体面好看的。他记起那黄而发沉的戒子,说不分明那将值多少钱,一点不明白那宝贝为什么如此可爱。他记起那伟人点头同发言,一个督抚的派头,一个军长的身分——这是老七的财神! 他于是又唱了一首歌。用杨村人不庄重口吻,唱得是"山坳的团总烧炭,山脚的地保爬灰;爬灰红薯才肥,烧炭脸庞发黑。"

到午时,各处船上都已有人烧饭了。湿柴烧不燃,烟子各处窜,使人流泪打嚏,柴烟平铺到水面时如薄绸。听到河街馆子里大师傅用铲子敲打锅边的声音,听到邻船上白菜落锅的声音,老七还不见回来。可是船上烧湿柴的本领年青人还没有学到，小钢灶总是冷冷的不发吼。做了半天还是无结果，只有把它放下一个办法了。

应当吃饭时候不得饭吃，人饿了，坐到小凳上敲打舱板，他仍然得想一点事情。一个不安分的估计在心上滋长了。正似乎为装满了钱钞便极其骄傲模样的抱兜，在他眼下再现时，把原有的和平已失去了。一个用酒糟同红血所捏成的橘皮红色四方脸，也是极其讨厌的神气，保留到印象上。并且，要记忆有什么用？他记忆得到那嘱咐，是当到一个丈夫面前说的！"今晚上不要接客，我要来。"该死的话，是那么不客气的从那吃红薯的大口里说出！为什么要说这个？有什么理由要说这个？……

胡想使他心上增加了愤怒，饥饿重复揪着了这愤怒的心，便有一些原始人就不缺少的情绪，在这个年青简单的人情绪中长大不已。

他不能再唱一首歌了。喉咙为妒嫉所扼，唱不出什么歌。他不能再有什么快乐。按照一个种田人的脾气，他想到明天就要回家。

有了脾气再来烧火，自然更不行了，于是把所有的柴全丢到河里去了。

"雷打你这柴！要你到洋里海里去！"

但那柴是在两三丈以外，便被别个船上的人捞起了的。那船上人似乎一切都准备好了，正等待一点从河面漂流而来的湿柴，把柴捞上，即刻就见到用废缆一段引火，且即刻满船发烟，火就带着小小爆裂声音燃好了。看到这一切，新的愤怒使年青人感到羞辱，他想不必等待人回船就要走路。

在街尾遇到女人同小毛头五多两个人，正牵了手说着笑着走来。五多手上拿得有一把胡琴，崭新的样子，这是做梦也不曾遇到的一件家伙！

"你走哪里去？"

"我——要回去。"

"要你看船船也不看，要回去。什么人得罪了你，这样小气？"

"我要回去，你让我回去。"

"回到船上去！"

看看媳妇，样子比说话还硬劲。并且看到那一张胡琴，明知道这是特别买来给他的,所以再不能坚持,摸了摸自己发烧的额角,幽幽地说,"回去也好,回去也好",就跟了媳妇的身后跑转船上。

掌班大娘也赶来了,原来提了一副猪肺,好象东西只是乘便偷来的,深恐被人追上带到衙门里去。所以跑得颧骨发了红,喘气不止。大娘一上船,女人在舱中就喊:

"大娘,你瞧,我家汉子想走!"

"谁说的,戏都不看就走!"

"我们到街口碰到他,他生气样子,一定是怪我们不早回来。"

"那是我的错;是菩萨的错;是屠户的错。我不该同屠户为一个钱吵闹半天,屠户不该肺里灌这样多水。"

"是我的错。"陪男子在舱里的女人,这样说了一句话,坐下了。对面是男子汉。她于是有意的在把衣服解换时,露出极风情的红绫胸褡。胸褡上绣了"鸳鸯戏荷"。

男子觑着,不说话。有说不出的什么东西,在血里窜着涌着。

在后梢,听到大娘同五多谈着柴米。

"怎么我们的柴都被谁偷去了!"

"米是谁淘好的?"

"一定是火烧不燃。……姐夫是乡下人,只会烧松香。"

"我们不是昨天才解散一捆柴么?"

"都完了。"

"去前面搬一捆,不要说了。"

"姐夫只知道淘米!"

听到这些话的年青汉子,一句话不说,静静地坐在舱里,望到那一把新买来的胡琴。

女人说,"弦都配好了,试拉拉看。"

先是不作声,到后把琴搁在膝上,查看松香。调琴时,生疏的音从指间流出,拉琴人便快乐的微笑了。

不到一会,满舱是烟,男子被女人喊出去,仍然把琴拿到外面去,站在船头调弦。

到后吃中饭时,五多说:

"姐夫,你回头拉'孟姜女哭长城',我唱。"

"我不会拉。"

"我听说你拉得很好,你骗我。"

"我不骗你。"

大娘说,"我听老七说你拉得好,所以到庙里,一见这琴,我就想起你才说就为姐夫买回去吧。是运气,烂贱就买来了。这到乡里一块钱还恐怕买不到,不是么?"

"是的。值多少钱?"

"一吊六。他们都说值得!"

五多说,"谁说值得?"

大娘很生气地说,"毛丫头,谁说不值得?你知道什么!撕你的嘴!"

因为这琴是从一个卖琴熟人手上拿来,一个钱不花,听到大娘的谎话,五多分辩,大娘就骂五多,老七却笑了。男子以为这是笑大娘不懂事,所以也在一旁干笑。男子先把饭吃完,就动手拉琴,新琴声音又清又亮,五多高兴到得意忘形,放下碗筷唱将起来,被大娘结结实实打了一筷子头,才忙着吃饭、收碗、洗锅子。

到了晚上,前舱盖了篷,男子拉琴,五多唱歌,老七也唱歌,美孚灯罩子有红纸剪成的遮光帽,全舱灯光红红的如办大喜事,年青人在热闹中像过年,心上开了花。可是过不久,有兵士从河街过身,喝得烂醉,听到这声音了。

两个醉鬼踉踉跄跄到了船边,两手全是污泥,用手扳船,口含胡桃那么混混胡胡的嚷叫:

"什么人唱,报上名来!唱得好,赏一个五百。不听到么?老子赏你五百!"

里面琴声戛然而止,沉静了。

醉鬼用脚不住踢船,蓬蓬蓬发出钝而沉闷的声音,且想推篷,搜索不到篷盖接榫处,于是又叫嚷,"不要赏么,婊子狗造的?装聋,装哑?什么人敢在这里作乐?我怕谁?皇帝我也不怕。大爷,我怕皇帝我不是人!我们军长师长,都是混账王八蛋!是皮蛋鸡蛋,寡了的臭蛋!我才不怕。"

另一个喉咙发沙地说道:

"骚婊子?出来拖老子上船!"

且即刻听到用石头打船篷,大声地辱骂祖宗。一船人都吓慌了。大娘忙把灯扭小一点,走出去推篷,男子听到那汹汹声气,夹了胡琴就往后舱钻去。不一会,醉人已经进到前舱了。两个人一面说着野话一面要争到同老七亲嘴,同大娘五多亲嘴。且听到问:"是什么人在此唱歌作乐,把拉琴的抓来再给老子唱一个歌。"

大娘不敢作声,老七也无主意了,两个酒疯子就大声地骂人。

"臭货,喊龟子出来,跟老子拉琴,赏一千!英雄盖世的曹孟德也不会这样大方!我赏一千,一千个红薯,快来,不出来我烧掉你们这只船!听着没有,老东西!?赶快,莫让老子们生了气,灯笼子认不得人?"

"大爷,这是我们自己家几个人玩玩,不是外人⋯⋯"

"不!不!不!老婊子,你不中吃。你老了,皱皮柑!快叫拉琴的来!杂种!我要拉琴,我要自己唱!"一面说一面便站起身来,想向后舱去搜寻。大娘弄慌了,把口张大合不拢去。老七急中生智,拖着那醉鬼的手,安置到自己的大奶上。醉人懂到这意思,又坐下了。"好的,妙的,老子出得起钱,老子今天晚上要到这里睡觉!孤王酒醉在桃花宫,韩素梅生来好貌容⋯⋯①"

这一个在老七左边躺下去后,另一个不说什么,也在右边躺了下去。

年青人听到前舱仿佛安静了一会,在隔壁轻轻地喊大娘。正感到一种侮辱的大娘,悄悄爬过去,男子还不大分明是什么事情,问大娘:

"什么事情?"

---

① 语出戏曲《斩黄袍》,指北宋赵匡胤宠韩素梅事。

"营上的副爷,醉了,象猫,等一会儿就得走。"

"要走才行。我忘记告你们了,今天有一个大方脸人来,好象大官,吩咐过我,他晚上要来,不许留客。"

"是脚上穿大皮靴子,说话象打锣么?"

"是的,是的。他手上还有一个大金戒子。"

"那是老七干爹。他今早上来过了么?"

"来过的。他说了半天话才走,吃过些干栗子。"

"他说些什么?"

"他说一定要来,一定莫留客,……还说一定要请我喝酒。"

大娘想想,来做什么?难道是水保自己要来歇夜?难道是老对老,水保注意到……想不通,一个老鸨虽一切丑事做成习惯,什么也不至于红脸,但被人说到"不中吃"时,是多少感到一种羞辱的。她悄悄地回到前舱,看前舱新事情不成样子,扁了扁瘪嘴,骂了一声猪狗,终归又转到后舱来了。

"怎么?"

"不怎么。"

"怎么,他们走了?"

"不怎么,他们睡了。"

"睡了?"

大娘虽不看清楚这时男子的脸色,但她很懂这语气,就说:"姐夫,你难得上城来,我们可以上岸玩去。今夜三元宫夜戏,我请你坐高台子,是'秋胡三戏结发妻'。"

男子摇头不语。

兵士胡闹一阵走后,五多大娘老七都在前舱灯光下说笑,说那兵士的醉态。男子留在后舱不出来。大娘到门边喊过了二次,不答应,不明白这脾气从什么地方发生。大娘回头就来检查那四张票子的花纹,因为她已经认得出票子的真假了。票子倒是真的,她在灯光下指点给老七看那些记号,那些花,且放到鼻子上嗅嗅,说这个一定是清真馆子里找出来的,因为有牛油味道。

五多第二次又走过去，"姐夫，姐夫，他们走了，我们来把那个唱完，我们还得……"

女人老七象是想到了什么心事，拉着了五多，不许她说话。

一切沉默了。男子在后舱先还是正用手指扣琴弦，作小小声音，这时手也离开那弦索了。

三个女人都听到从河街上飘来的锣鼓唢呐声音，河街上一个做生意人办喜事，客来贺喜，大唱堂戏，一定有一整夜热闹。

过了一会，老七一个人轻脚轻手爬到后舱去，但即刻又回来了。

大娘问："怎么了？"

老七摇摇头，叹了一口气。

先以为水保恐怕不会来的，所以大家仍然睡了觉，大娘老七五多三个人在前舱，只把男子放到后面。

查船的在半夜时，由水保领来了，水面鸦雀无声，四个全副武装警察守在船头，水保同巡官晃着手电筒进到前舱。这时大娘已把灯捻明了，她经验多，懂得这不是大事情。老七披了衣坐在床上，喊干爹，喊巡官老爷，要五多倒茶。五多还睡意迷蒙，只想到梦里在乡下摘三月莓。

男子被大娘摇醒揪出来，看到水保，看到一个穿黑制服的大人物，吓得不能说话，不晓得有什么严重事情发生。

那巡官装成很有威风的神气开了口："这是什么人？"

水保代为答应，"老七的汉子，才从乡下来走亲戚。"

老七说道，"老爷，他昨天才来的。"

巡官看了一会儿男子，又看了一会儿女人，仿佛看出水保的话不是谎话，就不再说了，随意在前舱各处翻翻。待注意到那个贮风干栗子的小坛子时，水保便抓了一大把栗子塞到巡官那件体面制服的大口袋里去，巡官只是笑，也不说什么。

一伙人一会儿就走到另一船上去了。大娘刚要盖篷，一个警察回来传话：

"大娘，大娘，你告老七，巡官要回来过细考察她一下，你懂不懂？"

大娘说，"就来么？"

"查完夜就来。"

"当真吗？"

"我什么时候同你这老婊子说过谎？"

大娘很欢喜的样子，使男子很奇怪，因为他不明白为什么巡官还要回来考察老七。但这时节望到老七睡起的样子，上半晚的气已经没有了，他愿意讲和，愿意同她在床上说点家常私话，商量件事情，就傍床沿坐定不动。

大娘象是明白男子的心事，明白男子的欲望，也明白他不懂事，故只同老七打知会，"巡官就要来的！"

老七咬着嘴唇不作声，半天发痴。

男子一早起来就要走路，沉默的一句话不说，端整了自己的草鞋，找到了自己的烟袋。一切归一了，就坐到那矮床边沿，象是有话说又说不出口。

老七问他，"你不是昨晚上答应过干爹，今天到他家中吃中饭吗？"

"……"摇摇头，不作答。

"人家特意为你办了酒席，好意思不领情？"

"……"

"戏也不看看么？"

"……"

"满天红的晕油包子，到半日才上笼，那是你欢喜的包子。"

"……"

一定要走了，老七很为难，走出船头呆了一会，回身从荷包里掏出昨晚上那兵士给的票子来，点了一下数，一共四张，捏成一把塞到男子左手心里去。男子无话说，老七似乎懂到那意思了，"大娘，你拿那三张也把我。"大娘将钱取出，老七又把这钱塞到男子右手心里去。

男子摇摇头，把票子撒到地下去，两只大而粗的手掌捂着脸孔，象小孩子那样莫名其妙地哭了起来。

　　五多同大娘看情形不好，一齐逃到后舱去了。五多心想这真是怪事，那么大的人会哭，好笑。可是她并不笑。她站在船后梢舵，看见挂在梢舱顶梁上的胡琴，很愿意唱一个歌，可是不知为什么也总唱不出声音来。

　　水保来船上请远客吃酒，只有大娘同五多在船上。问到时，才明白两夫妇一早都回转乡下去了。

一九三〇年四月作于吴淞

　　——选自沈从文《丈夫集》，岳麓书社 1992 年版

（郑幸　选编）

安娜·卡列尼娜（节选）

[俄] 列夫·托尔斯泰

【解题】

列夫·尼古拉耶维奇·托尔斯泰(1828—1910)，俄国批判现实主义作家、思想家。他出身贵族，年轻时即对哲学尤其是道德哲学发生浓厚兴趣，随后思想逐渐转到宗法制农民的立场上，并开始厌弃自己的贵族身份，不时从事体力劳动，自力更生，摒弃奢侈，甚至打算放弃家产。1910 年 10 月 28 日，托尔斯泰从家中秘密出走，因罹患肺炎，中途逝世。主要作品有长篇小说《战争与和平》《安娜·卡列尼娜》《复活》。

《安娜·卡列尼娜》完成于 1877 年，当时的俄国正处在农奴制改革的特殊时期，整个社会正由传统守旧的封建社会向新兴的资本主义社会转变。作者通过描写女主人公安娜的爱情悲剧，以及另一主角列文在农村所进行的改革与探索，来探讨这种新旧对立之下所产生的矛盾与冲突。全书先后描写了 150 多个人物，大多性格鲜明，举止生动，巨细无遗地为我们展现了一幅俄国城市与乡村的全景式画卷，而其中对安娜的描写尤其细腻深刻。本文选择了其中三章，前两章系从少女吉娣的视角来表现安娜的美丽与面对爱情来袭的迅速沉沦，后一章则从丈夫卡列宁的视角来表现安娜所承受的巨大世俗压力。通过对安娜这个角色的解读，我们或许可以进一步探讨爱情与婚姻的界限、欲望与理智的冲突，以及个人与社会的矛盾。

当吉娣同母亲踏上灯火辉煌，摆满鲜花，两边站着脸上搽粉、身穿红色长袍的仆人的大楼梯时，舞会刚刚开始。大厅里传来窸窣声，像蜂房里发出来的蜂鸣一样均匀。当她们站在楼梯口，在两旁摆有盆花的镜子前整理头发和服饰时，听到乐队开始演奏第一支华尔兹的准确而清晰的提琴声。一个穿便服的小老头，在另一面镜子前整理了一下斑白的鬓发，身上散发出香水的气味，在楼梯上碰到她们，让了路，显然在欣赏他不认识的吉娣。一个没有胡子的青年——被谢尔巴茨基老公爵称为"花花公子"的上流社会青年——穿着一件领口特别大的背心，一路上整理着雪白的领带，向她们鞠躬，走过去之后，又回来请吉娣跳卡德里尔舞。第一圈卡德里尔舞她已经答应了伏伦斯基，所以她只能答应同那位青年跳第二圈。一个军官正在扣手套钮子，在门口让了路，摸摸小胡子，欣赏着像玫瑰花一般娇艳的吉娣。

在服饰、发式和参加舞会前的全部准备工作上，吉娣煞费苦心，很花了一番功夫，不过她现在穿着一身玫瑰红衬裙打底、上面饰有花纹复杂的网纱衣裳，那么轻盈洒脱地走进舞厅，仿佛这一切都没有费过她和她的家里人什么心思，仿佛她生下来就带着网纱、花边和高高的头发，头上还戴着一朵有两片叶子的玫瑰花。

走进舞厅之前，老公爵夫人想替她拉拉好卷起来的腰带，吉娣稍稍避开了。她觉得身上的一切已很雅致完美，用不着再整理什么了。

今天是吉娣一生中幸福的日子。她的衣服没有一处不合身，花边披肩没有滑下，玫瑰花结没有压皱，也没有脱落，粉红色高跟鞋没有夹脚，穿着觉得舒服。浅黄色假髻服帖地覆在她的小脑袋上，就像她自己的头发一样。她的长手套上的三颗钮扣都扣上了，一个也没有松开，手套紧裹住她的手，把她小手的轮廓显露得清清楚楚。系着肖像颈饰的黑丝绒带子，特别雅致地绕着她的脖子。这条带子实在美，吉娣在家里对着镜子照照脖子，觉得它十分逗人喜爱。别的东西也许还有美中不足之处，但这条丝绒带子真是完美无缺。吉娣在舞厅里对镜子瞧了一眼，也忍不住微微一笑。吉娣裸露的肩膀和手臂使人产生一种大理石般凉快的感觉，她自己特别欣赏。她的眼睛闪闪发亮，她的樱唇因为意识到自己的魅力而忍不住浮起笑意。吉娣还没有走进舞厅，走近那群满身都是网纱、丝带、花边和鲜花、正在等待人家来邀舞的妇女，就有人来请她跳华尔兹。来请的不是别人，而是最杰出的舞伴、舞蹈明星、著名舞蹈教练、舞会司仪、身材匀称的已婚美男子科尔松斯基。他同巴宁伯爵夫人跳了第一圈华尔兹,刚刚把她放下,就环顾了一下他的学生,也就是几对开始跳舞的男女。他一看见吉娣进来,就以那种舞蹈教练特有的洒脱步伐飞奔到她面前,鞠了一躬,也不问她是不是愿意,就伸出手去搂住她的细腰。她向周围望了一下,想把扇子交给什么人。女主人就笑眯眯地把扇子接了过去。

"太好了,您来得很准时,"他揽住她的腰,对她说,"迟到可是一种坏作风。"

她把左手搭在他的肩上。她那双穿着粉红皮鞋的小脚,就按着音乐的节拍,敏捷、轻盈而整齐地在光滑的镶花地板上转动起来。

"同您跳华尔兹简直是一种享受,"他在跳华尔兹开头的慢步舞时对她说。"好极了,多么轻快,多么合拍,"他对她说。他对所有的好舞伴几乎都是这样说的。

她听了他的恭维话,嫣然一笑,接着打他的肩膀上面望出去,继续环顾整个舞厅。她不是一个初次参加跳舞的姑娘,在她的眼里,舞池里的脸不会汇成光怪陆离的一片。她也不是一个经常出入舞会的老手,对所有的脸都熟识得有点腻烦。她介于两者之间:她很兴奋,但还能冷静地观察周围的一切。她看见舞厅的左角聚集着社交界的精华。那边有放肆地大袒胸的美人丽蒂,她是科尔松斯基的妻子;那边有女主人;那边有秃头亮光光的克利文,凡是社交界精华荟萃的地方总有他的份;小伙子们都往那边望,但不敢走拢去;吉娣还看见斯基华在那边,接着她又看到了穿黑丝绒衣裳的安娜的优美身材和头部。还有他也在那边。吉娣自从拒绝列文求婚的那天晚上起,就没有再见过他。吉娣锐利的眼睛立刻认出他来,甚至发觉他在看她。

"怎么样,再跳一圈吗? 您累不累?"科尔松斯基稍微有点气喘,说。

"不了,谢谢您。"

"把您送到哪儿去呀?"

"卡列宁夫人好像在这儿……您把我送到她那儿去吧。"

"遵命。"

于是科尔松斯基就放慢步子跳着华尔兹,一直向舞厅左角人群那边跳去,嘴里说着法语:"对不起,太太们! 对不起,对不起,太太们!"他在花边、网纱、丝带的海洋中转来转去,没有触动谁的帽饰上的一根羽毛。最后他把他的舞伴急剧地旋转了一圈,转得她那双穿着绣花长统丝袜的纤长腿子露了出来,她的裙子展开得像一把大扇子,遮住了克利文的膝盖。科尔松斯基鞠了个躬,整了整敞开的衣服的胸襟,伸出手想把她领到安娜跟前去。吉娣飞红了脸,把裙裾从克利文膝盖上拉开。她稍微有点晕眩,向周围环顾了一下,找寻着安娜。安娜并没有像吉娣所渴望的那样穿紫色衣裳,却穿了一件黑丝绒的敞胸连衫裙,露出她那像老象牙雕成的丰满的肩膀和胸脯,以及圆圆的胳膊和短小的手。她整件衣裳都镶满威尼斯花边。她的头上,在她天然的乌黑头发中间插着一束小小的紫罗兰,而在钉有白色花边的黑腰带上也插着同样的花束。她的发式并没有什么引人注目的地方。引人注目的是那些老从后颈和鬓脚里露出来的一圈圈倔强的鬈发,这使她更加妩媚动人。在她那仿佛象牙雕成的健美脖子上挂着一串珍珠。

吉娣每天看见安娜,爱慕她,想象她总是穿着紫色衣裳。可是现在看见她穿着黑衣裳,才发觉以前并没有真正领会她的全部魅力。吉娣现在看到了她这副意料不到的全新模样,才懂得安娜不能穿紫衣裳,她的魅力在于她这个人总是比服装更引人注目,装饰在她身上从来不引人注意。她身上那件钉着华丽花边的黑衣裳是不显眼的。这只是一个镜框,引人注目的是她这个人:单纯、自然、雅致、快乐而充满生气。

她像平时一样挺直身子站着。当吉娣走近他们这一伙时,安娜正微微侧着头同主人谈话。

"不,我不会过分责备的,"她正在回答他什么问题,"虽然我不明白,"她耸耸肩膀继续说。然后像老大姐对待小妹妹那样和蔼地微笑着,转身招呼吉娣。她用女性的急促目光扫了一眼吉娣的服装,轻微到难以察觉,却能为吉娣所领会地点了点头,对她的服饰和美丽表示赞赏。"你们跳舞跳到这个大厅里来了!"她添了一句。

"这位是我最忠实的舞伴之一,"科尔松斯基对他初次见面的安娜说。"公爵小姐使这次舞会增光不少。安娜·阿尔卡迪耶夫娜,您跳一个华尔兹吧!"他弯了弯腰说。

"你们认识吗?"主人问。

"我们什么人不认识啊?我们两口子就像一对白狼,人人都认识我们,"科尔松斯基回答。"跳一个华尔兹吧,安娜·阿尔卡迪耶夫娜。"

"要能不跳,我就不跳,"她说。

"今天您非跳不可,"科尔松斯基回答。

这时伏伦斯基走了过来。

"啊,既然今天非跳不可,那就来吧,"她没有理睬伏伦斯基的鞠躬,说。接着就敏捷地把手搭在科尔松斯基的肩上。

"她为什么看见他有点不高兴啊?"吉娣察觉安娜故意不理伏伦斯基的鞠躬,心里想。伏伦斯基走到吉娣面前,向她提起第一圈卡德里尔舞,并且因为这一阵没有机会去看她而表示歉意。吉娣一面欣赏安娜跳华尔兹的翩翩舞姿,一面听伏伦斯基说话。她等着他邀请她跳华尔兹,可是他没有邀请。她纳闷地瞧了他一眼。他脸红了,慌忙请她跳华尔兹,可是他刚搂住她的细腰,迈出第一步,音乐就突然停止了。吉娣瞧了瞧他那同她挨得很近的脸。她这含情脉脉却没有得到反应的一瞥,到好久以后,甚至过了好几年,还使她感到难堪的羞辱,一直刺痛着她的心。

"对不起,对不起!跳华尔兹,跳华尔兹了!"科尔松斯基在大厅的另一头叫道。他抓住最先遇见的一位小姐,就同她跳了起来。

——第一部　第二十二章

伏伦斯基同吉娣跳了几个华尔兹。跳完华尔兹,吉娣走到母亲跟前,刚刚同诺德斯顿伯爵夫人说了几句话,伏伦斯基就又来邀请她跳第一圈卡德里尔舞。在跳卡德里尔舞时,他们没有说过什么重要的话,只断断续续地谈到科尔松斯基夫妇,他戏称他们是一对可爱的四十岁孩子,还谈到未来的公共剧场。只有一次,当他问起列文是不是还在这里,并且说他很喜欢他时,才真正触动了她的心。不过,吉娣在跳卡德里尔舞时并没抱多大希望。她心情激动地等待着跳玛祖卡舞。她认为到跳玛祖卡舞时情况就清楚了。在

144

跳卡德里尔舞时，他没有约请她跳玛祖卡舞，这一点倒没有使她不安。她相信，他准会像在过去几次舞会上那样同她跳玛祖卡舞的，因此她谢绝了五个约舞的男人，说她已经答应别人了。整个舞会，直到最后一圈卡德里尔舞，对吉娣来说，就像一个充满欢乐的色彩、音响和动作的美妙梦境。她只有在过度疲劳、要求休息的时候，才停止跳舞。但当她同一个推脱不掉的讨厌青年跳最后一圈卡德里尔舞时，她碰巧做了伏伦斯基和安娜的对舞者。自从舞会开始以来，她没有同安娜在一起过，这会儿忽然看见安娜又换了一种意料不到的崭新模样。吉娣看见她脸上现出那种她自己常常出现的由于成功而兴奋的神色。她看出安娜因为人家对她倾倒而陶醉。她懂得这种感情，知道它的特征，并且在安娜身上看到了。她看到了安娜眼睛里闪烁的光辉，看到了不由自主地洋溢在她嘴唇上的幸福和兴奋的微笑，以及她那优雅、准确和轻盈的动作。

"是谁使她这样陶醉呀？"她问自己。"是大家还是一个人呢？"同她跳舞的青年话说到一半中断了，却怎么也接不上来。她没有去帮那个青年摆脱窘态，表面上服从科尔松斯基得意洋洋的洪亮口令。科尔松斯基一会儿叫大家围成一个大圈子，一会儿叫大家排成一排。她仔细观察，她的心越来越揪紧了。"不，使她陶醉的不是众人的欣赏，而是一个人的拜倒。这个人是谁呢？难道就是他吗？"每次他同安娜说话，安娜的眼睛里就闪出快乐的光辉，她的樱唇上也泛出幸福的微笑。她仿佛在竭力克制，不露出快乐的迹象，可是这些迹象却自然地表现在她的脸上。"那么他怎么样呢？"吉娣对他望了望，心里感到一阵恐惧。吉娣在安娜脸上看得那么清楚的东西，在他身上也看到了。他那一向坚定沉着的风度和泰然自若的神情到哪里去了？不，现在他每次对她说话，总是稍稍低下头，仿佛要在她面前跪下来，而在他的眼神里却只有顺从和惶恐。"我不愿亵渎您，"他的眼神仿佛每次都这样说，"但我要拯救自己，我不知道该怎么办才好。"他脸上的表情是吉娣从来没有见过的。

他们谈到共同的熟人，谈的都是些无关紧要的话，但吉娣却觉得他们说的每一句话都在决定他们两人和吉娣的命运。奇怪的是，尽管他们确实是

145

在谈什么伊凡·伊凡诺维奇的法国话讲得多么可笑,什么叶列茨卡雅应该能找到更好的对象,这些话对他们却具有特殊的意义。吉娣有这样的感觉,他们自己也有这样的感觉。在吉娣的心目中,整个舞会,整个世界,都笼罩着一片迷雾。只有她所受的严格的教养在支持她的精神,使她还能照规矩行动,也就是跳舞,回答,说话,甚至微笑。不过,在玛祖卡舞开始之前,当他们拉开椅子,有几对舞伴从小房间走到大厅里来的时候,吉娣刹那间感到绝望和恐惧。她回绝了五个人的邀舞,此刻就没有人同她跳玛祖卡舞了。就连人家再邀请她跳舞的希望也没有了,因为她在社交界的风头太健,谁也不会想到至今还没有人邀请她跳舞。应当对母亲说她身体不舒服,要回家去,可是她又没有勇气这样做。她觉得自己彻底给毁了。

她走到小会客室的尽头,颓然倒在安乐椅上。轻飘飘的裙子像云雾一般环绕着她那苗条的身材;她的一条瘦小娇嫩的少女胳膊无力地垂下来,沉没在粉红色宽裙的褶裥里;她的另一只手拿着扇子,急促地使劲扇着她那火辣辣的脸。虽然她的模样好像一只蝴蝶在草丛中被缠住,正准备展开彩虹般的翅膀飞走,她的心却被可怕的绝望刺痛了。

"也许是我误会了,也许根本没有这回事?"

她又回想着刚才看到的种种情景。

"吉娣,你怎么了?"诺德斯顿伯爵夫人在地毯上悄没声儿地走到她跟前,说。"我不明白。"

吉娣的下唇哆嗦了一下,她慌忙站起身来。

"吉娣,你不跳玛祖卡舞吗?"

"不,不!"吉娣含着眼泪颤声说。

"他当着我的面请她跳玛祖卡舞,"诺德斯顿伯爵夫人说,她知道吉娣明白,"他"和"她"指的是谁。"她说:'您怎么不同谢尔巴茨基公爵小姐跳哇?'"

"哼,我什么都无所谓!"吉娣回答。

除了她自己,谁也不了解她的处境,谁也不知道她昨天拒绝了一个她也许心里爱着的男人的求婚,而她之所以拒绝,是因为她信任另一个人。

诺德斯顿伯爵夫人找到了同她跳玛祖卡舞的科尔松斯基，叫他去请吉娣跳舞。

吉娣跳了第一圈，算她走运的是她不用说话，因为科尔松斯基一直在奔走忙碌，指挥他所负责的舞会。伏伦斯基同安娜几乎就坐在她对面。吉娣用她锐利的眼睛望着他们；当大家跳到一处的时候，她又就近看他们。她越看越相信她的不幸是确定无疑的了。她看到他们在人头济济的大厅里旁若无人。而在伏伦斯基一向都很泰然自若的脸上，她看到了那种使她惊奇的困惑和顺从的表情，就像一条伶俐的狗做了错事一样。

安娜微笑着，而她的微笑也传染给了他。她若有所思，他也变得严肃起来。一种超自然的力量把吉娣的目光引到安娜脸上。安娜穿着朴素的黑衣裳是迷人的，她那双戴着手镯的丰满胳膊是迷人的，她那挂着一串珍珠的脖子是迷人的，她那蓬松的鬓发是迷人的，她那小巧的手脚的轻盈优美的动作是迷人的，她那生气勃勃的美丽的脸是迷人的，但在她的迷人之中却包含着一种极其残酷的东西。

吉娣对她比以前更加叹赏，同时心里也越发痛苦。吉娣觉得自己在精神上垮了，这从她的脸色上也看得出来。当伏伦斯基在跳玛祖卡舞碰见她时，他竟没有立刻认出她来——她变得太厉害了。

"这个舞会真热闹哇！"伏伦斯基对吉娣说，纯粹是为了应酬一下。

"是啊。"吉娣回答。

玛祖卡舞跳到一半，大家重复着科尔松斯基想出来的复杂花样。这时，安娜走到圆圈中央，挑了两个男人，又把一位太太和吉娣叫到跟前。吉娣走到她身边，恐惧地望着她。安娜眯缝着眼睛对她瞧瞧，握了握她的手，微微一笑，就转过身去，同另一位太太快乐地谈起话来。

"是的，她身上有一种与众不同的像魔鬼般媚人的东西。"吉娣自言自语。

安娜不愿留下来吃晚饭，主人来挽留她。

"好了，安娜·阿尔卡迪耶夫娜，"科尔松斯基用燕尾服袖子挽住她裸露的胳膊说，"我还想来一场科奇里翁舞呢！那才美啦！"

科尔松斯基慢慢移动脚步,竭力想把安娜拉过去。主人赞许地微笑着。

"不,我不能留下来。"安娜笑盈盈地回答。尽管她脸上浮着笑意,科尔松斯基和主人从她坚定的语气中还是听得出没法子把她留住。

"不了,说实在的,我到了莫斯科,在你们这个舞会上跳的舞,比在彼得堡整整一个冬天跳的还要多呢,"安娜回头望望站在她旁边的伏伦斯基,说。"动身以前我要休息一下。"

"您明天一定要走吗?"伏伦斯基问。

"是的,我想走。"安娜回答,仿佛对他大胆的询问感到惊奇。不过,当她说这句话的时候,她的眼神和微笑中闪动的难以克制的光辉,像火一样燃烧着他的全身。

安娜没有留下来吃饭,就走了。

——第一部 第二十三章

除了卡列宁最亲近的人以外,谁也不知道这个表面极其冷静理智的人,却有一个同他整个性格格格不入的弱点。卡列宁听到或者看到孩子和女人的眼泪,总不能无动于衷。一看到眼泪,他就会手足无措,完全丧失思维能力。他的办公室主任和秘书知道这一点,总是预先关照来上诉的女人千万不要在他面前哭,如果她们不愿坏事的话。"他会生气,这样就不会听您的话。"他们总是这样说。真的,在这种场合,眼泪往往会破坏卡列宁的情绪,使他突然发起火来。"我可无能为力。请您走吧!"遇到这种情况,他总是这样叫嚷。安娜从赛马场回来向他坦白了她同伏伦斯基的关系,接着就用双手捂住脸哭起来。卡列宁当时对她虽然十分生气,但还是被她的眼泪弄得心慌意乱。他意识到这一点,意识到在这种时刻流露感情是不合适的,就竭力克制,一动不动,也不望她一眼。他的脸上因此露出死人一般异样的僵硬表情,使安娜感到惊讶。

他们回到家里,他扶她下了马车,竭力克制自己的感情,像平日一样彬彬有礼地同她道了别。作为缓兵之计,他说明天将把他的决定告诉她。

妻子的话证实了他最坏的猜疑,使他心里产生剧烈的创痛。这创痛由于她的眼泪引起他对她的怜悯而加剧了。可是当卡列宁单独坐在马车里的时候,他觉得完全摆脱了这种怜悯以及近来常常折磨他的猜疑和妒忌的痛苦。这使他又惊又喜。

他的感觉就像拔掉一只痛了很久的蛀牙。在经受了可怕的痛楚以后,仿佛从牙床上拔掉一样比脑袋还大的东西,他忽然发觉那长期妨碍他生活并且支配他全部注意力的东西不再存在,他又可以照旧生活,思索和关心牙齿以外的事情了。这样的幸福他简直无法相信。卡列宁的感觉就是这样的。这种古怪而可怕的痛楚,如今过去了,他真的又能照旧生活,又能不只考虑妻子的事了。

"她没有廉耻,没有良心,没有宗教信仰,完全是个堕落的女人!这一层我早就知道,早就看到了,虽然为了顾惜她,竭力欺骗自己。"他对自己说。他确实觉得他早就看到这一层。他回忆起他们以往生活的细节。以前他不觉得有什么问题,现在这些细节却清楚地表明,她本来就是一个堕落的女人。"我在生活上同她结合,这是一个错误,但这事不能怪我,因此我不该受罪。过错不在我,"他对自己说,"过错在她。但她不干我的事。对我来说,她已经不存在了……"

他不再关心她和儿子将遭到什么命运。他对儿子的感情,也像对她的感情一样变了。现在他只关心一件事,怎样用最妥善、最得体、最方便、因此也是最合理的方式洗雪由于她的堕落而使他蒙受的耻辱,继续沿着积极、诚实和有益的生活道路前进。

"我不能因一个下贱女人犯罪而遭殃,我只要能脱离她使我陷入的困境就好了。我一定能脱离的。"他自言自语,眉头越皱越紧。"我不是第一个,也不是最后一个。"且不说历史上的事例,就从给大家新鲜印象的墨涅拉俄斯的《美丽的海伦》开始,当代上流社会里妻子对丈夫不贞的一系列事实,浮上卡列宁的脑海。"达利亚洛夫、波尔塔夫斯基、卡里巴诺夫公爵、巴斯库丁伯爵、德拉姆……是的,还有德拉姆……像他这样正直有为的人……谢苗诺夫、恰金、西果宁。"卡列宁回想着。

"就算人家会刻薄地嘲笑他们,我可从来不曾有过这种想法,我总是很同情他们,觉得他们很不幸。"卡列宁对自己说,虽然这并不是事实。他从来没有对这种不幸表示过同情,而且听到妻子对丈夫不贞的事越多,越是沾沾自喜。"这种不幸人人都可能遇到,如今我也碰上了。问题在于怎样能不失面子,忍受这样的境遇。"于是他开始逐一分析落入跟他同样处境的人们的应付办法。

"达利亚洛夫同人决斗了……"卡列宁年轻时对决斗特别关心,因为他天生胆小,而且在这一点上有自知之明。卡列宁一想到手枪对准自己,就不能不毛骨悚然。他一生从来没有用过任何武器。这种恐惧从小就常常使他想到决斗,使他设想把生命置于这种危险之下的情景。后来,他在事业上取得了成功,有了一定的社会地位,早就把这种心情忘记了。可是习惯势力十分顽固,卡列宁担心自己胆怯的心情会重新出现,他又反复想着决斗的问题,想得出神,虽然知道他在任何情况下都不会同别人决斗。

"毫无疑问,我们的社会还很野蛮(不比英国),有许多人(其中有些人的意见卡列宁特别看重)从好的方面来看决斗这种事;可是这种事会造成什么后果呢?假定我找人决斗,"卡列宁继续想,生动地想象着在他挑战以后将要度过的夜晚,想象着瞄准他的手枪,他打了个寒噤,自己明白他决不会这样做,"假定我找他决斗。假定他们教会我怎样射击,怎样站立,我扳了扳枪机,"他闭上眼睛,自言自语,"结果我把他打死了,"卡列宁对自己说,接着摇摇头,想驱除这种无聊的想法。

"为了明确自己对犯罪的妻子和儿子的态度而去杀人,这有什么意思呢?我还得因此作出决定,应该拿她怎么办。但更可能的是我将被打死或者打伤。我是无辜的,是牺牲品,如果我被打死或者打伤,那就更没有意思了。不仅如此,从我这方面提出决斗,也是不应该的。难道我不知道朋友们是决不会让我去决斗的,决不会让一个俄国所不可缺少的政治家去冒生命危险的吗?这样事实上意味着什么呢?这就意味着,我事先明明知道不会有什么危险,却要用这种挑战来给自己增添虚假的光彩。这是不正派的,是虚伪的,是自欺欺人。决斗是没有意义的,谁也不希望我决斗。我的目的只是要保持我的名誉,保持继续顺利办公务所必需的名誉。"卡列宁一向把公务看得很重，如今就更加重视。

经过反复思考终于抛弃了决斗这个主意以后，卡列宁想到了离婚——他所记得的那些被欺骗的丈夫选择的另一个办法。卡列宁逐一分析他记得的离婚案件（在他所熟悉的上流社会里这是屡见不鲜的），却找不到一件是出于和他相同的目的。在这些案件中，做丈夫的不是出让就是出卖不贞的妻子；对方因为犯罪而无权结婚，就同新的配偶结上不光明的非法婚姻关系。就他的情况来说，卡列宁看出，只把犯罪的妻子休掉的所谓合法离婚是不可能的。他看出，他所处的复杂生活环境，不可能提供法律所要求的揭发妻子犯罪的丑恶证据；他看出，即使有这样的证据，他们所过的体面生活也不允许他提出来；提供这样的证据，一定会在舆论上使他遭到比她更严重的损害。

企图离婚只会弄得在法庭上当众出丑，成为仇人们诽谤他和贬低他崇高社会地位的良机。他的宗旨是息事宁人，这是不可能通过离婚达到的。此外，一旦离婚，甚至企图离婚，妻子显然将同丈夫断绝关系，而同情人结合。卡列宁虽然觉得他现在对妻子十分鄙视和冷淡，但心底里对她还剩下一种感情，那就是不愿看到她同伏伦斯基自由结合，犯了罪反而开心。这样的想法使卡列宁大为恼火。他一想到这种情景，心里就难受得呻吟起来，在马车上欠了欠身，换了换座位，然后好一阵皱起眉头坐在车上，拿毛茸茸的毯子包住他那双怕冷的瘦骨嶙峋的腿。

"除了正式离婚以外，还可以像卡里巴诺夫、巴斯库丁和那位好人德拉姆那样，就是说同妻子分居，"他平静下来，继续想；但这个办法也同样会出丑。更重要的是，分居也同正式离婚一样，会把他的妻子推到伏伦斯基的怀抱里去。"不，这可不行！不行！"他又把毯子拉了拉，高声说。"我不该倒霉，她和他也不应幸福。"

在真相不明时折磨过他的妒忌心，经过妻子向他坦白，就像忍痛拔掉病牙一样，已经消失了。但它被另一种感情所取代：他希望她不仅不能如愿以偿，而且将为自己的犯罪而受到惩罚。尽管他不承认有这样的感情，但在灵魂深处，他很希望她因为破坏他的安宁和名誉而吃苦。卡列宁再次分析了决斗、离婚和分居等办法，再次把它们抛弃。他深信解决的办法只有一个：把发生的事隐瞒起来，采用一切办法斩断他们的私情，但最主要的是——这一点他自己不承认——要惩罚她，用这种方式把她留在身边。"我应当向她宣布我的决定：在仔细考虑了她一手造成的家庭痛苦以后，任何其他办法对双方都比维持现状更坏，只要她严格遵守我的决定，即断绝同情人的关系，我同意维持现状。"作了这个决定以后，为了证实它的正确，卡列宁想出了一个重要理由。"只有按照这个决定办，才符合宗教教义，"他对自己说，"只有按照这个决定办，我才没有抛弃犯罪的妻子，并且给她以悔改的机会，甚至——不管这在我是多么痛苦——贡献我的一份力量来使她悔改并挽救她。"虽然卡列宁明明知道，他不可能在道德上影响妻子，一切促使她悔改的企图，除了虚伪以外，不会有什么结果；虽然他经历了痛苦的时刻，却从来没有想到从宗教中去寻找指导。现在，当他认为他的决定合乎宗教要求时，这种宗教上的许可使他十分高兴，他的内心也比较平静了。一想到在他一生中如此重要的关头，谁也不能说他的行为不符合宗教教义——在对宗教普遍冷淡和漠不关心的情况下，他始终高举宗教的旗帜，——他就觉得很高兴。卡列宁进一步仔细考虑今后的生活，简直不明白为什么他不能同妻子恢复原来的关系。毫无疑问，他再也不能恢复对她的尊敬；但没有也不可能有任何理由，因为她是一个堕落不贞的妻子，就非得把他自己的生活弄乱，使他自己忍受痛苦不可。"是的，时间会过去，时间会安排一切，原来的关系又会恢复的，"卡列宁自言自语，"恢复到这样的地步，使我不再觉得生活中有过变故。她活该倒霉，可我没有过错，我不能因此受罪。"

——第三部　第十三章

——选自列夫·托尔斯泰：《安娜·卡列尼娜》，草婴译，上海文艺出版社2007年版

（郑幸　选编）

【拓展阅读】

1.〔宋〕欧阳修：《祭石曼卿文》，李逸安点校《欧阳修全集》，中华书局

2001 年版。

2. 杨绛:《我们仨》,生活·读书·新知三联书店 2003 年版。

3.〔元〕王实甫:《西厢记》,王季思校注,上海古籍出版社 1980 年版。

4. 陈忠实:《白鹿原》,人民文学出版社 1997 年版。

5.〔俄〕陀思妥耶夫斯基:《罪与罚》,岳麟译,上海译文出版社 2006 年版。

6.〔英〕艾米莉·勃朗特:《呼啸山庄》,杨苡译,译林出版社 2006 年版。

人与自然

刻　意

〔周〕庄　子

【解题】

　　庄子(约公元前369—前286)是战国时期杰出的思想家、文学家,道家学说的创始人之一,与老子并称"老庄"。庄子思想幽邃,想象奇绝,语言绚丽多姿,能自由出入于种种微妙难言之境,引人入胜,有人称赞其作品是"哲学中的文学,文学中的哲学"。《刻意》篇系《庄子》"外篇第十五",篇幅较短,大致可分成三个部分:第一部分至"圣人之德也",分析了六种不同的修养方式,认为只有第六种最值得称道,即"澹然无极"才真正契应"天地之道""圣人之德"。第二部分至"其名为同帝",讨论"养神"之法,中心就是"恬淡寂漠""虚无无为"。余下为第三部分,阐释何为"纯素之道",何为"真人"之心。本篇的核心旨意是书写"无不忘""无不有""无所不及"的自然"纯素"之道。"刻意"意指磨砺心志,属于庄子所言"纯素之道"的反面,庄子所要肯定的,恰恰是"不刻意而高"的境界。尽管不同的人有不同的修养要求和方式,但在庄子看来,唯有"不思虑""不豫谋"的"虚无恬淡",才合于"天地之道""圣人之德"。

　　刻意①尚行②,离世异俗,高论怨诽,为亢③而已矣;此山谷之士,非世之人,枯槁赴渊者④之所好也。语仁义忠信,恭俭推让,为修而已矣;此平世之士,教诲之人,游居学者之所好也。语大功,立大名,礼君臣,正上下,为治而

────────────

　　① 刻意:磨砺心志。　② 尚行:崇尚品行。　③ 亢:孤高卓群。　④ 枯槁赴渊者:洁身自好、以身殉志的人。

已矣;此朝廷之士,尊主强国之人,致功并兼者之所好也。就薮①泽,处闲旷,钓鱼闲处,无为而已矣;此江海之士,避世之人,闲暇者之所好也。吹呴②呼吸,吐故纳新,熊经鸟申,为寿而已矣;此道③引之士,养形之人,彭祖寿考者之所好也。若夫不刻意而高,无仁义而修,无功名而治,无江海而闲,不道引而寿,无不忘也,无不有也。澹然无极而众美从之。此天地之道,圣人之德也。

故曰:夫恬惔寂漠,虚无无为,此天地之平而道德之质④也。故圣人休焉,休则平易矣。平易则恬惔矣。平易恬惔,则忧患不能入,邪气不能袭,故其德全而神不亏。

故曰:圣人之生也天行,其死也物化。静而与阴同德,动而与阳同波。不为福先,不为祸始。感而后应,迫而后动,不得已而后起。去知与故,循天之理。故无天灾,无物累,无人非,无鬼责。其生若浮,其死若休。不思虑,不豫谋。光矣而不耀,信矣而不期。其寝不梦,其觉无忧。其神纯粹,其魂不罢。虚无恬惔,乃合天德。

故曰:悲乐者,德之邪也;喜怒者,道之过也;好恶者,德之失也。故心不忧乐,德之至也;一而不变,静之至也;无所于忤,虚之至也;不与物交,惔之至也;无所于逆,粹之至也。

故曰:形劳而不休则弊,精用而不已则劳,劳则竭。水之性,不杂则清,莫动则平;郁闭而不流,亦不能清;天德之象也。

故曰:纯粹而不杂,静一而不变,惔而无为,动而以天行,此养神之道也。夫有干越之剑者,柙⑤而藏之,不敢用也,宝之至也。精神四达并流,无所不极,上际于天,下蟠⑥于地,化育万物,不可为象⑦,其名为同帝。

纯素之道,唯神是守。守而勿失,与神为一。一之精通,合于天伦。野语⑧有之曰:"众人重利,廉士重名,贤士尚志,圣人贵精。"故素也者,谓其无

---

① 薮(sǒu):生长着很多草的湖泽。 ② 呴(xǔ):慢慢呼气。 ③ 道:通"导",疏通。 ④ 质:通"至",极。 ⑤ 柙(xiá):装匣。 ⑥ 蟠(pán):遍及。 ⑦ 象:踪迹。 ⑧ 野语:俗语。

所与杂也；纯也者，谓其不亏其神也。能体①纯素，谓之真人。

  ——选自郭庆藩《庄子集释》，中华书局 1961 年版；参考陈庆惠《老子庄子直解》，浙江文艺出版社 1998 年版

（吕永林　选编）

---

① 体：体察。

彭蠡湖①中望庐山

〔唐〕孟浩然

【解题】

　　孟浩然（689—740），名不详，字浩然，襄阳（今湖北襄阳）人，唐代著名诗人。孟浩然生当盛唐，有过漫游求仕、入仕不得、隐居山水、入职幕府、终返故园而逝的人生历程。孟诗多写山水田园和隐居的逸兴以及羁旅行役的心情，在艺术上有独特造诣，后人把他与王维并列，称作"王孟"。孟浩然在诗艺上既接受近体格律，又不被近体格律所累，而追求今古之风融汇和自然之美，进而抵达一种"兴象玲珑"的美妙境界。《彭蠡湖中望庐山》一诗，即是此中典范，读者大可将其同《春晓》《过故人庄》等诗并举，进行"互文式"阅读，于前者中见天地阔大之美，于后者中见日常恬淡之好，从不同层面去领略孟诗中人与自然（外部的、内部的）和谐的生命意趣。《彭蠡湖中望庐山》一诗结构缜密，可谓句句相连，环环相扣，由"月晕"引出"天风"，从"舟子"写到"挂席"，舟行水上，至"中流"而见庐山，每个过渡都很自然。天色朦胧之中，庐山给诗人的印象是气势雄伟，势压九江，待到黎明日出，则见其绚丽多彩、瀑水成虹的景观。随后，诗人由庐山之美而想到隐居的高士，然后写到自己内心的矛盾和挣扎，一切皆顺理成章，浑然天成。

太虚②生月晕，舟子知天风。
挂席候明发③，渺漫平湖中。

---

　　① 彭蠡湖：即今鄱阳湖。　② 太虚：古人称天为太虚。　③ 挂席：扬帆。明发：黎明。

中流见遥岛，势压九江①雄。

黯黲②容霁色，峥嵘当曙空。

香炉③初上日，瀑水喷成虹。

久欲追尚子④，况兹怀远公⑤。

我来限于役⑥，未暇息微躬⑦。

淮海⑧途将半，星霜⑨岁欲穷。

寄言岩栖者⑩，毕趣⑪当来同。

——选自佟培基笺注：《孟浩然诗集笺注》，上海古籍出版社2000年版

（吕永林　选编）

---

① 九江：即浔阳江，是长江流经江西省九江市北的一段。　② 黯黲（àn dàn）：昏暗不明貌。
③ 香炉：庐山香炉峰。　④ 尚子：东汉隐士，事见《后汉书·逸民列传》。　⑤ 远公：即晋代僧人慧
远。　⑥ 役：指在外远行。　⑦ 微躬：自谦之词，指卑微的身子。　⑧ 淮海：指扬州。　⑨ 星霜：星
辰每年周转一次，霜每年因时而降。古人常用"星霜"代表一年。　⑩ 岩栖者：指隐居者。　⑪ 毕
趣：完成此役，了结游趣。

寂 静 的 春 天（节选）

[美] 蕾切尔·卡森

【解题】

蕾切尔·卡森（Rachel Carson,1907—1964）,出生于美国宾夕法尼亚州匹兹堡市泉溪镇,海洋生物学家,科普作家,现代环境保护运动的先驱,著有《海风吹拂下》《环绕我们的海洋》《海之边缘》和《寂静的春天》等。卡森认为,人类仅仅是自然的一个组成部分,但是现在,自然的美和平衡正在被人类的急功近利和丑恶所取代,自然平衡系统几乎已被置于悬崖边沿,而人类自身也被置于相应的危机之中。在为《寂静的春天》所作的"引言"中,阿尔·戈尔（环保主义者,克林顿政府期间的副总统）写道:"1964 年春天……《寂静的春天》的出版应该恰当地被看成是现代环境运动的肇始。""《寂静的春天》播下了新行动主义的种子,并且已经深深植根于广大人民群众中。"戈尔曾公开表示,他当年之所以投身环保事业,正是受了卡森的启迪。阅读《寂静的春天》时,一定要多留心书里写到的各种生灵和自然物,如月桂、英莲、赤杨树、乌鸦、鹣鸟、鸽子、樫鸟、鹌鹑等,尽可能去了解它们的样貌、声音和物种故事,并到大自然中去,与之相遇,感受其美好。如此,才会在阅读中带出不一样的敏感性和精神触动,向着知行同一处进发。

第一章 明天的寓言

从前,在美国中部有一个城镇,这里的一切生物看来与周围环境相处得很和谐。这个城镇坐落在像棋盘般排列整齐的欣欣向荣的农场中央,庄稼地遍布,小山下果园成林。春天,繁花像白色的云朵点缀在绿色的原野上;

162

秋天,透过松林的屏风,橡树、枫树和白桦闪射出火焰般的彩色光辉,狐狸在小山上吠鸣,鹿群静悄悄穿过笼罩着秋天晨雾的原野。

沿着小路生长的月桂树、荚蒾和赤杨树以及巨大的羊齿植物和野花,在一年的大部分时间里都使旅行者感到目悦神怡。即使在冬天,道路两旁也是美丽的地方,那儿有无数小鸟飞来,在雪层上露出的浆果和干草的穗头上啄食。郊外事实上正以其鸟类的丰富多彩而驰名,当迁徙的候鸟在整个春天和秋天蜂拥而至的时候,人们都长途跋涉地来这里观看它们。也有些人来小溪边捕鱼,这些洁净又清凉的小溪从山中流出,形成了绿荫掩映的生活着鳟鱼的池塘。野外一直是这个样子,直到许多年前的一天,第一批居民来到这儿建房舍、挖井和筑仓,情况才发生了变化。

从那时起,一个奇怪的阴影遮盖了这个地区,一切都开始变化。一些不祥的预兆降临到村落里:神秘莫测的疾病袭击了成群的小鸡,牛羊病倒和死去。到处是死亡的阴影,农夫们述说着他们家人的疾病,城里的医生也愈来愈为他们病人中出现的新的疾病感到困惑。不仅在成人中,而且在孩子中也出现了一些突然的、不可解释的死亡现象,这些孩子在玩耍时突然倒下,并在几小时内死去。

一种奇怪的寂静笼罩了这个地方。比如,鸟儿都到哪儿去了呢?许多人谈论着鸟儿,感到迷惑和不安。园后鸟儿寻食的地方冷落了。在一些地方仅能见到的几只鸟儿也气息奄奄,战栗得很厉害,飞不起来。这是一个没有声息的春天。这儿的清晨曾经荡漾着乌鸦、鸫鸟、鸽子、樫鸟、鹪鹩的合唱,以及其他鸟鸣的音浪;而现在一切声音都没有了,只有一片寂静覆盖着田野、树林和沼地。

农场里的母鸡在孵窝,却没有小鸡破壳而出。农夫们抱怨着他们无法再养猪了——新生的猪仔很小,小猪病后也只能活几天。苹果树花要开了,但花丛中没有蜜蜂嗡嗡飞来,所以苹果花没有得到授粉,也不会有果实。

曾经一度是多么吸引人的小路两旁,现在排列着仿佛是火灾浩劫后残余的植物。被生命抛弃了的地方只有一片寂静,甚至小溪也失去了生命;钓鱼的人不再来访,因为所有的鱼已经死亡。

在屋檐下的雨水管中,在房顶的瓦片之间,一种白色的粉粒还露出少许斑痕。在几星期之前,这些白色粉粒像雪花一样,降落到屋顶、草坪、田地和小河上。

不是魔法,也不是敌人的活动使这个受损害的世界的生命无法复生,而是人们自己使自己受害。

上述的这个城镇是虚设的,但在美国和世界其他地方都可以很容易地找到上千个这种城镇的翻版。我知道并没有一个村庄经受过如我所描述的全部灾祸;但其中每一种灾难实际上已在某些地方发生,并且确实有许多村庄已经蒙受了大量的不幸。一个狰狞的幽灵几乎在不知不觉中向我们袭来,这个想象中的悲剧可能会很容易地变成一个我们大家都将知道的活生生的现实。

是什么东西使得美国无数城镇的春天之音沉寂下来了呢? 这本书想尝试着给予解答。

第二章　忍耐的义务

地球上生命的历史一直是生物及其周围环境相互作用的历史。在很大程度上,地球上植物和动物的自然形态和习性都是由环境造成的。就地球时间的整个阶段而言,生命改造环境的反作用实际上一直是相对微小的。仅仅在出现了生命新种——人类——之后,生命才具有了改造其周围大自然的异常能力。

在过去的四分之一世纪里,这种力量不仅在数量上增长到产生骚扰的程度,而且发生了质的变化。在人对环境的所有袭击中,最令人震惊的是空气、土地、河流和海洋受到了危险、甚至致命物质的污染。这种污染在很大程度上是难以恢复的,它不仅进入了生命赖以生存的世界,而且也进入了生物组织内部。这一邪恶的环链在很大程度上是无法逆转的。在当前这种环境的普遍污染中,在改变大自然及其生命本性的过程中,化学药品起着有害的作用,它们至少可以与放射性危害相提并论。在核爆炸中所释放出的锶

90,会随着雨水和飘尘争先恐后地落到地面,停留在土壤里,然后进入生长的野草、谷物或小麦里,然后进入生物的组织中,并在一个引起中毒和死亡的环链中不断传递迁移。有时它们随着地下水流神秘地转移,等到再度显现出来时,它们会在空气和阳光的作用下结合成为新的形式,这种新物质可以杀伤植物和家畜,使那些曾经长期饮用井水的人受到不知不觉的伤害。正如艾伯特·施韦策①所说:"人们恰恰很难辨认自己创造出来的魔鬼。"

现在居住于地球上的生命从无到有,已过去了千百万年。在这个时间里,不断发展、进化和演变的生命,与其周围环境达到了一个协调和平衡的状态。在严格塑造并支配生命的环境中,包含着对生命有害和有益的元素。一些岩石放射出危险的射线,甚至在所有生命从中获取能量的太阳光中也包含着具有伤害力的短波射线。生命要调整它原有的平衡所需要的时间,不是以年计而是以千年计。时间是根本的因素,但是现今的世界变化之快已来不及调整。

新情况产生的速度和变化之快,已反映出人们激烈而轻率的步伐胜过了大自然的从容步态。放射作用远在地球上还没有任何生命以前,就已经存在于岩石的基本辐射、宇宙射线爆炸和太阳紫外线中了;现在的放射作用是人们干预原子时的人工创造。生命在本身调整中所遭遇的化学物质,再也远远不仅是从岩石里冲刷出来和由江河带到大海去的钙、硅、铜以及其他的无机物了,它们是人们发达的头脑在实验室里所创造的人工合成物,而这些东西在自然界是没有对应物的。

就大自然的范围来看,去适应这些化学物质是需要漫长时间的;它不仅需要一个人一生的时间,而且需要许多代。即使借助于某些奇迹使这种适应成为可能也是无济于事的,因为新的化学物质像涓涓溪流般不断地从我们的实验室里涌出;单是在美国,每一年几乎有五百种化学合成物付诸应

---

① [法]艾伯特·施韦策(Albert Schweitzer, 1875—1965):又译作艾伯特·史怀哲,哲学家、医师、著名学者和人道主义者,曾长期在非洲从事医疗工作,提出了"敬畏生命"的伦理学思想,于1952年获得诺贝尔和平奖。卡森在《寂静的春天》之"题辞"中声明,此书正是献给艾伯特·施韦策的。

用。这些数字令人震惊,而且其未来含义也难以预测。可想而知,人和动物的身体每年都要千方百计地去适应五百种这样的化学物质,而这些化学物质完全都是生物未曾经验过的。

这些化学物质中,有许多曾应用于人对自然的斗争。二十世纪四十年代中期以来,二百多种基本的化学物品被创造出来,用于杀死昆虫、野草、啮齿动物和其他一些用现代日常用语称之为"害虫"的生物。这些化学物品以几千种不同的商品名称销售。

这些喷雾药、粉剂和气雾剂现在几乎已经普遍地被农场、园地、森林和住宅所采用,这些未加选择的化学药品具有杀死每一种"好的"和"坏的"昆虫的力量,它们使得鸟儿的歌唱和鱼儿在河水里的翻腾静息下来,使树叶披上一层致命的薄膜,并长期滞留在土壤里——造成这一切的本来的目的可能仅仅是为了消除少数杂草和昆虫。谁能相信在地球表面上施放有毒的烟幕弹,怎么可能不给所有生命带来危害呢?它们不应该叫做"杀虫剂",而应称为"杀生剂"。

使用药品的整个过程看来好像是一个没有尽头的螺旋形的上升运动。自从滴滴涕可以被公众应用以来,随着更多的有毒物质的不断发明,一种不断升级的过程就开始了。因为按照达尔文适者生存原理这一伟大发现,昆虫可以向高级进化,并获得对某种杀虫剂的抗药性。之后,人们不得不再发明一种致死的药物,昆虫再适应,于是再发明一种新的更毒的药。这种情况的发生同样也是由于后面所描述的原因所致,害虫常常进行"报复",或者再度复活,经过喷洒药粉后,数目反而比以前更多。因此,化学药品之战永远也不会取胜,而所有的生命都在这场强大的交火中受害。

与人类被核战争所毁灭的可能性同时存在的,还有一个中心问题,那就是人类整个环境已由难以置信的潜在有害物质所污染,这些有害物质积蓄在植物和动物的组织里,甚至已进入生殖细胞,以致于破坏或者改变了决定未来形态的遗传物质。

一些自称为我们人类未来的设计师,曾兴奋地预期总有一天能随心所欲地设计改变人类细胞的原生质,但是现在我们由于疏忽就可以轻易做到这一点,因为许多化学物质,如放射线,一样可以导致基因的变化。诸如选择杀虫药这样一些表面看来微不足道的小事竟能决定人们的未来,想想这一点,真是对人类极大的讽刺。

这一切都冒险做过了——为的是什么呢?将来的历史学家可能为我们在权衡利弊时所表现的低下判断力而感到无比惊奇。有理性的人们想方设法控制一些不想要的物种,怎么能用这样一种既污染了整个环境又对自己造成病害和死亡的威胁的方法呢?然而,这正是我们所做过的。此外,我们之所以这样做,是因为我们即使检查出原因也没有用。我们听说杀虫剂的广泛且大量使用对维持农场生产是需要的,然而我们真正的问题不正是"生产过剩"吗?我们的农场不再考虑改变亩产量的措施,并且付给农夫钱而不让他们去生产;因为我们的农场生产出令人目眩的谷物过剩,使得美国的纳税人在一九六二年一年中付出了十亿美元以上的钱作为整个过剩粮食仓库的维修费用。当农业部的一个支局试图减少产量时,另一个部门却像它在一九五八年所宣布的:"通常可以相信,在农业银行的规定下,谷物亩数的减少将刺激人们对化学品的使用,以求在现有的耕地上取得最高的产量。"若是这样,对我们所担忧的情况又有何补益呢?

这一切并不是说就没有害虫问题和没有控制的必要了。我是在说,控制工作一定要立足于现实,而不是立足于神话般的设想,并且使用的方法必须是不要将我们随着昆虫一同毁掉。

试图解决某个问题但随之却带来一系列灾难,这问题是我们现代生活方式的伴随物。在人类出现很久以前,昆虫居住于地球——这是一群非常多种多样而又和谐的生物。在人类出现以后的这段时间里,五十多万种昆虫中的一小部分以两种主要的方式与人类的福利发生了冲突:一是与人类争夺食物,一是成为人类疾病的传播者。

传播疾病的昆虫在人们居住拥挤的地方变成一个重要问题,特别是在卫生状况差的条件下,如在自然灾害期间,或者是遇到战争,或者是在极端贫困和遭受损失的情况下,于是对一些昆虫进行控制就变得非常必要。这是一个我们不久将要看到的严峻事实,大量的化学药物的控制方法仅仅取得了有限的胜利,但它却给试图要改善的状况带来了更大威胁。

在农业的原始时期,农夫很少遇到昆虫问题、这些昆虫问题的产生是随着农业的发展而产生的——在大面积土地上仅种一种谷物,这样的种植方法为某些昆虫数量的猛增提供了有利条件。单一的农作物耕种不符合自然发展规律,这种农业是工程师想象中的农业。大自然赋予大地景色以多种多样性,然而人们却热衷于简化它。这样,人们毁掉了自然界的格局和平衡,自然界靠着这种格局和平衡才能保有自己的生物物种。一个重要的自然格局是对每一种生物的栖息地的适宜面积的限制。很明显,一种食麦昆虫在专种麦子的农田里比在麦子和这种昆虫所不适应的其他谷物掺杂混种的农田里繁殖起来要快得多。

同样的事情也发生于其他情况下。在一代人或更久以前,在美国的大城镇的街道两旁排列着高大的榆树。而现在,他们满怀希望所建设起的美丽景色却受到了完全毁灭的威胁,因为一种由甲虫带来的病害扫荡了榆树,如果掺杂混种,使榆树与其他树种共存,那么甲虫繁殖和蔓延的可能性必然受到限制。

现代昆虫问题中的另一个因素是必须对地质历史和人类历史的背景进行考察:数千种不同种类的生物从它们原来生长的地方向新的区域蔓延入侵。英国的生态学家查理·爱登在他最近的著作《侵入生态学》一书中对这个世界性的迁徙进行了研究和生动的描述。在几百万年以前的白垩纪时期,泛滥的大海切断了许多大陆之间的陆桥,使生物发现它们自己已被限制在如同爱登所说的"巨大的、隔离的自然保留地"中。在那儿,它们与同类的其他伙伴隔绝,它们发展出许多新的种属。大约在一千五百万年以前,当这些陆块被重新连通的时候,这些物种开始迁移到新的地区——这个运动现在仍在进行中,而且正在得到人们的大力帮助。

植物的进口是当代昆虫种类传播的主要原因,因为动物几乎是永恒地随同植物一同迁移的,检疫只是一个比较新的但不完全有效的措施。单是美国植物引进局就从世界各地引入了几乎二十万种植物。在美国,将近九十种植物的昆虫敌人是意外地从国外带来的,而且大部分就如同徒步旅行时常搭乘别人汽车的人一样乘着植物而来。

在其故乡数目不断下降的植物或动物，一旦到了新的地区，由于逃离了其天敌对它的控制而可能蓬勃发展起来。因此，我们最讨厌的昆虫是传入的种类，这并非出于偶然。

这些入侵，不管是自然发生的，还是仰仗人类帮忙而发生的，都好像是在无休止地进行中。检疫和大量的化学药物仅仅是赢得时间的非常昂贵的方法。我们面临的，正如艾登博士所说"生死攸关的问题不只是去寻找抑制这种植物或那种动物的技术方法"，而是需要了解关于动物繁殖和它们与周围环境关系的基本知识，这样做将"促使建立稳定的平衡，并且封锁住虫灾爆发的力量和新的入侵"。

许多必需的知识现在是可以应用的，但是我们并未应用。我们在大学里培养生态学家，甚至在我们政府机关里雇用他们，但是，我们很少听取他们的建议。我们任致死的化学药剂像下雨似的喷洒，仿佛别无他法，事实上，倒有许多办法可行，只要提供机会，我们的聪明才智可以很快发现更多的办法。

我们是否已陷入一种迫使我们接受的低劣而有害的状态，失去了意志和判断"什么是好"的能力了呢？这种想法，如生态学家保罗·什帕特所说："难道只要生活在比环境恶化的允许限度稍好一点点以摆脱困境就是我们的理想吗？为什么我们要容忍带毒的食物？为什么我们要容忍一个家庭位于枯燥的环境中？为什么我们要容忍与不完全敌对的东西去打仗？为什么我们一面怀着对防止精神错乱的关心，而一面又容忍马达的噪音？谁愿意生活在一个只是不那么悲惨的世界上呢？"

但是，一个这样的世界正在向我们逼近。一场用化学方法创建的无虫害世界的十字军运动，看来已焕发起许多专家和大部分所谓管理部门的巨大热情。从许多方面来看，显而易见的是，那些喷洒药物的工作运用了一种残忍的力量。康涅狄格州的昆虫学家尼勒·特纳说过："参与管理的昆虫学家们就好像是起诉人、法官和陪审员，估税员、收款员和州长在实施自己发布的命令。"肆意滥用农药的恶劣行为不管在州还是在联邦的政府部门内都毫无阻拦地予以放行。

我的意见并不是化学杀虫剂根本不能使用。我想说的是，我们把有毒的和对生物有效力的化学药品不加区分地、大量地、完全地交到人们手中，而对它潜在的危害却全然不知。我们使大量的人群去和这些毒物接触，而没有征得他们的同意甚至经常不让他们知道。如果说民权条例没有提到一个公民有权保证免受由私人或公共机关散播致死毒药的危险的话，那确实只是因为我们的先辈由于受限于他们的智慧和预见能力而无法想象到这类问题。

我进一步要强调的是，我们已经允许这些化学药物使用，然而却很少或完全没有对它们在土壤、水、野生生物和人类自己身上的效果进行调查。我们的后代未必乐意宽恕我们在精心保护负担着全部生命的自然界的完美方面所表现的过失。

对自然界所受威胁的了解至今仍很有限。现在是这样一个专家的时代，这些专家们只盯着他自己眼前的问题，而不清楚套着这个小问题的大问题是否褊狭。现在又是一个工业统治的时代，在工业中，不惜代价去赚钱的权利很少受到质疑。当公众由于面临着一些应用杀虫剂造成的有害后果的明显证据而提出抗议时，专家只提供一点半真半假的话作为镇定剂。我们急需结束这些伪善的保证和包在令人厌恶的事实外面的糖衣。被要求去承担由除虫者所造成的危险的是民众。民众应该决定究竟是希望在现在的道路上继续干下去呢，还是等拥有足够的事实后再去行动。让·罗斯唐说："我们既然忍受了，就应该有知情的权利。"

——选自蕾切尔·卡森：《寂静的春天》，吕瑞兰、李长生译，上海译文出版社 2008 年版

（吕永林　选编）

草　原 (节选)

[俄] 契诃夫

【解题】

安东·巴甫洛维奇·契诃夫(1860—1904),19世纪末俄国短篇小说之王、著名戏剧家,同时也是伟大的批判现实主义作家、幽默讽刺大师。契诃夫出生于小商人家庭,父亲的杂货铺倒闭后,他靠当家庭教师读完中学。1879年入莫斯科大学学医,1884年毕业后从医并开始文学创作。不过与鲁迅先生不同的是,契诃夫终生行医,且终生写作。《草原》发表于1888年,是契诃夫的第一部中篇小说,是其个人创作史上里程碑式的作品。在《草原》中,永远鲜活的童年视角,俄罗斯大草原的广袤神奇,俄罗斯人民的无边苦难以及他们对幸福的深沉渴望,静默草原对大自然歌手的召唤,人与自然丰富又复杂的关联……所有这些,都亟待读者静下心来,放慢节奏,到文学和文字的深处,去尾随叶果鲁希卡和契诃夫的行程。

一

七月里一天清早,有一辆没有弹簧的、破旧的带篷马车驶出某省的某县城,顺着驿路轰隆隆地滚动着,像这种非常古老的马车眼下在俄罗斯只有商人的伙计、牲口贩子、不大宽裕的神甫才肯乘坐。车子稍稍一动就要吱吱嘎嘎响一阵,车后拴着的桶子也来闷声闷气地帮腔。单听这些声音,单看挂在外层剥落的车身上那些寒伧的碎皮子,人就可以断定这辆车子已经老朽,随时会散成一片片了。

车上坐着那个城里的两个居民,一个是城里的商人伊凡·伊凡内奇·

库兹米巧夫,胡子剃光,脸上戴着眼镜,头上戴着草帽,看样子与其说像商人,倒不如说象文官,还有一个是神甫赫利斯托佛尔·西利伊斯基,县里圣尼古拉教堂的主持人,他是个小老头子,头发挺长,穿一件灰色的帆布长外衣,戴一顶宽边大礼帽,拦腰系一根绣花的彩色带子。商人在聚精会神地想心事,摇着头,为的是赶走睡意。在他脸上,那种习常的、正正经经的冷淡表情正在跟刚同家属告别、痛痛快快喝过一通酒的人的温和表情争执不下。神甫呢,用湿润的眼睛惊奇地注视着上帝的世界,他的微笑洋溢开来,好像连帽边也挂上了笑。他脸色挺红,仿佛挨了冻一样。他俩,赫利斯托佛尔神甫和库兹米巧夫,现在正坐着车子去卖羊毛。

刚才跟家人告别,他们饱吃了一顿奶油面包,虽然是大清早,却喝了几盅酒。……两个人的心绪都好得很。

除了刚描写过的那两个人和拿鞭子不停地抽那一对脚步轻快的栗色马的车夫简尼斯卡以外,车上还有一个旅客,那是个九岁的男孩,他的脸给太阳晒得黑黑的,沾着泪痕。这是叶果鲁希卡①,库兹米巧夫的外甥。承舅舅许可,又承赫利斯托佛尔神甫好心,他坐上车子要到一个什么地方去进学校。

他妈妈奥尔迦·伊凡诺芙娜是一个十品文官的遗孀,又是库兹米巧夫的亲姐姐,喜欢念过书的人和上流社会,托她兄弟出外卖羊毛的时候顺便带着叶果鲁希卡一路去,送他上学。现在这个男孩自己也不知道自己上哪儿去,为什么要去,光是坐在车夫的座位上,挨着简尼斯卡,抓住他的胳膊肘,深怕摔下去。他的身子跳上跳下,像是放在茶炊顶盖上的茶壶。由于车子走得快,他的红衬衫的背部鼓起来,像个气泡。他那顶新帽子插着一根孔雀毛,像是车夫戴的帽子,不住地溜到后脑壳上去。他觉得自己是个最不幸的人,恨不得哭一场才好。

马车路过监狱,叶果鲁希卡瞧了瞧在高高的白墙下面慢慢走动的哨兵,瞧了瞧钉着铁格子的小窗子,瞧了瞧在房顶上闪光的十字架,想起来上个星

---

① 叶果鲁希卡和下文的叶果尔卡都是叶果尔的爱称。

期在喀山圣母节他跟妈妈一块儿到监狱教堂去参加守护神节典礼,又想起来那以前在复活节他跟厨娘留德密拉和简尼斯卡一块儿到监狱去过,把复活节的面包、鸡蛋、馅饼、煎牛肉送给犯人们,犯人们就道谢,在胸前画十字,其中有个犯人还把亲手做的一副锡袖扣送给叶果鲁希卡呢。

这个男孩凝神瞧着那些熟地方,可恨的马车却飞也似地跑过去,把它们全撇在后面了。在监狱后面,那座给烟熏黑的打铁店露了露头,再往后去是一个安适的绿色墓园,周围砌着一道圆石子墙。白十字架和白墓碑快活地从墙里面往外张望。它们掩藏在苍翠的樱桃树中间,远远看去像是些白斑点。叶果鲁希卡想起来每逢樱桃树开花,那些白斑点就同樱桃花混在一起,化成一片白色的海洋。等到樱桃熟透,白墓碑和白十字架上就点缀了许多紫红的小点,像血一样。在围墙里的樱桃树荫下,叶果鲁希卡的父亲和祖母齐娜伊达·丹尼洛芙娜一天到晚躺在那儿。祖母去世后,装进一口狭长的棺材,用两个五戈比的铜板压在她那不肯合起来的眼睛上。在她去世以前,她是活着的,常从市场上买回松软的面包,上面撒着罂粟籽。现在呢,她睡了,睡了。……墓园后面有一个造砖厂在冒烟。从那些用茅草铺盖的、仿佛紧贴在地面上的长房顶下面,一大股一大股浓重的黑烟冒出来,懒洋洋地升上去。造砖厂和墓园上面的天空一片阴暗,一股股烟子投下的大阴影爬过田野和道路。有些人和马在那些房顶旁边的烟雾里走动,周身扑满红灰。……到造砖厂那儿,县城算是到了尽头,这以后就是田野了。

叶果鲁希卡向那座城最后看了一眼,拿脸贴着简尼斯卡的胳膊肘,哀哀地哭起来。……"哼,还没嚎够,好哭鬼!"库兹米巧夫说。"又一把鼻涕一把眼泪了,娇孩子! 既是不想去,就别去。谁也没有硬拉着你去!"

"得了,得了,叶果尔小兄弟,得了……"赫利斯托佛尔神甫很快地唠叨着说,"得了,小兄弟。……求主保佑吧。……你这一去,又不是于你有害,而是于你有益。俗话说得好:学问是光明,愚昧是黑暗。……真是这样的。"

"你想回去吗?"库兹米巧夫问。

"想……想……"叶果鲁希卡呜咽着,回答说。

"那就回去吧。反正你也是白走一趟，正好应了那句俗话：为了吃一匙果冻，赶了七里路。"

"得了，得了，小兄弟……"赫利斯托佛尔神甫接着说。

"求主保佑吧。……罗蒙诺索夫①当初也是这样跟渔夫一块儿出门，后来却成了名满欧洲的人物。智慧跟信仰合在一块儿，就会结出上帝所喜欢的果实。祷告词上是怎样说的？荣耀归于创世主，使我们的双亲得到安慰，使我们的教堂和祖国得益。……就是这样的。"

"那益处往往并不一样，……"库兹米巧夫说，点上一支便宜的雪茄烟。"有的人念上二十年书，也还是没念出什么道理来。"

"这种事也是有的。"

"学问对有些人是有益处，可是对另一些人，反倒搅乱了他们的脑筋。我姐姐是个不懂事的女人，她一心要过上流人那种日子，想把叶果尔卡栽培成一个有学问的人，却不明白我可以教叶果尔卡做我这行生意，美满地过上一辈子。我干脆跟你说吧：要是人人都去求学，想做上流人，那就没有人做生意，种庄稼了。大家就都要饿死了。"

"不过要是人人都做生意，种庄稼，那就没有人懂得学问了。"

库兹米巧夫和赫利斯托佛尔神甫想到双方都说了一句叫人信服的、有分量的话，就做出严肃的面容，一齐嗽了嗽喉咙。简尼斯卡听他们讲话，一个字也没听懂，就摇摇头，微微欠起身子，拿鞭子抽那两匹栗色马。随后是沉默。

这当儿，旅客眼前展开一片平原，广漠无垠，被一道连绵不断的冈峦切断。那些小山互相挤紧，争先恐后地探出头来，合成一片高地，在道路右边伸展出去，直到地平线消失在淡紫色的远方。车子往前走了又走，却无论如何也看不清平原从哪儿开的头，到哪儿为止。……太阳已经从城市后面探出头来，正悄悄地、不慌不忙地干它的活儿。起初他们前面，远远的，在天地相接的地方，靠近一些小坟和远远看去像是摇着胳膊的小人一样的风车的

---

① 罗蒙诺索夫(1711—1765)：俄国启蒙运动杰出的倡导者，科学家和诗人，出身于渔民家庭。

地方,有一道宽阔而耀眼的黄色光带沿地面爬着,过一忽儿,这道光带亮闪闪地来得近了一点,向右边爬去,搂住了群山。不知什么温暖的东西碰到了叶果鲁希卡的背脊。原来有一道光带悄悄从后面拢过来,掠过车子和马儿,跑过去会合另一条光带。忽然,整个广阔的草原抖掉清晨的朦胧,现出微笑,闪着露珠的亮光。

割下来的黑麦、杂草、大戟草、野麻,本来都晒得枯黄,有的发红,半死不活,现在受到露水的滋润,遇到阳光的爱抚,活转来,又要重新开花了。小海雀在大道上面的天空中飞翔,快活地叫唤。金花鼠在青草里互相打招呼。左边远远的,不知什么地方,凤头麦鸡在哀叫,一群山鹑被马车惊动,拍着翅膀飞起来,柔声叫着"特尔尔尔",向山上飞去。螽斯啦、蟋蟀啦、蝉啦、蝼蛄啦,在草地里发出一阵阵吱呀吱呀的单调乐声。

可是过了一会儿,露水蒸发了,空气停滞了,被欺骗的草原现出七月里那种无精打采的样子,青草耷拉下来,生命停止了。太阳晒着的群山,现出一片墨绿色,远远看去呈浅紫色,带着影子一样的宁静情调;平原,朦朦胧胧的远方,再加上象拱顶那样笼罩一切,在没有树木、没有高山的草原上显得十分深邃而清澄的天空,现在都显得无边无际,愁闷得麻木了。……多么气闷,多么扫兴啊!马车往前跑着,叶果鲁希卡看见的却老是那些东西:天空啦,平原啦,矮山啦。……草地里的乐声静止了。小海雀飞走,山鹑不见了。白嘴鸦闲着没事干,在凋萎的青草上空盘旋,它们彼此长得一样,使得草原越发单调了。

一只老鹰贴近地面飞翔,均匀地扇动着翅膀,忽然在空中停住,仿佛在思索生活的乏味似的,然后拍起翅膀,箭也似的飞过草原,谁也说不清它为什么飞,它需要什么。远处,一架风车在摇着翼片。……为了添一点变化,杂草里偶尔闪出一块白色的头盖骨或者鹅卵石。时不时的现出一块灰色的石像,或者一棵干枯的柳树,树梢上停着一只蓝色的乌鸦。一只金花鼠横窜过大道,随后,在眼前跑过去的,又只有杂草、矮山、白嘴鸦。……可是,末后,感谢上帝,总算有一辆大车载着一捆捆的庄稼迎面驶来。大车顶上躺着一个姑娘。她带着睡意,热得四肢无力,抬起头来,看一看迎面来的旅客。

简尼斯卡对她打个呵欠,栗色马朝那些粮食伸出鼻子去。马车吱吱嘎嘎响着,跟大车亲一个嘴,带刺的麦穗象笤帚似的扫过赫利斯托佛尔神甫的帽子。

"你把车子赶到人家身上来了,胖丫头!"简尼斯卡叫道。

"嘿,好肥的脸蛋儿,好像给黄蜂螫了似的!"

姑娘带着睡意微笑,动了动嘴唇,却又躺下去了。……这时候山上出现一棵孤零零的白杨树。这是谁种的?它为什么生在那儿?上帝才知道。要想叫眼睛离开它那苗条的身材和绿色的衣裳,却是困难的。这个美人儿幸福吗?夏天炎热,冬天严寒,大风大雪,到了可怕的秋夜,只看得见黑暗,除了撒野的怒号的风以外什么也听不见,顶糟的是一辈子孤孤单单。……过了那棵白杨树,一条条麦田从大道直伸到山顶,如同耀眼的黄地毯一样。山坡上的麦子已经割完,捆成一束束,山麓的麦田却刚在收割。……六个割麦人站成一排,挥动镰刀,镰刀明晃晃地发亮,一齐合着拍子发出"夫希!夫希!"的声音。从捆麦子的农妇的动作,从割麦人的脸色,从镰刀的光芒可以看出溽暑烘烤他们,使他们透不出气来。一条黑狗吐出舌头从割麦人那边迎着马车跑过来,多半想要吠叫一阵吧,可是跑到半路上却站住,淡漠地看那摇着鞭子吓唬它的简尼斯卡。天热得狗都不肯叫了!一个农妇直起腰来,把两只手放到酸痛的背上,眼睛盯紧叶果鲁希卡的红布衬衫。究竟是衬衫的红颜色中了她的意呢,还是使她想起了她的子女,那就不知道了,总之,她站在那儿一动也不动,呆呆地瞧了他很久。……可是这时候麦田过去了。眼前又伸展着干枯的平原、太阳晒着的群山、燥热的天空。又有一只老鹰在地面上空飞翔。

远处,跟先前一样,一架风车在转动叶片,看上去仍旧像是一个小人在摇胳膊。老这么瞧着它怪腻味的,仿佛永远走不到它跟前似的,又仿佛它躲着马车,往远处跑去了。

赫利斯托佛尔神甫和库兹米巧夫一声也不响。简尼斯卡不时拿鞭子抽枣红马,向它们嚷叫。叶果鲁希卡不再哭了,冷淡地瞧着四周。炎热和草原的单调弄得他没精神了。他觉得好像已经坐着车走了很久,颠动了很久,太阳把他的背烤了很久似的。他们还没走出十俄里,他就已经在想:"现在总该停下来休息了!"舅舅脸上的温和表情渐渐消失,只留下正正经经的冷漠,特别是在他脸上戴着眼镜、鼻子和鬓角扑满灰尘的时候,总是给那张刮光胡子的瘦脸添上凶狠无情象拷问者一样的神情。赫利斯托佛尔神甫却一直不变,始终带着惊奇的神情瞧着上帝创造的这个世界,微微笑着。他一声不响,正在思忖什么快活而美好的事情,脸上老是带着善意的温和笑容。仿佛美好快活的思想也借了热力凝固在他的脑袋里似的。……"喂,简尼斯卡,今天我们追得上那些货车队吗?"库兹米巧夫问道。

简尼斯卡瞧了瞧天空,欠起身子拿鞭子抽马,然后才答道:"到夜里,要是上帝高兴,我们就会追上。……"传来狗叫的声音,六条草原上的高大的看羊狗,仿佛本来埋伏着,现在忽然跳出来,凶恶地吼叫着,朝着马车跑来。

它们这一伙儿都非常凶,生着毛茸茸的、蜘蛛样的嘴脸,眼睛气得发红,把马车团团围住,争先恐后地挤上来,发出一片嘶哑的吼叫声。它们满心是恨,好像打算把马儿、马车、人一齐咬得粉碎似的。……简尼斯卡素来喜欢耍弄狗,喜欢拿鞭子抽狗,一看机会来了,高兴得很,脸上露出幸灾乐祸的表情,弯下腰去,挥起鞭子抽打着看羊狗。那些畜生叫得更凶了,马儿仍旧飞跑。叶果鲁希卡好不容易才在座位上坐稳,他眼望着狗的眼睛和牙齿,心里明白:他万一摔下去,它们马上就会把他咬得粉碎。可是他并不觉得害怕,他跟简尼斯卡一样幸灾乐祸地瞧着它们,惋惜自己手里没有一根鞭子。

马车碰到了一群绵羊。

"站住!"库兹米巧夫叫道。"拉住缰!吁!……"

简尼卡斯把全身往后一仰,勒住栗色马。马车停住了。

"走过来!"库兹米巧夫对牧羊人叫道。"把狗喊住,这些该死的东西!"

老牧羊人衣服破烂,光着脚,戴着一顶暖和的帽子,腰上挂着一个脏包袱,手里拄一根尖端有个弯钩的长拐杖,活像《旧约》上的人物。他喊住狗,脱下帽子,走到马车跟前。

另一个同样的《旧约》上的人物一动不动地站在羊群的另一头,漠不关心地瞅着这些旅客。

"这群羊是谁的?"库兹米巧夫问道。

"瓦尔拉莫夫的!"老人大声回答。

"瓦尔拉莫夫的!"站在羊群另一头的牧羊人也这样说。

"昨天瓦尔拉莫夫从这条路上经过没有?"

"没有……老爷。……他的伙计路过这里来着,这是实在的。……""赶车走吧!"

马车往前驶去,牧羊人和他们的恶狗留在后面了。叶果鲁希卡不高兴地瞧着前面淡紫色的远方,渐渐觉得那摇动翼片的风车好像近一点了。那风车越来越大,变得十分高大,已经可以看清它的两个翼片了。一个翼片旧了,打了补丁,另一个是前不久用新木料做的,在太阳底下亮闪闪的。

马车一直往前走。风车却不知为什么,往左边退下去。他们走啊走的,风磨一个劲儿往左退,不过没有消失,还是看得见。

"包尔特瓦替儿子开了一个多好的磨坊呀!"简尼斯卡说。

"怎么看不见他的庄子?"

"庄子在那边,在山沟后边。"

包尔特瓦的庄子很快就出现了,可是风车还是没有往后退,还是没有留在后面。仍旧用它那发亮的翼片瞅着叶果鲁希卡,不住地摇动。好一个魔法师!

……

四

这个使人捉摸不透的、神秘的瓦尔拉莫夫虽然索罗蒙看不起,可是大家谈得那么多,就连那个美丽的伯爵小姐也要找他,那么他究竟是个什么人呢?半睡半醒的叶果鲁希卡挨着简尼斯卡并排坐在车夫座上心里想着的正是这个人。他从没见过这个人,不过屡次听到人家说起他,也常常在想象中描摹他的样子。他知道瓦尔拉莫夫有好几万俄亩①的土地,有十万只羊,有

---

① 1 俄亩等于 1.09 公顷。

很多的钱。关于他的生活方式和职业,叶果鲁希卡只知道他老是"在这一带地方转来转去",老是有人找他。

在家里,叶果鲁希卡还听说过很多关于德兰尼茨卡雅伯爵小姐的事。她也有好几万俄亩的土地,许多的羊,一个养马场,很多的钱,可是她并不"转来转去",却住在自己阔绰的庄园上。伊凡·伊凡内奇为了接洽生意,曾不止一次到伯爵小姐家里去过,他和其他熟人讲过许多关于那个庄园的奇谈趣事,比方说,他们讲:伯爵小姐的客厅里,四壁挂着波兰历代皇帝的御像,摆着一个大座钟,那钟做成悬崖的样子,崖上站着一头金马,嵌着宝石眼睛,扬起前蹄,马身上坐着一个金骑士,每逢钟响,他就向左右挥舞马刀。据说伯爵小姐每年大约开两次舞会,请来全省的贵族和文官,就连瓦尔拉莫夫也来参加。全体宾客喝的茶是用银茶炊烧的,他们吃的都是各种珍品(比方说在冬天,到了圣诞节,他们吃得到马林果和草莓),客人们随着音乐跳舞,乐队一天到晚奏乐不停。……"她长得多么美啊!"叶果鲁希卡想起她的脸儿和笑容,暗自想道。

库兹米巧夫大概也在想伯爵小姐,因为车子已经走出两俄里了,他却说:"那个卡齐米尔·米海洛维奇可真能揩她的油!您该记得,前年我向她买羊毛的时候,他在我买的一批货色上就赚了大约三千。"

"要想叫波兰人不是这个样子是不可能的,"赫利斯托佛尔神甫说。

"可是她倒一点也不在意。据说她年轻,愚蠢。脑子糊涂得很!"

不知什么缘故,叶果鲁希卡一心只想到瓦尔拉莫夫和伯爵小姐,特别是想伯爵小姐。他那睡意蒙眬的脑子里根本拒绝平凡的思想,弥漫着一片云雾,只保留着神话里的怪诞形象,它们具有一种便利,好像会自动在脑筋里生出来,不用思索的人费什么力,而且只要使劲摇一摇头,那些形象就又会自动消灭,无影无踪了。再者他四周的一切东西也没有一样能使他生出平凡的思想。右边是一带乌黑的山峦,好像遮挡着什么神秘可怕的东西似的。左边地平线上整个天空布满红霞,谁也闹不清究竟是因为有什么地方起了火呢,还是月亮就要升上来。如同白天一样,远方还是看得清的,可是那点柔和的淡紫色,给黄昏的暗影盖住,不见了。整个草原藏在暗影里,就跟莫伊塞·莫伊塞伊奇的小孩藏在被子底下一样。

七月的黄昏和夜晚,鹌鹑和秧鸡已经不再叫唤,夜莺也不在树木丛生的峡谷里唱歌,花卉的香气也没有了。不过草原还是美丽,充满了生命。太阳刚刚下山,黑暗刚刚笼罩大地,白昼的烦闷就给忘记,一切全得到原谅,草原从它那辽阔的胸脯里轻松地吐出一口气。仿佛因为青草在黑暗里看不见自己的衰老似的,草地里升起一片快活而年轻的鸣叫声,这在白天是听不到的;曜曜声,吹哨声,搔爬声,草原的低音、中音、高音,合成一种不断的、单调的闹声,在那种闹声里默想往事,忧郁悲伤,反而很舒服。单调的唧唧声像催眠曲似的催人入睡;你坐着车,觉着自己就要睡着了,可是忽然不知从什么地方传来一只没有睡着的鸟发出短促而不安的叫声,或者听到一种来历不明的声音,象是谁在惊奇地喊叫:"啊—啊!"接着睡意又把你的眼皮合上了。或者,你坐车走过一个峡谷,那儿生着灌木,就会听见一种被草原上的居民叫做"睡鸟"的鸟,对什么人叫道:"我睡啦!我睡啦!我睡啦!"又听见另一种鸟在笑,或者发出歇斯底里的哭声,那是猫头鹰。它们究竟是为谁而叫,在这平原上究竟有谁听它们叫,那只有上帝才知道,不过它们的叫声却含着很多的悲苦和怨艾。……空气中有一股禾秸、枯草、迟开的花的香气,可是那香气浓重,甜腻,温柔。

透过暗影,样样东西都看得见,只是各种东西的颜色和轮廓却很难辨清。样样东西都变得跟它本来的面目不同了。你坐车走着,忽然看见前面大路旁边站着一个黑影,像个修士。

他站在那儿一动也不动,等着,手里不知拿着什么东西。……别是土匪吧?那黑影越来越近,越变越大,这时候它就在马车旁边了,你这才看出原来这不是人,却是一丛孤零零的灌木或者一块大石头。这类稳稳不动、有所等待的人影站在矮山上,藏在坟墓背后,从杂草里探出头来。它们全都像人,引人起疑。

月亮升上来了,夜变得苍白、无力。暗影好像散了。空气透明,新鲜,温暖;到处都看得清楚,甚至辨得出路边一根根的草茎。在远处的空地上可以看见头盖骨和石头。可疑的、像是修士的人形由月夜明亮的背景衬托着,显得更黑,也好像更忧郁了。在单调的鸣叫声中越来越频繁地夹着不知什么东西发出的"啊!—啊!"的惊叫声,搅扰着静止的空气,还可以听见没有睡着的或者正在梦呓的鸟的叫声。宽阔的阴影游过平原,就像云朵游过天空一样。在那不可思议的远方,要是你长久地注视它,就会看见模模糊糊、奇形怪状的影像升上来,彼此堆砌在一块儿……那是有点阴森可怕的。人只要瞧一眼布满繁星的微微发绿的天空,看见天空既没有云朵,也没有污斑,就会明白温暖的空气为什么静止,大自然为什么小心在意,不敢动一动,它战战兢兢,舍不得失去哪怕是一瞬间的生活。至于天空那种没法测度的深邃和无边无际,人是只有凭了海上的航行和月光普照下的草原夜景才能有所体会的。天空可怕、美丽、亲切,显得懒洋洋的,诱惑着人们,它那缠绵的深情使人头脑昏眩。

你坐车走了一个钟头,两个钟头。……你在路上碰见一所沉默的古墓或者一块人形的石头,上帝才知道那块石头是在什么时候,由谁的手立在那儿的。夜鸟无声无息地飞过大地。渐渐地,你回想起草原的传说、旅客们的故事、久居草原的保姆所讲的神话,以及凡是你的灵魂能够想象和能够了解的种种事情。于是,在唧唧的虫声中,在可疑的人影上,在古墓里,在蔚蓝的天空中,在月光里,在夜鸟的飞翔中,在你看见而且听见的一切东西里,你开始感到美的胜利、青春的朝气、力量的壮大和求生的热望。灵魂响应着美丽而严峻的故土的呼唤,一心想随着夜鸟一块儿在草原上空翱翔。在美的胜利中,在幸福的洋溢中,透露着紧张和愁苦,仿佛草原知道自己孤独,知道自己的财富和灵感对这世界来说白白荒废了,没有人用歌曲称颂它,也没有人需要它。在欢乐的闹声中,人听见草原悲凉而无望地呼喊着:歌手啊!歌手啊!

"唷!你好,潘捷列!一切都顺利吗?"

"谢天谢地,伊凡·伊凡内奇!"

"你们看见瓦尔拉莫夫没有,伙计们?"

"没有,我们没看见。"

叶果鲁希卡醒来,睁开眼睛。车子停住了。大路上靠右边,有一长串货车向前一直伸展到远处,许多人在车子近旁走动。所有的货车都载着大捆的羊毛,显得很高,圆滚滚的,马呢,就显得又小又矮了。

"好,那么,我们现在就赶到莫罗勘派那儿去!"库兹米巧夫大声说。"犹太人说瓦尔拉莫夫要在莫罗勘派那儿过夜。既是这样,那就再会吧,伙计们!愿主跟你们同在!"

"再会,伊凡·伊凡内奇!"有几个声音回答。

"对了,我说,伙计们,"库兹米巧夫连忙又喊道,"你们把我的这个小孩子带在身边吧!何必叫他白白陪着我们受车子的颠簸呢?把他放在你车上的羊毛捆上边,潘捷列,让他慢慢地走,我们却要赶路去了。下来,叶果尔!去吧,没关系!……"叶果鲁希卡从车夫座位上下来。好几只手抓住他,把他高高地举到半空中,接着,他发现自己落到一个又大又软、沾着露水、有点潮湿的东西上面。这时候他觉得天空离他近了,土地离他远了。

"喂,把小大衣拿去!"简尼斯卡在下面很远的地方嚷道。

他的大衣和小包袱从下面丢上来,落在叶果鲁希卡身旁。

他不愿意多想心思,连忙把包袱放在脑袋底下,拿大衣盖在身上,伸直了腿,因为碰到露水而微微耸起肩膀,满意地笑了。

"睡吧,睡吧,睡吧,……"他想。

"别亏待他,你们这些鬼!"他听见简尼斯卡在下面说道。

"再见,伙计们!愿主跟你们同在!"库兹米巧夫叫道。

"我拜托你们啦!"

"你放心吧,伊凡·伊凡内奇!"

简尼斯卡吆喝着马儿,马车吱吱嘎嘎地滚动了,然而不是顺着大路走,却是往旁边什么地方走去。随后有大约两分钟的沉静,仿佛车队睡着了似的,只能听见远远的那只拴在马车后面的铁桶的丁冬声渐渐消失。后来,车队前头有人喊道:"基留哈!上路啦!"

最前面的一辆货车吱吱嘎嘎地响起来,然后第二辆、第三辆也响了。……叶果鲁希卡觉得自己躺着的这辆货车摇晃着,也吱吱嘎嘎地响起来。车队出发了,叶果鲁希卡抓紧拴羊毛捆的绳子,又满意地笑起来,把口袋里的蜜饼放好，就睡着了，跟往常睡在家里的床上一样。……等他醒来，太阳已经升起来，一座古坟遮挡着太阳，可是太阳极力要把亮光洒向世界，用力朝四面八方射出光芒，使得地平线上洋溢着一片金光。叶果鲁希卡觉得太阳走错了地方，因为昨天太阳是从他背后升起来的，现在却大大地偏左了。……而且整个景色也不像昨天。群山没有了。不管你往哪边看，四面八方，都铺展着棕色的、无精打采的平原，无边无际。平原上，这儿那儿隆起一些小坟，昨天那些白嘴鸦又在这儿飞来飞去。前面远处，有一个村子的钟楼和农舍现出一片白颜色。今天凑巧是星期日，乌克兰人都待在家里，烤面包、烧菜，这可以从每个烟囱里冒出来的黑烟看出来，那些烟像一块蓝灰色的透明的幕那样挂在村子上。在两排农舍中间的空当上，在教堂后面，露出一条蓝色的河，河对面是雾蒙蒙的远方。可是跟昨天相比，再也没有一样东西比道路的变化更大了。一种异常宽阔的、奔放不羁的、雄伟强大的东西在草原上伸展出去，成了大道。那是一条灰色长带，经过车马和人们的践踏，布满尘土，跟所有的道路一样，只是路面有好几十俄丈宽。这条道路的辽阔使得叶果鲁希卡心里纳闷，引得他产生了神话般的幻想。有谁顺着这条路旅行呢？

谁需要这么开阔的天地呢？这真叫人弄不懂，古怪。说真的，那些迈着大步的巨人，例如伊里亚·慕洛梅茨和大盗索罗维[1]，至今也许还在罗斯生活着，他们的高头大马也没死吧。

叶果鲁希卡瞧着这条道路，幻想六辆高高的战车并排飞驰，就跟在《圣经》故事的插图上看见的一样。每辆战车由六头发疯的野马拉着，高高的车轮搅起滚滚的烟尘升上天空，驾驭那些马的是只有在梦中才能看见或者在神话般的幻想中才能出现的那种人。要是真有那些人的话，他们跟这草原和大道是多么相称啊！

在大道的右边，挂着两股电线的电线杆子一直伸展到大道的尽头。它们越变越小，进了村庄，在农舍和绿树后面消失了，然后又在淡紫色的远方

---

① 两人都是俄罗斯民谣中的勇士。

出现，成了很小很细的短棍，像是插在地里的铅笔。大鹰、猛隼、乌鸦停在电线上，冷眼瞧着走动的货车队。

叶果鲁希卡躺在最后一辆货车上，能看见这整个一长串的货车。货车队的货车一共有二十来辆，每三辆一定有个车夫。在叶果鲁希卡躺着的最后一辆货车旁边走着一个老头儿，胡子雪白，跟赫利斯托佛尔神甫那样又瘦又矮，可是他有一张给太阳晒成棕色的、严厉的、沉思的脸。很可能这个老人并不严厉，也没在沉思，不过他的红眼皮和又尖又长的鼻子给他的脸添了一种严肃冷峻的表情，那些习惯了老是独自一人思考严肃事情的人就会有那样的表情。跟赫利斯托佛尔神甫一样，他戴着一顶宽边的礼帽，然而不是老爷戴的那种，而是棕色毡子做成的，与其说像一顶礼帽，倒不如说像一个切去尖顶的圆锥体。他光着脚。大概因为在寒冷的冬天他在货车旁边行走，可能不止一回冻僵，于是养成了一种习惯吧，他走路的时候总是拍大腿，顿脚。他看见叶果鲁希卡醒了，就瞧着他，耸起肩膀，仿佛怕冷似的，说："哦，睡醒了，小子！你是伊凡·伊凡内奇的儿子吧？"

"不，我是他的外甥。……"

"伊凡·伊凡内奇的外甥？瞧啊，现在我脱了靴子，光着脚蹦蹦跳跳。我这双脚痛，挨过冻，不穿靴子倒还舒服些。……倒还舒服些，小子。……这么一说，你是他的外甥？他倒是个好人，挺不错。……愿主赐他健康。……挺不错。……我是指伊凡·伊凡内奇。……他上莫罗勘派那儿去了。……啊，主，求您怜悯我们！"

老头儿讲起话来好像也怕冷似的，断断续续，不肯爽快地张开嘴巴。他发不好唇音，含含糊糊，仿佛嘴唇冻住了似的。他对叶果鲁希卡讲话的时候没笑过一回，显得很严峻的样子。

前面，相隔两辆货车，有一个人走着，穿一件土红色的长大衣，戴一顶鸭舌帽，穿着高筒靴子，靴筒松垂下来，手里拿一根鞭子。这人不老，四十岁上下。等到他扭回头来，叶果鲁希卡就看见一张红红的长脸，生着稀疏的山羊胡子，右眼底下凸起一个海绵样的瘤子。除了那个很难看的瘤子以外，他还有一个特点非常惹人注意：他左手拿着鞭子，右手挥舞着，仿佛在指挥一个肉眼看不见的唱诗班似的。他不时把鞭子夹在胳肢窝底下，然后用两只手指挥，独自哼着什么曲子。

再前面一个车夫是个身材细长、像条直线的人，两个肩膀往下溜得厉害，后背平得跟木板一样。他把身子挺得笔直，好像在行军，或者吞下了一管尺子似的。他的胳膊并不甩来甩去，却跟两条直木棒那样下垂着。他迈步的时候两条腿如同木头，那样子像是玩具兵，差不多膝头也没弯，可是尽量把步子迈大；老头儿或者那个生着海绵样的瘤子的人每迈两步，他只要迈一步就行了，所以看起来他好像比他们走得慢，落在后面似的。他脸上绑着一块破布，脑袋上有个东西高起来，看上去像是修士的尖顶软帽。他上身穿乌克兰式的短上衣，满是补丁，下身穿深蓝色的肥裤子，散着裤腿，脚上一双树皮鞋。

那些远在前面的车夫，叶果鲁希卡就看不清了。他伏在车上，在羊毛捆上挖个小洞，闲着没事做，抽出羊毛来编线玩。在他下面走路的老头儿却原来并不像人家凭他的脸色所想象的那么冷峻和严肃。他一开口讲话，就停不住嘴了。

"你上哪儿去啊？"他顿着脚，问。

"上学去，"叶果鲁希卡回答。

"上学去？ 嗯……好吧，求圣母保佑你。不错。一个脑筋固然行，可是两个更好。上帝给这人一个脑筋，给那人两个脑筋，甚至给另一个人三个脑筋。……给另一个人三个脑筋，这是实在的。……一个脑筋天生就有，另一个脑筋是念书得来的，再一个是从好生活里来的。所以你瞧，小兄弟，要是一个人能有三个脑筋，那可不错。那种人不但活得舒服，死得也自在。死得也自在。……我们大家将来全要死的。"

老头儿搔一搔脑门子，抬起他的红眼睛瞧一瞧叶果鲁希卡，接着说："去年从斯拉维扬诺塞尔布斯克来的老爷玛克辛·尼古拉伊奇，也带着他的小小子去上学。不知道他在那儿书念得怎么样了，不过那小子挺不错，挺好。……求上帝保佑他们，那些好老爷。对了，他也送孩子去上学。……斯拉维扬诺塞尔布斯克一定没有念书的学堂。没有。……不过那个城挺不错,挺好。……给老百姓念书的普通学堂倒是有的,讲到求大学问的学堂,那儿就没有了。……没有了,这是实在的。你叫什么名字?"

"叶果鲁希卡。"

"那么,正名是叶果里。……神圣的殉教徒,胜利者叶果里,他的节日是四月二十三日。我的教名是潘捷列。……潘捷列·扎哈洛甫·霍罗朵夫。……我们是霍罗朵夫家。……我是库尔斯克省契木城的人,那地方你也许听说过吧。我的弟兄们学了手艺,在城里干活儿,不过我是个庄稼汉。……我一直是庄稼汉。大概七年前,我上那儿去过。……那是说,我回家里去过。乡下去了,城里也去了。……我是说,去过契木。那时候,谢天谢地,他们大伙儿都还活着,挺硬朗,可现在我就不知道了。……有人也许死了。……也到了该死的时候,因为大伙儿都老了,有些人比我还老。死也没什么,死了也挺好,不过,当然,没行忏悔礼可死不得。再也没有比来不及行忏悔礼横死更糟的了。横死只有魔鬼才喜欢。要是你想行完忏悔礼再死,免得不能进入主的大殿,那就向殉教徒瓦尔瓦拉祷告好了。她替人说情。她是那样的人,这是实在的。……因为上帝指定她在天上占这么一个地位,就是说,人人都有充分的权利向她祷告,要求行忏悔礼。"

潘捷列只顾自己唠叨,明明不管叶果鲁希卡在不在听。他懒洋洋地讲着,自言自语,既不抬高声音,也不压低声音,可是在短短的时间里却能够讲出许多事情来。他讲的话全是由零碎的片段合成的,彼此很少联系,叶果鲁希卡听着觉得一点趣味也没有。他所以讲这些话,也许只是因为沉默地度过了一夜以后,如今到了早晨,需要检查一下自己的思想,看它们是不是全在罢了。他讲完忏悔礼以后,又讲起那个斯拉维扬诺塞尔布斯克城的玛克辛·尼古拉伊奇。

"对了,他带着小小子。……他带着,这是实在的。……"

有一个车夫本来远远地在前面走,忽然离开他原来的地方,跑到一边去,拿鞭子抽一下地面。他是个身材高大、肩膀很宽的汉子,年纪三十岁左右,生着卷曲的金黄色头发,显然很有力气,身体结实。凭他的肩膀和鞭子的动作来看,凭他的姿势所表现的那种恶狠狠的样子来看,他所打的是个活东西。另外有个车夫跑到他那儿去了,这是一个矮胖的小个子,长着又大又密的黑胡子,穿一件坎肩和一件衬衫,衬衫的底襟没有掖在裤腰里。这个车夫用低沉的、象咳嗽一样的声音哈哈大笑起来,叫道:"哥儿们,迪莫夫打死了一条毒蛇! 真的!"

有些人,单凭他们的语声和笑声就可以正确地判断他们的智慧。这个生着黑胡子的汉子正好就是这类幸运的人。从他的语声和笑声,听得出他笨极了。生着金色头发的迪莫夫打完了,就拿鞭子从地面上挑起一根像绳子样的东西,哈哈笑着,把它扔在车子旁边。

"这不是毒蛇,是草蛇!"有人嚷道。

那个走路像木头、脸上绑着破布的人快步走到死蛇那儿,看一眼,举起他那像木棍样的胳膊,双手一拍。

"你这囚犯!"他用低沉的、悲痛的声音叫道。"你干吗打死这条小蛇呀?它碍了你什么事,你这该死的? 瞧,他打死了一条小蛇! 要是有人照这样打你,你怎么样?"

"不该打死草蛇,这是实在的,……"潘捷列平心静气地唠叨着。"不该打死。……又不是毒蛇嘛。它那样子虽然像蛇,其实是个性子温和、不会害人的东西。……它喜欢人。……草蛇是这样的。……"迪莫夫和那生着黑胡子的人大概觉得难为情,因为他们大声笑着,不回答人家的抱怨,懒洋洋地走回自己的货车那儿去了。等到后面一辆货车驶到死蛇躺着的地方,脸上绑着破布的人就凑近草蛇弯下腰去,转身对潘捷列用含泪的声音问道:"老大爷,他干吗打死这草蛇呀?"

这时候叶果鲁希卡才看见他的眼睛挺小,暗淡无光,脸色灰白,带着病容,也好像暗淡无光,下巴挺红,好像肿得厉害。

"老大爷,他干吗打死它呀?"他跟潘捷列并排走着,又说一遍。

"他是个蠢人,手发痒,所以才打死它,"老头儿回答说。"不过不应该打死草蛇。……这是实在的。……迪莫夫是个捣蛋鬼,大家都知道,碰见什么就打死什么,基留哈也不拦住他。他原该出头拦住他,可是他倒'哈哈哈''嘻嘻嘻'的。……不过,你呢,瓦夏,也别生气。……何必生气呢? 打死就算了，随他去好啦。……迪莫夫是捣蛋鬼，基留哈因为头脑糊涂才会那样。……没什么。……他们是不懂事的蠢人，随他们去吧。叶美里扬就从来也不碰不该碰的东西。……他从来也不碰，这是实在的。……因为他是个受过教育的人，他们呢，蠢。……叶美里扬不同。……他就不碰。"

那个穿土红色大衣、长着海绵样的瘤子的车夫，本来在指挥一个肉眼看不见的唱诗班，这时候听见人家提起他的名字，就站住，等着潘捷列和瓦夏走过来，跟他们并排往前。

"你们在谈什么？"他用嘶哑的、透不出气的声音问道。

"喏，瓦夏在这儿生气，"潘捷列说。"所以，我就跟他讲讲话，好让他消消气。……哎哟，我这双挨过冻的脚好痛哟！哎哟，哎哟！就因为今天是礼拜天，主的节日，脚才痛得更厉害了！"

"那是走出来的，"瓦夏说。

"不，小伙子，不是的。……不是走出来的，走路的时候倒还舒服点。等我一躺下，一暖和，那才要命哟。走路在我倒还轻松点。"

穿着土红色大衣的叶美里扬夹在潘捷列和瓦夏当中走着，挥动胳膊，仿佛他们打算唱歌似的。挥了不大工夫，他放下胳膊，绝望地干咳一声。

"我的嗓子坏了！"他说。"真是倒霉！昨天一晚上，今天一上午，我老是想着我们先前在马利诺夫斯基家婚礼上唱的《求主怜悯》这首三部合唱的圣歌；它就在我的脑子里，就在我的喉咙口，……仿佛要唱出来似的，可是真要唱吧，却又唱不出来！我的嗓子坏了！"

他沉默了一分钟，想到什么，又说下去："我在唱诗班里唱过十五年，在整个卢甘斯克工厂里也许没有一个人的嗓子及得上我。可是，见鬼，前年我在顿涅茨河里洗了个澡，从那以后，我就连一个音符也唱不准了。喉咙受凉了。我没有了嗓子，就跟工人没有了手一样。"

"这是实在的，"潘捷列同意。

"说到我自己，我明白自己已经是个没希望的人，完了。"

这当儿，瓦夏凑巧看见叶果鲁希卡。他的眼睛就变得油亮，比先前更小了。

"原来有位少爷跟我们一块儿走!"他拿衣袖遮住鼻子,仿佛害臊似的。"好一个尊贵的车夫! 留下来跟我们一块儿干吧,你也赶车子、运羊毛好了。"

他想到一个人同时是少爷,又是车夫,大概觉得很稀奇,很有趣,因为他嘿嘿地大笑起来,继续发挥他这种想法。叶美里扬也抬头看看叶果鲁希卡,可是只随意看一眼,目光冷淡。他在想自己的心事,要不是瓦夏谈起,大概就不会留意到有叶果鲁希卡这么个人了。还没过上五分钟,他又挥动胳膊,然后向他的同伴们描摹他晚上想起来的婚歌《求主怜悯》的美妙。他把鞭子夹在胳肢窝底下,挥动两条胳膊。

货车队在离村子一俄里远一个安着取水吊杆的水井旁边停住。黑胡子基留哈把水桶放进井里,肚子贴着井壁,伏在上面,把头发蓬松的脑袋、肩膀、一部分胸脯,伸进那黑洞里去,因此叶果鲁希卡只看得见他那两条几乎不挨地的短腿了。他看见深深的井底水面上映着他脑袋的影子,高兴起来,发出低沉的傻笑声,井里也发出同样的回声应和着。等到他站起来,他的脸和脖子红得跟红布一样。第一个跑过去喝水的是迪莫夫。他一面笑一面喝水,常常从水桶那儿扭过头来对基留哈讲些好笑的事,然后他回转身,放开嗓门说出五个难听的词儿,那声音响得整个草原都听得见。叶果鲁希卡听不懂这类词儿的意思,可是他很清楚地知道这些词很恶劣。他知道他的亲戚和熟人对这些词默默地抱着恶感。不知什么缘故,他自己也有那种感觉,而且素来认为只有喝醉的和粗野的人才享有大声说出这些词的特权。他听着迪莫夫的笑声,想起草蛇惨遭毒手,就对这人感到一种近似痛恨的感情。事有凑巧,迪莫夫偏偏在这当儿看见了叶果鲁希卡,叶果鲁希卡已经从车上爬下来,往水井走去。他哈哈大笑,叫道:"哥儿们,老头儿昨天晚上生了个男孩子!"

基留哈用他的男低音笑起来,笑得直咳嗽。还有个人也笑。叶果鲁希卡涨红了脸,从此断定迪莫夫是个很坏的人。

迪莫夫生着金色的鬈发,没戴帽子,衬衫敞着怀,看上去很漂亮,长得非常强壮。从他的一举一动都可以看出他爱捣乱,力气大,深知自己的本事。

他扭动着肩膀,两手插在腰上,说笑的声音比谁都响亮,仿佛打算用一只手举起一个很重的东西,震惊全世界似的。他那狂妄的、嘲弄的眼光在大道、货车、天空上溜来溜去,不肯停留在什么东西上,好像因为无事可做,很想找个人来一拳打死,或者找个东西来取笑一番似的。他分明谁也不怕,什么也拦不住他,叶果鲁希卡对他有什么看法,他大概一点也不放在心上。……可是叶果鲁希卡已经从心底里恨他那金发、他那光溜的脸、他那力气,带着憎恶和恐惧听他的笑声,已经打定主意要找点骂人的话来报复他了。

潘捷列也走到水桶这儿来了。他从衣袋里拿出一个小绿杯子,那原是神像前的长明灯,然后他用一小块破布把它擦干净,在水桶里舀满水,喝完了,再舀满,再喝完,然后用破布把它包起来,放进衣袋。

"老爷爷,你为什么用灯喝水?"叶果鲁希卡惊奇地问道。

"有人凑着桶子喝水,有人用灯喝水,"老头儿支支吾吾地说。"各人有各人的章法。……你凑着桶子喝水,好,那就喝个够吧。……""你这宝贝儿啊,你这小美人哟!"瓦夏忽然用爱抚的、含泪的声调说,"我的心肝啊!"

他的眼睛凝望着远方,那两只眼睛变得油亮,含着笑意,他的脸上带着方才看叶果鲁希卡时候的那种表情。

"你在跟谁说话?"基留哈问。

"我说的是一只可爱的小狐狸,……跟小狗那样仰面朝天躺在那儿玩呢。……"

人人开始眺望远方,寻找那只狐狸,可是什么也看不见。只有瓦夏一个人用他那混浊的灰眼睛看见了什么,而且看得入了迷。他的眼睛非常尖,这是叶果鲁希卡后来才知道的。他看得那么远,因此荒凉的棕色草原对他来说永远充满生命和内容。他只要往远方一看,就会瞧见狐狸啦,野兔啦,大鸨啦,或者别的什么远远躲开人的动物。看见一只奔跑的野兔或者一只飞翔的大鸨,那是没有什么稀奇的,凡是走过草原的人都看得见,可是未必人人都有本领看见那些不是在奔逃躲藏,也不是在仓皇四顾,而是在过着家庭生活的野生动物。瓦夏却看得见玩耍的狐狸、用小爪子洗脸的野兔、啄翅膀上羽毛的大鸨、钻出蛋壳的小鸨。由于眼睛尖,瓦夏除了大家所看见的这个世界以外,还有一个自己独有而别人没份的世界。那世界多半很美,因为每逢他看见什么,看得入迷的时候,谁也不能不嫉妒他。

货车队往前走的时候,教堂正敲钟召人去做弥撒。

——选自契诃夫《草原》,载于《契诃夫小说全集》,汝龙译,人民文学出版社 1992 年版

（吕永林　选编）

【拓展阅读】

1. ﹝俄﹞契诃夫:《农民》,载于《契诃夫小说全集》(第 10 卷),上海译文出版社 2000 年版。

2. 王晓明:《城市外面有草原:读契诃夫的〈草原〉》,载于毛尖编:《巨大灵魂的战栗》,上海书店出版社 2013 年版。

3. ﹝美﹞艾伦·韦斯曼:《没有我们的世界》,赵舒静译,上海科学技术文献出版社 2007 年版。

4. ﹝美﹞约翰·缪尔:《我们的国家公园》,郭名倞译,江苏人民出版社 2012 年版。

5. 芮东莉:《自然笔记——开启奇妙的自然探索之旅》,中信出版社 2013 年版。

科技与人生

《道德经》（节选）

〔周〕老　子

【解题】

老子（约前571—前471），姓李名耳，楚国人（一说陈国人），中国古代伟大的思想家、哲学家，也被道教尊为始祖。老子主张"无为"，集中体现于《道德经》（又名《老子》）之中。该书以"道"解释宇宙万物的演变，"道"具有"独立不改，周行而不殆"的永恒意义。书中包含大量朴素辩证法观点，如认为一切事物均具有正反两面，并能由对立而转化，如"反者道之动"，"正复为奇，善复为妖"，"祸兮福之所倚，福兮祸之所伏"；认为世间事物均为"有"与"无"之统一，"有无相生"，而"无"为基础，"天下万物生于有，有生于无"。老子的哲学思想和由他创立的道家学派，不但对中国古代思想文化的发展做出了重要贡献，而且对中国两千多年来思想文化的发展产生了深远的影响。老子与后世的庄子并称老庄。

从科学的角度看，《道德经》是一本揭示生命和宇宙奥秘，进行科学研究的光辉著作。可以说，老子是我国古代最早的生命和自然奥秘探索者中的杰出代表。《道德经》与科学的关系十分密切，中外学者已经认识到这一点。诺贝尔奖获得者李政道说："从哲学上讲'测不准定律'和中国老子所说的'道可道，非常道，名可名，非常名'的意思，颇有符合之处。"协同论创始人哈肯在《协同学——自然成功的奥秘》序言中说："协同学含有中国基本思维的一些特点。事实上，对自然的整体理解是中国（道家）哲学的一个核心部分。"本文选取《道德经》中"论道"的八章，从中可以体会老子关于自然规律的性质、人对于规律的认识以及人与自然规律的关系等思想。

道①可道②,非常道;名③可名④,非常名。无⑤,名天地之始;有⑥,名万物之母。故常无,欲以观其妙⑦;常有,欲以观其徼⑧。此两者,同出而异名,同谓之玄⑨。玄之又玄,众妙之门。(第一章)

视之不见,名曰夷⑩;听之不闻,名曰希⑪;搏之不得,名曰微⑫。此三者不可致诘⑬,故混为一。其上不皦⑭,其下不昧⑮。绳绳⑯兮不可名,复归于无物。是谓无状之状,无物之象,是谓恍惚。迎之不见其首,随之不见其后。执古之道,以御⑰今之有。能知古始,是谓道纪⑱。(第十四章)

有物⑲混成,先天地生。寂⑳兮寥㉑兮,独立而不改,周㉒行而不殆㉓,可以为天地母。吾不知其名,强字之曰道,强为之名曰大㉔。大曰逝㉕,逝曰远,远曰反㉖。故道大,天大,地大,人亦大。域㉗中有四大,而人居其一焉。人法㉘地,地法天,天法道,道法自然。(第二十五章)

大道氾㉙兮,其可左右。万物恃之以生而不辞㉚,功成而不有㉛。衣被㉜万物而不为主,可名于"小"㉝;万物归焉而不为主,可名为"大"㉞。以其终不自为大,故能成其大。(第三十四章)

执大象㉟,天下往。往而不害,安平泰。乐与饵㊱,过客止。道之出口,淡乎其无味,视之不足见,听之不足闻,用之不足既㊲。(第三十五章)

反㊳者,道之动;弱㊴者,道之用。天下万物生于"有","有"生于"无"。

---

① 道:名词,客观存在所具有的规律性。 ② 道:动词,描述解说。 ③ 名:名词,道之名称。 ④ 名:动词,命名,称谓。 ⑤ 无:道。 ⑥ 有:由道而产生的万物。 ⑦ 妙:奥妙 ⑧ 徼(jiào):边界,指关卡或是信道,引申为诀窍、门道。 ⑨ 玄:玄妙。 ⑩ 夷:无形。 ⑪ 希:无声。 ⑫ 微:无形体。 ⑬ 诘:推敲、追问。 ⑭ 皦:皎洁、清晰。 ⑮ 昧:幽暗。 ⑯ 绳绳:无边无际。 ⑰ 御:驾驭。 ⑱ 道纪:道的纲纪。 ⑲ 物:道。 ⑳ 寂:无声。 ㉑ 寥:空虚。 ㉒ 周:环绕。 ㉓ 殆:懈怠。 ㉔ 大:广大无边。 ㉕ 逝:永久、永远。 ㉖ 反:返回本原。 ㉗ 域:宇宙。 ㉘ 法:效法,以……为法则。 ㉙ 氾(fàn):同"泛",普遍、广泛。 ㉚ 辞:推辞。 ㉛ 有:占有,据为己有。 ㉜ 衣被:遮蔽、覆盖。 ㉝ 小:自然无为,称为"小"。 ㉞ 大:万物归依,称为"大"。 ㉟ 大象:大道。象:道。 ㊱ 饵:美食。 ㊲ 既:尽。 ㊳ 反:同"返",反复、循环。 ㊴ 弱:柔弱。

（第四十章）

上士①闻道，勤而行之；中士闻道，若存②若亡③；下士闻道，大笑之。不笑，不足以为道。故建言④有之：明道若昧；进道若退；夷⑤道若纇⑥。上德若谷，广德若不足，建⑦德若偷⑧，质真若渝⑨。大白⑩若辱⑪，大方无隅⑫，大器晚成。大音希声⑬，大象⑭无形⑮，道隐无名。夫唯道，善贷⑯且成⑰。（第四十一章）

道生一⑱，一生二⑲，二生三⑳，三生万物。万物负㉑阴而抱㉒阳，冲气㉓以为和。人之所恶，唯孤、寡、不穀㉔，而王公以为称。故物或损之而益，或益之而损。人之所教，我亦教之。强梁者不得其死，吾将以为教父。（第四十二章）

——选自饶尚宽译注：《老子》，中华书局 2006 年版

（李强　选编）

---

① 上士：上等人。　② 存：保留。　③ 亡：通"忘"。　④ 建言：立言的人。　⑤ 夷：普遍、基本。　⑥ 纇(lèi)：复杂、艰难。　⑦ 建：通"健"。　⑧ 偷：苟且。　⑨ 渝：瑕疵、污秽。　⑩ 白：白色　⑪ 辱：污点。　⑫ 隅：角落。　⑬ 希声：无声。　⑭ 象：形象。　⑮ 无形：没有形体。　⑯ 贷：帮助。　⑰ 成：成就万物。　⑱ 一：指道。　⑲ 二：指天地。　⑳ 三：指阳气、阴气、和气。　㉑ 负：背对。　㉒ 抱：朝向。　㉓ 冲气：阴阳二气相交冲。　㉔ 穀：同"谷"。

北京折叠（节选）

郝景芳

【解题】

郝景芳，1984 年生于天津，小说作者，散文作者。2006 年毕业于清华大学物理系，2006—2008 年就读于清华大学天体物理中心，清华大学经管学院博士毕业。以《谷神的飞翔》荣获 2007 年首届九州奖暨第二届"原创之星"征文大赛一等奖，又以《祖母家的夏天》荣获 2007 年《科幻世界》科幻小说银河奖读者奖。小说《北京折叠》获第 74 届雨果奖最佳"短中篇小说"。《北京折叠》初稿发布在清华大学水木社区科幻版，2014 年正式发表于《文艺风赏》。

《北京折叠》讲述了这样一个故事：在未来的北京，空间被分成三层，被三个不同的阶层占据着，昼夜之间三个空间交替折叠。第一空间居住着五百万人，每一次折叠有 24 小时的时间，享受着最好的工作与待遇。第二空间居住着两千五百万人，每一次折叠有 16 个小时，拥有中等的权利与待遇。生活在第三空间有五千万人，其中有两千万是垃圾工，靠处理另外两个阶层的垃圾为生。三个空间的居民被禁止相互流动。故事发生在名叫"老刀"的第三空间的垃圾工身上，冒险为第二空间的一名大学生前往第一空间送情书，以换取报酬为养女交昂贵的幼儿园学费，就此引出一段他在三个空间之间流通的旅程。这是一个与现实有关的科幻故事。作者结合多年北京生活的经验，描述了分为三层空间的折叠北京，记录了现实的人情冷暖，折射出不同社会阶层的生活场景。

（1）

清晨四点五十分，老刀穿过熙熙攘攘的步行街，去找彭蠡。

从垃圾站下班之后，老刀回家洗了个澡，换了衣服。白色衬衫和褐色裤子，这是他唯一一套体面衣服，衬衫袖口磨了边，他把袖子卷到胳膊肘。老刀四十八岁，没结婚，已经过了注意外表的年龄，又没人照顾起居，这一套衣服留着穿了很多年，每次穿一天，回家就脱了叠上。他在垃圾站上班，没必要穿得体面，偶尔参加谁家小孩的婚礼，才拿出来穿在身上。这一次他不想脏兮兮地见陌生人。他在垃圾站连续工作了五小时，很担心身上会有味道。

步行街上挤满了刚刚下班的人。拥挤的男人女人围着小摊子挑土特产，大声讨价还价。食客围着塑料桌子，埋头在酸辣粉的热气腾腾中，饿虎扑食一般，白色蒸汽遮住了脸。油炸的香味弥漫。货摊上的酸枣和核桃堆成山，腊肉在头顶摇摆。这个点是全天最热闹的时间，基本都收工了，忙碌了几个小时的人们都赶过来吃一顿饱饭，人声鼎沸。

老刀艰难地穿过人群。端盘子的伙计一边喊着让让一边推开挡道的人，开出一条路来，老刀跟在后面。

彭蠡家在小街深处。老刀上楼，彭蠡不在家。问邻居，邻居说他每天快到关门才回来，具体几点不清楚。

老刀有点担忧，看了看手表，清晨五点。

他回到楼门口等着。两旁狼吞虎咽的饥饿少年围绕着他。他认识其中两个，原来在彭蠡家见过一两次。少年每人面前摆着一盘炒面或炒粉，几个人分吃两个菜，盘子里一片狼藉，筷子仍在无望而锲而不舍地拨动，寻找辣椒丛中的肉星。老刀又下意识闻了闻小臂，不知道身上还有没有垃圾的腥味。周围的一切嘈杂而庸常，和每个清晨一样。

"哎，你们知道那儿一盘回锅肉多少钱吗？"那个叫小李的少年说。

"靠，菜里有沙子。"另外一个叫小丁的胖少年突然捂住嘴说，他的指甲里还带着黑泥，"坑人啊。得找老板退钱！"

"人家那儿一盘回锅肉，就三百四。"小李说，"三百四！一盘水煮牛肉四百二呢。"

"什么玩意？这么贵。"小丁捂着腮帮子咕哝道。

另外两个少年对谈话没兴趣，还在埋头吃面，小李低头看着他们，眼睛似乎穿过他们，看到了某个看不见的地方，目光里有热切。

老刀的肚子也感觉到饥饿。他迅速转开眼睛，可是来不及了，那种感觉迅速席卷了他，胃的空虚像是一个深渊，让他身体微微发颤。他有一个月不吃清晨这顿饭了。一顿饭差不多一百块，一个月三千块，攒上一年就够糖糖两个月的幼儿园开销了。

他向远处看，城市清理队的车辆已经缓缓开过来了。

他开始做准备，若彭蠡一时再不回来，他就要考虑自己行动了。虽然会带来不少困难，但时间不等人，总得走才行。身边卖大枣的女人高声叫卖，不时打断他的思绪，声音的洪亮刺得他头疼。步行街一端的小摊子开始收拾，人群像用棍子搅动的池塘里的鱼，倏一下散去。没人会在这时候和清理队较劲。小摊子收拾得比较慢，清理队的车耐心地移动。步行街通常只是步行街，但对清理队的车除外。谁若走得慢了，就被强行收拢起来。

这时彭蠡出现了。他剔着牙，敞着衬衫的扣子，不紧不慢地踱回来，不时打饱嗝。彭蠡六十多了，变得懒散不修边幅，两颊像沙皮狗一样耷拉着，让嘴角显得总是不满意地撇着。如果只看这副模样，不知道他年轻时的样子，会以为他只是个胸无大志只知道吃喝的怂包。但从老刀很小的时候，他就听父亲讲过彭蠡的事。

老刀迎上前去。彭蠡看到他要打招呼，老刀却打断他："我没时间和你解释。我需要去第一空间，你告诉我怎么走。"

彭蠡愣住了，已经有十年没人跟他提过第一空间的事，他的牙签捏在手里，不知不觉掰断了。他有片刻没回答，见老刀实在有点急了，才拽着他向楼里走。"回我家说，"彭蠡说，"要走也从那儿走。"

在他们身后，清理队已经缓缓开了过来，像秋风扫落叶一样将人们扫回家。"回家啦，回家啦。转换马上开始了。"车上有人吆喝着。

彭蠡带老刀上楼,进屋。他的单人小房子和一般公租屋无异,六平方米房间,一个厕所,一个能做菜的角落,一张桌子一把椅子,胶囊床铺,胶囊下是抽拉式箱柜,可以放衣服物品。墙面上有水渍和鞋印,没做任何修饰,只是歪斜着贴了几个挂钩,挂着夹克和裤子。进屋后,彭蠡把墙上的衣服毛巾都取下来,塞到最靠边的抽屉里。转换的时候,什么都不能挂出来。老刀以前也住这样的单人公租房。一进屋,他就感到一股旧日的气息。

彭蠡直截了当地瞪着老刀:"你不告诉我为什么,我就不告诉你怎么走。"

已经五点半了,还有半个小时。

老刀简单讲了事情的始末。从他捡到纸条瓶子,到他偷偷躲入垃圾道,到他在第二空间接到的委托,再到他的行动。他没有时间描述太多,最好马上就走。

"你躲在垃圾道里? 去第二空间?"彭蠡皱着眉,"那你得等 24 小时啊。"

"二十万块。"老刀说,"等一礼拜也值啊。"

"你就这么缺钱花?"

老刀沉默了一下。"糖糖还有一年多该去幼儿园了。"他说,"我来不及了。"

老刀去幼儿园咨询的时候,着实被吓到了。稍微好一点的幼儿园招生前两天,就有家长带着铺盖卷在幼儿园门口排队,两个家长轮着,一个吃喝拉撒,另一个坐在幼儿园门口等。就这么等上四十多个小时,还不一定能排进去。前面的名额早用钱买断了,只有最后剩下的寥寥几个名额分给苦熬排队的爹妈。这只是一般不错的幼儿园,更好一点的连排队都不行,从一开始就是钱买机会。老刀本来没什么奢望,可是自从糖糖一岁半之后,就特别喜欢音乐,每次在外面听见音乐,她就小脸放光,跟着扭动身子手舞足蹈。那个时候她特别好看。老刀对此毫无抵抗力,他就像被舞台上的灯光层层围绕着,只看到一片耀眼。无论付出什么代价,他都想送糖糖去一个能教音乐和跳舞的幼儿园。

彭蠡脱下外衣,一边洗脸,一边和老刀说话。说是洗脸,不过只是用水随便抹一抹。水马上就要停了，水流已经变得很小。彭蠡从墙上拽下一条脏兮兮的毛巾，随意蹭了蹭，又将毛巾塞进抽屉。他湿漉漉的头发显出油腻的光泽。

"你真是作死，"彭蠡说，"她又不是你闺女，犯得着吗。"

"别说这些了。快告我怎么走。"老刀说。

彭蠡叹了口气："你可得知道，万一被抓着，可不只是罚款，得关上好几个月。"

"你不是去过好多次吗？"

"只有四次。第五次就被抓了。"

"那也够了。我要是能去四次，抓一次也无所谓。"

老刀要去第一空间送一样东西，送到了挣十万块，带来回信挣二十万。这不过是冒违规的大不韪，只要路径和方法对，被抓住的概率并不大，挣的却是实实在在的钞票。他不知道有什么理由拒绝。他知道彭蠡年轻的时候为了几笔风险钱，曾经偷偷进入第一空间好几次，贩卖私酒和烟。他知道这条路能走。

五点四十五分。他必须马上走了。

彭蠡又叹口气，知道劝也没用。他已经上了年纪，对事懒散倦怠了，但他明白，自己在五十岁前也会和老刀一样。那时他不在乎坐牢之类的事。不过是熬几个月出来，挨两顿打，但挣的钱是实实在在的。只要抵死不说钱的下落，最后总能过去。秩序局的条子也不过就是例行公事。他把老刀带到窗口，向下指向一条被阴影覆盖的小路。

"从我房子底下爬下去，顺着排水管，毡布底下有我原来安上去的脚蹬，身子贴得足够紧了就能避开摄像头。从那儿过去，沿着阴影爬到边上。你能摸着也能看见那道缝。沿着缝往北走。一定得往北。千万别错了。"

彭蠡接着解释了爬过土地的诀窍。要借着升起的势头，从升高的一侧沿截面爬过五十米，到另一侧地面，爬上去，然后向东，那里会有一丛灌木，在土地合拢的时候可以抓住并隐藏自己。老刀没有听完，就已经将身子探出窗口，准备向下爬了。

彭蠡帮老刀爬出窗子，扶着他踩稳了窗下的踏脚。彭蠡突然停下来。"说句不好听的，"他说，"我还是劝你最好别去。那边可不是什么好地儿，去了之后没别的，只能感觉自己的日子有多操蛋。没劲。"

老刀的脚正在向下试探，身子还扒着窗台。"没事。"他说得有点费劲，"我不去也知道自己的日子有多操蛋。"

"好自为之吧。"彭蠡最后说。

老刀顺着彭蠡指出的路径快速向下爬。脚蹬的位置非常舒服。他看到彭蠡在窗口的身影，点了根烟，非常大口地快速抽了几口，又掐了。彭蠡一度从窗口探出身子，似乎想说什么，但最终还是缩了回去。窗子关上了，发着幽幽的光。老刀知道，彭蠡会在转换前最后一分钟钻进胶囊，和整个城市数千万人一样，受胶囊定时释放出的气体催眠，陷入深深睡眠，身子随着世界颠倒来去，头脑却一无所知，一睡就是整整 40 个小时，到次日晚上再睁开眼睛。彭蠡已经老了，他终于和这个世界其他五千万人一样了。

老刀用自己最快的速度向下，一蹦一跳，在离地足够近的时候纵身一跃，匍匐在地上。彭蠡的房子在四层，离地不远。爬起身，沿高楼在湖边投下的阴影奔跑。他能看到草地上的裂隙，那是翻转的地方。还没跑到，就听到身后在压抑中轰鸣的隆隆和偶尔清脆的嘎啦声。老刀转过头，高楼拦腰截断，上半截正从天上倒下，缓慢却不容置疑地压迫过来。

老刀被震住了，怔怔看了好一会儿。他跑到缝隙，伏在地上。

转换开始了。这是 24 小时周期的分隔时刻。整个世界开始翻转。钢筋砖块合拢的声音连成一片，像出了故障的流水线。高楼收拢合并，折叠成立方体。霓虹灯、店铺招牌、阳台和附加结构都被吸收入墙体，贴成楼的肌肤。结构见缝插针，每一寸空间都被占满。

大地在升起。老刀观察着地面的走势，来到缝的边缘，又随着缝隙的升起不断向上爬。他手脚并用，从大理石铺就的地面边缘起始，沿着泥土的截面，抓住土里埋藏的金属断茬，最初是向下，用脚试探着退行，很快，随着整快土地的翻转，他被带到空中。

老刀想到前一天晚上城市的样子。

当时他从垃圾堆中抬起眼睛,警觉地听着门外的声音。周围发酵腐烂的垃圾散发出刺鼻的气息,带一股发腥的甜腻味。他倚在门前。铁门外的世界在苏醒。

当铁门掀开的缝隙透入第一道街灯的黄色光芒,他俯下身去,从缓缓扩大的缝隙中钻出。街上空无一人,高楼灯光逐层亮起,附加结构从楼两侧探出,向两旁一节一节伸展,门廊从楼体内延伸,房檐延轴旋转,缓缓落下,楼梯降落延伸到马迷途上。步行街的两侧,一个又一个黑色立方体从中间断裂,向两侧打开,露出其中货架的结构。立方体顶端伸出招牌,连成商铺的走廊,两侧的塑料棚向头顶延伸闭合。街道空旷得如同梦境。

霓虹灯亮了,商铺顶端闪烁的小灯打出新疆大枣、东北拉皮、上海烤麸和湖南腊肉。

整整一天,老刀头脑中都忘不了这一幕。他在这里生活了四十八年,还从来没有见过这一切。他的日子总是从胶囊起,至胶囊终,在脏兮兮的餐桌和被争吵萦绕的货摊之间穿行。这是他第一次看到世界纯粹的模样。

每个清晨,如果有人从远处观望——就像大货车司机在高速北京入口处等待时那样——他会看到整座城市的伸展与折叠。

清晨六点,司机们总会走下车,站在高速边上,揉着经过一夜潦草睡眠而昏沉的眼睛,打着哈欠,相互指点着望向远处的城市中央。高速截断在七环之外,所有的翻转都在六环内发生。不远不近的距离,就像遥望西山或是海上的一座孤岛。

晨光熹微中,一座城市折叠自身,向地面收拢。高楼像最卑微的仆人,弯下腰,让自己低声下气切断身体,头碰着脚,紧紧贴在一起,然后再次断裂弯腰,将头顶手臂扭曲弯折,插入空隙。高楼弯折之后重新组合,蜷缩成致密的巨大魔方,密密匝匝地聚合到一起,陷入沉睡。然后地面翻转,小块小块土地围绕其轴,一百八十度翻转到另一面,将另一面的建筑楼宇露出地表。楼宇由折叠中站立起身,在灰蓝色的天空中像苏醒的兽类。城市孤岛在橘黄色晨光中落位,展开,站定,腾起弥漫的灰色苍云。

司机们就在困倦与饥饿中欣赏这一幕无穷循环的城市戏剧。

(2)

折叠城市分三层空间。大地的一面是第一空间,五百万人口,生存时间是从清晨六点到第二天清晨六点。空间休眠,大地翻转。翻转后的另一面是第二空间和第三空间。第二空间生活着两千五百万人口,从次日清晨六点到夜晚十点,第三空间生活着五千万人,从十点到清晨六点,然后回到第一空间。时间经过了精心规划和最优分配,小心翼翼隔离,五百万人享用二十四小时,七千五百万人享用另外二十四小时。

大地的两侧重量并不均衡,为了平衡这种不均,第一空间的土地更厚,土壤里埋藏配重物质。人口和建筑的失衡用土地来换。第一空间居民也因而认为自身的底蕴更厚。

老刀从小生活在第三空间。他知道自己的日子是什么样,不用彭蠡说他也知道。他是个垃圾工,做了二十八年垃圾工,在可预见的未来还将一直做下去。他还没找到可以独自生存的意义和最后的怀疑主义。他仍然在卑微生活的间隙占据一席。

老刀生在北京城,父亲就是垃圾工。据父亲说,他出生的时候父亲刚好找到这份工作,为此庆贺了整整三天。父亲本是建筑工,和数千万其他建筑工一样,从四方涌到北京寻工作,这座折叠城市就是父亲和其他人一起亲手建的。一个区一个区改造旧城市,像白蚁漫过木屋一样啃噬昔日的屋檐门槛,再把土地翻起,建筑全新的楼宇。他们埋头斧凿,用累累砖块将自己包围在中间,抬起头来也看不见天空,沙尘遮挡视线,他们不知晓自己建起的是怎样的恢弘。直到建成的日子高楼如活人一般站立而起,他们才像惊了一样四处奔逃,仿佛自己生下了一个怪胎。奔逃之后,镇静下来,又意识到未来生存在这样的城市会是怎样一种殊荣,便继续辛苦摩擦手脚,低眉顺眼勤恳,寻找各种存留下来的机会。据说城市建成的时候,有八千万想要寻找工作留下来的建筑工,最后能留下来的,不过两千万。

垃圾站的工作能找到也不容易,虽然只是垃圾分类处理,但还是层层筛选，要有力气有技巧，能分辨能整理，不怕辛苦不怕恶臭，不对环境挑三拣四。老刀的父亲靠强健的意志在汹涌的人流中抓住机会的细草，待人潮退去，留在干涸的沙滩上，抓住工作机会，低头俯身，艰难浸在人海和垃圾混合的酸朽气味中，一干就是二十年。他既是这座城市的建造者，也是城市的居住者和分解者。

老刀出生时，折叠城市才建好两年，他从来没去过其他地方，也没想过要去其他地方。他上了小学、中学。考了三年大学，没考上，最后还是做了垃圾工。他每天上五个小时班，从夜晚十一点到清晨四点，在垃圾站和数万同事一起，快速而机械地用双手处理废物垃圾，将第一空间和第二空间传来的生活碎屑转化为可利用的分类的材质，再丢入再处理的熔炉。他每天面对垃圾传送带上如溪水涌出的残渣碎片，从塑料碗里抠去吃剩的菜叶，将破碎酒瓶拎出，把带血的卫生巾后面未受污染的一层薄膜撕下，丢入可回收的带着绿色条纹的圆筒。他们就这么干着，以速度换生命，以数量换取薄如蝉翼的仅有的奖金。

第三空间有两千万垃圾工，他们是夜晚的主人。另三千万人靠贩卖衣服食物燃料和保险过活，但绝大多数人心知肚明，垃圾工才是第三空间繁荣的支柱。每每在繁花似锦的霓虹灯下漫步，老刀就觉得头顶都是食物残渣构成的彩虹。这种感觉他没法和人交流，年轻一代不喜欢做垃圾工，他们千方百计在舞厅里表现自己，希望能找到一个打碟或伴舞的工作。在服装店做一个店员也是好的选择，手指只拂过轻巧衣物，不必在泛着酸味的腐烂物中寻找塑料和金属。少年们已经不那么恐惧生存，他们更在意外表。

老刀并不嫌弃自己的工作，但他去第二空间的时候，非常害怕被人嫌弃。

那是前一天清晨的事。他捏着小纸条，偷偷从垃圾道里爬出，按地址找到写纸条的人。第二空间和第三空间的距离没那么远，它们都在大地的同一面，只是不同时间出没。转换时，一个空间高楼折起，收回地面，另一个空间高楼从地面中节节升高，踩着前一个空间的楼顶作为地面。唯一的差别是楼的密度。他在垃圾道里躲了一昼夜才等到空间敞开。他第一次到第二空间,并不紧张,唯一担心的是身上腐坏的气味。

所幸秦天是宽容大度的人。也许他早已想到自己将招来什么样的人,当小纸条放入瓶中的时候,他就知道自己将面对的是谁。

秦天很和气,一眼就明白老刀前来的目的,将他拉入房中,给他热水洗澡,还给他一件浴袍换上。"我只有依靠你了。"秦天说。

秦天是研究生,住学生公寓。一个公寓四个房间,四个人一人一间,一个厨房两个厕所。老刀从来没在这么大的厕所洗过澡。他很想多洗一会儿,将身上气味好好冲一冲,但又担心将澡盆弄脏,不敢用力搓动。墙上喷出泡沫的时候他吓了一跳,热蒸汽烘干也让他不适应。洗完澡,他拿起秦天递过来的浴袍,犹豫了很久才穿上。他把自己的衣服洗了,又洗了厕所盆里随意扔着的几件衣服。生意是生意,他不想欠人情。

秦天要送礼物给他相好的女孩子。他们在工作中认识,当时秦天有机会去第一空间实习,联合国经济司,她也在那边实习。只可惜只有一个月,回来就没法再去了。他说她生在第一空间,家教严格,父亲不让她交往第二空间的男孩,所以不敢用官方通道寄给她。他对未来充满乐观,等他毕业就去申请联合国新青年项目,如果能入选,就也能去第一空间工作。他现在研一,还有一年毕业。他心急如焚,想她想得发疯。他给她做了一个项链坠,能发光的材质,透明的,玫瑰花造型,作为他的求婚信物。

"我当时是在一个专题研讨会,就是上回讨论联合国国债那个会,你应该听说过吧?就是那个……anyway,我当时一看,啊……立刻跑过去跟她说话,她给嘉宾引导座位,我也不知道应该说点什么,就在她身后走过来又走过去。最后我假装要找同传,让她带我去找。她特温柔,说话细声细气的。我压根就没追过姑娘,特别紧张,……后来我们俩好了之后有一次说起这件事……你笑什么?……对,我们是好了。……还没到那种关系,就是……不过我亲过她了。"秦天也笑了,有点不好意思,"是真的。你不信吗?是。连我自己也不信。你说她会喜欢我吗?"

"我不知道啊。"老刀说,"我又没见过她。"

这时,秦天同屋的一个男生凑过来,笑道:"大叔,您这么认真干吗?这家伙哪是问你,他就是想听人说'你这么帅,她当然会喜欢你'。"

"她很漂亮吧?"

"我跟你说也不怕你笑话。"秦天在屋里走来走去,"你见到她就知道什么叫清雅绝伦。"

秦天突然顿住了,不说了,陷入回忆。他想起依言的嘴,他最喜欢的就是她的嘴,那么小小的,莹润的,下嘴唇饱满,带着天然的粉红色,让人看着看着就忍不住想咬一口。她的脖子也让他动心,虽然有时瘦得露出筋,但线条是纤直而好看的,皮肤又白又细致,从脖子一直延伸到衬衫里,让人的视线忍不住停在衬衫的第二个扣子那里。他第一次轻吻她一下,她躲开,他又吻,最后她退无可退,就把眼睛闭上了,像任人宰割的囚犯,引他一阵怜惜。她的唇很软,他用手反复感受她腰和臀部的曲线。从那天开始,他就居住在思念中。她是他夜晚的梦境,是他抖动自己时看到的光芒。

秦天的同学叫张显,和老刀开始聊天,聊得很欢。

张显问老刀第三空间的生活如何,又说他自己也想去第三空间住一段。他听人说,如果将来想往上爬,有过第三空间的管理经验是很有用的。现在几个当红的人物,当初都是先到第三空间做管理者,然后才升到第一空间,若是停留在第二空间,就什么前途都没有,就算当个行政干部,一辈子级别也高不了。他将来想要进政府,已经想好了路。不过他说他现在想先挣两年钱再说,去银行来钱快。他见老刀的反应很迟钝,几乎不置可否,以为老刀厌恶这条路,就忙不迭地又加了几句解释。

"现在政府太混沌了,做事太慢,僵化,体系也改不动。"他说,"等我将来有了机会,我就推快速工作作风改革。干得不行就滚蛋。"他看老刀还是没说话,又说,"选拔也要放开。也向第三空间放开。"

老刀没回答。他其实不是厌恶,只是不大相信。

张显一边跟老刀聊天,一边对着镜子打领带,喷发胶。他已经穿好了衬衫,浅蓝色条纹,亮蓝色领带。喷发胶的时候一边闭着眼睛皱着眉毛避开喷雾,一边吹口哨。

张显夹着包走了,去银行实习上班。秦天说着话也要走。他还有课,要上到下午四点。临走前,他当着老刀的面把五万块定金从网上转到老刀卡里,说好了剩下的钱等他送到再付。老刀问他这笔钱是不是攒了很久,看他是学生,如果拮据,少要一点也可以。秦天说没事,他现在实习,给金融咨询公司打工,一个月十万块差不多。这也就是两个月工资,还出得起。老刀一个月一万块标准工资,他看到差距,但他没有说。秦天要老刀务必带回信回来,老刀说试试。秦天给老刀指了吃喝的所在,叫他安心在房间里等转换。

老刀从窗口看向街道。他很不适应窗外的日光。太阳居然是淡白色,不是黄色。日光下的街道也显得宽阔,老刀不知道是不是错觉,这街道看上去有第三空间的两倍宽。楼并不高,比第三空间矮很多。路上的人很多,匆匆忙忙都在急着赶路,不时有人小跑着想穿过人群,前面的人就也加起速,穿过路口的时候,所有人都像是小跑着。大多数人穿得整齐,男孩子穿西装,女孩子穿衬衫和短裙,脖子上围巾低垂,手里拎着线条硬朗的小包,看上去精干。街上汽车很多,在路口等待的时候,不时有看车的人从车窗伸出头,焦急地向前张望。老刀很少见到这么多车,他平时习惯了磁悬浮,挤满人的车厢从身边加速,呼一阵风。

中午十二点的时候,走廊里一阵声响。老刀从门上的小窗向外看。楼道地面化为传送带开始滚动,将各屋门口的垃圾袋推入尽头的垃圾道。楼道里腾起雾,化为密实的肥皂泡沫,飘飘忽忽地沉降,然后是一阵水,水过了又一阵热蒸汽。

背后突然有声音,吓了老刀一跳。他转过身,发现公寓里还有一个男生,刚从自己房间里出来。男生面无表情,看到老刀也没有打招呼。他走到阳台旁边一台机器旁边,点了点,机器里传出咔咔唰唰轰轰嚓的声音,一阵香味飘来,男生端出一盘菜又回了房间。从他半开的门缝看过去,男孩坐在地上的被子和袜子中间,瞪着空无一物的墙,一边吃一边咯咯地笑。他不时用手推一推眼镜。吃完把盘子放在脚边,站起身,同样对着空墙做击打动作,费力气顶住某个透明的影子,偶尔来一个背摔,气喘吁吁。

老刀对第二空间最后的记忆是街上撤退时的优雅。从公寓楼的窗口望下去,一切都带着令人羡慕的秩序感。九点十五分开始,街上一间间卖衣服的小店开始关灯,聚餐之后的团体面色红润,相互告别。年轻男女在出租车外亲吻。然后所有人回楼,世界蛰伏。

夜晚十点到了。他回到他的世界,回去上班。

(3)

第一和第三空间之间没有连通的垃圾道,第一空间的垃圾经过一道铁闸,运到第三空间之后,铁闸迅速合拢。老刀不喜欢从地表翻越,但他没有办法。

他在呼啸的风中爬过翻转的土地,抓住每一寸零落的金属残渣,找到身体和心理平衡,最后匍匐在离他最遥远的一重世界的土地上。他被整个攀爬弄得头昏脑胀,胃口也不舒服。他忍住呕吐,在地上趴了一会儿。

当他爬起身的时候,天亮了。

老刀从来没有见过这样的景象。太阳缓缓升起,天边是深远而纯净的蓝,蓝色下沿是橙黄色,有斜向上的条状薄云。太阳被一处屋檐遮住,屋檐显得异常黑,屋檐背后明亮夺目。太阳升起时,天的蓝色变浅了,但是更宁静透彻。老刀站起身,向太阳的方向奔跑。他想要抓住那道褪去的金色。蓝天中能看见树枝的剪影。他的心狂跳不已。他从来不知道太阳升起竟然如此动人。

他跑了一段路,停下来,冷静了。他站在街道中央。路的两旁是高大树木和大片草坪。他环视四周,目力所及,远远近近都没有一座高楼。他迷惑了,不确定自己是不是真的到了第一空间。他能看见两排粗壮的银杏。

他又退回几步,看着自己跑来的方向。街边有一个路牌。他打开手机里存的地图,虽然没有第一空间动态图权限,但有事先下载的静态图。他找到了自己的位置和他要去的地方。他刚从一座巨大的园子里奔出来,翻转的地方就在园子的湖边。

老刀在万籁俱寂的街上跑了一公里,很容易找到了要找的小区。他躲在一丛灌木背后,远远地望着那座漂亮的房子。

八点三十分,依言出来了。

她像秦天描述的一样清秀,只是没有那么漂亮。老刀早就能想到这点。不会有任何女孩长得像秦天描述的那么漂亮。他明白了为什么秦天着重讲她的嘴。她的眼睛和鼻子很普通,只是比较秀气,没什么好讲的。她的身材还不错,骨架比较小,虽然高,但看上去很纤细。穿了一条乳白色连衣裙,有飘逸的裙摆,腰带上有珍珠,黑色高跟皮鞋。

老刀悄悄走上前去。为了不吓到她,他特意从正面走过去,离得远远的就鞠了一躬。

她站住了,惊讶地看着他。

老刀走近了,说明来意,将包裹着情书和项链坠的信封从怀里掏出来。

她的脸上滑过一丝惊慌,小声说:"你先走,我现在不能和你说。"

"呃……我其实没什么要说的,"老刀说,"我只是送信的。"

她不接,双手紧紧地搅握着,只是说:"我现在不能收。你先走。我是说真的,拜托了,你先走吧好吗?"她说着低头,从包里掏出一张名片,"中午到这里找我。"

老刀低头看看,名片上写着一个银行的名字。

"十二点。到地下超市等我。"她又说。

老刀看得出她过分的不安,于是点头收起名片,回到隐身的灌木丛后,远远地观望着。很快,又有一个男人从房子里出来,到她身边。男人看上去和老刀年龄相仿,或者年轻两岁,穿着一套很合身的深灰色西装,身材高而宽阔,虽没有突出的肚子,但是觉得整个身体很厚。男人的脸无甚特色,戴眼镜,圆脸,头发向一侧梳得整齐。

男人搂住依言的腰,吻了她嘴唇一下。依言想躲,但没躲开,颤抖了一下,手挡在身前显得非常勉强。

老刀开始明白了。

一辆小车开到房子门前。单人双轮小车,黑色,敞篷,就像电视里看到的古代的马车或黄包车,只是没有马拉,也没有车夫。小车停下,歪向前,依言踏上去,坐下,拢住裙子,让裙摆均匀覆盖膝盖,散到地上。小车缓缓开动了，就像有一匹看不见的马拉着一样。依言坐在车里，小车缓慢而波澜不惊。等依言离开，一辆无人驾驶的汽车开过来，男人上了车。

老刀在原地来回蹀着步子。他觉得有些东西非常憋闷，但又说不出来。他站在阳光里，闭上眼睛，清晨蓝天下清凛干净的空气沁入他的肺。空气给他一种冷静的安慰。

片刻之后，他才上路。依言给的地址在她家东面，三公里多一点。街上人很少。八车道的宽阔道路上行驶着零星车辆，快速经过，让人看不清车的细节。偶尔有华服的女人乘坐着双轮小车缓缓飘过他身旁，沿步行街，像一场时装秀，端坐着姿态优美。没有人注意到老刀。绿树摇曳，树叶下的林荫路留下长裙的气味。

依言的办公地在西单某处。这里完全没有高楼，只是围绕着一座花园有零星分布的小楼，楼与楼之间的联系气若游丝，几乎看不出它们是一体。走到地下，才看到相连的通道。

老刀找到超市。时间还早。一进入超市，就有一辆小车跟上他，每次他停留在货架旁，小车上的屏幕上就显示出这件货物的介绍、评分和同类货物质量比。超市里的东西都写着他看不懂的文字。食物包装精致，小块糕点和水果用诱人的方式摆在盘里，等人自取。他没有触碰任何东西。不过整个超市似乎并没有警卫或店员。

还不到十二点，顾客就多了起来。有穿西装的男人走进超市，取三明治，在门口刷一下就匆匆离开。还是没有人特别注意老刀。他在门口不起眼的位置等着。

依言出现了。老刀迎上前去，依言看了看左右，没说话，带他去了隔壁的一家小餐厅。两个穿格子裙子的小机器人迎上来，接过依言手里的小包，又带他们到位子上，递上菜单。依言在菜单上按了几下，小机器人转身，轮子平稳地滑回了后厨。

两个人面对面坐了片刻，老刀又掏出信封。

依言却没有接："……你能听我解释一下吗？"

老刀把信封推到她面前："你先收下这个。"

依言推回给他。

"你先听我解释一下行吗?"依言又说。

"你没必要跟我解释,"老刀说,"信不是我写的。我只是送信而已。"

"可是你回去要告诉他的。"依言低了低头。小机器人送上了两个小盘子,一人一份,是某种红色的生鱼片,薄薄两片,摆成花瓣的形状。依言没有动筷子,老刀也没有。信封被小盘子隔在中央,两个人谁也没再推。"我不是背叛他。去年他来的时候我就已经订婚了。我也不是故意瞒他或欺骗他,或者说……是的,我骗了他,但那是他自己猜的。他见到吴闻来接我,就问是不是我爸爸。我……我没法回答他。你知道,那太尴尬了。我……"

依言说不下去了。

老刀等了一会儿说:"我不想追问你们之前的事。你收下信就行了。"

依言低头好一会儿又抬起来:"你回去以后,能不能替我瞒着他?"

"为什么?"

"我不想让他以为我是坏女人耍他。其实我心里是喜欢他的。我也很矛盾。"

"这些和我没关系。"

"求你了……我是真的喜欢他。"

老刀沉默了一会儿,他需要做一个决定。

"可是你还是结婚了?"他问她。

"吴闻对我很好。好几年了。"依言说,"他认识我爸妈。我们订婚也很久了。况且……我比秦天大三岁,我怕他不能接受。秦天以为我是实习生。这点也是我不好,我没说实话。最开始只是随口说的,到后来就没法改口了。我真的没想到他是认真的。"

依言慢慢透露了她的信息。她是这个银行的总裁助理,已经工作两年多了,只是被派往联合国参加培训,赶上那次会议,就帮忙参与了组织。她不需要上班,老公挣的钱足够多,可她不希望总是一个人待在家里,才出来上班,每天只工作半天,拿半薪。其余的时间自己安排,可以学一些东西。她喜欢学新东西,喜欢认识新人,也喜欢联合国培训的那几个月。她说像她这样的太太很多,半职工作也很多。中午她下了班,下午会有另一个太太去做助理。她说虽然对秦天没有说实话,可是她的心是真诚的。

"所以,"她给老刀夹了新上来的热菜,"你能不能暂时不告诉他? 等我……有机会亲自向他解释可以吗?"

老刀没有动筷子。他很饿,可是他觉得这时不能吃。

"可是这等于说我也得撒谎。"老刀说。

依言回身将小包打开,将钱包取出来,掏出五张一万块的纸币推给老刀。"一点心意,你收下。"

老刀愣住了。他从来没见过一万块钱的纸钞。他生活里从来不需要花这么大的面额。他不自觉地站起身,感到恼怒。依言推出钱的样子就像是早预料到他会讹诈,这让他受不了。他觉得自己如果拿了,就是接受贿赂,将秦天出卖。虽然他和秦天并没有任何结盟关系,但他觉得自己在背叛他。老刀很希望自己这个时候能将钱扔在地上,转身离去,可是他做不到这一步。他又看了几眼那几张钱,五张薄薄的纸散开摊在桌子上,像一把破扇子。他能感觉它们在他体内产生的力量。它们是淡蓝色,和一千块的褐色与一百块的红色都不一样,显得更加幽深遥远,像是一种挑逗。他几次想再看一眼就离开,可是一直没做到。

她仍然匆匆翻动小包,前前后后都翻了,最后从一个内袋里又拿出五万块,和刚才的钱摆在一起。"我只带了这么多,你都收下吧。"她说,"你帮帮我。其实我之所以不想告诉他,也是不确定以后会怎么样。也许我有一天真的会有勇气和他在一起呢。"

老刀看看那十张纸币,又看看她。他觉得她并不相信自己的话,她的声音充满迟疑,出卖了她的心。她只是将一切都推到将来,以消解此时此刻的难堪。她很可能不会和秦天私奔,可是也不想让他讨厌她,于是留着可能性,让自己好过一点。老刀能看出她骗她自己,可是他也想骗自己。他对自己说,他对秦天没有任何义务,秦天只是委托他送信,他把信送到了,现在这笔钱是另一项委托,保守秘密的委托。他又对自己说,也许她和秦天将来真的能在一起也说不定,那样就是成人之美。他还说,想想糖糖,为什么去管别人的事而不管糖糖呢。他似乎安定了一些,手指不知不觉触到了钱的边缘。

"这钱……太多了。"他给自己一个台阶下,"我不能拿这么多。"

"拿着吧,没事。"她把钱塞到他手里,"我一个礼拜就挣出来了。没事的。"

"……那我怎么跟他说?"

"你就说我现在不能和他在一起,但是我真的喜欢他。我给你写个字条,你帮我带给他。"依言从包里找出一个画着孔雀绣着金边的小本子,轻盈地撕下一张纸,低头写字。她的字看上去像倾斜的芦苇。

最后,老刀离开餐厅的时候,又回头看了一眼。依言的眼睛注视着墙上的一幅画。她的姿态静默优雅,看上去就像永远都不会离开这里似的。

他用手捏了捏裤子口袋里的纸币。他讨厌自己,可是他想把纸币抓牢。

(4)

老刀从西单出来,依原路返回。重新走早上的路,他觉得倦意丛生,一步也跑不动了。宽阔的步行街两侧是一排垂柳和一排梧桐,正是晚春,都是鲜亮的绿色。他让暖意丛生的午后阳光照亮僵硬的面孔,也照亮空乏的心底。

他回到早上离开的园子,赫然发现园子里来往的人很多。园子外面两排银杏树庄严茂盛。园门口有黑色小汽车驶入。园里的人多半穿着材质顺滑、剪裁合体的西装,也有穿黑色中式正装的,看上去都有一番眼高于顶的气质。也有外国人。他们有的正在和身边人讨论什么,有的远远地相互打招呼,笑着携手向前走。

老刀犹豫了一下要到哪里去,街上人很少,他一个人站着极为显眼,去公共场所又容易被注意,他很想回到园子里,早一点找到转换地,到一个没人的角落睡上一觉。他太困了,又不敢在街上睡。他见出入园子的车辆并无停滞,就也尝试着向里走。直到走到园门边上,他才发现有两个小机器人左右逡巡。其他人和车走过都毫无问题,到了老刀这里,小机器人忽然发出嘀嘀的叫声,转着轮子向他驶来。声音在宁静的午后显得刺耳。园里人的目光汇集到他身上。他慌了,不知道是不是自己的衬衫太寒酸。他尝试着低声对小机器人说话,说他的西装落在里面了,可是小机器人只是嘀嘀嗒嗒地叫着,头顶红灯闪烁,什么都不听。园里的人们停下脚步看着他,像是看到小偷或奇怪的人。很快,从最近的建筑中走出三个男人,步履匆匆地向他们跑过来。老刀紧张极了,他想退出去,已经太晚了。

"出什么事了?"领头的人高声询问着。

老刀想不出解释的话,手下意识地搓着裤子。

一个三十几岁的男人走在最前面,一到跟前就用一个纽扣一样的小银盘上上下下地晃,手的轨迹围绕着老刀。他用怀疑的眼神打量他,像用罐头刀试图撬开他的外壳。

"没记录。"男人将手中的小银盘向身后更年长的男人示意,"带回去吧?"

老刀突然向后跑,向园外跑。

可没等他跑出去,两个小机器人悄无声息挡在他面前,扣住他的小腿。它们的手臂是箍,轻轻一扣就合上。他一下子踉跄了,差点摔倒又摔不倒,手臂在空中无力的乱划。

"跑什么?"年轻男人更严厉地走到他面前,瞪着他的眼睛。

"我……"老刀头脑嗡嗡响。

两个小机器人将他的两条小腿扣紧,抬起,放在它们轮子边上的平台上,然后异常同步地向最近的房子驶去,平稳迅速,保持并肩,从远处看上去,或许会以为老刀脚踩风火轮。老刀毫无办法,除了心里暗喊一声糟糕,简直没有别的话说。他懊恼自己如此大意,人这么多的地方,怎么可能没有安全保障。他责怪自己是困倦得昏了头,竟然在这样大的安全关节上犯如此低级的错误。这下一切完蛋了,他想,钱都没了,还要坐牢。

小机器人从小路绕向建筑后门,在后门的门廊里停下来。三个男人跟了上来。年轻男人和年长男人似乎就老刀的处理问题起了争执,但他们的声音很低，老刀听不见。片刻之后，年长男人走到他身边，将小机器人解锁，然后拉着他的大臂走上二楼。

老刀叹了一口气，横下一条心，觉得事到如今，只好认命。

年长者带他进入一个房间。他发现这是一个旅馆房间，非常大，比秦天的公寓客厅还大，似乎有自己租的房子两倍大。房间的色调是暗沉的金褐色，一张极宽大的双人床摆在中央。床头背后的墙面上是颜色过渡的抽象图案，落地窗，白色半透明纱帘，窗前是一个小圆桌和两张沙发。他心里惴惴。不知道年长者的身份和态度。

"坐吧，坐吧。"年长者拍拍他肩膀，笑笑，"没事了。"

老刀狐疑地看着他。

"你是第三空间来的吧？"年长者把他拉到沙发边上，伸手示意。

"您怎么知道？"老刀无法撒谎。

"从你裤子上。"年长者用手指指他的裤腰，"你那商标还没剪呢。这牌子只有第三空间有卖的。我小时候我妈就喜欢给我爸买这牌子。"

"您是……"

"别您您的，叫你吧。我估摸着我也比你大不了几岁。你今年多大？我五十二。……你看看，就比你大四岁。"他顿了一下，又说，"我叫葛大平，你叫我老葛吧。"

老刀放松了些。老葛把西装脱了，活动了一下膀子，从墙壁里接了一杯热水，递给老刀。他长长的脸，眼角眉梢和两颊都有些下坠，戴一副眼镜，也向下耷拉着，头发有点自来卷，蓬松地堆在头顶，说起话来眉毛一跳一跳，很有喜剧效果。他自己泡了点茶，问老刀要不要，老刀摇摇头。

"我原来也是第三空间的。咱也算半个老乡吧。"老葛说，"所以不用太拘束。我还是能管点事儿，不会把你送出去的。"

老刀长长地出了口气，心里感叹万幸。他于是把自己到第二、第一空间的始末讲了一遍，略去依言感情的细节，只说送到了信，就等着回去。

老葛于是也不见外，把他自己的情况讲了。他从小也在第三空间长大，父母都给人送货。十五岁的时候考上了军校，后来一直当兵，文化兵，研究雷达,能吃苦,技术又做得不错,赶上机遇又好,居然升到了雷达部门主管,大校军衔。家里没背景不可能再升,就申请转业,到了第一空间一个支持性部门,专给政府企业做后勤保障,组织会议出行,安排各种场面。虽然是蓝领的活儿,但因为涉及的都是政要,又要协调管理,就一直住在第一空间。这种人也不少,厨师、大夫、秘书、管家,都算是高级蓝领了。他们这个机构安排过很多重大场合,老葛现在是主任。老刀知道,老葛说的谦虚,说是蓝领,其实能在第一空间做事的都是牛人,即使厨师也不简单,更何况他从第三空间上来,能管雷达。

"你在这儿睡一会儿。待会儿晚上我带你吃饭去。"老葛说。

老刀受宠若惊,不大相信自己的好运。他心里还有担心,但是白色的床单和错落堆积的枕头显出召唤气息,他的腿立刻发软了,倒头昏昏沉沉睡了几个小时。

醒来的时候天色暗了,老葛正对着镜子捋头发。他向老刀指了指沙发上的一套西装制服,让他换上,又给他胸口别上一个微微闪着红光的小徽章,身份认证。

下楼来,老刀发现原来这里有这么多人。似乎刚刚散会,在大厅里聚集三三两两说话。大厅一侧是会场,门还开着,门看上去很厚,包着红褐色皮子;另一侧是一个一个铺着白色桌布的高脚桌,桌布在桌面下用金色缎带打了蝴蝶结,桌中央的小花瓶插着一只百合,花瓶旁边摆着饼干和干果,一旁的长桌上则有红酒和咖啡供应。聊天的人们在高脚桌之间穿梭,小机器人头顶托盘,收拾喝光的酒杯。

老刀尽量镇定地跟着老葛。走到会场内,他忽然看到一面巨大的展示牌,上面写着:

折叠城市五十年。

"这是……什么?"他问老葛。

"哦,庆典啊。"老葛正在监督场内布置,"小赵,你来一下,你去把桌签再核对一遍。机器人有时候还是不如人靠谱,它们认死理儿。"

老刀看到,会场里现在是晚宴的布置,每张大圆桌上都摆着鲜艳的花朵。

他有一种恍惚的感觉，站在角落里，看着会场中央巨大的吊灯，像是被某种光芒四射的现实笼罩，却只存在在它的边缘。舞台中央是演讲的高台，背后的布景流动播映着北京城的画面。大概是航拍，拍到了全城的风景，清晨和日暮的光影，紫红色暗蓝色天空，云层快速流转，月亮从角落上升起，太阳在屋檐上沉落。大气中正的布局，沿中轴线对称的城市设计，延伸到六环的青砖院落和大面积绿地花园。中式风格的剧院，日本式美术馆，极简主义风格的音乐厅建筑群。然后是城市的全景，真正意义上的全景，包含转换的整个城市双面镜头：大地翻转，另一面城市，边角锐利的写字楼，朝气蓬勃的上班族；夜晚的霓虹，白昼一样的天空，高耸入云的公租房，影院和舞厅的娱乐。

只是没有老刀上班的地方。

他仔细地盯着屏幕，不知道其中会不会展示建城时的历史。他希望能看见父亲的时代。小时候父亲总是用手指着窗外的楼，说"当时我们"。狭小的房间正中央挂着陈旧的照片，照片里的父亲重复着垒砖的动作，一遍一遍无穷无尽。他那时每天都要看见那照片很多遍，几乎已经腻烦了，可是这时他希望影像中出现哪怕一小段垒砖的镜头。

他沉浸在自己的恍惚中。这也是他第一次看到转换的全景。他几乎没注意到自己是怎么坐下的，也没注意到周围人的落座，台上人讲话的前几分钟，他并没有注意听。

"……有利于服务业的发展，服务业依赖于人口规模和密度。我们现在的城市服务业已经占到 GDP 85％以上，符合世界第一流都市的普遍特征。另外最重要的就是绿色经济和循环经济。"这句话抓住了老刀的注意力，循环经济和绿色经济是他们工作站的口号，写得比人还大贴在墙上。他望向台上的演讲人，是个白发老人，但是精神显得异常饱满，"……通过垃圾的完全分类处理，我们提前实现了本世纪节能减排的目标，减少污染，也发展出成体系成规模的循环经济，每年废旧电子产品中回收的贵金属已经完全投入再生产，塑料的回收率也已达到 80％以上。回收直接与再加工工厂相连……"

老刀有远亲在再加工工厂工作,在科技园区,远离城市,只有工厂、工厂和工厂。据说那边的工厂都差不多,机器自动作业,工人很少,少量工人晚上聚集着,就像荒野部落。

他仍然恍惚着。演讲结束之后,热烈的掌声响起,才将他从自己的纷乱念头中拉出来,他也跟着鼓了掌,虽然不知道为什么。他看到演讲人从舞台上走下来,回到主桌上正中间的座位。所有人的目光都跟着他。

忽然老刀看到了吴闻。

吴闻坐在主桌旁边一桌,见演讲人回来就起身去敬酒,然后似乎有什么话要问演讲人。演讲人又站起身,跟吴闻一起到大厅里。老刀不自觉地站起来,心里充满好奇,也跟着他们。老葛不知道到哪里去了,周围开始上菜。

老刀到了大厅,远远地观望,对话只能听见片段。

"……批这个有很多好处。"吴闻说,"是,我看过他们的设备了……自动化处理垃圾,用溶液消解,大规模提取材质……清洁,成本也低……您能不能考虑一下?"

吴闻的声音不高,但老刀清楚地听见"处理垃圾"的字眼,不由自主凑上前去。

白发老人的表情相当复杂,他等吴闻说完,过了一会儿才问:"你确定溶液无污染?"

吴闻有点犹豫:"现在还是有一点……不过很快就能减低到最低。"

老刀离得很近了。

白发老人摇了摇头,眼睛盯着吴闻:"事情哪是那么简单的,你这个项目要是上马了,大规模一改造,又不需要工人,现在那些劳动力怎么办,上千万垃圾工失业怎么办?"

白发老人说完转过身,又返回会场。吴闻呆愣愣地站在原地。一个从始至终跟着老人的秘书模样的人走到吴闻身旁,同情地说:"您回去好好吃饭吧。别想了。其实您应该明白这道理,就业的事是顶天的事。您以为这种技术以前就没人做吗?"

老刀能听出这是与他有关的事，但他摸不准怎样是好的。吴闻的脸显出一种迷惑、懊恼而又顺从的神情，老刀忽然觉得，他也有软弱的地方。

这时，白发老人的秘书忽然注意到老刀。

"你是新来的？"他突然问。

"啊……嗯。"老刀吓了一跳。

"叫什么名字？我怎么不知道最近进人了。"

老刀有些慌，心怦怦跳，他不知道该说些什么。他指了指胸口上别着的工作人员徽章，仿佛期望那上面有个名字浮现出来。但徽章上什么都没有。他的手心涌出汗。秘书看着他，眼中的怀疑更甚了。他随手拉着一个会务人员，那人说不认识老刀。

秘书的脸铁青着，一只手抓住老刀的手臂，另一只手拨了通讯器。

老刀的心提到嗓子眼，就在那一刹那，他看到了老葛的身影。

老葛一边匆匆跑过来，一边按下通讯器，笑着和秘书打招呼，点头弯腰，向秘书解释说这是临时从其他单位借调过来的同事，开会人手不够，临时帮忙的。秘书见老葛知情，也就不再追究，返回会场。老葛将老刀又带回自己的房间，免得再被人撞见查检。深究起来没有身份认证，老葛也做不得主。

"没有吃席的命啊。"老葛笑道，"你等着吧，待会儿我给你弄点吃的回来。"

老刀躺在床上，又迷迷糊糊睡了。他反复想着吴闻和白发老人说的话，自动垃圾处理，这是什么样的呢，如果真的这样，是好还是不好呢。

再次醒来时，老刀闻到一碟子香味，老葛已经在小圆桌上摆了几碟子菜，还正在从墙上的烤箱中把剩下一个菜端出来。老葛又拿来半瓶白酒和两个玻璃杯，倒上。

"有一桌就坐了俩人，我把没怎么动过的菜弄了点回来，你凑合吃，别嫌弃就行。他们吃了一会儿就走了。"老葛说。

"哪儿能嫌弃呢。"老刀说，"有口吃的就感激不尽了。这么好的菜。这些菜很贵吧？"

"这儿的菜不对外，所以都不标价。我也不知道多少钱。"老葛已经开动

221

了筷子，"也就一般吧。估计一两万之间，个别贵一点可能三四万。就那么回事。"

老刀吃了两口就真的觉得饿了。他有抗饥饿的办法，忍上一天不吃东西也可以，身体会有些颤抖发飘，但精神不受影响。直到这时，他才发觉自己的饥饿。他只想快点咀嚼，牙齿的速度赶不上胃口空虚的速度。吃得急了，就喝一口。这白酒很香，不辣。老葛慢悠悠的，微笑着看着他。

"对了，"老刀吃得半饱时，想起刚才的事，"今天那个演讲人是谁？我看着很面熟。"

"也总上电视嘛。"老葛说，"我们的顶头上司。很厉害的老头儿。他可是管实事儿的，城市运作的事儿都归他管。"

"他们今天说起垃圾自动处理的事儿。你说以后会改造吗？"

"这事儿啊，不好说，"老葛砸了口酒，打了个嗝，"我看够呛。关键是，你得知道当初为啥弄人工处理。其实当初的情况就跟欧洲二十世纪末差不多，经济发展，但失业率上升，印钱也不管用，菲利普斯曲线不符合。"

他看老刀一脸茫然，呵呵笑了起来："算了，这些东西你也不懂。"

他跟老刀碰了碰杯子，两人一齐喝了又斟上。

"反正就说失业吧，这你肯定懂。"老葛接着说，"人工成本往上涨，机器成本往下降，到一定时候就是机器便宜，生产力一改造，升级了，GDP 上去了，失业也上去了。怎么办？政策保护？福利？越保护工厂越不雇人。你现在上城外看看，那几公里的厂区就没几个人。农场不也是吗。大农场一搞几千亩地，全设备耕种，根本要不了几个人。咱们当时怎么搞过欧美的，不就是这么规模化搞的吗。但问题是，地都腾出来了，人都省出来了，这些人干嘛去呢。欧洲那边是强行减少每人工作时间，增加就业机会，可是这样没活力你明白吗。最好的办法是彻底减少一些人的生活时间，再给他们找到活儿干。你明白了吧？就是塞到夜里。这样还有一个好处，就是每次通货膨胀几乎传不到底层去，印钞票、花钞票都是能贷款的人消化了，GDP 涨了，底下的物价却不涨。人们根本不知道。"

老刀听得似懂非懂，但是老葛的话里有一股凉意，他还是能听出来的。

老葛还是嬉笑的腔调，但与其说是嬉笑，倒不如说是不愿意让自己的语气太直白而故意如此。

"这话说着有点冷。"老葛自己也承认，"可就是这么回事。我也不是住在这儿了就说话向着这儿。只是这么多年过来，人就木了，好多事儿没法改变，也只当那么回事了。"

老刀有点明白老葛的意思了，可他不知道该说什么好。

两人都有点醉。他们趁着醉意，聊了不少以前的事，聊小时候吃的东西，学校的打架。老葛最喜欢吃酸辣粉和臭豆腐，在第一空间这么久都吃不到，心里想得痒痒。老葛说起自己的父母，他们还在第三空间，他也不能总回去，每次回去都要打报告申请，实在不太方便。他说第三空间和第一空间之间有官方通道，有不少特殊的人也总是在其中往来。他希望老刀帮他带点东西回去，弥补一下他自己亏欠的心。老刀讲了他孤独的少年时光。

昏黄的灯光中，老刀想起过去。一个人游荡在垃圾场边缘的所有时光。

不知不觉已经是深夜。老葛还要去看一下夜里会场的安置，就又带老刀下楼。楼下还有未结束的舞会末尾，三三两两男女正从舞厅中走出。老葛说企业家大半精力旺盛，经常跳舞到凌晨。散场的舞厅器物凌乱，像女人卸了妆。老葛看着小机器人在狼藉中一一收拾，笑称这是第一空间唯一真实的片刻。

老刀看了看时间，还有三个小时转换。他收拾了一下心情，该走了。

（5）

白发演讲人在晚宴之后回到自己的办公室，处理了一些文件，又和欧洲进行了视频通话。十二点感觉疲劳，摘下眼镜揉了揉鼻梁两侧，准备回家。他经常工作到午夜。

电话突然响了，他按下耳机。是秘书。

大会研究组出了状况。之前印好的大会宣言中有一个数据之前计算结果有误，白天突然有人发现。宣言在会议第二天要向世界宣读，因而会议组请示要不要把宣言重新印刷。白发老人当即批准。这是大事，不能有误。他问是谁负责此事，秘书说，是吴闻主任。

他靠在沙发上小睡。清晨四点，电话又响了。印刷有点慢，预计还要一个小时。

他起身望向窗外。夜深人静，漆黑的夜空能看到静谧的猎户座亮星。

猎户座亮星映在镜面般的湖水中。老刀坐在湖水边上，等待转换来临。

他看着夜色中的园林，猜想这可能是自己最后一次看这片风景。他并不忧伤留恋，这里虽然静美，可是和他没关系，他并不钦羡嫉妒。他只是很想记住这段经历。夜里灯光很少，比第三空间遍布的霓虹灯少很多，建筑散发着沉睡的呼吸，幽静安宁。

清晨五点，秘书打电话说，材料印好了，还没出车间，问是否人为推迟转换的时间。

白发老人斩钉截铁地说，废话，当然推迟。

清晨五点四十分，印刷品抵达会场，但还需要分装在三千个会议夹子中。

老刀看到了依稀的晨光，这个季节六点还没有天亮，但已经能看到蒙蒙曙光。

他做好了一切准备，反复看手机上的时间。有一点奇怪，已经只有一两分钟到六点了，还是没有任何动静。他猜想也许第一空间的转换更平稳顺滑。

清晨六点十分，分装结束。

白发老人松了一口气，下令转换开始。

老刀发现地面终于动了，他站起身，活动了一下有点麻木的手脚，小心翼翼来到边缘。土地的缝隙开始拉大，缝隙两边同时向上掀起。他沿着其中一边往截面上移动，背身挪移，先用脚试探着，手扶住地面退行。大地开始翻转。

六点二十分，秘书打来紧急电话，说吴闻主任不小心将存着重要文件的数据 key 遗忘在会场，担心会被机器人清理，需要立即取回。

白发老人有点恼怒，但也只好令转换停止，恢复原状。

老刀在截面上正慢慢挪移，忽然感觉土地的移动停止了，接着开始调转方向，已错开的土地开始合拢。他吓了一跳，连忙向回攀爬。他害怕滚落，手脚并用，异常小心。

土地回归的速度比他想象的快，就在他爬到地表的时候，土地合拢了，他的一条小腿被两块土地夹在中间，尽管是泥土，不足以切筋断骨，但力量十足，他试了几次也无法脱出。他心里大叫糟糕，头顶因为焦急和疼痛渗出汗水。他不知道是否被人发现了。

老刀趴在地上，静听着周围的声音。他似乎听到匆匆接近的脚步声。他想象着很快就有警察过来，将他抓起来，夹住的小腿会被砍断，带着疮口扔到监牢里。他不知道自己是什么时候暴露了身份。他伏在青草覆盖的泥土上，感觉到晨露的冰凉。湿气从领口和袖口透入他的身体，让他觉得清醒，却又忍不住战栗。他默数着时间，期盼这只是技术故障。他设想着自己如果被抓住了该说些什么。也许他该交代自己二十八年工作的勤恳诚实，赚一点同情分。他不知道自己会不会被审判。命运在前方逼人不已。

命运直抵胸膛。回想这四十八小时的全部经历，最让他印象深刻的是最后一晚老葛说过的话。他觉得自己似乎接近了些许真相，因而见到命运的轮廓。可是那轮廓太远，太冷静，太遥不可及。他不知道了解一切有什么意义，如果只是看清楚一些事情，却不能改变，又有什么意义。他连看都还无法看清，命运对他就像偶尔显出形状的云朵，倏忽之间又看不到了。他知道自己仍然是数字。在5 128万这个数字中，他只是最普通的一个。如果偏生是那128万中的一个，还会被四舍五入，就像从来没存在过，连尘土都不算。他抓住地上的草。

六点三十分，吴闻取回数据key。六点四十分，吴闻回到房间。

六点四十五分，白发老人终于疲倦地倒在办公室的小床上。指令已经按下，世界的齿轮开始缓缓运转。书桌和茶几表面伸出透明的塑料盖子，将一切物品罩住并固定。小床散发出催眠气体，四周立起围栏，然后从地面脱离，地面翻转，床像一只篮子始终保持水平。

转换重新启动了。

老刀在三十分钟的绝望之后突然看到生机。大地又动了起来。他在第一时间拼尽力气将小腿抽离出来,在土地掀起足够高度的时候重新回到截面上。他更小心地撤退。血液复苏的小腿开始刺痒疼痛,如百爪挠心,几次让他摔倒,疼得无法忍受,只好用牙齿咬住拳头。他摔倒爬起,又摔倒又爬起,在角度飞速变化的土地截面上维持艰难的平衡。

他不记得自己怎么拖着腿上楼,只记得秦天开门时,他昏了过去。

在第二空间,老刀睡了十个小时。秦天找同学来帮他处理了腿伤。肌肉和软组织大面积受损,很长一段时间会妨碍走路,但所幸骨头没断。他醒来后将依言的信交给秦天,看秦天幸福而又失落的样子,什么话也没有说。他知道,秦天会沉浸距离的期冀中很长时间。

再回到第三空间,他感觉像是已经走了一个月。城市仍然在缓慢苏醒,城市居民只过了平常的一场睡眠,和前一天连续。不会有人发现老刀的离开。

他在步行街营业的第一时间坐到塑料桌旁,要了一盘炒面,生平第一次加了一份肉丝。只是一次而已,他想,可以犒劳一下自己。然后他去了老葛家,将老葛给父母的两盒药带给他们。两位老人都已经不大能走动了,一个木讷的小姑娘住在家里看护他们。

他拖着伤腿缓缓踱回自己租的房子。楼道里喧扰嘈杂,充满刚睡醒时洗漱冲厕所和吵闹的声音,蓬乱的头发和乱敞的睡衣在门里门外穿梭。他等了很久电梯,刚上楼就听见争吵。他仔细一看,是隔壁的女孩阑阑和阿贝在和收租的老太太争吵。整栋楼是公租房,但是社区有统一收租的代理人,每栋楼又有分包,甚至每层有单独的收租人。老太太也是老住户了,儿子不知道跑到哪里去了,她长得瘦又干,单独一个人住着,房门总是关闭,不和人来往。阑阑和阿贝在这一层算是新人,两个卖衣服的女孩子。阿贝的声音很高,阑阑拉着她,阿贝抢白了阑阑几句,阑阑倒哭了。

"咱们都是按合同来的哦。"老太太用手戳着墙壁上屏幕里滚动的条文,"我这个人从不撒谎唉。你们知不知道什么是合同啊?秋冬加收10%取暖费,合同里写得清清楚楚唉。"

"凭什么啊？凭什么？"阿贝扬着下巴,一边狠狠地梳着头发,"你以为你那点小猫腻我们不知道？我们上班时你全把空调关了,最后你这按电费交钱,我们这给你白交供暖费。你蒙谁啊你！每天下班回来这屋里冷得跟冰一样。你以为我们新来的好欺负吗？"

阿贝的声音尖而脆,划得空气道道裂痕。老刀看着阿贝的脸,年轻、饱满而意气的脸,很漂亮。她和阗阗帮他很多,他不在家的时候,她们经常帮他照看糖糖,也会给他熬点粥。他忽然想让阿贝不要吵了,忘了这些细节,只是不要吵了。他想告诉她女孩子应该安安静静坐着,让裙子盖住膝盖,微微一笑露出好看的牙齿,轻声说话,那样才有人爱。可是他知道她们需要的不是这些。

他从衣服的内衬掏出一张一万块的钞票,虚弱地递给老太太。老太太目瞪口呆,阿贝、阗阗看得傻了。他不想解释,摆摆手回到自己的房间。

摇篮里,糖糖刚刚睡醒,正迷糊着揉眼睛。他看着糖糖的脸,疲倦了一天的心软下来。他想起最初在垃圾站门口抱起糖糖时,她那张脏兮兮的哭累了的小脸。他从没后悔将她抱来。她笑了,吧唧了一下小嘴。他觉得自己还是幸运的。尽管伤了腿,但毕竟没被抓住,还带了钱回来。他不知道糖糖什么时候才能学会唱歌跳舞,成为一个淑女。

他看看时间,该去上班了。

——选自郝景芳:《孤独深处》,江苏凤凰文艺出版社 2016 年版

(李强 选编)

东西方的科学与社会

[英] 李约瑟

【解题】

李约瑟(1900—1995),英国近代生物化学家和科学技术史专家,所著多卷本鸿篇巨制《中国的科学与文明》(中译本作《中国科学技术史》)对现代中西文化交流产生了极为深远的影响。李约瑟对于中国文化、科技作出了极为重要的研究,被中国媒体称为"中国人民的老朋友"。《自然》杂志曾对李约瑟作过这样的评价:"在 20 世纪,没有哪位学者像李约瑟一样,改写了人们的脑海中的固有观念,他把中国过去 1 500 年的历史描绘、梳理,如画般清晰。"1954 年,李约瑟在出版的《中国科学技术史》第一卷的序言中开宗明义地提出了一连串的问题,并于十年后出版的《东西方的科学与社会》中将它们凝练成两个问题:"为什么现代科学没有在中国(或印度)文明中发展,而只在欧洲发展出来?"以及"为什么从公元前 1 世纪到公元 15 世纪,在把人类的自然知识应用于人的实际需要方面,中国文明要比西方文明有效得多?"这就是后来被人称为"李约瑟问题"的标准提法。

在《东西方的科学与社会》这篇重要论文中,李约瑟认为,像西方其他科技史家那样一律遵循"内在论",从气候、种族等因素是不能求得关于"李约瑟问题"的正确解答,而必须探寻东西方文明在社会、思想和经济结构之间的差异。为此,他深刻研究了马克思、恩格斯关于历史科学和社会形态的文献,认为中国古代社会属于"亚细亚生产方式",由此催生出来的具有官僚性质的国家机器和官僚封建制度起初有利于自然知识的增长,有利于为了人类的利益而把它应用在技术上,但后来却抑制了现代科学的兴起,阻碍了近代科学在中国的自发产生。当然,"李约瑟问题"并没有标准的答案,对它的讨论也是仁者见仁、智者见智。但不容否认的是,李约瑟赋予了此问题新的含义,提供了富有深度的见解。

　　大约在 1938 年,我开始酝酿写一部系统、客观、权威的专著,讨论中国文化区的科学、科学思想和技术的历史。当时我认为最重要的问题是:为什么现代科学没有在中国(或印度)文明中发展,而只在欧洲发展出来? 不过随着时光的流逝,我终于对中国的科学和社会有所了解,我渐渐认识到还有一个问题至少同样重要,那就是:为什么从公元 1 世纪到公元 15 世纪,在把人类的自然知识应用于人的实际需要方面,中国文明要比西方文明有效得多?

　　我现在认为,对所有这些问题的回答首先在于不同文明的社会、思想、经济结构。把中国与欧洲进行比较尤其有启发性,几乎可以说是一种试验台上的实验,因为我们可以不考虑气候条件这个复杂因素。中国文化区的气候与欧洲大体类似。因此,任何人都不能说由于中国气候特别炎热而抑制了现代自然科学的兴起(就像有人针对印度所说的那样)。虽然不同文明的自然、地理、气候背景对其具体特征的形成无疑很重要,但我并不认为这可以有效地解释印度文化。因为对于中国文化来说就更不是这样。

　　从一开始,我就深深地怀疑能否用“自然—人类学”或“种族—精神”因素来有效地解释文化,尽管很多人都对此感到满意。自我第一次与中国朋友和同事有了密切的私人交往以来,过去 30 年里我所经历的一切都只能使我加深这一怀疑。事实证明,正如科萨里斯数个世纪之前给家人写信时所说,他们完全是“我们这种特性的”。我相信,不同文化之间的巨大历史差异可以通过社会学研究来解释,而且总有一天会得到解释。当中国的科技成就像其他一切种族的文化河流一样汇入现代科学的海洋之前,我越是深入细致研究这段历史,就越是确信,科学突破只发生在欧洲与文艺复兴时期欧洲在社会、思想、经济等方面的特殊状况有关,而绝不能用中国人的思想缺陷或哲学传统的缺陷来解释。在许多方面,中国传统都比基督教世界观更符合现代科学。不论这种观点是否是马克思主义的,反正对我而言,它是基于我个人的生活体验和研究。

因此，为了实现科学史家的目标，我们必须注意到孕育出商业及工业资本主义制度、文艺复兴、宗教改革的欧洲贵族军事封建制度，与中世纪亚洲所特有的其他形式的封建制度（如果那确实是封建制度的话）之间的一些本质差异。从科学史的角度来看，我们必须找到某种与欧洲确实不同的东西，才能有助于解决我们的问题。我一直不同意马克思主义那种想要一切文明"都必须经历"的社会发展阶段的一成不变的单一公式的思想倾向，原因就在于此。

原始公社制度是社会发展的最早阶段，这个概念曾引起许多争论。虽然西方大多数人类学家和考古学家都不承认这个阶段的存在（当然，也有像戈登·柴尔德这样的显著例外），但是在我看来，设想一下社会阶层分化之前的社会阶段总是非常合理的，而且在我对中国古代社会的研究中，我一再发现它透过迷雾清晰地显现出来。另一方面，从封建制度过渡到资本主义制度并无任何根本困难，虽然其中的细节极为复杂，而且仍有许多问题需要解决。尤其是，社会经济变迁与现代科学兴起（即把数学假说成功地应用于对自然现象的系统实验研究）之间的精确关联仍然难以把握。所有历史学家，无论他们有怎样的理论倾向和先入之见，都不得不承认，现代科学的兴起是与文艺复兴、宗教改革和资本主义的兴起同步发生的。最难确定的是社会经济变迁与"新"科学或"实验"科学的成功之间的密切关联。关于这一点有许多可以说，比如"高级工匠"所起的极为重要的作用，以及当时他们已被列为有教养的学者。但这并非本文探究的问题。对我们来说，关键在于现代科学为什么只在欧洲而没有在其他地方发展起来。

在把欧洲的地位与中国相比较时，最大也最难解答的问题是：（1）中世纪中国的封建制度（如果这个术语合适的话）与欧洲的封建制度究竟有多大不同和有什么不同？（2）中国（或者印度）是否经历过与古希腊罗马类似的"奴隶社会"？当然，问题不是奴隶制度是否存在（这是完全不同的问题），而是中国社会是否曾以奴隶制度为基础。

我早年从事生物化学的研究时，就深受魏特夫《中国的经济与社会》一书的影响。这本书写于希特勒之前的德国,那时他多多少少是一位正统的马克思主义者。他特别喜欢"亚细亚官僚制度"这个概念,后来我发现有些中国历史学家称之为"官僚封建制度"。这个概念系源自马克思和恩格斯本人的著作,而他们又部分基于或得自于17世纪印度莫卧儿帝国皇帝奥朗则布的法国御医弗朗索瓦·贝尼埃所做的观察。马克思和恩格斯曾经谈到"亚细亚生产方式"。他们在不同时期究竟是如何定义这个概念的,以及这个概念能够怎样或应该怎样准确定义,今天几乎每一个国家都在热烈讨论。大体说来,亚细亚生产方式是一种基本上具有官僚性质的国家机器的产物,此国家机器由非世袭的精英来操作,以大量相对自治的农民群体为基础,仍然保有许多部落特征,农业与工业之间没有或几乎没有劳动分工。这里的剥削形式本质上在于给中央集权的国家征税,即给朝廷及其官僚集团征税。这个国家机器之正当性的根据无疑有二:一方面,它负责整个区域的防御(无论是古代的"封建"国家还是后来的整个中华帝国);另一方面,它负责公共工程的建造和维护。在整个中国历史上,可以说后者的功能比前者更重要,而魏特夫也看到了这一点。由于地形和农业上的需要,中国很早就进行了一系列水利工程建设,一是为了在防洪时拦蓄大河之水;二是为了引水灌溉,尤其用于水稻种植;三是为了发展广大的运河系统,从而将税谷运至粮仓中心和都城。除了征税,这一切都需要徭役制度。可以说,自治的农民团体对国家机器要尽的唯一义务就是纳税,并应国家要求为公共目的提供劳力。除此之外,国家官僚机构要负责一般的组织生产,即指导广泛的农业政策。因此,这种社会的国家机器今天被称为"高级经济指挥部"。只有在中国最古老的高级官职中,我们才发现有"司空""司徒""司农"这些名称。我们也不会忘记盐铁生成的"国有化"(盐和铁是唯一需要运输的商品,因为不是每个地方都能生产它们)。这种"国有化"早在公元前5世纪就有人提议,公元前2世纪则彻底实施。汉代还有政府的酿酒局,以后各朝亦有许多类似的官营产业。

随着我们的进一步研究,这种情况的其他方面也会显现出来。例如,农业生产并不由私人控制或拥有,而是由公家控制,而理论上帝国之内的所有土地皆归皇帝一人所有。起初各个家庭还保有类似地产的东西,但在中国历史上,这个制度从未发展成与西方的封建采邑保有权类似的地步,因为中国社会没有保留长子继承制。因此每当一家之主去世,他的所有地产都得被分配。此外,中国社会完全没有城邦的观念,城镇被有意设立为行政管理网中的一个节点,尽管它们无疑往往是从自发的市场中心发展而来的。每一个城镇都是民政官和军政官用来捍卫诸侯或皇帝的堡垒。在中国社会中,经济的作用要比军事重要得多,因此毫不奇怪,文官通常要比武将更受人尊敬。最后,中国的农业生产一般不适用奴隶,工业生产中也很少用。自古以来,中国的奴隶制度主要是家庭式的,或可说是"家长制"的。

后来,"亚细亚生产方式"有了高度发达的形式,比如在唐宋时代,它发展成为一种本质上官僚式的而非军事贵族式的社会制度。就大多数财富都基于农业剥削的有限意义而言,这种社会制度基本上是"封建式的"。中国历史上平民气质的深度是怎样评价都不为过的。行使皇权不是通过一层层受采邑之封的贵族,而是通过一种极为复杂的文官制度,即西方人所谓的"官吏制度"。此制度没有世袭性,而是代代招募新成员。我只能说,经过对中国文化近30年的研究,对于理解中国社会而言,这些概念要比其他概念更为合理。我相信,我们可以较为详细地表明,为什么亚细亚的"官僚封建制度"起初有利于自然知识的增长,有利于为了人类的利益而把它应用到技术上,但后来却抑制了现代资本主义和现代科学的兴起,而在欧洲,另一种形式的封建制度通过自身的衰败和产生新的商业社会秩序而促进了现代资本主义和现代科学的兴起。中国文明中绝不可能出现一种以商业为主导的社会秩序,因为官吏制度的基本观念不仅与贵族封建制度的世袭原则相对立,而且也与富商的价值体系相对立。中国社会的确可能有资本的积累,但要把它运用于长期生产性的工业企业,则总会受到学者型官僚的压制,事实上,任何其他可能威胁到其至高权利的社会活动都会受到压制。因此,中国的商业行会从未获得过接近欧洲文明中城邦商业行会那样的地位和权力。

在许多方面,我要说中世纪中国的社会经济制度远比中世纪欧洲合理。可以追溯到公元前2世纪的科举制度与古老的"荐贤"制度一起,使得官吏制度能在两千多年里招募到全国的精英（中国是一个完整的次大陆）。这与欧洲的情况极为不同,欧洲的精英不大可能出生在封建诸侯之家,更不可能局限在封建诸侯的长子身上。当然,中世纪早期的欧洲社会有某些官僚特性,比如"伯爵"的职位,产生"郡长"职位的制度,还有习惯上广泛任用主教和神职人员为国王之下的行政官,但这一切都没能系统地利用行政人才,而中国的制度则可将其能力充分发挥出来。

此外,不仅行政人才可以被推举出来放到合适的位置,由于儒家强大的精神气质和理想,那些非士大夫阶层的主要代表也大都意识到,他们在中国社会中只占据着次要地位。我最近在一个大学社团演讲时讨论了这些话题,当时有人问了一个很好的问题:"在整个中国历史上,武将如何能够接受自己地位低于文官呢?"毕竟,在其他文明中,"剑的力量"一直压倒一切。我在回答时立刻想到了官僚制度带来的"帝王神威",中国方块字的神圣性(我初到中国时,看到每一座寺庙都供有炉台,将写有字的纸恭恭敬敬地烧成灰)。还有,中国人相信可以武力取之,但只能以文力守之。汉高祖有一个很著名的故事,他对陪从的儒生所制定的烦冗仪式很不耐烦,直到有一位儒生(陆贾)对他说,"居马上得之,宁可以马上治之乎",他才平息下来。从此以后,典礼仪式便可以极为庄严地进行了。古代的中国领袖常常是文武全才,但重要的是,武将在心理上明确承认自己地位更低。他们往往是"失败的文人"。当然,和在所有社会中一样,武力是最后的根据、最终的制裁,但问题是——什么样的武力? 是道德的,还是纯粹暴力的? 中国人深信,只有道德的武力才能长久,暴力可以取之,但只有道德的力量才能守之。

语言文字在中国社会中的首要性可能还有技术上的因素。业已证明,古代的攻击性武器尤其是弩的改进远远胜过了防御性甲胄的改进。中国古代有许多封建诸侯被佩有弩箭的平民或农夫射杀——这与西方中世纪社会全副武装的武士的有利地位十分不同。儒家对劝导的重视也许正缘于此。中国人是辉格党人,"因为辉格党人动口不动手"。例如,在帝国统一之前,驱使中国农民参加保卫边疆是不可能的,因为他们完全有能力先把其君主射杀;但如果有哲学家(无论是爱国者还是智者)来劝导他们有必要为国而战,他们是会进军的。因此,在中国的古典历史文献中有一些所谓的"宣传材料"(不一定有贬损之意)——这只是个人在观察上的误差,请历史学家予以体谅。在这方面,中国并无特殊之处。从约瑟夫斯到吉本,这当然是一种世界范围的显著现象,但汉学家不得不总是留意它,因为这是开明老百姓的缺陷。

在这方面,还有一种论点也很有意思,即认为中国人一直以务农为主,而不从事畜牧业或航海。后两种职业都需要严格的命令与服从。放牛娃或牧羊人驱赶牛羊,船长向船员下命令,如果命令遭到忽视,则可能危及船上每一个人的性命,而农民一旦把该干的农活都干完,就只需等待庄稼成熟了。中国哲学文献里有一则著名的寓言,嘲笑一个宋国人因不满其种植的谷物生长速度而揠苗助长。因此,用武力做事总是错误的,正确的做事方式永远是文明的劝导而非武力。关于军人与文官的地位关系所说的话,若加以必要的更改,亦可适用于商人。财富本身并不被看重,因为财富不具有精神力量,它能给人舒适,但不能给人智慧,因此在中国,富裕带来的威望比较少。每一个商人之子都愿意成为学者,参加科举考试,在官场中步步高升。正因为如此,这个制度才延续了千秋万代。我不敢肯定这个制度今天是否已无活力,因为党的干部(他们的地位与其出身完全无关)不是既蔑视权贵又蔑视物质占有吗? 总之,社会主义也许是被囚禁在中国中世纪官僚制度外壳之内的未占统治地位的正义精神。中国的基本传统也许比欧洲传统更符合科学的世界合作联邦。

从 1920 年到 1934 年,苏联有过关于马克思的"亚细亚生产方式"之含义的大讨论。但西方国家对其知之甚少,因它们从未被翻译。如果俄国人的论述还保存着,那么很希望能用西方文字将其重新出版。虽然我们一直未能研究其结果,但我们相信那些坚持"原始共产主义—奴隶社会—封建主义—资本主义—社会主义"发展顺序的人最终占了上风。个人崇拜时期社会科学中流行的教条主义风气对这种局面无疑起了一定作用。如今一些年轻作者表达了英国马克思主义者所感到的那种巨大尴尬,即"封建制度"已成为一个无意义的术语。他们说:"显然,如果一种社会经济阶段既能涵盖

234

今天的卢旺达—布隆迪又能涵盖 1788 年的法国，既能涵盖 1990 年的中国又能涵盖诺曼人的英格兰，那么这一阶段就有丧失其特殊性的危险而无助于分析……"因此细分是完全必要的。值得注意的是，这些作者对马克思和恩格斯的原有看法似乎了解不多。一位作者说："'亚细亚方式'早已被默默抛弃了。"然而，这位作者又进而提出了某些亚洲、非洲社会发展停滞的问题，并建议"重新恢复马克思的'亚细亚方式'甚至是多想出几种模式"，以便在命名上区分区域差异。

他还建议用"原始—封建"一词（我相信这个词是我自己发明的）来表示一个后来以不同方式发展的基本阶段。

如今，马克思主义者每每在书中提到魏特夫的名字时，总会带着一种厌恶感。因为在希特勒执政时，魏特夫从德国移居到美国，此后一直在那里生活和工作。多年来，他一直是"思想冷战"中的一员猛将。有些作者认为，他新近的著作《东方专制主义》(Oriental Despotism)是反对新旧俄国和新旧中国的宣传品，这种看法很可能是正确的。魏特夫现在想把一切权利滥用（无论在极权社会还是在其他社会）都归咎于官僚制度原则；他虽然竭力反对我和其他许多人的观念，但他本人曾经出色地阐述过这些观念，因此我虽然反对他的最后一本书，但仍欣赏他的第一本书。也许魏特夫是过分夸张了，但我并不认为他的"水利社会"理论有本质上的错误，因为我也相信中国历史上公共工程（河流控制、灌溉、运河开凿）的空间范围一再超越了个体封建诸侯或原始封建诸侯的领地界限。于是，水利社会总是倾向于中央集权，也就是用官僚制度来统治遍布各地的"部落"乡村。因此我认为，在使中国封建制度"官僚化"方面，"水利社会"起着重要作用。当然，从科技史家的观点来看，中国封建制度与欧洲封建制度有多大差异并不重要，但两者必须有足够差异（我坚信两者确有足够差异），才能说明为什么资本主义和现代科学在中国完全受到抑制而在西方却能成功地发展起来。

将所有社会罪恶归咎于官僚制度乃是纯粹的胡说。恰恰相反，官僚制度在各个时代都是组织人类社会的极好工具。不仅如此，倘若人性持久不变，那么在未来的许多个世纪里，官僚制度仍将与我们同在。现在我们面临的基本问题是使官僚制度人性化，以使我们能在社会主义制度下用它的组织能力为普通人谋福利，并能让它的这种运用被人认识到、感觉到和看到。现代人类社会现在基于、将来更会基于现代科学技术，而越是如此，就越不可缺少一种高度组织的官僚制度。这里的谬误是将现代科学兴起之后的官僚制度与在它之前存在的任何制度加以比较。现代科学已经为我们提供了从电话到计算机的大量发明创造，因此只有现在才能真正实现官僚制度的人性化这一意愿。此意愿本质上是以儒家、道家、革命性的基督教以及马克思主义为基础的。

　　"东方专制主义"一词自然使人想起了 18 世纪法国重农主义者的设想，他们深受当时所知的中国经济社会结构的影响。在他们看来，东方专制主义无疑是一种十分值得赞赏的开明专制主义，而不是魏特夫后来想象的那种冷酷而邪恶的制度。全世界的汉学家都无法忍受他后来那本著作，因为该书一直在歪曲事实。例如，我们不能说中世纪中国没有系统的公共舆论，恰恰相反，士大夫和学者型官僚形成了一种广泛而强大的舆论，有时官僚还可能不遵守皇帝的命令。尽管从理论上说，皇帝是绝对的统治者，但实际上，所有事情都要受到由来已久的先例和习俗的支配，这些先例和习俗是通过儒家对史籍的注疏来一代代诠释的。中国一直是一个"一党国家"，两千多年来就是儒党在统治。因此我认为，无论是魏特夫还是重农主义者所讲的"东方专制主义"都是没有正当性的，我本人从来不用。另一方面，有许多马克思主义术语我觉得很难采用，其中一些已经陈旧，另一些最近才受人重视，比如有些文本把"想象的国家结构"与独立农村的"现实基础"进行对比。在我看来这似乎是没有道理的，因为那样一来，国家机器就会像农民的劳作一样实在。我也不喜欢把"自治的"一词应用于乡村社区，因为我认为它只在非常确定的界限内才正确。事实上，我们急需发展出一些全新的专业术语。我们这里讨论的社会状况与西方人所知的一切都大相径庭，在创造这些新的专业术语时，我建议最好使用中国形式，而不要继续坚持使用希腊拉丁词根来描述非常不同的社会。这里用"官僚"一词来表示 bureaucracy 可能是有用的。如果我们能找到更为恰当的术语，则它也将有助于我们思考其他一些相关问题。这里我想到了一个值得注意的事实,即日本社会与西欧社会更为相似,因此更有可能发展出现代资本主义制度。历史学家早已认识到这一点,但新近的著作十分准确地阐述了日本军事贵族封建制度为何能够产生资本主义制度,而中国的官僚社会却不能。

接下来,我想简要谈谈"奴隶社会"。根据我本人对中国考古学和文献的感受,我并不太倾向于认为中国社会曾是一个地中海文化意义上的以奴隶为基础的社会,即使在商朝和周朝初期也是如此,中国社会并没有在地中海上航行的那种满载奴隶的大帆船,也没有遍布意大利的那种大庄园。这里我要怀着深深的谦卑说,我与一些当代中国学者是有分歧的。在过去的二三十年里,在马克思主义思想中极为突出的关于各个社会发展阶段单向发展的体系给他们留下了极为深刻的印象。人们对这个主题仍在激烈争论,关于它的任何方面都还不能说已有定论。若干年前,我们在剑桥举办过一次关于不同文明之中奴隶制度的研讨会。与会者都不得不承认,中国社会中奴隶制度的实际形式与其他地方任何已知的形式都有很大差异。由于宗族和家族责任占统治地位,中国文明中的人能否被称为西方意义上的"自由"是很让人怀疑的,而另一方面(与许多人的看法相反),中国确实罕有奴隶制度。事实上,无论是西方汉学家还是中国学者自己,都还没有充分了解奴隶和半奴隶群体(这样的群体有许多不同种类)在中国不同时期的地位。大量研究还有待去做,但我认为有一点似乎已经清楚了,那就是无论在经济领域还是在政治领域,奴隶制度都不曾是整个中国社会的基础,就像在西方某些时代那样。

虽然社会的奴隶基础问题不无重要性,因为它影响了科学技术在希腊罗马人当中的地位,但这与我本来的兴趣点,即西方文艺复兴晚期现代科学的起源和发展关系不大。然而,它与中国社会早期(公元前 4、5 世纪到公元 14 世纪)更为成功地把自然科学应用于人的利益可能有非常重要的关系。把奴隶用于地中海战舰,这与中国任何东西都不相似,这难道不是非常值得注意和重要吗? 自古以来,推进中国船只的普遍方法是帆及其灵巧使用。在建筑方法上,中国没有像古埃及那样大量使用人力的记录。因此同样引人注目的是，我们从未发现中国社会有因为惧怕技术导致失业而拒绝发明的重要案例。如果中国的劳动力真像大多数人认为的那样庞大，那么就不容易理解为什么技术会导致失业这个因素有时并不起作用。中国早期文化中有许多省力装置的例子，其发明年代往往比欧洲早得多。独轮车便是一个具体例子。西方人直到公元 13 世纪才知道这种东西，而中国早在公元 3 世纪时便已普遍使用，而且几乎可以肯定，其出现年代至少比这早 200 年。正如官僚制度可以解释现代科学为什么没有在中国文化中自发产生，缺少大规模的奴隶制度也许是早期中国文化在促进纯粹和应用科学方面取得较大成功的一个重要因素。

现如今，欧洲一些年轻的社会学家正在酝酿重新思考"亚细亚生产方式"问题，这也许部分是因为他们想用这些观念来解释正在摆脱不发达状态的非洲社会。这些已经约定俗成的有限范畴能否成功地做出解释，现在还不清楚，但最大的激励也许是 1939 年在莫斯科出版了马克思本人于 1857 年和 1858 年所写的《资本主义生产以前的各种形式》。该书是《资本论》出版以前的试验，后收入 1952 年在德国再版的基本论文集《政治经济学批判大纲》。二三十年代在俄国参加讨论的人不知道这本书，这很不幸，因为该书系统地深入阐述了马克思的"亚细亚生产方式"概念。

一个大问题是，马克思和恩格斯认为这种生产方式与世界其他地方按传统区分的社会类型是在质上有所不同，还是只在量上有所不同。他们到底本质上把"亚细亚生产方式"视为一种"过渡"形态（尽管在某些情形中它可能具有长期的稳定性），还是视"官僚制度"为第四种基本的社会类型，现在仍不清楚。"亚细亚生产方式"是否只是传统封建制度的一个变种？中国的一些历史学家肯定把它看成了一种特殊的封建制度。但马克思和恩格斯有时似乎认为它与奴隶生产方式或封建生产方式有质的不同。还有一个问题是，"官僚封建制度"概念在多大程度上适用于哥伦布之前的美洲或者像中世纪的锡兰这样的社会。最近魏特夫所着重考虑的正是这类问题，但尚未得出令人满意的结论（他的索引中甚至没有提到锡兰），年轻的社会学家则以非常不同的方式来研究这个问题。

我毫不怀疑,他们的思想非常有助于我解决中国科学技术早期发达、后来迟缓的问题。我的法国朋友和同事让·谢诺与安德雷·欧德里库对此问题颇有创见,以下论述即是基于他们向我提供的一些想法。现在看来似乎很清楚,许多个世纪以来,中国科学技术的早期领先地位必定与具有"亚细亚官僚制度"特征的社会中精致、合理、自觉的机制有关。这个社会基本上以"学问"的方式来运作,担任权利要职的是学者而非军官。中央政权在很大程度上依赖于乡村社群的"自动"运作,一般倾向于把对社群生活的干预减少到最低。我曾谈到农民与牧羊人、海员之间的根本区别。这种区别精炼地表现于中国人所说的"为"与"无为"。"为"意味着使用权力、意志力,以规定物、动物甚至其他人应该照命令办事;"无为"则与之相反,听其自然,让自然循其道,顺物之理,不逆理而行,以乘其利,知道如何不去干预。"无为"历来是道家的伟大口令,是不教之教,无言之令。用罗素在中国时搜集到的圣言来说就是,"生而不有,为而不恃,长而不宰"。无为、不干预亦可适用于尊重个体农民及其农村人群的"自动推进"能力。甚至当古来的"亚细亚"社会已经让位于"官僚封建制度"时,这些观念仍然很有活力。中国人的政治实践和政府管理一直建立在不干预原则的基础之上,该原则继承自古代亚洲社会,继承自"村民与诸侯"的对立。因此在整个中国历史上,最好的地方官就是干预社会事务最少的官,宗族与家族的主要目标就是在内部解决问题,而不诉诸法庭。这样一种社会也许有利于对自然界进行反思。人应当尽可能深入地探究自然界的机制,利用它所蕴藏的力量源泉,尽量少作直接干预,而使用"超距作用"。这种极具智慧的构想总是寻求用最少的手段取得效果,并且出于培根式的理由鼓励对自然进行研究,因此中国那么早就能取得地震仪、铸铁、水力等成就。

于是也许可以说,这种不干预主义的人类活动观起初是适合自然科学发展的。例如,在早期的波动说,发现潮汐的本性、认识勘探中矿物与植物的关系以及磁学方面,对"超距作用"的偏爱都产生了巨大影响。人们时常忘记,伽利略时代现代科学重大突破的基本特征之一就是对磁极性、磁偏角等等的认识;与欧几里得几何学和托勒密天文学不同,磁学完全不是欧洲人的贡献。在12世纪末以前,欧洲根本没有人谈过磁学,它无疑源自中国人更早的研究。如果说中国人是一切古代民族中(除了巴比伦人)最伟大的观察者,这难道不恰恰是因为他们受到了各种不干预原则的鼓励吗?在道家关于"水"与"牝"的象征意义的神秘诗句中,这些原则被奉若神明。

然而,如果说由"村民与诸侯"关系的不干预性产生了某种有利于科学进步的世界观,那么这种不干预性当然也有某些局限性。它不符合西方典型的"干预主义",而后者对于牧羊和航海的民族来说是再自然不过的。由于它不能允许商业心理在文明中占主导地位,不能把高级工匠的技术与学者们提出的数学逻辑推理方法融合起来,因此中国没有、或许也不可能使现代自然科学从达·芬奇阶段过渡到伽利略阶段。中世纪的中国人尝试做过一些比古希腊人或中世纪欧洲人更系统的实验,但只要"官僚封建制度"没有改变,数学就不可能与经验性的自然观察和实验相结合,从而无法产生某种全新的东西。原因在于,实验需要做出许多主动干预。虽然中国人在技艺和手艺上一直接受这一点,甚至超过欧洲人,但要使之在哲学上变得可敬也许更为困难。

还有一个原因非常有利于中世纪的中国社会发展出文艺复兴之前水平的自然科学。传统中国社会是高度有机和内聚的。国家要对整个社会的良好运作负责,即使这种责任是通过最小的干预实现的。我们还记得,古代对理想君主的定义是:南面而坐,以德治天下,万物皆得其治。正如我们一再表明的,国家为科学研究提供了鼎力支持。例如,保存了千年记录的观象台是政府机构,大量文学、医学、农学百科全书都是国家出资刊印的,当时非常引人注目的科学探险也成功了(我们想到了18世纪初对印度支那半岛到蒙古的子午线弧所做的大地测量,还有为绘制南天极20度内的南半天球星座而进行的探险)。而欧洲科学通常都是私人事业的,因此多个世纪以来一直裹足不前。然而到了16、17世纪初,中国的国家科学和医学却没能像西方科学那样发生质的飞跃。

一些亚洲学者曾对"亚细亚生产方式"或"官僚封建制度"的观念表示过怀疑,因为他们将其等同于某种"停滞",并认为在他们自己的社会历史中看到了这种"停滞"。他们以亚非人民有权利进步的名义将这种感情投射到过去,希望先人也能有西方经历的那些阶段,尽管西方世界曾经如此可恨地统治过他们。我认为澄清这种误解是非常重要的,因为我们似乎根本没有理由先天地假定中国和其他古代文明必须经历与西欧完全相同的社会阶段。事实上,"停滞"一词根本不适用于中国,那纯粹是西方的误解。传统中国社会显现出一种持续的总体进步和科学进步,只是在欧洲文艺复兴之后才被指数式发展的现代科学迅速超越。用控制论的术语来说,中国社会是自动平衡的,但绝非停滞不前。事实一再表明,中国做出的重要发现和发明极有可能传到了欧洲,例如磁学、赤道坐标、天文观测仪的赤道式枢架、定量制图法、铸铁技术、往复式蒸汽机的基本组分(比如双动原理、旋转运动与往复运动的标准转换方法)、机械钟、马镫与有效挽具,更不用说火药及其所有副产品了。这种种发现与发明在欧洲产生了震撼性的影响,但是在中国,官僚封建制度的社会秩序很少受它们干扰。因此,我们必须把欧洲社会的内在不稳定与中国社会的自动平衡相对照,我相信本质上更合理的社会才会产生自动平衡。余下的工作便是分析中国和欧洲各个社会阶层的关系。西方各个阶层的冲突已经得到很好的描绘,但在中国,问题要复杂得多,因为中国的官僚制度没有世袭性。这是未来所要探讨的话题。

近几十年来,广大的非欧洲文明区,尤其是中国和印度的科学技术史,引起了科学家、工程师、哲学家和东方学家的很大兴趣,但历史学家基本上不在此列。有人也许会问,为什么中国和印度的科学史在历史学家当中一直不流行呢?当然,缺乏必要的语言文化工具来阅读原始材料是一个障碍,如果一个人主要被18、19世纪的科学所吸引,那么欧洲的科学发展将会完全占据他的兴趣。但我相信还有一个更深的理由。

我们在研究未曾自发产生出现代科学技术的各大文明时,往往会追问现代科学为何会产生于旧世界的欧洲一端,这个问题很尖锐。事实上,古代和中世纪亚洲文明的成就越是辉煌,这个问题就变得越令人不安。在过去30年里,西方科学史家往往会拒斥在20世纪初相当流行的关于现代科学起源的社会学理论。当时提出的种种假说无疑还比较粗糙,但这解释不了为何不能把它们变得更精致些。也许正当科学史确立为一门事实性的学科时,这些假说本身也使人感到不安。大多数历史学家都愿意承认科学影响社会,但却不愿承认社会影响科学。他们喜欢只通过观念、理论、思维技巧或数学技巧以及实际发现的内在联系或自动演变来思考科学的进步,就像火炬在伟人之间传来传去一样。他们本质上都是"内在论者"或"自动论者"。换句话说,"上帝派来一个人,名叫……开普勒"。

然而,研究其他文明会使传统历史思想面临一个严重的理论困难,因为它需要一种最为明显和必要的解释来表明欧洲与亚洲各大文明之间在社会经济结构和易变性上的基本差异,这些差异不仅要能说明为什么现代科学只在欧洲发展起来,还要能说明为什么资本主义以及新教、民族主义等典型伴随物也只在欧洲而没有在地球上任何其他地方产生。我相信,这些解释能在相当程度上进行完善。它们绝不能忽视思想领域中的诸多重要因素——语言和逻辑,宗教和哲学,神学,音乐,人文主义,对时间与变化的态度等等,但这些解释将深深地关注对社会及其样式、推动力、需求和转变进行分析。内在论者或自动论者不欢迎这些解释。因此,相信其观点的人会本能地不喜欢研究其他伟大文明。

如果你不相信用社会学可以解释文艺复兴晚期产生现代科学的"科学革命",认为这些解释太过革命性而予以放弃,而你同时又想说明,欧洲人何以能够做到中国人和印度人做不到的事情,那么你就会陷入一种无可脱逃的困境。即使不用纯粹偶然的因素来解释,也得用种族主义来说明,无论做了何种伪装。如果把现代科学的起源完全归于偶然,那么就宣告了历史学作为一种启迪心智的学问的破产。至于反复申述地理、气候等偶然因素也解决不了问题,因为你马上就会碰到城邦、海上贸易、农业等问题——自动论是拒绝讨论这些具体因素的。于是,"希腊人的奇迹",就像科学革命本身一样,注定永远是个奇迹。但除了偶然还能是什么呢?只有主张欧洲"种族"是一个特殊的族群,它拥有某种固有的优越性,可以胜过所有其他族群。当然,没有人会反对你从科学上研究人种、体质人类学、比较血液学等等,但欧洲优越论乃是政治意义上的种族主义,与科学毫无共同之处。我担心,欧洲的自动论者会认为"我们是唯一具有天生智慧的民族"。然而,由于种族主义(至少是明显的种族主义)既不能在思想上被尊重,又不能在国际上被接受,所以自动论者正处于一种困境,而且随着时间的推移,此困境会变得越来越明显。因此,我自信地期待大家会对欧洲关键时期科学与社会的关系抱有新的极大兴趣,而且会更认真地研究一切文明的社会结构,探讨其成就到底有何不同。

总之我相信,通过分析中国与西欧之间社会经济模式的差异,我们最终会阐明早期中国科学技术的优势以及现代科学后来只在欧洲兴起的原因。

——选自李约瑟:《文明的滴定》,张卜天译,商务印书馆 2016 年版

(李强　选编)

"别逗了，费曼先生！"

[美] 菲利普斯·费曼

【解题】

理查德·菲利普斯·费曼（Richard Phillips Feynman, 1918—1988），出生在纽约市的法洛维克，美籍犹太裔物理学家。1939 年以优异成绩毕业于麻省理工学院，1942 年获得普林斯顿大学理论物理学博士学位。第二次世界大战期间，24 岁的费曼加入美国原子弹研究项目小组，参与秘密研制原子弹项目"曼哈顿计划"。战后费曼曾先后在康奈尔大学和加州理工学院执教。费曼提出了费曼图、费曼规则和重正化的计算方法，这是研究量子电动力学和粒子物理学不可缺少的工具。1965 年，他因量子电动力学方面的研究获诺贝尔物理学奖。他被认为是爱因斯坦之后最睿智的理论物理学家，也是第一位提出纳米概念的人。除了作为一个物理学家外，费曼在不同时期还曾是故事大王、艺术家、鼓手和密码破译专家。

费曼自著的回忆录《别逗了，费曼先生》讲述了他学习、生活和工作的种种趣事。作为一位物理学家，费曼在书中不刻意去写那些生涩难懂的物理理论，而是饶有趣味地描写自己撬锁、学画画、逛酒吧、跨领域开讲座、和人就问题较真等有意思的事情，颠覆了一般人对物理学家的常规认知。本文是回忆录里的一篇，描绘了费曼初到普林斯顿大学求学时的所见所闻，包括为什么会来到普林斯顿大学、参加新生茶会、参观回旋加速器实验室以及在实验室做实验等小故事，向我们展现了生活中的大物理学家的真实面貌和状态。本文仅是稍微触及了他毕生所致力于的科学研究，但从一串串回忆往事中，我们亦可以感受到费曼对待生活和科研工作的态度，挑战与挫折总是一生相伴，但科学发现所带来的兴奋和喜悦是他的人生快乐之源。

244

我在麻省理工学院那阵子,真是喜欢它。我觉得那是个了不起的地方。我当然也想在那儿读研究生。可我去看了斯莱特(Slater)教授,把我的想法跟他说了,他说:"我们可不想把你留这儿。"

我说:"什么?"

斯莱特问:"你为什么认为你应该在麻省理工学院读研究生?"

"因为,论科学,麻省理工学院的研究生院全国最棒。"

"你是这么认为的?"

"是啊。"

"那就是你为什么应该另外找个学校的原因。你应该去发现这世界别的地方怎么样。"

我于是决定去普林斯顿大学。普大有高雅的一面。它部分的是仿效英国的学校。兄弟会那帮家伙,都知道我举止不雅驯,一副随随便便的样子,就开始发表评论了,说:"让他们瞧好吧,他们让谁到了普大!让他们瞧瞧自己犯的错误!"因此,我到普林斯顿大学的时候,就尽量乖一点儿。

我父亲开车把我送到了普大,我找到了自己的房间,他就走了。还不到一个小时,我就遇到了一个人:"鄙人乃本舍主事,请容禀告,院长午后专设茶会,希望各位光临。或许您可以通知您的室友瑟瑞特先生。"

我就这么进了普林斯顿大学的研究生"院",全体学生都住这儿。这好像是模仿牛津或者剑桥——连说话都是英国味儿(这位主事是个"法国文学"教授)。楼下有位门房,各人的房间都挺雅致。我们还穿着学位服,在装了彩绘玻璃窗的大餐厅里,一块儿吃饭。

就这样,到了普大的当天下午,我就赶赴院长的茶会,而我连"茶会"是什么玩意儿都不知道,再说,茶什么会啊!我什么社交能力都没有;对那路事儿,我没什么经验。

于是,我就走到那门口儿,院长艾森哈特(Eisenhart)在那里向新生致意:"啊,您是费曼先生,"他说。"我们很高兴您来。"这多少让我放松了些,不知道他怎么认得我。

我进了门,还有些女士呢,女孩儿也有。这整个都太正式了,我心里盘算着坐哪儿好,我该不该挨着这女孩儿坐,我举止应该如何,正在这时,我听见背后有个声音。

"您的茶,是加奶油,还是柠檬汁儿,费曼先生?"是艾森哈特夫人,在倒茶呢。

"两样儿都要吧,谢了啊,"我说着,还在张望着找坐的地方,其时我突然听到:"呵、呵、呵、呵、呵,别逗了,费曼先生!"

逗?逗什么逗?我没说过什么话呀?过后,我才意识到我干了什么。那就是我第一次参加茶会这玩意儿的经历了。

后来,那是我在普大呆了很长时间之后的事儿,我才明白了这种"呵、呵、呵、呵、呵"是个什么意思。实际上,我是在离开那个首次茶会的时候,意识到了那意思是"你犯了个社交错误"。因为下次我从艾森哈特夫人那里听到同样的嘎嘎笑,"呵、呵、呵、呵、呵",其时有个家伙在离开的时候,亲吻了她的手。

另外一次,大概是一年之后吧,在另外一次茶会上,我告诉魏尔德(Wildt)教授,有个天文学家,已经搞出了一个理论,来解释金星上的云彩。那些云彩被认为是甲醛(我们曾经对那些云彩很担忧,知道这一点儿,是很有意思的),现在,这个天文学家把这个搞明白了,甲醛是怎么形成的,诸如此类。这理论非常有意思。我们说着说着这事儿,一个小巧的夫人走过来,说:"费曼先生,艾森哈特夫人希望见见您。"

"好的,稍等……"我还在继续跟魏尔德聊。

小巧的夫人又来了,说:"费曼先生,艾森哈特夫人希望见见您。"

"好的,好的!"我走到艾森哈特夫人那儿,她正倒茶呢。

"您来点儿咖啡,还是茶,费曼先生?"

"那什么什么夫人说,你想跟我聊。"

"呵、呵、呵、呵、呵。您要来点儿咖啡还是茶,费曼先生?"

"茶,"我说,"谢谢。"

不多工夫,艾森哈特夫人的女儿和一个同学过来了,我们互相做了介绍。这种"呵、呵、呵",整个意思是:艾森哈特夫人不想跟我聊;她女儿和朋友来了,她就想要我过去喝茶,两个女孩儿也好有个说话儿的啊。就这么个这名堂。当时,我听到"呵、呵、呵、呵、呵"的时候,还知道怎么办。我没说,你"呵、呵、呵、呵、呵",什么意思啊,你? 我知道"呵、呵、呵"意味着"错误",我还是把这事儿弄清楚的好。

每天晚上我们都穿学位服去吃晚饭。第一天晚上,差点儿没把我魂儿吓掉了,因为我不喜欢场面。但我很快就发现,学位服有个好处。那些在外头打网球的家伙,冲进房间,抓起学位服就往身上套。他们不必费劲换衣服,或者冲个澡什么的。这么说,学位服下面,是光着膀子的,T恤衫什么的。除此之外,有规矩,你永远也不要洗学位服,因此你能分得清谁是一年级的,谁是二年级的,谁是三年级的,谁是猪! 这个学位服,你用不着浆洗缝补,所以一年级的,学位服还是非常好看、相对干净的,可到了大约三年级那时候,这学位服就跟挂在你肩膀上的硬纸板儿似的,碎布条儿嘟当着。

因此,我在普林斯顿上大学的时候,星期天下午穿学位服去喝茶,当天晚上到"院里"去。但是在星期一,我头一件想做的事儿,是去找回旋加速器。

在我还是普大的学生的时候,普大建造了一个新的回旋加速器,建得真叫漂亮! 回旋加速器本身在一个房间里,控制台在另一个房间里。这工程,造得漂亮。通过管道,电线从控制间通到加速器上,控制台上满是按钮和仪表。我把这东西叫做镀金的回旋加速器。

那时我读了很多关于加速器实验的论文,麻省理工学院的人写得不多。也许他们才刚刚起步。但是好多实验结果,来自康奈尔大学(Cornell)和加利福尼亚大学伯克利分校(Berkeley);最突出的,是普林斯顿大学。因此,我真想看到的东西,我一直在寻找的东西,就是普林斯顿的回旋加速器。那一定是一个了不起的东西!

因此,星期一的头一桩事儿,是我到了物理楼,问:"回旋加速器在哪儿——哪个楼?"

"楼下,地下室里——大厅尽头儿。"

在地下室? 那是个老楼。地下室没足够的地方放回旋加速器啊。我走到大厅尽头,进了门儿,在 10 秒钟之内,我明白了为什么普林斯顿正是我该来的地方——我上学,这就是最好的去处了。这房间里,到处都拉着电线!开关在电线上吊着,冷却水从阀门上滴答着,满屋子都是东西,都晾在外头。到处都是桌子,上面堆着工具,这是你看到过的最凌乱不堪的地方。整个加速器占了一个屋子,那可真叫一个乱哪。

这让我想起了我家里的实验室。麻省理工学院没有什么东西能让我想起家里的实验室。我突然意识到,为什么普林斯顿能出成果。他们是用这设备干活儿呢。他们建造的这设备;他们知道哪儿是哪儿,他们知道一切是怎么运作的,用不着麻烦工程师;有工程师的话,他也在那儿干活儿。它比麻省理工学院的那个回旋加速器小得多吗? 它是"镀金的"吗? ——恰恰相反,在他们想修理一个真空罐的时候,就在上面滴一点儿甘酞树脂。因此地板上就滴着甘酞树脂。这很好啊! 因为他们用这东西干活儿。他们不必坐在另一个房间按按钮!(意外的是,他们那房间里起了火,因为他们把房间折腾得那个乱劲儿——电线太多——结果把回旋加速器给毁了。但我最好别讲这事儿!)

我到康奈尔大学去看过那里的一台回旋加速器。这台加速器,还用不了一个房间来放:它差一点不到 1 米宽——我是说这东西整个的直径。这是世界上最小的加速器,但他们取得了令人瞠目的成绩。他们有各种各样的特别技巧和窍门。如果他们想修理"D"(粒子运行的 D 形环路)里面的什么东西,他们就动手用螺丝刀把 D 拆下来,修好了,再安上去。在普林斯顿,事情麻烦得多;在麻省理工,你必得用一架在天花板上滚动的起重机,把钩子垂下来,那真叫干活儿啊。

从不同的学校,我学到了不少。麻省理工是个非常好的地方;我不会说它的坏话。我简直就是爱上了它。它为自己培养了一种精神,所以那整个地方的每一个人,都认为那是世界上最美妙的地方——它不知怎么就是美国的(即使不是世界的)科技发展中心。这好像纽约人对纽约的看法;他们把这国家的别的地方给忘了。如果你没有一种很好的全局感,那么你就跟它相伴,身在其中,有动力和愿望与它一道前进,这感觉就是不错——你是上天特别选上的,能在那儿,是一种幸运。

这就是说,麻省理工是很好的,但斯莱特告诉我,到别的学校读研究生,是对的。我也经常给我的学生同样的建议。了解这世界的别的地方是个什么样子。这种多样性,值。

我曾经在普林斯顿的加速器实验室里做了一个实验,取得了令人震惊的结果。在一本流体力学的书里,有一个问题,学物理的学生一直在讨论。问题是这样的:你有一个 S 形的草坪喷水器——装在转轴上的一个 S 形管子——水以合适的角度向轴线方向喷,这就使它朝某一方向转动。人人都知道它是怎么转的:它向与水喷出的方向相反的方向倒退。现在问题是这样:如果你有一个湖,或者游泳池——水有的是——你把这个喷水器整个放在水下,却让它往里吸水,而不是往外喷水,它朝哪个方向转?它还是会像它在向空中喷水的时候那样转吗?或者它会朝相反的方向转?

乍看起来,答案是很清楚的。麻烦的是,有些家伙很清楚,答案是这个方向;另外一些家伙也很清楚,答案却是另一个方向。因此,大家都在讨论这问题。我记得,在一次特别的讨论会上,兴许是茶会,有人走到约翰·惠勒(John Wheeler)教授跟前,说:"您认为它朝哪个方向走?"

惠勒说:"昨天,费曼让我相信,它倒退着转。今天,他同样让我相信,它朝相反的方向转。我不知道明天他会让我相信它怎么个转法儿!"

我将告诉你一个论点,让你认为它是朝某个方向走的;我再告诉你另一个论点,让你认为它是朝另一个方向走的。好吧?

第一个论点是这样:当你往里吸水的时候,你是往管子口儿里吸水,因此管子是迎着往里进的水往前走的。

可是,另外一个家伙,过来说:"假如我们把管子抓牢,并且问问,我们需要多大的转矩才能把管子抓牢。如果水是往外喷的,我们大家都知道,你必须在曲线的边缘抓牢它,因为水流产生的离心力是绕着这条曲线走的。可现在,假定水以相反的方向绕着同一条曲线往里吸,它仍然产生朝这曲线外缘的相同的离心力。因此,这两种情况是一样的,喷水器将朝同一个方向转,无论你让它往外喷水,还是让它朝里吸水。"

我思考了一阵子,终于想清楚了答案是什么;为了演示这个答案,我想做个实验。

在普林斯顿的加速器实验室里,他们有一个用藤罩保护的大玻璃瓶子。我觉得这东西刚好可以用来做实验。我弄了一段黄铜管儿,把它弯成 S 形。然后,我在它中间钻了一个孔儿,塞进一段橡皮管儿,让这橡皮管儿从我塞在那个大玻璃瓶子口儿上的软木塞中间穿过。软木塞上还有一个孔儿,我把另一段橡皮管儿插在这个孔儿里,把它接在实验室的空压机上。往这大瓶子里吹气,我可以强迫水进入黄铜管儿,正像我用嘴把水吸出来似的。现在,S 形管儿是不会转的,但它会扭动(因为橡皮管儿软不塌塌的),然后我会通过测量水流从大玻璃瓶子口儿上射得多远,来测量水流的速度。

我把设备都安装好了,把空压机打开,"噗"的一声! 气压把软木塞顶出了瓶子。我用铁丝把它好好绑在瓶口儿上,这样它就不会绷出来了。现在,这实验进行得相当好。水正在出来,橡皮软管儿扭动个不亦乐乎,于是我又增加了一点儿压力,因为速度快一点儿,测量会更准。我仔细地测量了角度,测量了距离,然后又增加压力。突然,这整个东西把瓶子压碎了,玻璃片儿和水在实验室里四下飞散。一个过来看热闹的家伙,淋成了个落汤鸡,不得不回家换衣服去(玻璃片儿没伤着他,倒是个奇迹)。用加速器耐心拍摄的大量云室照片,也淋得一塌糊涂。但我当时不知怎么站得足够远,或者站得位置凑巧,我倒没淋得太厉害。但我一辈子也不会忘记,负责加速器的德尔·萨索(Del Sassor)教授,是怎么走到我面前的,他声色俱厉地说:"新生的实验,应该在新生实验室做啊!"

——选自理查德·费曼,拉夫·莱顿:《别逗了,费曼先生》,王祖哲译,湖南科学技术出版社 2016 年版

(李强　选编)

【拓展阅读】

1.《山海经》,方韬译注,中华书局 2011 年版。

2. 刘慈欣:《三体》,重庆出版社 2008 年版。

3.〔英〕李约瑟:《文明的滴定》,张卜天译,商务印书馆 2016 年版。

4.〔美〕雷·斯潘根贝格、黛安娜·莫泽:《科学的旅程》,郭奕玲等译,北京大学出版社 2008 年版。

5.〔美〕理查德·菲利普斯·费曼、拉夫·莱顿:《别逗了,费曼先生》,王祖哲译,湖南科学技术出版社 2016 年版。

美的发现

《古诗十九首》(选二)

【解题】

　　《古诗十九首》是汉代文人诗的集结作品,具体作者已难考。研究者一般认为,这些诗非一人一时所为,梁代萧统编《文选》时,因各篇风格相近,合在一起,题为《古诗十九首》,后世一直沿用这一名称。《古诗十九首》的内容,多写恋人情思,离愁别绪,以及个体在历史境遇和永恒宇宙中的思考,描绘了悲怆与达观交织的精神图景。

　　《古诗十九首》代表了早期文人诗的最高成就,被称为"五言冠冕"。现选其中《庭中有奇树》①、《生年不满百》②两首。前者表现爱情与时空的关系,后者是生命本身与时空的关系。

　　　　　　庭中有奇树③,绿叶发华滋④。
　　　　　　攀条折其荣⑤,将以遗所思。
　　　　　　馨香盈怀袖⑥,路远莫致之⑦。
　　　　　　此物何足贵?但感别经时⑧。

　　　　　　生年不满百,常怀千岁忧。
　　　　　　昼短苦夜长,何不秉烛游!

---

　　①《庭中有奇树》是一首写思妇怀念游子的诗。从庭树开花说到折花欲寄远人,再说到路远难致,最后说出此物本不足贵,唯因别久念深,不能自已。本选篇注释主要依据余冠英选注《汉魏六朝诗选》,人民文学出版社 1978 年版。 ②《生年不满百》一首出自古乐府《西门行》。本篇注释主要依据朱东润主编《中国历代文学作品选》,上海古籍出版社 1979 年版。 ③ 奇树:犹嘉树,佳美的树木。 ④ 发:开放。华:即花字。滋:繁,茂盛。 ⑤ 荣:花。 ⑥ 馨:香气。盈怀袖:充满于衣服的襟袖之间。 ⑦ 致之:送到。 ⑧ 以上两句意思说,这花有什么稀奇呢?只因离别经时,借折花以表怀念之情罢了。

　　为乐当及时，何能待来兹①？

　　愚者爱惜费②，但为后世嗤③。

　　仙人王子乔④，难可与等期⑤。

　　——选自〔梁〕萧统编，〔唐〕李善注：《文选》，中华书局 1977 年版。

（石圆圆　选编）

---

　　① 来兹：来年。　② 费：指金钱。　③ 嗤：轻蔑地笑。　④ 王子乔：古仙人名。相传是周灵王的太子，被浮丘公接上嵩高山，后成仙。　⑤ 等期：作同样的希冀。

《枕草子》^①（节选）

［日］清少纳言

【解题】

清少纳言，日本平安时期（794—1192）杰出的女作家，出生于 10 世纪中期，具体生卒年已不可考。清是她的姓，少纳言是其亲戚担任的官职名，她的名字已隐匿于历史长河。著有《枕草子》一书传世。《枕草子》是日本随笔的开山之作，和紫式部的《源氏物语》并称为平安文坛双璧。清少纳言出生于和歌世家，汉学修养深厚，精通和歌，熟稔白居易的作品。《枕草子》记录了清少纳言作为中宫（皇后）定子的女官，在皇宫出仕期间的种种见闻和感受。定子去世以后，清少纳言谢绝挽留，在宫外独自度过了余生。《枕草子》是语段式的文体，风格明快，善于捕捉"瞬间"之美，将平安时代贵族女性和她们生活的华丽舞台生动地呈现在我们面前。

《四时的情趣》是《枕草子》全书的开篇。作者将四季中最喜爱的时刻和场景写了出来。以判断的语调写作，并不是为获得阅读者的认同，而是对自己喜好和认可的一种自然表达，却能让读者和她一起品味。"有意思"一词贯穿全书。《枕草子》中类似李义山杂纂体式的描述也十分常见，比如山是什么山，原是什么原（为最好）。这是清少纳言仅此一人的趣味和表达，却为我们打开了一个明亮曼妙的精神世界。

---

① 本篇选用周作人译本，正文注释皆为原译者注。——编者注

第一段　四时的情趣

春天是破晓的时候最好。渐渐发白的山顶,有点亮了起来,紫色的云彩微细地飘横在那里,这是很有意思的。

夏天是夜里最好。有月亮的时候,不必说了,就是在暗夜里,许多萤火虫到处飞着,或只有一两个发出微光点点,也是很有趣味的。飞着流萤的夜晚连下雨也有意思。

秋天是傍晚最好。夕阳辉煌地照着,到了很接近了山边的时候,乌鸦都要归巢去了,三四只一起,两三只一起急匆匆地飞去,这也是很有意思的。而且更有大雁排成行列飞去,随后越看去变得越小了,也真是有趣。到了日没以后,风的声响以及虫类的鸣声,不消说也都是特别有意思的。

冬天是早晨最好。在下了雪的时候可以不必说了,有时只是雪白地下了霜,或者就是没有霜雪也觉得很冷的天气,赶快生起火来,拿了炭到处分送,很有点冬天的模样。但是到了中午暖了起来,寒气减退了,所有地炉以及火盆里的火,都因为没有人管了,以至容易变成白色的灰,这是不大好看的。

第五三段　桥

桥是:浅水桥、长柄桥、天彦桥①、滨名桥、独木桥、佐野的船桥、歌结桥、轰鸣桥、小川桥、栈桥、势多桥,木曾路桥、堀江桥、鹊桥②、相逢桥、小野的浮桥、山菅桥;听了名字,都觉得很有意思的;还有假寐桥。

---

① 天彦:亦作山彦,即山谷间的人语的回声。 ② 中国传说,七夕乌鹊填桥,使织女牵牛得以会见,未必是实有此桥。下文相逢桥,亦疑系原来是乌鹊往来,相逢成桥,今误分为二,但或者系单独指二星相逢,亦未可知。

第一八六段　五月的山村

　　五月时节,在山村里走路,是非常有意思的事情。洼地里的水只见得是青青的一片,表面上似乎没有什么,光是长着青草,可是车子如果一直走过去,却见下面是无可比拟的清澈的水,虽然并不深,随从的男子走到水里边,飞沫四溅,实在很是有趣。路旁两侧编成结篱笆的树枝,有的都碰到车上面,有时还伸进车里边来,急忙把它抓住,想折一枝下来,却滑出去了,车子空自走过,觉得很是懊恨。有蒿艾给轮子压上了,随着车轮的回转,便闻到一股香气,这也是很有意思的。

第二六一段　香炉峰的雪

　　雪在落下,积得很高,这时与平常不同,仍旧将格子放下了,火炉里生了火,女官们都说着闲话。在中宫①的御前侍候着。中宫说道:"少纳言呀,香炉峰的雪怎么样啊?"我就叫人把格子架上,站了起来将御帘高高卷起②,中宫看见笑了。大家都说道:"这事谁都知道,也都记得歌里吟咏着的事,但是一时总想不起来。充当这中宫的女官,也要算你最适宜了。"

　　——选自[日]清少纳言、吉田兼好:《日本古代随笔选》,周作人、王以铸译,人民文学出版社1988年版。

(石圆圆　选编)

---

　　① 相当于皇后的封号。——编者注　② 《白氏文集》卷十六有一首,题作《香炉峰下新卜山居》的诗:"日高睡足犹慵起,小阁重衾不怕寒。遗爱寺钟欹枕听,香炉峰雪拨帘看。"又卷四十三有《草堂记》说明:"匡庐奇秀甲天下山,山北峰曰香炉峰,峰北寺曰遗爱寺,介峰寺间,其境胜绝,又甲庐山。"诗句收入《和汉朗咏集》卷下,故脍炙人口,著者敏捷地应用之遂成为佳话。

一 岁 货 声

周作人

【解题】

　　周作人(1885—1967)，原名周槐寿，号知堂，浙江绍兴人。中国现代文学史上著名的文学家、翻译家，同时也是中国现代民俗学的开创者之一。他一生的文学活动，对文体实践十分看重，与其说周作人对散文贡献巨大，不如说他是一位探索现代汉语发展的文章家，美学风格独树一帜。他早年提倡"人的文学"和"个性的文学"，视野广博。他留下的皇皇杂文，体现了对文学、女性、儿童以及国民生活的全面洞见和省察。

　　《一岁货声》原是清末所编的一本记录北京一年四季市声的小书，周作人的这篇文章由此书而起。原文的小序，言一岁货声不仅富含内容，自然洒落，通具审美与实用之益，还可以"辨乡味，知勤苦，纪风土，存节令"。货声的文化意蕴，也透过"天然"和"古意"传递了出来。周作人在文中按实抄录了几则，这些货声中有他人的悲喜，也有作者生活的投影。在《一岁货声》之后，周作人又写了《〈一岁货声〉之余》，谈及巴黎和东京的街头所闻。带着地方方言特有韵调的货声，是历史积淀的乡土之音，也是普遍而真实的人情。

　　从友人处借来闲步庵所藏一册抄本，名曰《一岁货声》，有光绪丙午(一九〇六)年序，盖近人所编，记录一年中北京市上叫卖的各种词句与声音，共分十八节，首列除夕与元旦，次为二月至十二月，次为通年与不时，末为商贩工艺铺肆。序文自署"闲园鞠农偶志于延秋山馆"，其文亦颇有意思，今录于后：

虫鸣于秋，鸟鸣于春，发其天籁，不择好音，耳遇之而成声，非有所爱憎于人也。而闻鹊则喜，闻鸦则唾，各适其适，于物何有，是人之聪明日凿而自多其好恶者也。朝逐于名利之场，暮夺于声色之境，智昏气馁，而每好择好音自居，是其去天之愈远而不知也。嗟乎，雨怪风盲，惊心溅泪，诗亡而礼坏，亦何处寻些天籁耶？然而天籁亦未尝无也，而观夫以其所蕴，陡然而发，自成音节，不及其他，而犹能少存乎古意者，其一岁之货声乎。可以辨乡味，知勤苦，纪风土，存节令，自食乎其力，而益人于常行日用间者固非浅鲜也。朋来亦乐，雁过留声，以供夫后来君子。

凡例六则。其一云："凡一岁货声注重门前，其铺肆设摊工艺赶集之类，皆附入以补不足。"其二云："凡货声率分三类，其门前货物者统称货郎，其修作者为工艺，换物者为商贩，货郎之常见者与一人之特卖者声色又皆不同。"其四云："凡同人所闻见者，仅自咸同年后，去故生新，风景不待十年而已变，至今则已数变矣。往事凄凉，他年癯寐，声犹在耳，留赠后人。"说明货声的时代及范围种类已甚明瞭，其纪录方法亦甚精细，其五则云："凡货声之从口旁诸字者，用以叶其土音助语而已，其字下叠点者，是重其音，像其长声与余韵耳。"如五月中卖桃的唱曰：

　　樱桃嘴的桃呕嗷噎啊……

即其一例。又如卖硬面饽饽者，书中记其唱声曰：

　　硬面唵，饽啊饽……

则与现今完全相同，在寒夜深更，常闻此种悲凉之声，令人抚然，有百感交集之概。卖花生者曰：

> 脆瓢儿的落花生啊，芝麻酱的一个味来，
> 抓半空儿的——多给。

这种呼声至今也时常听到，特别是单卖那所谓半空儿的……大约因为应允多给的缘故罢，永远为小儿女辈所爱好。昔有今无，固可叹慨，若今昔同然，亦未尝无今昔之感，正不必待风景不殊举目有山河之异也。

　　自来纪风物者大都止于描写形状，差不多是谱录一类，不大有注意社会生活，讲到店头担上的情形者。《谑庵文饭小品》卷三《游满井记》中有这几句话：

> 卖饮食者邀诃好火烧，好酒，好大饭，好果子。

很有破天荒的神气，《帝京景物略》及《陶庵梦忆》亦尚未能注意及此。清光绪中富察敦崇著《燕京岁时记》，于六月中记冰胡儿曰：

> 京师暑伏以后，则寒贱之子担冰吆卖曰：冰胡儿！胡者核也。

又七月下记菱角鸡头曰：

> 七月中旬则菱芡已登，沿街吆卖曰：老鸡头，才下河。盖皆御河中物也。

　　但其所记亦遂只此二事，若此书则专记货声，描模维肖，又多附以详注，斯为难得耳。著者自序称可以辨乡味，知勤苦，纪风土，存节令，此言真实不虚，若更为补充一句，则当云可以察知民间生活之一斑，盖挑担推车设摊赶集的一切品物半系平民日用所必需，其闲食玩艺一部分亦多是一般妇孺的照顾，阔人们的享用那都在大铺子里，在这里是找不到一二的。我读这本小书，常常的感到北京生活的风趣，因为这是平民生活所以当然没有什么富

丽，但是却也不寒伧，自有其一种丰厚温润的空气，只可惜现在的北平民穷财尽，即使不变成边塞也已经不能保存这书中的盛况了。

我看了这些货声又想到一件事，这是歌唱与吆喝的问题。中国现在似乎已没有歌诗与唱曲的技术，山野间男女的唱和，妓女的小调，或者还是唱曲罢，但在读书人中间总可以说不曾歌唱了，每逢无论什么聚会在余兴里只听见有人高唱皮簧或是昆腔，决没有鼓起嗍咙来吟一段什么的了。现在的文人只会读诗词歌赋，会听或哼几句戏文，想去创出新格调的新诗，那是十分难能的难事。中国的诗仿佛总是不能不重韵律，可是这从哪里去找新的根苗，那些戏文老是那么叫唤，我从前生怕那戏子会回不过气来真是"气闭"而死，即使不然也总很不卫生的，假如新诗要那样的唱才好，亦难乎其为诗人矣哉。卖东西的在街上吆喝，要使得屋内的人知道，声音非很响亮不可，可是并不至于不自然，发声遣词都有特殊的地方，我们不能说这里有诗歌发生的可能，总之比戏文却要更与歌唱相近一点罢。卖晚香玉的道：

嗳……十朵，花啊晚香啊，晚香的玉来。一个大钱十五朵。

什么"来"的句调本来甚多，这是顶特别的一例。又七月中卖枣者唱曰：

枣儿来，糖的咯哒喽，尝一个再买来哎，一个光板喽。

此颇有儿歌的意味，其形容枣子的甜曰糖的咯哒亦质朴而新颖。卷末铺肆一门中仅列粥铺所唱一则，词尤佳妙，可以称为掉尾大观也，其词曰：

喝粥咧，喝粥咧，十里香粥热的咧。
炸了一个焦咧，烹了一个脆咧，脆咧焦咧，
像个小粮船的咧，好大的个儿咧。
锅炒的果咧，油又香咧，面又白咧，
扔在锅来漂起来咧，白又胖咧，胖又白咧，

赛过烧鹅的咧，一个大的油炸的果咧。

水饭咧，豆儿多咧，子母原汤儿的绿豆的粥咧。

此书因系传抄本，故颇多错误，下半注解亦似稍略，且时代变迁，虑其间更不少异同，倘得有熟悉北京社会今昔情形如于君闲人者为之订补，刊印行世，不特存录一方风物可以作志乘之一部分，抑亦间接有益于艺文，当不在刘同人之《景物略》下也。

——选自钟叔河编订：《周作人散文全集》，广西师范大学出版社2009 年版

（石圆圆　选编）

穆旦诗二首

穆 旦

【解题】

穆旦(1918—1977)，原名查良铮，祖籍浙江海宁，出生于天津。中国现代诗人、翻译家。1940 年毕业于西南联合大学，1949—1952 年赴美留学，回国后在南开大学外文系任教，1977 年因心脏病突发去世。著有诗集《探险者》《穆旦诗集(1939—1945)》《旗》等。翻译了普希金、雪莱、拜伦和济慈的大量作品，是"九叶诗派"的代表诗人，也是中国现代诗成就最高的诗人之一。

穆旦的诗歌意象，或跳脱或温润，具象和哲思并行。诗人将对土地和生命的热情，毫无保留地投入探索中国诗歌语言的新的可能性之中，现代主义的气象和温柔敦厚的传统积淀相得益彰。在他敏锐、奇谲、充满了生命张力而又富有宗教气息的语言图谱中，融合了美的求索。

自 然 底 梦

我曾经迷误在自然底梦中，
我底身体由白云和花草做成，
我是吹过林木的叹息，早晨底颜色，
当太阳染给我刹那的年轻，

那不常在的是我们拥抱的情怀，
它让我甜甜的睡：一个少女底热情，

使我这样骄傲又这样的柔顺。
我们谈话，自然底朦胧的吃语，

美丽的吃语把它自己说醒，
而将我暴露在密密的人群中，
我知道它醒了正无端地哭泣，
鸟底歌，水底歌，正绵绵地回忆，

因为我曾年青的一无所有，
施与者领向人世的智慧皈依，
而过多的忧思现在才刻露了
我是有过蓝色的血，星球底世系。

1942 年 11 月

赠　别

（一）

多少人的青春在这里迷醉，
然后走上熙攘的路程，
朦胧的是你的怠倦，云光和水，
他们的自己失去了随着就遗忘，

多少次了你的园门开启，
你的美繁复，你的心变冷，
尽管四季的歌喉唱得多好，
当无翼而来的夜露凝重——

等你老了，独自对着炉火，

就会知道有一个灵魂也静静地，

他曾经爱你的变化无尽，

旅梦碎了，他爱你的愁绪纷纷。

（二）

每次相见你闪来的倒影

千万端机缘和你的火凝成，

已经为每一分每一秒的事体

在我的心里碾碎无形，

你的跳动的波纹，你的空灵

的笑，我徒然渴望拥有，

它们来了又逝去在神的智慧里，

留下的不过是我曲折的感情，

看你去了，在无望的追想中，

这就是为什么我常常沉默：

直到你再来，以新的火

摒挡我所嫉妒的时间的黑影。

1944 年 6 月

——选自穆旦：《穆旦诗集（1939—1945）》，人民文学出版社 2000 年版

（石圆圆　选编）

"慢慢走，欣赏啊！"

——人生的艺术化

朱光潜

【解题】

朱光潜（1897—1986），字孟实，安徽桐城人。著名美学家、翻译家，中国现代美学的奠基人。主要著作有《悲剧心理学》《文艺心理学》《西方美学史》《谈美》《谈文学》《谈美书简》《美学拾穗集》等，翻译了《歌德谈话录》、《柏拉图文艺对话集》、莱辛《拉奥孔》、黑格尔《美学》、克罗齐《美学》等，是在中国系统讨论西方美学的第一人。朱光潜将对美学的深刻理解，用生动平实的文字和可亲近领悟的方式加以论说，形成了独特的美学教育风格，对中国现代美学的学术教育和传播产生了深远的影响。

朱先生信奉"此身，此时，此地"的"三此主义"，即"此身应该做而且能够做的事，就得由此身担当起，不推诿给旁人"，"此时应该做而且能够做的事，就得在此时做，不拖延到未来"，"此地（我的地位、我的环境）应该做而且能够做的事，就得在此地做，不推诿到想象中另一地位去做"。《"慢慢走，欣赏啊！"》是《谈美》一书的最后一篇，由锤炼文章入手，经用中西古典掌故，从文学和哲学的不同视角，阐述艺术和人生之美的相似性和相关性，从而引领艺术与生活的统一，让个体的心性趣味和对美与善的追求达到高度的融合。

一直到现在，我们都是讨论艺术的创造与欣赏。在收尾这一节中，我提议约略说明艺术和人生的关系。

我在开章明义时就着重美感态度和实用态度的分别，以及艺术和实际人生之中所应有的距离，如果话说到这里为止，你也许误解我把艺术和人生看成漠不相关的两件事。我的意思并不如此。

人生是多方面而却相互和谐的整体,把它分析开来看,我们说某部分是实用的活动,某部分是科学的活动,某部分是美感的活动,为正名析理起见,原应有此分别;但是我们不要忘记,完满的人生见于这三种活动的平均发展,它们虽是可分别的而却不是互相冲突的。"实际人生"比整个人生的意义较为窄狭。一般人的错误在把它们认为相等,以为艺术对于"实际人生"既是隔着一层,它在整个人生中也就没有什么价值。有些人为维护艺术的地位,又想把它硬纳到"实际人生"的小范围里去。这般人不但是误解艺术,而且也没有认识人生。我们把实际生活看作整个人生之中的一片段,所以在肯定艺术与实际人生的距离时,并非肯定艺术与整个人生的隔阂。严格地说,离开人生便无所谓艺术,因为艺术是情趣的表现,而情趣的根源就在人生;反之,离开艺术也便无所谓人生,因为凡是创造和欣赏都是艺术的活动,无创造、无欣赏的人生是一个自相矛盾的名词。

人生本来就是一种较广义的艺术。每个人的生命史就是他自己的作品。这种作品可以是艺术的,也可以不是艺术的,正犹如同是一种顽石,这个人能把它雕成一座伟大的雕像,而另一个人却不能使它"成器",分别全在性分与修养。知道生活的人就是艺术家,他的生活就是艺术作品。

过一世生活好比做一篇文章。完美的生活都有上品文章所应有的美点。

第一,一篇好文章一定是一个完整的有机体,其中全体与部分都息息相关,不能稍有移动或增减。一字一句之中都可以见出全篇精神的灌注。比如陶渊明的《饮酒》诗本来是"采菊东篱下,悠然见南山",后人把"见"字误印为"望"字,原文的自然与物相遇相得的神情便完全丧失。这种艺术的完整性在生活中叫做"人格"。凡是完美的生活都是人格的表现。大而进退取予,小而声音笑貌,都没有一件和全人格相冲突。不肯为五斗米折腰向乡里小儿,是陶渊明的生命史中所应有的一段文章,如果他错过这一个小节,便失其为陶渊明。下狱不肯脱逃,临刑时还叮咛嘱咐还邻人一只鸡的债,是苏格拉底的生命史中所应有的一段文章,否则他便失其为苏格拉底。这种生命史才可以使人把它当作一幅图画去惊赞，它就是一种艺术的杰作。

其次，"修辞立其诚"是文章的要诀，一首诗或是一篇美文一定是至性深情的流露，存于中然后行于外，不容有丝毫假借。情趣本来是无我交感共鸣的结果。景物变动不居，情趣亦自生生不息。我有我的个性，物也有物的个性，这种个性又随时地变迁而生长发展。每人在某一时会所见到的景物，和每种景物在某一时会所引起的情趣，都有它的特殊性，断不容与另一人在另一时会所见到的景物，和另一景物在另一时会所引起的情趣完全相同。毫厘之差，微妙所在。在这种生生不息的情趣中我们可以见出生命的造化。把这种生命流露于语言文字，就是好文章；把它流露于言行风采，就是美满的生命史。

文章忌俗滥，生活也忌俗滥。俗滥就是自己没有本色而蹈袭别人的成规旧矩。西施患心病，常捧心颦眉，这是自然的流露，所以愈增其美。东施没有心病，强学捧心颦眉的姿态，只能引人嫌恶。在西施是创作，在东施便是滥调。滥调起于生命的干枯，也就是虚伪的表现。"虚伪的表现"就是"丑"，克罗齐已经说过。"风行水上，自然成纹"，文章的妙处如此，生活的妙处也是如此。在什么地位，是怎样的人，感到怎样情趣，便出现怎样言行风采，叫人一见就觉其和谐完整，这才是艺术的生活。

俗语说得好："唯大英雄能本色"，所谓艺术的生活就是本色的生活。世间有两种人的生活最不艺术，一种是俗人，一种是伪君子。"俗人"根本就缺乏本色，"伪君子"则竭力遮盖本色。朱晦庵有一首诗说："半亩方塘一鉴开，天光云影共徘徊。问渠那得清如许？为有源头活水来。"艺术的生活就是有"源头活水"的生活。俗人迷于名利，与世浮沉，心里没有"天光云影"，就因为没有源头活水。他们的大病是生命的干枯。"伪君子"则于这种"俗人"的资格之上，又加上"沐猴而冠"的伎俩。他们的特点不仅见于道德上的虚伪，一言一笑、一举一动，都叫人起不美之感。谁知道风流名士的架子中掩藏了几多行尸走肉？无论是"俗人"或是"伪君子"，他们都是生活中的"苟且者"，都缺乏艺术家在创造时所应有的良心。像柏格森所说的，他们都是"生命的机械化"，只能作喜剧中的角色。生活落到喜剧里去的人大半都是不艺术的。

艺术的创造之中都必寓有欣赏,生活也是如此。一般人对于一种言行常欢喜说它"好看""不好看",这已有几分是拿艺术欣赏的标准去估量它。但是一般人大半不能彻底,不能拿一言一笑、一举一动纳在全部生命史里去看,她们的"人格"观念太淡薄,所谓"好看""不好看"往往只是"敷衍面子"。善于生活者则彻底认真,不让一尘一芥妨碍整个生命的和谐。一般人常以为艺术家是一班最随便的人,其实在艺术范围之内,艺术家是最严肃不过的。在锻炼作品时常呕心呕肝,一笔一画也不肯苟且。王荆公作"春风又绿江南岸"一句诗时,原来"绿"字是"到"字,后来由"到"字改为"过"字,由"过"字改为"入"字,由"入"字改为"满"字,改了十几次之后才定为"绿"字。即此一端可以想见艺术家的严肃了。善于生活者对于生活也是这样认真。曾子临死时记得床上的席子是季路的,一定叫门人把它换过才瞑目。吴季札心里已经暗许赠剑给徐君,没有实行徐君就已死去,他很郑重地把剑挂在徐君墓旁树上,以见"中心契合生死不渝"的风谊。像这一类的言行看来虽似小节,而善于生活者却不肯轻易放过,正犹如使人不肯轻易放过一字一句一样。小节如此,大节更不消说。董狐宁愿断头不肯掩盖史实,夷齐饿死不愿降周,这种风度是道德的也是艺术的。我们主张人生的艺术化,就是主张对于人生的严肃主义。

艺术家估定事物的价值,全以它能否纳入和谐的整体为标准,往往处于一般人意料之外。他能看重一般人所看轻的,也能看轻一般人所看重的。在看重一件事物时,他知道执着;在看轻一件事物时,他也知道摆脱。艺术的能事不仅见于知所取,尤其见于知所舍。苏东坡论文,谓如水行山谷中,行于其所不得不行,止于其所不得不止。这就是取舍恰到好处,艺术化的人生也是如此。善于生活者对于世间的一切,也拿艺术的口味去评判它,合于艺术口味者毫毛可以变成泰山,不合艺术口味者泰山也可以变成毫毛。他不但能认真,而且能摆脱。在认真时见出他的严肃,在摆脱时见出他的豁达。孟敏堕甑,不顾而去,郭林宗见到以为奇怪。他说:"甑已碎,顾之何益?"哲学家斯宾诺莎宁愿靠磨镜过活,不愿当大学教授,怕妨碍他的自由。

王徽之居山阴，有一天夜雪初霁，月色清朗，忽然想起他的朋友戴逵，便乘小舟到剡溪去访他，刚到门口便把船划回去。他说："乘兴而来，兴尽而返。"这几件事彼此相差很远，却都可以见出艺术家的豁达。伟大的人生和伟大的艺术都要同时并有严肃与豁达之胜。晋代清流大半只知道豁达而不知道严肃，宋朝理学又大半只知道严肃而不知道豁达。陶渊明和杜子美庶几算得恰到好处。

一篇生命史就是一种作品，从伦理的观点看，它有善恶的分别，从艺术的观点看，它有美丑的分别。善恶与美丑的关系究竟如何呢？

就狭义说，伦理的价值是实用的，美感的价值是超实用的；伦理的活动都是有所为而为，美感的活动则是无所为而为。比如仁义忠信等等都是善，问它们何以为善，我们不能不着眼到人群的幸福。美之所以为美，则全在美的形象本身，不在于它对于人群的效用（这并不是说它对于人群没有效用）。假如世界上只有一个人，他就不可能有道德的活动，因为有父子才有孝慈可言，有朋友才有信义可言。但是这个想象的孤零零的人还可以有艺术的活动，他还可以欣赏他所居的世界，他还可以创造作品。善有所赖而美无所赖，善的价值是"外在的"，而美的价值是"内在的"。

不过这种分别究竟是狭义的。就广义说，善就是一种美，恶就是一种丑。因为伦理的活动也可以引起美感上的欣赏与嫌恶。希腊大哲学家柏拉图和亚里士多德讨论伦理问题时都以为善有等级，一般的善虽只有外在的价值，而"至高的善"则有内在的价值。这所谓"至高的善"究竟是什么呢？柏拉图和亚里士多德本来是一走理想主义的极端，一走经验主义的极端，但是对于这个问题，意见却一致。他们都以为"至高的善"在"无所为而为的玩索"（disinterested contemplation）。这种见解在西方哲学思潮上影响极大，斯宾诺莎、黑格尔、叔本华的学说都可以参证。从此可知西方哲人心目中的"至高的善"还是一种美，最高的伦理的活动还是一种艺术的活动了。

"无所为而为的玩索"何以看成"至高的善"呢？这个问题涉及西方哲人对于神的观念。从耶稣教盛行之后，神才是一个大慈大悲的道德家。在希腊哲人以及近代莱布尼茨、尼采、叔本华诸人的心目中，神却是一个大艺术家，他创造这个宇宙出来，全是为着自己要创造，要欣赏。其实这种见解也不减低神的身份。耶稣教的神只是一班穷叫花子中的一个肯施舍的财主佬，而一般哲人心中的神，则是以宇宙为乐曲而要在这种乐曲之中见出和谐的音乐家。这两种观念究竟是哪一个伟大呢？在西方哲人想，神只是一片精灵，他的活动绝对自由而不受限制，至于人则为肉体的需要所限制而不能绝对自由。人愈能脱肉体需求的限制而自由活动，则离神亦愈近。"无所为而为的玩索"是唯一的自由活动，所以成为最上的理想。

这番话似乎有些玄渺，在这里本来不应说及。不过无论你相信不相信，有许多思想却值得当作一个意象悬在心眼前来玩味玩味。我自己在闲暇时也欢喜看看哲学书籍。老实说，我对于许多哲学家的话都很怀疑，但是我觉得他们有趣。我以为穷到极境，都是要满足求知的欲望。每个哲学家和科学家对于他自己所见到的一点真理（无论它究竟是不是真理）都觉得有趣味，都用一股热忱去欣赏它。真理在离开实用而成为情趣中心时就已经是美感的对象了。"地球绕日运行""勾方加股方等于弦方"一类的科学事实，和《米罗爱神》或《第九交响曲》一样可以摄魂震魄。科学家去寻求这一类的事实，穷到究竟，也正因为它们可以摄魂震魄。所以科学的活动也还是一种艺术的活动，不但善与美是一体，真与美也并没有隔阂。

艺术是情趣的活动，艺术的生活也就是情趣丰富的生活。人可以分为两种，一种是情趣丰富的，对于许多事物都觉得有趣味，而且到处寻求享受这种趣味；一种是情趣干枯的，对于许多事物都觉得没有趣味，也不去寻求趣味，只终日拼命和蝇蛆在一块争温饱。后者是俗人，前者就是艺术家。情趣愈丰富，生活也愈美满，所谓人生的艺术化就是人生的情趣化。

"觉得有趣味"就是欣赏。你是否知道生活，就看你对于许多事物能否欣赏。欣赏也就是"无所为而为的玩索"。在欣赏时人和神仙一样自由，一样有福。

阿尔卑斯山谷中有一条大汽车路，两旁景物极美，路上插着一个标语牌劝告游人说："慢慢走，欣赏啊！"许多人在这车流如水马如龙的世界过活，恰如在阿尔卑斯山山谷中乘汽车兜风，匆匆忙忙地急驰而过，无暇一回首流连风景,于是这丰富华丽的世界便成为一个了无生趣的囚牢。这是一件多么可惋惜的事啊!

朋友,在告别之前,我采用阿尔卑斯山路上的标语,在中国人告别习用语之下加上三个字奉赠:

"慢慢走,欣赏啊!"

光潜

一九三二年夏,莱茵河畔

——选自朱光潜:《谈美》,广西师范大学出版社 2004 年版

(石圆圆　选编)

【拓展阅读】

1. [古希腊]柏拉图:《大希庇阿斯篇》,见《柏拉图文艺对话集》,朱光潜译,人民文学出版社 1959 年版。

2. [德]歌德:《浮士德》,绿原译,人民文学出版社 1994 年版。

3. 王国维:《人间词话》,上海古籍出版社 1998 年版。

4. [奥]里尔克:《罗丹论》,梁宗岱译,广西师范大学出版社 2002 年版。

5. 宗白华:《美学散步》,上海人民出版社 1981 年版。

财富与人生

逐 贫 赋

〔汉〕扬 雄

【解题】

扬雄(公元前 53—公元 18),字子云,西汉蜀郡成都(今四川成都)人。一作"杨雄"。少好学,口吃,博览群书,长于辞赋。年四十余,始游京师长安,以文见召。汉成帝时,任给事黄门郎。王莽时任大夫,校书天禄阁。扬雄是司马相如之后西汉最著名的辞赋家,以《长扬赋》《甘泉赋》《羽猎赋》等闻名于世。后仿《论语》作《法言》,仿《易经》作《太玄》,又著《方言》。扬雄认为辞赋乃是"童子雕虫篆刻","壮夫不为",这对后世文学批评产生较大影响。

《逐贫赋》是扬雄晚年的作品。扬雄自谓有贫儿相随,要贫儿离开自己。不料贫儿闻言大怒,声称自己只待在有明德者之家,远离骄奢淫逸之人,正因有我跟随,才让你平安无事,你岂可"忘我大德,思我小怨"。贫儿起身准备离开,发誓去首阳山寻找伯夷、叔齐那样的君子为友。"我"连忙道歉并挽留,贫儿也因此得以留下。本文以自嘲自解的戏谑笔调和象征手法,描绘自己的贫穷生活,和对贫穷的厌恶,同时又通过贫儿自辩,揭示了贫能养德的道理。

扬子遁居,离俗独处。左邻崇山,右接旷野,邻垣①乞儿,终贫且窭②。礼薄义弊,相与群聚,惆怅失志,呼贫与语:"汝在六极③,投弃荒遐。好为庸卒④,刑戮⑤相加。匪惟幼稚,嬉戏土砂。居非近邻,接屋连家⑥。恩轻毛羽,

---

① 邻垣:邻居。 ② 窭(jù):贫穷得无法备礼物。亦泛指贫穷。 ③ 六极:六种极凶恶的事,贫为其四。《尚书·洪范》:"六极,一曰凶短折,二曰疾,三曰忧,四曰贫,五曰恶,六曰弱。" ④ 好为庸卒:常做别人的佣工、仆人。 ⑤ 刑戮:受刑罚或被杀戮。 ⑥ 接屋连家:谓贫与己相傍不离。

义薄轻罗①。进不由德，退不受呵②。久为滞客，其意谓何？人皆文绣，余褐③不完；人皆稻粱，我独藜飧④。贫无宝玩，何以接欢？宗室之燕，为乐不槃⑤。徒行负笈⑥，出处易衣⑦。身服百役，手足胼胝⑧。或耘或耔⑨，沾体露肌。朋友道绝，进官凌迟⑩。厥咎⑪安在？职⑫汝为之！舍汝远窜，昆仑之巅；尔复我随，翰飞戾天⑬。舍尔登山，岩穴隐藏；尔复我随，陟彼高冈⑭。舍尔入海，泛彼柏舟⑮；尔复我随，载沈载浮⑯。我行尔动，我静尔休。岂无他人，从我何求？今汝去矣，勿复久留！”

贫曰："唯唯。主人见逐，多言益嗤⑰。心有所怀，愿得尽辞。昔我乃祖，宗其明德，克佐帝尧，誓为典则⑱。土阶茅茨，匪雕匪饰⑲。爰及季世，纵其昏惑。饕餮⑳之群，贪富苟得。鄙我先人，乃傲乃骄。瑶台琼榭，室屋崇高；流酒为池，积肉为崝㉑。是用鹄逝，不践其朝。三省吾身，谓予无愆㉒。处君之家，福禄如山。忘我大德，思我小怨。堪寒能暑，少而习焉；寒暑不忒㉓，等寿神仙。桀跖不顾，贪类不干。人皆重蔽㉔，予独露居；人皆忧惕㉕，予独无虞！"言辞既罄㉖，色厉目张，摄齐而兴㉗，降阶下堂。"誓将去汝，适彼首阳。孤竹二子㉘，与我连行。"

余乃避席，辞谢不直㉙："请不贰过㉚，闻义则服。长与汝居，终无厌极。"贫遂不去，与我游息。

——选自张震泽：《扬雄集校注》，上海古籍出版社1993年版

（黄景春　选编）

---

① 恩轻二句：意谓贫待人薄恩少义。　② 呵：大声斥责。　③ 褐：粗布衣服。　④ 藜飧（sūn）：以野菜为食。　⑤ 槃（pán）：快乐。　⑥ 徒行负笈：徒步背着书箱求学。笈：书箱。　⑦ 出处易衣：谓生活穷困，在家穿破衣，外出换衣装。　⑧ 胼胝（pián zhī）：手掌足底生的老茧。形容辛勤劳动。　⑨ 耔：培土。　⑩ 凌迟：衰退，此谓仕途坎坷。　⑪ 咎：过错。　⑫ 职：主要。　⑬ 翰飞：高飞。戾：至。　⑭ 陟彼高冈：登上那高丘。《诗经·周南·卷耳》："陟彼高冈，我马玄黄。"　⑮ 泛彼柏舟：飘荡着柏木舟。《诗经·邶风·柏舟》"泛彼柏舟，在彼中河。"　⑯ 载沈载浮：在水中又沉又浮。《诗经·小雅·菁菁者莪》："泛泛杨舟，载沈载浮。沈，同"沉"。　⑰ 嗤：笑。　⑱ 典则：典范。　⑲ "土阶"二句：意谓住的房屋非常简陋。　⑳ 饕餮（tāo tiè）：本怪兽名，贪吃致死。后以称贪婪人。　㉑ 崝：山名，在今河南洛宁县北。这里指山。　㉒ 愆：同"愆"，罪过。　㉓ 忒（tè）：变、更。不忒：不受影响。　㉔ 重蔽：层层保护。　㉕ 忧惕：恐惧。　㉖ 罄：尽。　㉗ 摄齐（zī）：撩起衣下摆。齐：长衣下部的缉边。兴：起身。　㉘ 孤竹二子：孤竹君子伯夷和叔齐，两人不食周粟，饿死首阳山。《史记·伯夷列传》："伯夷、叔齐，孤竹君之二子也。"　㉙ 不直：理曲。　㉚ 贰过：重犯上次所犯的过失。

钱　神　论

〔晋〕鲁　褒

【解题】

　　鲁褒,字元道,西晋南阳(今南阳市)人,生卒年月不详。他博学多识,隐居不仕,以清贫自立,生平也不为人所详知。《晋书·隐逸·鲁褒传》谓:"元康之后,纲纪大坏,(鲁)褒伤时之贪鄙,乃隐姓名,而著《钱神论》以刺之。"元康(291—299)是晋惠帝司马衷的年号。这一时期朝廷内部皇后贾南风专权,滥杀皇族,外有匈奴等少数民族反叛,社会比较动荡。随后发生了"八王之乱",西晋从此由盛转衰。鲁褒就生活在元康年前后。

　　《钱神论》是一篇讥讽金钱崇拜的愤世嫉俗的文章。此文虽名"论",却仍沿袭辞赋的问难体。文中虚拟司空公子与綦毋先生问答,极论钱之妙用如神,语带谐谑,揶揄笑骂,酣畅恣肆,批判社会上各种金钱崇拜行为。文中精彩之处颇多,如称钱为"孔方"兄,说它能"转祸为福,因败为成,危者得安,死者得生","官尊名显,皆钱所致",还说"有钱能使鬼"(后世演化为俗语"有钱能使鬼推磨")。此文一出,即广为传诵。实际上,文中对金钱崇拜的批判至今仍具有现实意义。

　　有司空公子,富贵不齿,盛服而游京邑,驻驾平市里,顾见綦毋先生,班①白而徒行。公子曰:"嘻,子年已长矣! 徒行空手,将何之乎?"先生曰:"欲之贵人。"公子曰:"学《诗》乎?"曰:"学矣。""学《礼》乎?"曰:"学矣。""学《易》乎?"曰:"学矣。"公子曰:"《诗》不云乎:'币帛筐篚②,以将其厚意,然后

---

　　① 班:通"斑"。徒行,步行。　② 筐篚:盛物的竹器。方形为筐,圆形为篚。

忠臣嘉宾,得尽其心。'《礼》不云乎:'男贽①玉帛禽鸟,女贽榛栗枣脩②。'
《易》不云乎:'随时之义大矣哉。'吾视子所以,观子所由,岂随世哉?虽曰已
学,吾必谓之未也。"先生曰:"吾将以清谈③为筐篚,以机神④为币帛,所谓
'礼云礼云,玉帛云乎哉'者已!"公子拊髀⑤大笑,曰:"固哉,子之云也!既
不知古,又不知今。当今之急,何用清谈?时易世变,古今异俗,富者荣贵,
贫者贱辱。而子尚质,而子守实,无异于遗剑刻船⑥,胶柱调瑟⑦,贫不离于
身,名誉不出乎家室,固其宜也!昔神农氏没,黄帝、尧、舜教民农桑,以币帛
为本。上智先觉变通之,乃掘铜山,俯视仰观,铸而为钱,故使内方象地,外
员⑧象天,大矣哉!"

"钱之为体,有乾有坤,内则其方,外则其圆。其积如山,其流如川,动静
有时,行藏有节。市井便易,不患耗折⑨,难朽象寿,不匮象道,故能长久,为
世神宝。亲爱如兄,字曰'孔方',失之则贫弱,得之则富强。无翼而飞,无足
而走,解严毅⑩之颜,开难发之口。钱多者处前,钱少者居后;处前者为君
长,在后者为臣仆;君长者丰衍而有余,臣仆者穷竭而不足。诗云:'哿⑪矣
富人,哀哉茕独⑫。'岂是之谓乎?

"钱之为言泉也。百姓日用,其源不匮,无远不往,无深不至。京邑衣
冠⑬,疲劳讲肆⑭,厌闻清谈,对之睡寐;见我家兄,莫不惊视。钱之所祐,吉
无不利,何必读书,然后富贵。昔吕公欣悦于空版⑮,汉祖克之于嬴二⑯,文
君解布裳而被锦绣,相如乘高盖而解犊鼻⑰:官尊名显,皆钱所致。空版至
虚,而况有实;嬴二虽少,以致亲密。由是论之,可谓神物。

"无位而尊,无势而热,排朱门⑱,入紫闼⑲,钱之所在,危可使安,死可使

---

①　贽:初次见人时所执的礼物。　②　脩:干肉。　③　清谈:亦称"玄谈"。魏晋时期崇尚老
庄,空谈玄理,清谈之士喜欢讨论有无、本末等问题,不屑于谈论具体事务。　④　机神:机微玄
妙。　⑤　拊髀:以手拍大腿。　⑥　遗剑刻船:即"刻舟求剑",谓不会变通。　⑦　胶柱调瑟:即"胶柱
鼓瑟",比喻固执拘泥,不会变通。　⑧　员:同"圆"。　⑨　耗折:减少,亏损。　⑩　严毅:严厉刚毅。
⑪　哿(gě):乐。　⑫　茕独:孤独无依。　⑬　京邑:京城;衣冠:指缙绅、士大夫。　⑭　讲肆:讲学。
⑮　空版:空有记名。此指刘邦为吕公送贺钱,声称送钱一万,实不持一文事。可参见《史记·高祖
本纪》。　⑯　嬴二:多二钱。此指刘邦押解民夫到咸阳服徭役,其他人都送他三钱,唯独萧何送他五
钱,事见《史记·萧相国世家》。　⑰　犊鼻:即犊鼻裈,短裤(或围裙),形如犊鼻,故名。文君当垆卖
酒,相如身着犊鼻裈与佣人一起洗涤酒器,事见《史记·司马相如列传》。　⑱　朱门:红漆大门,指豪
富之家。　⑲　紫闼:指宫廷。闼:宫中小门。

活；钱之所去，贵可使贱，生可使杀。是故忿诤辩讼，非钱不胜；孤弱幽滞①，非钱不拔；怨仇嫌恨，非钱不解；令问笑谈，非钱不发。洛中朱衣②，当途之士，爱我家兄，皆无已已③。执我之手，抱我终始，不计优劣，不论年纪，宾客辐辏，门常如市。谚云'钱无耳，可闇④使'，岂虚也哉！又曰'有钱可使鬼'，而况于人乎？子夏云：'死生有命，富贵在天。'吾以死生无命，富贵在钱。何以明之？钱能转祸为福，因败为成，危者得安，死者得生，性命长短，相禄贵贱，皆在乎钱，天何与焉？天有所短，钱有所长。四时行焉，百物生焉，钱不如天；达穷开塞⑤，振贫济乏，天不如钱。若臧武仲之智，卞庄子之勇，冉求之艺，文之以礼乐，可以为成人矣⑥。今之成人者何必然，唯孔方而已。夫钱，穷者能使通达，富者能使温暖，贫者能使勇悍。故曰：'君无财则士不来，君无赏则士不往。'谚曰：'官无中人⑦，不如归田。'虽有中人，而无家兄，何异无足而欲行，无翼而欲翔。使才如颜子⑧，容如子张⑨，空手掉臂，何所希望？不如早归，广修农商，舟车上下，役使孔方。凡百君子，同尘和光，上交下接，名誉益彰。"

（严可均案：此篇《艺文类聚》与《晋书》各有删节，今合钞之，尚非全篇，后幅当有綦母先生诘责钱神一段，故《御览》有"黄铜中方叩头对"一段也。）

——选自严可均辑：《全上古三代秦汉三国六朝文》（第二册），中华书局1965年版

（黄景春　选编）

---

① 幽滞：沉沦之士。　② 洛中：指洛阳，当时为国都。朱衣：大红色的公服，这里指代高官。③ 无已已：无休止。已：休止。两"已"叠用加重语气。　④ 闇（yīn）：通"瘖"，缄默不语。　⑤ 开塞：开启阻塞。　⑥ "若臧"五句：此句语出《论语·宪问》："子路问成人。子曰：'若臧武仲之知，公绰之不欲，卞庄子之勇，冉求之艺，文之以礼乐，亦可以为成人矣。'"　⑦ 中人：指有权势的朝臣。⑧ 颜子：指颜回，孔子的得意门生之一。　⑨ 子张：指颛孙师（复姓颛孙，名师，字子张），孔门十二哲之一。

《财神》（节选）

［古希腊］阿里斯托芬

【解题】

阿里斯托芬（约前448—前380），古希腊早期喜剧的代表性作家，一生完成了40多部作品，现存剧目有《骑士》《和平》《阿卡耐人》《蛙》《财神》等11部。他在喜剧作品中表达了反对伯罗奔尼撒战争的立场，抨击雅典奴隶主民主政治的各种不合理现象，并指名道姓地讽刺当权贵族，具有鲜明的政治倾向。他的喜剧在艺术上自由奔放，语言机智犀利，是喜剧与抒情诗的完美结合，对西方喜剧创作影响很大，被誉为"喜剧之父"。

《财神》以古希腊有关财神又老又瞎的传说为基础展开情节。老农克瑞米洛斯在阿波罗神庙得到神谕，把老迈瞎眼的财神领回家。克瑞米洛斯决定为财神医治眼疾，条件是他眼睛明亮以后只把财富送给好人。这引起了穷神的愤怒。穷神认为，如果财神让人人都有钱，将没人钻研技艺和学问，也没人务做工农，变富以后人的道德也会有问题，那时世界将更糟糕。克瑞米洛斯等人厌恶贫穷，他们辩不过穷神，就强行把她赶走。他们为财神治好眼疾后，好人纷纷变富。大家都富有了，不再祈求诸神，诸神失去祭祀都在挨饿，纷纷投到财神庙谋事，连众神之王宙斯也不例外。于是，财神统治的时代开始了。这是一种乌托邦式的理想社会景象，是剧作家的一种美好幻想。剧中穷神对自己在社会秩序和道德伦理方面价值的强调，对于我们思考财富与人生的关系具有启发意义。

剧中人物

卡里昂　家奴

克瑞米诺斯　老年的主人

财　神

歌　队　由贫穷的老年农民组成

布勒普西得摩斯　主人的朋友

穷　神

妻子　克瑞米洛斯的妻子

正直人

告密人

老婆子

少年人

赫尔墨斯

宙斯的祭司

第二场(对驳)

(穷神上)

穷　神:

你们这两个敢于干出这种鲁莽、无法无天勾当的

不幸的小人儿呀! 哪里去,哪里去?

你们为什么逃走? 还不给我站住?

布勒普西得摩斯:

赫拉克勒斯啊!

穷　神:

我要使你们两个坏人不得好死,

因为你们竟敢于干那不可容忍的事,

——以前不管神或是人都没有敢做的

——因此你们都非得死不可。

克瑞米洛斯：

可是，你是谁呀？因为，我看见你那么的黄瘦。

布勒普西得摩斯：

好像是悲剧里的某个复仇女神，

相貌那么的有点疯狂和悲剧的味儿。

克瑞米洛斯：

但是她手里没有火把。

布勒普西得摩斯：

那么她更该死了。

穷　神：

你们以为我是谁?

克瑞米洛斯：

小客店的老板娘

或是卖蛋卷的女人吧。否则，不曾受到

侵犯，不会对我们这么大叫大嚷的。

穷　神：

真的吗? 你们企图把我逐出一切

地方，这不是干了最可怕的坏事吗?

克瑞米洛斯：

不是还有那罪人坑给你留着吗？

但是你必须立即告诉我，你是谁？

穷　神：

我是今天要同你们俩算账的人，

因为你们想要把我从这里赶出。

布勒普西得摩斯：

你是附近酒店的女招待吗，

时常在酒吊子上欺骗我的？

穷　神：

我乃是穷神，和你们同住了许多年的。

布勒普西得摩斯：

啊，阿波罗王和众神呀！我往哪里逃好呢？

克瑞米洛斯：

喂，你是干什么呀？啊，最胆小的东西，

你不给我站住？

布勒普西得摩斯：

不，绝对不。

克瑞米洛斯：

你不站住吗？

让一个女人吓走两个男人？

布勒普西得摩斯：

因为这是穷神呀，坏家伙，

在活物中没有比她更恶毒的了。

克瑞米洛斯：

站住，我求你，站住！

布勒普西得摩斯：

凭宙斯立誓，我不。

克瑞米洛斯：

我告诉你，这样我们便做了一切

事情中最卑怯的事，如果我们撇下

那财神不管，一仗也不打，因为

害怕她，逃走到什么地方去的话。

布勒普西得摩斯：

有什么武器，什么军队，我们

可以依靠的呢？ 因为我们

所有的胸甲，所有的盾牌，不是

都被这极恶的东西放到当铺里去了吗？

克瑞米洛斯：

你放心吧。因为但是那神，我知道，

就可以掳获她的东西来作为得胜纪念。

穷 神：

你们两个流氓，现在在干这种坏事的

现场被捉住了，还敢咕咕地叫吗？

克瑞米洛斯：

啊，你这极恶的东西，我们什么也
没侵犯你，为什么来这里骂我们？

穷　神：

众神作证，你们想要
使财神再能看见，
这不是侵犯了我？

克瑞米洛斯：

我们设法
把好处给予一切的人，这怎么是
侵犯了你呢？

穷　神：

可是你们能够得到什么好处呢？

克瑞米洛斯：

什么好处？
首先是把你赶出希腊去。

穷　神：

赶我出去？那么你想想，你
给人们做了一件还有比这更大的坏事吗？

克瑞米洛斯：

什么？

更大的坏事是我们拖延着，不这么做。

穷　神：

现在我想先就这件事给你们俩

讲一番话。我要证明我是

你们幸福的唯一原因，你们

是靠我生活着，如若不然，

那么随你们怎么对我好了。

克瑞米洛斯：

啊，极恶的东西，你敢说这话？

穷　神：

你接受我的教导吧，我想我很容易

使你们明白，像你们所说，要去

使得正人都富有，那是完全错误的。

布勒普西得摩斯：

啊，板子与大枷啊！你们不来帮助我吗？

穷　神：

在弄清事端之前，你不当大呼小叫！

布勒普西得摩斯：

有谁听了这样的话，能不啊啊地

叫喊起来？

穷　神：

那些头脑清楚的人。

克瑞米洛斯：

那我怎么写下来？如果你败了，

该受什么罚？

穷　神：

随你们便。

克瑞米洛斯：

好。

穷　神：

你们如果输了，也得受同样的罚。

布勒普西得摩斯：

（向克瑞米洛斯）

你看二十个死足够了吧？

克瑞米洛斯：

剩下的都给她，我们只要两个就够了。

穷　神：

你们最好赶紧去死吧，

因为谁还能有正当的理由来驳倒我呢？

歌　队：

现在你该来说些聪明话把她打败，

用说理与她对抗，别软弱退让。

克瑞米洛斯：

我觉得这是很清楚的，人人知道，

人间的好人正当地应该得到幸福，

坏人和不敬神的人应该相反。

我们本着这样的希望，好容易找到了一个

很好很伟大，对于一切事情都有益的计划。

那就是让财神马上就能看得见，不再瞎着眼胡撞。

他走到好人那里去，不再离开我们，却躲避

那些坏人和不敬神者。这样一来他将

使大家都变得善良富裕，尊敬神意。

有谁曾经给人们想过比这更好的计划呢？

布勒普西得摩斯：

没有。这事我给你作证，不必去问她。

克瑞米洛斯：

我们人类的生活有谁看了不以为

这是疯狂，或中了邪呢？你看许多坏人

都很富有，他们不正当地敛聚财富，

但是许多好人，却是不幸，贫穷挨饿，

大都像你一样。所以我说，如果财神

得能看见，阻止了穷神，那就再没有

什么办法对人们更有益的了。

穷　神：

啊,你们两个老头子,一切人中最容易受引诱
做傻事的,胡说瞎干的一对,如果你们
所期待的这事做成了的话,我告诉你,这于你们俩
将没有一点好处。因为若是财神如前看得见了,
把财富平均地分给了人,那么将没有人愿意
来搞技艺和学问了。如果这两样东西都因为你而不见了,
还有谁去做铜匠,或是造船,缝衣,造轮子,
做皮匠,造砖瓦,洗涤,鞣皮,
或是用犁去耕地,收割地母的果实？假如你
不管这一切事情,闲游着可以过你的生活吗？

克瑞米洛斯：

你真糊涂。因为你现在所说的这些事,有奴隶
给我们承担。

穷　神：

可是你从哪里得到这些奴隶呢？

克瑞米洛斯：

我想我们可以用银子去买。

穷　神：

先说谁来卖呢？
那时他们都有了银子。

克瑞米洛斯：

特萨利亚地方商人中

中间会有许多人贩子想要发财走来的。

穷　神：

可是先说，依照你自己的话，那就决不会

再有什么人贩子了。因为既是富有了，谁还肯

冒着生命危险来干这种事情呢？因此你自己

不得不来耕种，掘地，或做别的工作，你的过

比现在更苦的生活。

克瑞米洛斯：

让这落在你自己的头上吧！

穷　神：

而且你再也不能睡在床上——因为床没有了

——或毛毯上了；因为谁还愿意来织呢，他如果有了

金子？在你带了新娘回来的时候，没有点滴的

香油给她搽擦，也没有花纹华丽的衣衫装饰她了。

你如缺少了这一切，那么富有了于你又有

什么好处？你们所要的一切东西都是因了我

才能够得到的；因为我像主人一样坐着，

强迫那些手艺人因了匮乏与贫穷去寻找工作。

克瑞米洛斯：

你能够供应什么好的东西呢，除了澡堂子里的

烫伤水泡①，挨饿的小崽子和成群的老太婆？

还有虱子、蚊虫和跳蚤，数目多得没法说。

---

① 公共浴室里冬天比较暖和，穷人们都去烤火，但靠火太近容易烫伤了起水泡。

它们在头的四周嗡嗡地叫，咬你，叫醒你，

说道："你要挨饿了，还是起来吧！"

此外，只有破衣没有大衫；没有卧床只有芦苇当垫褥。

里边是臭虫，能把熟睡的人咬醒。

只有一张臭烂的草席当毯子，一块大石头

放在头底下作枕头。葵菜的芽当面包，

干萎的萝卜叶子作大麦饼。

凳子是破酒缸的颈子，和面板

是酒坛的破片，还是有裂纹的。这不是表明，

对人类的许多好处都是你给的吗？

穷　神：

你刚才不是在说我的生活，是在说乞丐的生活。

克瑞米洛斯：

所以我们说，贫穷是乞丐的姐妹嘛！

穷　神：

啊，你们是说狄奥尼修斯等于塞拉绪布罗①！

可是我这边的生活并不那么苦；不，宙斯在上，

将来也不会。因为乞丐的生活，就如你所说的，

是活着一无所有；但是穷人生活着，节俭度日，

用心工作，他们没有什么多余，但也并不缺少什么。

克瑞米洛斯：

啊，地母在上，你所说的那种人的生活是多么幸福呀，

---

① 狄奥尼修斯是叙拉古僭主，塞拉绪布罗则是民主派政治家，曾带领人民推翻寡头派专政。

如果他节俭着,劳苦着,没有留下够做坟用的钱!

穷　神:
你只是想嘲笑讽刺,不是严肃认真的讨论,
你不知道使得人们身心两方面好得多的
是我,不是财神。因为在他那边的人
都有风湿脚,大肚子,粗腿,怪样发胖,
但是在我这边的人却是瘦的,马蜂一样,对敌人厉害。

克瑞米洛斯:
一定是你用饥饿使得他们成了马蜂。

穷　神:
而且我还可以给你们谈谈道德的不同,指出
在我这边的人有德,在财神那边的人放纵。

克瑞米洛斯:
那么掘墙洞作贼倒都是有德的了。

布勒普西得摩斯:
宙斯在上,要是他不被人发觉,就是谨慎。谨慎不是美德吗?

穷　神:
且看城邦里的政客吧。当他们还贫穷时,
他们对于人民和城邦都是诚实的,
但是一从公家得到财富,便立即变得不诚实了,
他们谋划着对付群众,与人民为敌起来了。

克瑞米洛斯：

这些你倒说的不假，——请不要听了

得意——虽然你原是个大大的造谣的家伙。

可是，总之，你还是该死，因为你想要说服我们，

说贫比富好得多。

穷　神：

关于这点你也还没有能够驳倒我，

不过是说胡话、拍翅膀罢了。①

克瑞米洛斯：

大家为什么逃避你呢？

穷　神：

因为我要他们好呀。这最好是去看看小孩子的事，

你看他们躲避父亲，可父亲对他们是最好意的。

要辨别什么事情对，就是这样的难呀。

克瑞米洛斯：

那么你将说宙斯也不能正确地辨别什么最好了，

因为他有钱。

布勒普西得摩斯：

——却把她打发到我们这里来！

---

① 拍翅膀，指指小鸟想飞，空拍翅膀。

穷　神：

啊，你们两个真是被眼屎糊了眼的古董头脑啊！
宙斯乃是穷的。这一点我一下子就可以给你们说个明白。
因为，如果他富裕，那么为什么在他为自己举行奥林匹亚
竞技，每四年才招集全希腊人来一次，
宣布竞技得胜者时，却只给他们戴上野橄榄叶的
花冠呢？他如果富有，该给金冠才对呀。

克瑞米洛斯：

即此可以明白，他是很看重钱财的。
因为他节俭，不情愿花费，所以拿那劳什子
发给得胜的人，却把财富留在自己身边。

穷　神：

你这是要把一件比贫穷更可耻的东西加在他的头上，
如果你说他富有，却又那么吝啬和贪婪。

克瑞米洛斯：

愿宙斯毁灭你，给你戴上野橄榄叶的花冠！

穷　神：

你敢于反抗我，说你们的一切好处都不是
从贫穷得来的吗？

克瑞米洛斯：

这可以去问问赫卡忒，
富有与贫穷哪一个好。因为她
会告诉你，那些富有的人每个月给她送吃的时，

不等他们放下来穷人们就把食物抢走了。

——现在你去死吧！不要再多哼一声"咕"了。

因为,尽管你想要说服我,

也总是说服不了的。

穷　神：

啊,你阿尔戈斯的城邦啊!①

克瑞米洛斯：

去叫泡宋吧,他是你的朋友!②

穷　神：

不幸的我呀,怎么办呢?

克瑞米洛斯：

滚到乌鸦那里去吧,快离开我们!

穷　神：

我到什么地方去呢?

克瑞米洛斯：

到大枷里去吧!

赶快,别赖着不走!

_____

① 这是句叫屈的话。

② 泡宋,一个穷画家。

穷　神：

将来你们要请我

到这里来的。

克瑞米洛斯：

那时你再回来，可是现在去死吧！因为我觉得还是富有好，

让你去为自己的头大声哭吧！①

（穷神下）

布勒普西得摩斯：

宙斯在上，我愿发了财，

同妻子孩子们

好好吃一顿。

洗完澡，

搽了油从浴堂回家，

唾弃穷神和她的手艺人。

克瑞米洛斯：

那个女流氓总算离开了我们。

我和你应当赶紧带了那个神

到天医阿斯克勒庇奥斯庙里去过夜。

布勒普西得摩斯：

我们别再拖延了，免得又有什么人

走来，妨碍我们去办那该做的事情。

---

① 这句是威胁的话，意谓"小心你的头被打了"。

克瑞米洛斯：

喂，卡里昂，去吧被褥拿出来，

带了财神本人，依照习惯。

还把别的在里边准备好的那些东西拿出来。

（克瑞米洛斯与布勒普西得摩斯同下）

——（古希腊）阿里斯托芬：《财神》，载《阿里斯托芬喜剧集》（下），张竹明译，译林出版社 2007 年版

（黄景春　选编）

雅 典 的 泰 门

［英］莎士比亚

【解题】

　　莎士比亚(1564—1616)，英国文艺复兴时期最具代表性的剧作家和诗人，现存剧本 37 部、长诗 2 首、十四行诗 154 首。他的戏剧作品可以分作三类：喜剧、历史剧、悲剧。代表性作品，喜剧为《仲夏夜之梦》《皆大欢喜》，历史剧为《理查三世》《亨利四世》，悲剧为《哈姆雷特》《李尔王》《麦克白》等。莎剧贯穿着人文主义理想，揭露人性缺点和社会腐朽，却把解决问题的希望寄托在开明君主身上，这是他的局限性所在。

　　《雅典的泰门》是莎士比亚创作的最后一部悲剧。剧中的泰门是雅典城的一位富有贵族，为人乐善好施，富有同情心。一帮贵族、达官、商人、画家、诗人等利用他的豪爽，骗光了他的财产，还让他负债累累。当他向这些"朋友"借钱还债时，却无一人出手相救。从此，泰门变成了一位恨世者。他离开雅典，居住在山洞里，以树根为食，诅咒他遇到的每个人。在挖树根时，他挖到了金子。他把这些金子送给妓女、反叛将领、盗贼等人，却拒绝送给闻讯赶来的诗人和画家。最后，在雅典城的那些不义之人遭受惩罚的时候，他孤独地离开人世。本剧通过泰门的命运揭露了金钱带来的各种社会罪恶。泰门变成恨世者以及他的死，都喻示他并没有找到化解金钱带来的罪恶的真正途径。如何解决金钱造成的人的异化，如何正确对待财富，仍是一个未解之谜。

剧中人物

泰　门　雅典贵族

路歇斯 ⎫
路库勒斯 ⎬ 谄媚的贵族
辛普洛涅斯 ⎭

文提狄斯　泰门的负心友人之一

艾帕曼特斯　性情乖僻的哲学家

艾西巴第斯　雅典将官

弗莱维斯　泰门的管家

弗莱米涅斯 ⎫
路西律斯 ⎬ 泰门的仆人
塞维律斯 ⎭

凯菲斯 ⎫
菲洛特斯 ⎪
泰特斯 ⎬ 泰门债主的仆人
路歇斯 ⎪
霍坦歇斯 ⎭

文提狄斯的仆人

凡罗及艾西多家的仆人

三路人

雅典老人

侍　童

弄　人

诗人、画师、宝石匠及商人

菲莉妮娅 ⎫
提曼德拉 ⎬ 艾西巴第斯的情妇

贵族、元老、将士、兵士、窃贼、侍从等

化装跳舞中扮丘比特和阿玛宗女战士者

地　点

雅典及附近森林

第　一　幕

第一场

雅典。泰门家中的厅堂

（剧情简介）泰门家里来了无数朋友，他们有贵族、达官、诗人、画家、商
　　人、宝石匠等，都愿意投到泰门家里做食客，谄笑着讨好泰门，给他
　　献诗、画、宝石，有人请求他帮助，他都来者不拒。愤世嫉俗的艾帕
　　曼特斯不断发言，揭这些人的老底，与这些人争吵。

第二场

同前。泰门家中的大客厅

【高音笛奏闹乐，厅中设盛宴，弗莱维斯及其他仆人侍立，泰门、艾西巴
第斯、众贵族元老、文提狄斯（他刚刚由泰门从狱中赎出）及侍从等上，艾帕
曼特斯最后上，仍作倨傲不平之态。】

文提狄斯：最可尊敬的泰门，神明因为眷念我父亲年老，召唤他去享受
　　　　永久的安息，他已经安然去世，把他的财产遗留给我。这次多蒙您
　　　　的大德鸿恩，使我脱离了缧绁之灾，现在我把那几个泰伦①如数奉
　　　　还，还要请您接受我的感恩图报的微忱。
泰　门：啊！这算什么，正直的文提狄斯？您误会我的诚意了，那笔钱
　　　　是我送给您的，哪有给了人家再收回来之理？

---

① 泰伦：古希腊货币名。

文提狄斯：您的心肠太好了。（众垂手恭立视泰门）

泰　门：哎哟，各位大人，一切礼仪，都是为了文饰那些虚应故事的行为、言不由衷的欢迎、出尔反尔的殷勤而设立的，如果有真实的友谊，这些虚伪的形式就该一律摈弃。请坐吧，我欢迎你们分享我的财产甚于我欢迎拥有这些财产。（众就坐）

贵族甲：大人，我们也是常常这么说的。

艾帕曼特斯：呵，呵！也是这么说的，哼，你们也是这么说的吗？

泰　门：啊！艾帕曼特斯，欢迎。

艾帕曼特斯：不，我不要你欢迎，我要你把我撵出门外去。

泰　门：呸！你是个伧夫，你的脾气太乖僻啦。各位大人，人家说，暴怒不终朝，可是这个人老是在发怒。去，给他一个人摆一张桌子，因为他不喜欢跟别人在一起，也不配跟别人在一起。

艾帕曼特斯：泰门，要是你不把我撵走，那你可不要怪我得罪你的客人，我是来做一个旁观者的。

泰　门：我不管你说什么，你是一个雅典人，所以我欢迎你。我自己没有力量封住你的嘴，请你让我的肉食使你静默吧。

艾帕曼特斯：我不要吃你的肉食，它会噎住我的喉咙，因为我永远不会谄媚你。神啊！多少人在吃泰门，他却看不见他们。我看见这许多人把他们的肉放在一个人的血里蘸着吃，我就心里难过；可是发了疯的他，却还在那儿殷勤劝客。我不知道人们怎么敢相信他们的同类；我想他们请客的时候，应当不备刀子，既可以省些肉，又可以防止生命的危险。这样的例子是很多的，现在坐在他的近旁，跟他一同切着面包、喝着同心酒的那个人，也就是第一个动手杀他的人；这种事情早就有证明了。如果我是一个巨人，我一定不敢在进餐的时候喝酒，因为恐怕人家看准我的咽喉上的要害；大人物喝酒是应当用铁甲裹住咽喉的。

泰　门：大人，今天一定要尽兴。大家干一杯，互祝健康吧。

贵族乙：好，大人，让酒像潮水一样流着吧。

艾帕曼特斯：像潮水一样流着！好家伙！他倒是惯会迎合潮流的。泰门泰门，这样一杯一杯地干下去，要把你的骨髓和你的家产都吸干了啊！我这儿只有一杯不会害人的淡酒，好水啊，你是不会叫人烂醉如泥的，这样的酒正好配着这样的菜。吃着大鱼大肉的人，是会高兴得忘记感谢神明的。

> 永生的神，我不要财宝，
>
> 我也不愿为别人祈祷；
>
> 保佑我不要做个呆子，
>
> 相信人们空口的盟誓；
>
> 也不要相信娼妓的泪；
>
> 也不要相信狗的假寐；
>
> 也不要相信我的狱吏，
>
> 或是我患难中的知己。
>
> 阿门！好，吃吧，有钱的人犯了罪，
>
> 我只好嚼嚼菜根。（饮酒食肴）

愿你好心得好报，艾帕曼特斯！

泰　门：艾西巴第斯将军，您的心现在一定在战场上驰骋吧。

艾西巴第斯：我的心是永远乐于供您驱使的，大人。

泰　门：您一定喜欢和敌人们在一起早餐，甚于和朋友们在一起宴会。

艾西巴第斯：大人，敌人的血是胜于一切美味的肉食的，我希望我的最好的朋友也能跟我在一起享受这样的盛宴。

艾帕曼特斯：但愿这些谄媚之徒全是你的敌人，那么你就可以把他们一起杀了，让我分享一杯羹。

贵族甲：大人，要是我们能够有那样的幸福，可以让我们的一片赤诚为您尽尺寸之劳，那么我们就可以自己觉得不虚此生了。

泰　门：啊！不要怀疑，我的好朋友们，天神早已注定我将要得到你们许多帮助了；否则你们怎么会做我的朋友呢？为什么在千万人中间，只有你们有那样一个名号，不是因为你们是我心上最亲近的人吗？你们因为谦逊而没有向我提起过的关于你们自己的话，我都向我自己说过了；这是我可以向你们证实的。我常常这么想着：神啊！要是我们永远没有需用我们的朋友的时候，那么我们何必要朋友呢？要是我们永远不需要他们的帮助，那么他们便是世上最无用的东西，就像深藏不用的乐器一样，没有人听得见它们美妙的声音。啊，我常常希望我自己再贫穷一些，那么我一定可以格外跟你们亲近一些。天生下我们来，就是要我们乐善好施；什么东西比我们朋友的财产更适宜于被称为我们自己的呢？啊！能够有这么许多人像自己的兄弟一样，彼此支配着各人的财产，这是一件多么可贵的乐事！欢乐没有诞生就已经溶化了。我的眼睛里忍不住要流出眼泪来了。原谅我的软弱，我为各位干这一杯。

艾帕曼特斯：你简直是涕泣劝酒了，泰门。

贵族乙：您的欢乐在我们眼中重新孕育，现在又像一个婴孩呱呱坠地。

艾帕曼特斯：呵，呵！我一想到那个婴孩是个私生子，我就要笑死了。

贵族丙：大人，您使我受到非常的感动。

艾帕曼特斯：非常的感动！（喇叭奏花腔）

泰　门：那喇叭声音是什么意思？

【一仆人上】

泰　门：什么事？

仆　人：禀大爷，有几位姑娘在外面求见。

泰　门：姑娘们！她们来干什么？

仆　人：大爷，她们有一个领班的人，他会告诉您她们的来意。

泰　门：请她们进来吧。

【一人饰丘必特上】

丘必特：祝福你，尊贵的泰门，祝福你席上的嘉宾！人身上最灵敏的五官承认你是它们的恩主，都来向你献奉它们的珍奇。听觉、味觉、触觉、嗅觉，都已经从你的筵席上得到满足了，现在我们还要略呈薄技，贡献你视觉上的欢娱。

泰　门：欢迎欢迎，请她们进来吧。音乐，奏起来欢迎她们！（丘必特下）

贵族甲：大人，您看，您是这样被人敬爱。

【音乐；丘必特率妇女一队扮阿玛宗女战士重上，众女手持鲁特琴，且弹且舞】

艾帕曼特斯：哎哟！瞧这些过眼的浮华！她们跳舞！她们都是些疯婆子。人生的荣华不过是一场疯狂的胡闹，正像这种奢侈的景象在一个嚼着淡菜根的人看来一样。我们寻欢作乐，全然是傻子的行为。我们所谄媚的、我们所举杯祝饮的那些人，也就是在年老时被我们痛骂的那些人。哪一个人不曾被人败坏也败坏过别人？哪一个死去的人不曾带着朋友给他的伤害走进坟墓？我怕现在在我面前跳舞的人，有一天将要把我放在他们的脚下践踏；这样的事不是不曾有过，人们对于一个没落的太阳是会闭门不纳的。

【众贵族起身离席，向泰门备献殷勤；每人各择舞女一人共舞，高音笛奏闹乐一二曲；舞止】

泰　门：各位美人，你们替我们添加了不少兴致，我们今天的欢娱，因为有了你们而格外美丽热烈了。我必须谢谢你们。

舞女甲：大爷，您把我们抬得太高了。

艾帕曼特斯：还好没把你们压得太低。我怕你们肮脏得都没法放到身下去压。

泰　门：姑娘们，还有一桌酒席空着等候你们，请你们随意坐下吧。

众　女：谢谢大爷。（丘必特及众女下）

泰　门：弗莱维斯！

弗莱维斯：有，大爷。

泰　门：把我那小匣子拿来。

弗莱维斯：是，大爷。（旁白）又要把珠宝送人了！他高兴的时候，谁也不能违拗他的意志，否则我早就老老实实告诉他了，真的，我该早点儿告诉他，等到他把一切挥霍干净以后，再要跟他闹别扭也来不

及了。可惜宽宏大量的人,背后不多生一个眼睛,心肠太好的结果不过害了自己。(下)

贵族甲: 我们的仆人呢?

仆 人: 有,大爷,在这儿。

贵族乙: 套起马来!

　　【弗莱维斯携匣重上】

泰 门: 啊,我的朋友们!我还要对你们说一句话。大人,我要请您赏我一个面子,接受了我这一颗宝石。请您拿下戴在您的身上吧,我的好大人。

贵族甲: 我已经得到您太多的厚赐了——

众 人: 我们也都是屡蒙见惠。

　　【一仆人上】

仆 甲: 大爷,有几位元老院里的老爷刚才到来,要来拜访。

泰 门: 我很欢迎他们。

弗莱维斯: 大爷,请您让我向您说句话,那是对于您有切身关系的。

泰 门: 有切身关系!好,那么等会儿你再告诉我吧。请你快去预备预备,不要怠慢了客人。

弗莱维斯: (旁白)我简直不知道应该怎么办。

　　【另一仆人上】

仆 乙: 禀大爷,路歇斯大爷送来了四匹乳白的骏马,鞍辔完全是银的,要请您鉴纳他的诚意,把它们收下。

泰 门: 我很高兴接受它们,把马儿好生饲养着。

　　【另一仆人上】

泰 门: 啊!什么事?

仆 丙: 禀大爷,那位尊贵的绅士,路库勒斯大爷,请您明天去陪他打猎,他送来了两对猎犬。

泰 门: 我愿意陪他打猎,把猎犬收下了,用一份厚礼答谢他。

弗莱维斯: (旁白)这样下去怎么得了呢?他命令我们预备这样预备那

样,把贵重的礼物拿去送人,可是他的钱箱里却早已空得不剩一文。他又从来不想知道他究竟有多少钱,也不让我有机会告诉他实在的情形,使他知道他的力量已经不能实现他的愿望。他所答应人家的,远超过他自己的资力,因此他口头所说的每一句话都是一笔负债。他是这样地慷慨,他现在送给人家的礼物,都是他出了利息向人借贷来的;他的土地都已经抵押出去了。唉,但愿他早一点辞了我,免得将来有被迫解职的一日! 与其用酒食供养这些比仇敌还凶恶的朋友,那么还是没有朋友的人幸福得多了。我在为我的主人心中泣血呢。(下)

泰　门：你们这样自谦,真是太客气了。大人,这一点点小东西,聊以表示我们的情谊。

贵族乙：那么我拜领了,非常感谢。

贵族丙：啊! 他真是个慷慨仁厚的人。

泰　门：我记起来了,大人,前天您曾经赞美过我所乘的一匹栗色的马儿;您既然喜欢它,就把它带去吧。

贵族丙：啊! 原谅我,大人,那我可万万不敢掠爱。

泰　门：您尽管收下吧,大人,我知道一个人倘不是真心喜欢一样东西,决不会把它赞美得恰如其分。凭着我自己的心理,就可以推测到我的朋友的感情。我叫他们把它牵来给您。

众贵族：啊! 那好极了。

泰　门：承你们各位光临,我心里非常感激,即使把我的一切送给你们,也不能报答你们的盛情。我想要是我有许多国土可以分给我的朋友们,我一定永远不会感到厌倦。艾西巴第斯,你是一个军人,军人总是身无长物的,钱财难得会到你的手里;因为你的生活是与死为邻,你所有的土地都在疆场之上。

艾西巴第斯：是的,大人,只是一些荆榛瓦砾之场。

贵族甲：我们深感大德——

泰　门：我也同样感谢你们。

贵族乙：备蒙雅爱——

泰　　门：我也多承各位不弃。多拿些火把来！

贵族甲：最大的幸福、尊荣和富贵跟您在一起，泰门大人！

泰　　门：这一切他都愿意和朋友们分享。（艾西巴第斯及贵族等同下）

艾帕曼特斯：好热闹！这么摇头晃脑撅屁股的！他们的两条腿恐怕还
　　　　不值得他们跑这一趟所得到的好处。友谊不过是些渣滓废物，虚
　　　　伪的心不会有坚硬的腿，碰到老实的傻瓜们，就要在他们的打躬作
　　　　揖之中，卖弄他们的家私了。

泰　　门：艾帕曼特斯，倘然你不是这样乖僻，我也会给你好处的。

艾帕曼特斯：不，我不要什么；要是我也受了你的贿赂，那么再也没有
　　　　人骂你了，你就要造更多的孽。你老是布施人家，泰门，我怕你快
　　　　要写起卖身文契来，把你自己也送给人家了。这种宴会，奢侈、浮
　　　　华是做什么用的？

泰　　门：哎哟，要是你骂起我的交际来，那我可要发誓不理你了。再
　　　　会，下次来的时候，请你预备一些好一点的音乐。（下）

艾帕曼特斯：好，你现在不要听我，将来要听也听不到；天堂的门已经
　　　　锁上了，你从此只好徘徊门外。唉，人们的耳朵不能容纳忠言，谄
　　　　媚却这样容易进去！（下）

第 二 幕

第一场、第二场

（剧情简介）泰门的乐善好施被一帮"朋友"利用，资产很快挥霍一空，并
　　　　负债累累。债主都让仆人手执借票上门逼债。泰门发现自己的资
　　　　产状况后，认为自己的那些朋友也会像他一样乐意与别人分享财
　　　　产，他相信自己的家业不会没落。

第 三 幕

第一场到第五场

（剧情简介）泰门把自己的管家弗莱维斯和仆人塞维律斯、露西律斯、弗
　　莱米涅斯都派出去借钱，但那些平日里奉承他、得他好处、受他帮助
　　的人，都以各种借口加以拒绝，没有一个人愿意帮他。泰门认识到
　　那帮朋友的无耻面目，决定让仆人把这些朋友——路歇斯、路库勒
　　斯、辛普莱维斯还有几位贵族——以重新开宴的名义都请来。

第六场

【同前。泰门家中的宴会厅】

　　　　【音乐；室内排列餐桌，众仆立侍；若干泰门的友人、贵族、元老
　　　　　及余人自各门分别上】

贵族甲：早安，大人。

贵族乙：早安。我想这位可尊敬的贵人前天不过是把我们试探一番。

贵族甲：我刚才也这么想着，我希望他并不真正穷到像他故意装给朋
　　友们看的那个样子。

贵族乙：照他这次重开盛宴的情形看起来，他并没有真穷。

贵族甲：我也是这样想。他很诚恳地邀请我，我本来还有许多事情，实
　　在抽不出身，可是因为他的盛情难却，所以不能不拨冗而来。

贵族乙：我也有许多要事在身，可是他一定不肯放过我。我很抱歉，当
　　他叫人来问我借钱的时候，我刚巧手边没有现款。

贵族甲：我知道了他这种情形之后，心里也难过得很。

贵族乙：这儿每一个人都有这样的感觉。他要向您借多少钱？

贵族甲：一千块。

贵族乙：一千块！

贵族甲：您呢?

贵族丙：他叫人到我那儿去,大人,——他来了。

　　　　【泰门及侍从等上】

泰　门：竭诚欢迎,两位老兄;你们都好吗?

贵族甲：托您的福,大人。

贵族乙：燕子跟随夏天,也不及我们跟随您一样踊跃。

泰　门：(旁白)你们离开我也比燕子离开冬天还快;人就是这种趋炎避冷的鸟儿。——各位朋友,今天肴馔不周,又累你们久等,实在抱歉万分;要是你们不嫌喇叭污耳,请先饱听一下音乐,我们就可以入席了。

贵族甲：前天累尊价空劳往返,希望您不要见怪。

泰　门：啊! 老兄,那是小事,请您不必放在心上。

贵族乙：大人——

泰　门：啊! 我的好朋友,什么事?

贵族乙：大人,我真是说不出的惭愧,前天您叫人来看我的时候,不巧我正是身无分文。

泰　门：老兄不必介意。

贵族乙：要是您再早两点钟叫人来——

泰　门：请您不要把这种事留在记忆里。(众仆端酒食上)来,把所有的盘子放在一起。

贵族乙：盘子上全都罩着盖!

贵族甲：一定是奇珍异味哩。

贵族丙：那还用说吗,只要是出了钱买得到的东西。

贵族甲：您好? 近来有什么消息?

贵族丙：艾西巴第斯被放逐了,您听见人家说起过没有?

贵族甲、乙：艾西巴第斯被放逐了!

贵族丙：是的,这消息是的确的。

贵族甲：怎么,怎么?

贵族乙：请问是为了什么原因？

泰　门：各位好朋友，大家过来吧。

贵族丙：等会儿我再详细告诉您。看来又是一场盛大的欢宴。

贵族乙：他还是原来那样子。

贵族丙：这样子能够维持长久吗？

贵族乙：也许，可是——那就——

贵族丙：我明白您的意思。

泰　门：请大家用着和爱人接吻那样热烈的情绪，各人就各人的座位吧，你们的菜肴是完全一律的。不要拘泥礼节，谦让得把肉都冷了。请坐，请坐。我们必须先向神明道谢：神啊，我们感谢你们的施与，赞颂你们的恩惠；可是不要把你们所有的一切完全给人，免得你们神灵也要被人蔑视。把足够的钱给每一个人，使他不必再去转借给别人，因为如果你们神灵也要向人类告贷，人类是会把神明舍弃的。让人们重视肉食，甚于把肉食赏给他们的人。让每一处有二十个男子的所在聚集着二十个恶徒；要是有十二个妇人围桌而坐，让她们中间的十二个人保持她们的本色。神啊！那些雅典的元老们，以及黎民众庶，请你们鉴察他们的罪恶，让他们遭受毁灭的命运吧。至于我这些在座的朋友，他们本来对于我漠不相关，所以我不给他们任何的祝福，我所用来款待他们的也只有空虚的无物。揭开来，狗子们，舔你们的盆子吧。（众盘揭开，内满贮温水）

一宾客：他这种举动是什么意思？

另一宾客：我不知道。

泰　门：愿你们永远不再见到比这更好的宴会，你们这一群口头的朋友！蒸汽和温水是你们最好的饮食。这是泰门最后一次的宴会了；他因为被你们的谄媚蒙住了心窍，所以要把它洗干净，把你们这些恶臭的奸诈仍旧洒还给你们。（浇水于众客脸上）愿你们老而不死，永远受人憎恶，你们这些微笑的、柔和的、可厌的寄生虫，彬彬有礼的破坏者。驯良的豺狼，温顺的熊，命运的弄人，酒食征逐的朋友，趋炎附势的青蝇，脱帽屈膝的奴才，水汽一样轻浮的跳梁小丑！一切人畜的恶症侵蚀你们的全身！什么！你要走了吗？且慢！你还没有把你的教训带去，——还有你，——还有你，等一等，我有钱借给你哩，我不要向你们借钱呀！（将盘子掷众客身）什么！大家都要走了吗？从此以后，让每一个宴会把奸人尊为上客吧。屋子，烧起来呀！雅典，陆沉了吧！从此以后，泰门将要痛恨一切的人类了！（下）

【众贵族、元老等重上】

贵族甲：哎哟，各位大人！

贵族乙：您知道泰门发怒的缘故吗？

贵族丙：嘿！您看见我的帽子吗？

贵族丁：我的袍子也丢了。

贵族甲：他已经发了疯啦，完全在逞着他的性子乱闹。前天他给我一颗宝石，现在他又把它从我的帽子上打下来了。你们看见我的宝石吗？

贵族丙：您看见我的帽子吗？

贵族乙：在这儿。

贵族丁：这儿是我的袍子。

贵族甲：我们还是快走吧。

贵族乙：泰门已经疯了。

贵族丙：他把我的骨头都擂痛了呢。

贵族丁：他高兴就给我们金刚钻，不高兴就用石子扔我们。（同下）

第 四 幕

第一场、第二场

（剧情简介）泰门逃到城外，回头望着雅典，发出对雅典城、对人类的愤恨。他成了恨世者。城内家中,他的仆人分散走开,只有管家弗莱维斯决心去寻找主人。

第三场

【海滨附近的树林和岩穴】

【泰门在树林中】

泰　门：神圣的化育万物的太阳啊! 把地上的瘴雾吸起,让天空中弥漫着毒气吧! 同生同长、同居同宿的孪生兄弟,也让他们各人去接受不同的命运,让那贫贱的被富贵的所轻蔑吧。人一旦飞黄腾达,摆脱了颠沛之苦,无一不背离人性。让乞儿跃登高位,大臣退居贱职吧;元老必须世世代代受人贱视,乞儿必须享受世袭的光荣。那富贵了的兄弟所以富贵,那贫穷的所以贫穷,全然是因了命运;正像那牛儿有了丰美的水草自然肥胖,没有了自然瘦瘠下来。谁敢秉着光明磊落的胸襟挺身而起,说"这人是一个谄媚之徒?"要是有一个人是谄媚之徒,那么谁都是谄媚之徒;因为每一个按照财产多寡区分的阶级,都要被次一阶级所奉承;博学的才人必须向多金的愚夫鞠躬致敬。在我们万恶的天性之中,一切都是不三不四的,只有奸邪淫恶才是地地道道的。所以,让我永远厌弃人类的社会吧!泰门憎恨形状像人一样的东西,他也憎恨他自己;愿毁灭吞噬整个人类! 泥土,给我一些树根充饥吧! (掘地)谁要是希望你给他一些更好的东西,你就用你最猛烈的毒物餍足他的口味吧! 咦,这是什么? 金子! 黄黄的、发光的、宝贵的金子! 不,天神们啊,我的誓言绝不是信口胡说的,我只要你们给我一些树根! 这东西,就是这些东西,可以使黑的变成白的,丑的变成美的,错的变成对的,卑贱变成尊贵,老人变成少年,懦夫变成勇士。嘿! 你们这些天神们啊,为什么要给我这东西呢? 嘿,这东西会把你们的祭司和仆人从你们的身旁拉走,把壮士头颅底下的枕垫抽去;这黄色的奴隶可以使异教联盟,同宗分裂;它可以使受咒诅的人得福,使害着灰白色的癫病的人为众人所敬爱;它可以使窃贼得到高爵显位,和元老们分庭抗礼;它可以使鸡皮黄脸的寡妇重做新娘,即使她的尊容会使身染恶疮的人见了呕吐,有了这东西也会恢复三春的娇艳。来,该死的土块,你这人尽可夫的娼妇,你惯会在乱七八糟的列国之间挑起纷争,我倒要让你去施展一下你的神通。(远处军队行进声)嘿!鼓声吗?你还是活生生的,可是我要把你埋葬了再说。你这筋骨强健的奴隶,等到你那患了风湿的守卫者站立不住的时就会逃之夭夭。待我留一些作质。(留下若干金子)

【鼓角前导,艾西巴第斯戎装率菲莉妮娅、提曼德拉同上】

艾西巴第斯: 你是什么?说。

泰　门: 我跟你一样是一头野兽。愿蛆虫蛀掉了你的心,因为你又让我看见了人类的面孔!

艾西巴第斯: 你叫什么名字?你自己是一个人,怎么把人类恨到了这个样子?

泰　门: 我是人类的厌恶者。我倒希望你是一条狗,那么也许我会喜欢你几分。

艾西巴第斯: 我认识你是什么人,可是不知道你为什么会变成这样。

泰　门: 我也认识你,除了我知道你是什么人之外,我不要再知道什么。跟着你的鼓声去吧,用人类的血染红大地;宗教的戒条,民事的法律,哪一条不是冷酷无情的,那么谁能责怪战争的残酷呢?这一个狠毒的娼妓,虽然瞧上去像个天使一般,杀起人来却比你的刀剑还要厉害呢。

菲莉妮娅: 烂掉你的嘴唇!

泰　门: 我不要吻你;你的嘴唇是有毒的,让它自己烂掉了吧。

艾西巴第斯: 尊贵的泰门怎么会变成这个样子?

泰　门: 正像月亮一样,因为缺少了可以照人的光;可是我不能像月亮一样缺而复圆,因为我没有可以借取光明的太阳。

艾西巴第斯：尊贵的泰门，我可以做些什么来表示我的友情呢？

泰　门：不必，只要你支持我的观点。

艾西巴第斯：什么观点，泰门？

泰　门：用口头上的友谊允许人家，可是不要履行你的允诺；要是你不允许人家，那么神明降祸于你，因为你是一个人！要是你果然履行允诺，那么愿你沉沦地狱，因为你是一个人！

艾西巴第斯：我曾经略为听到过一些你的不幸的遭际。

泰　门：当我有钱的时候，你就看见过我是怎样地不幸了。

艾西巴第斯：我现在才看见你的不幸，那个时候你是很享福的。

泰　门：正像你现在一样，给一对娼妓挟住了不放。

提曼德拉：这就是那个受尽世人歌颂的雅典的宠儿吗？

泰　门：你是提曼德拉吗？

提曼德拉：是的。

泰　门：做你一辈子的婊子去吧！那些把你玩弄的人并不是真心爱你；他们在你身上发泄过兽欲以后，你就把恶疾传给他们。利用你的淫浪的时间，把那些红颜少年送进治脏病的浴池，把他们消磨得形销骨立吧。

提曼德拉：杀千刀的！

艾西巴第斯：原谅他，好提曼德拉，因为他遭逢变故，他的神经已经混乱了。豪侠的泰门，我近来钱囊羞涩，为了饷糈不足的缘故，我的部队常常发生叛变。我也很痛心，听到那可咒诅的雅典怎样轻视你的才能，忘记你的功德，倘不是靠着你的威名和财力，这区区的雅典城早被强邻鲸食了——

泰　门：请你敲起鼓来，快些走开吧。

艾西巴第斯：我是你的朋友，我同情你，亲爱的泰门。

泰　门：你这样跟我纠缠，还说是同情我吗？我宁愿一个人在这里。

艾西巴第斯：好，那么再会；这儿有一些金子，你拿去吧。

泰　门：金子你自己留着，我又不能吃它。

艾西巴第斯：等我把骄傲的雅典踏成平地以后——

泰　门：你要去打雅典吗？

艾西巴第斯：是的，泰门，我有充分的理由哩。

泰　门：愿天神降祸于所有的雅典人，让他们一个个在你剑下丧命；等你征服了雅典以后，愿天神再降祸于你！

艾西巴第斯：为什么降祸于我，泰门？

泰　门：因为天生下你来，要你杀尽那些恶人，征服我的国家。把你的金子藏好了；快去。我这儿还有些金子，也一起给了你吧。快去。愿你奉行天罚，像一颗高悬在作恶多端的城市上的灾星一般，别让你的剑下放过一个人。不要怜悯一把白须的老翁，他是一个放高利贷的人。那凛然不可侵犯的中年妇人，外表上虽然装得十分贞淑，其实却是一个鸨妇，让她死在你的剑下吧。也不要因为处女的秀颊而软下了你的锐利的剑锋；这些惯在窗棂里偷看男人的丫头们，都是可怕的叛徒，不值得怜惜的。也不要饶过婴孩，像一个傻子似的看见他的浮着酒涡的微笑而大发慈悲；你应当认为他是一个私生子，上天已经向你隐约预示他将来长大以后会割断你的咽喉，所以你必须硬着心肠把他刹死。你的耳朵上、眼睛上，都要罩着一重厚甲，让你听不到母亲、少女和婴孩们的啼哭，看不见披着圣服的祭司的流血。把这些金子拿去分给你的兵士们，让他们去造成一次大大的纷乱，等你的盛怒消释以后，愿你也不得好死！不必多说，快去。

艾西巴第斯：你还有金子吗？我愿意接受你给我的金子，可是不能完全接受你的劝告。

泰　门：接受也好，不接受也好，愿上天的咒诅降在你身上！

菲莉妮娅、提曼德拉：好泰门，给我们一些金子；你还有吗？

泰　门：有，有，有，我有足够的金子，可以使一个妓女改业，自己当起老鸨来。揭起你们的裙子来，你们这两个贱婢。你们是不配发誓的，虽然我知道你们发起誓来，听见你们的天神也会浑身发抖，毛

317

骨悚然；不要发什么誓了，我愿意信任你们。做你们一辈子的婊子吧，要是有什么仁人君子，想要劝你们改邪归正，你们就得施展你们的狐媚伎俩引诱他，使他在欲火里丧身。一辈子做你们的婊子吧，你们的脸上必须满涂着脂粉，让马蹄踏上去都会拔不出来。

菲莉妮娅、提曼德拉：好，再给我们一些金子。还有什么吩咐？相信我们，只要有金子，我们是什么都愿意干的。

泰　门：把痨病的种子播在人们枯干的骨髓里，让他们胫骨疯瘫，不能上马驰驱。嘶哑掉律师的喉咙，让他不再颠倒黑白，为非分的权利辩护，鼓弄他的如簧之舌。叫那痛斥肉体的情欲、自己不相信自己的话的祭司害起满身的癞病；叫那长着尖锐的鼻子、一味钻营逐利的家伙烂去了鼻子；叫那长着一头鬈曲秀发的光棍变成秃子；叫那不曾受过伤净会吹牛的战士也从你们身上受到些痛苦：让所有的人都被你们害得身败名裂。再给你们一些金子；你们去害了别人，再让这东西来害你们，愿你们一起倒在阴沟里死去！

菲莉妮娅、提曼德拉：宽宏慷慨的泰门，再给我们一些金子吧，你还有什么话要对我们说的？

泰　门：你们先去多卖几次淫，多害几个人；回头来我还有金子给你们。

艾西巴第斯：敲起鼓来，向雅典进发！再会，泰门，要是我此去能够成功，我会再来访问你的。

泰　门：要是我的希望没有落空，我再也不要看见你了。

艾西巴第斯：我从来没有得罪过你。

泰　门：可是你说过我的好话。

艾西巴第斯：这难道对你是有害的吗？

泰　门：人们每天都可以发现说好话的人总是不怀好意。走开，把你这两条小猎狗带了去。

艾西巴第斯：我们留在这儿反而惹他发恼。敲鼓！（敲鼓；艾西巴第斯、菲莉妮娅、提曼德拉同下）

泰　门：想不到在饱尝人世的无情之后，还会感到饥饿；你万物之母啊，（掘地）你的不可限量的胸腹，擎乳着繁育着一切；你的精气不但把傲慢的人类，你的骄儿，吹嘘长大，也同样生养了黑色的蟾蜍、青色的蝮蛇、金甲的蝾螈、盲目的毒虫，以及一切光天化日之下可憎可厌的生物；请你从你那丰饶的怀里，把一块粗硬的树根给那痛恨你一切人类子女的我果腹吧！枯萎了你的肥沃多产的子宫，让它不要再生出负心的人类来！愿你怀孕着虎龙狼熊，以及一切宇宙覆载之中所未见的妖禽怪兽！啊！一个根；谢谢。干涸了你的血液，枯焦了你的土壤；忘恩负义的人类，都是靠着你的供给，用酒肉腻塞了他的良心，以致于迷失了一切的理性！

【艾帕曼特斯上】

泰　门：又有人来！该死！该死！

艾帕曼特斯：人家指点我到这儿来，他们说你学会了我的举止，模仿着我的行为。

泰　门：因为你还不曾养一条狗，否则我倒宁愿学它。愿痨病抓了你去！

艾帕曼特斯：你这种样子不过是一时的感触，因为运命的转移而发生的懦怯的忧郁。为什么拿起这柄锄头？为什么住在这个地方？为什么穿上这身奴才的装束？为什么露出这样忧伤的神色？向你献媚的家伙现在还穿的是绸缎，喝的是美酒，睡的是温软的被褥，彻底忘记了世上曾经有过一个名叫泰门的人。不要装出一副骂世者的腔调，害这些山林蒙羞吧。还是自己也去做一个献媚的人，在那些毁荡了你的家产的家伙手下讨生活吧。弯下你的膝头，让他嘴里的气息吹去你的帽子；不管他发着怎样坏的脾气，你都要把他恭维得五体投地。你应当像笑脸迎人的酒保一样，倾听着每一个流氓恶棍的话；你必须自己也做一个恶棍，要是你再发了财，也不过让恶棍们享用了去。可不要再学着我的样子啦。

泰　门：要是我像了你，我宁愿把自己丢掉。

艾帕曼特斯：你因为像你自己，早已把你自己丢掉了；你做了这么久的疯人，现在却变成了一个傻子。怎么！你以为那凛冽的霜风，你那喧嚷的仆人，会把你的衬衫烘暖吗？这些寿命超过鹰隼，罩满苍苔的老树，会追随你的左右，听候你的使唤吗？那冰冻的寒溪会替你在清晨煮好粥汤，替你消除昨夜的积食吗？叫那些赤裸裸地生存在上天的暴怒之中、无遮无掩地受着风吹雨打、霜雪侵凌的草木向你献媚吧，啊！你就会知道——

泰　门：你是一个傻子。快去。

艾帕曼特斯：我从来不曾像现在这样喜欢你。

泰　门：我从来不曾像现在这样讨厌过你。

艾帕曼特斯：为什么？

泰　门：因为你向贫困献媚。

艾帕曼特斯：我没有献媚，我说你是一个下流的恶汉。

泰　门：为什么你要来找我？

艾帕曼特斯：因为我要惹你恼怒。

泰　门：这是一个恶徒或者愚人的工作。你以为惹人家恼怒对于你自己是一件乐事吗？

艾帕曼特斯：是的。

泰　门：怎么！你又是一个无赖吗？

艾帕曼特斯：要是你披上这身寒酸的衣服，目的只是要惩罚你自己的骄傲，那么很好；可是你是出于勉强的，倘然你不再是一个乞丐，你就会再去做一个廷臣。自愿的贫困胜如不定的浮华；穷奢极欲的人要是心无知足，比最贫困而知足的人更要不幸得多了。你既然这样困苦，应该但求速死。

泰　门：我不会听了一个比我更倒霉的人的话而去寻死。……

艾帕曼特斯：你要我对雅典人说些什么？

泰　门：但愿一阵风把你卷到雅典去。要是你愿意，你可以告诉他们我这儿有金子，瞧，我有金子。

艾帕曼特斯：你在这儿用不到金子。

泰　门：金子在这儿才是最好最真的,因为它安安静静地躺在这儿,不
被人利用去为非作歹。……

　　　　【众窃贼上】

贼　甲：他哪里来的这些金子? 那一定是他剩在身边的一些碎片零
屑。他就是因为囊中金罄,友朋离散,所以才发起疯来的。

贼　乙：听说他还有许多宝贝。

贼　丙：让我们吓唬他一下:要是他不爱惜金银,一定会双手捧给我们
的;要是他推推托托不肯交出来,那便怎么办呢?

贼　乙：不错,他并不把它们放在身边,一定是藏得好好的。

贼　甲：这不就是他吗?

众　贼：在哪儿?

贼　乙：正是他的样子。

贼　丙：是他,我认识是他。

众　贼：你好,泰门?

泰　门：好哇,你们这些偷儿?

众　贼：我们是兵士,不是偷儿。

泰　门：是兵士,也是偷儿,你们都是妇人的儿子。

众　贼：我们不是偷儿,不过是些什么都没有的穷光蛋。

泰　门：你们没有东西吃吗? 为什么没有? 瞧,地下生着各种草木的
根;在这一哩以内,长着多少的山蔬野草;橡树上长着橡栗,野蔷薇
也长着一粒粒红色的果实;那慷慨的主妇,大自然,在每一棵植物
上替你安排好美食,你们还嫌没有东西吃吗?

贼　甲：我们不能像鸟兽游鱼一样,靠着吃草啄果、喝些清水过活呀。

泰　门：你们也不能靠着吃鸟兽游鱼的肉过活,你们是一定要吃人的。
可是我还是要谢谢你们,因为你们都是明目张胆地做贼,并不蒙着
庄严神圣的假面具;那些道貌岸然的正人君子,才是最可怕的窃贼
大盗哩。你们这些鼠贼,拿着这些金子去吧。去,痛痛快快地喝个

醉，让烈酒烧枯你们的血液，免得你们到绞架上去受苦。不要相信医生的话，他的药方上都是毒药，他杀死的比你们偷窃的还多。放手偷吧，大家住在一起；你们既然做了贼，尽管做些恶事就像做着正当的工作一样。我可以讲几个最大的窃贼给你们听：太阳是个贼，用他的伟大的吸力偷窃海上的潮水；月亮是个无耻的贼，她的惨白的光辉是从太阳那儿偷来的；海是个贼，他的汹涌的潮汐把月亮溶化成咸味的眼泪；地是个贼，他偷了万物的粪便作肥料，使自己肥沃；什么都是贼，那束缚你们鞭打你们的法律，也凭借它的野蛮的威力，实行不受约制的偷窃。不要爱你们自己，快去！各人互相偷窃。再拿一些金子去吧。放大胆子去杀人，你们所碰到的人没有一个不是贼。到雅典去，打开人家的店铺，你们所偷到的东西没有一件不是贼赃。不要因为我给了你们金子就不去做贼，那就让金子送了你们的性命！阿门！

贼　丙：他劝我做贼，反而把我说得不愿意做贼了。

贼　甲：他因为痛恨人类，所以这样劝告我们，他不是希望我们靠着做贼发财享福。

贼　乙：我要把他的话当作仇敌的话，放弃我的本行了。

贼　甲：让我们等待太平日子重新回到雅典；无论时世怎样艰难，一个人总可以安分度日的。（众贼下）

　　【弗莱维斯上】

弗莱维斯：天哪！那个衣服褴褛、形容枯槁的人，便是我的主人吗？他怎么会衰落到这个地步？为善的人竟会得到这样的恶报！从前那样炙手可热，一朝穷了下来，就要受尽世人的冷眼！世上还有什么东西比那些把最高贵的人引到了最没落的下场的朋友们更可恶的！在这样尔虞我诈的人间，一个人与其爱他的朋友，还不如爱他的仇敌；虽然仇敌对我不怀好意，可是朋友却在实际上陷害我。他已经看见我了。我要向他表示我的真诚的同情，仍旧把他看作我的主人一样用我的生命为他服役。我的最亲爱的

322

主人！

【泰门上前】

泰 门：走开！你是什么人？

弗莱维斯：您忘记我了吗，大爷？

泰 门：为什么问我这个问题？我已经忘记了所有的人了；要是你承认自己是个人，那么我当然也忘记你了。

弗莱维斯：我是您的一个可怜的忠心的仆人。

泰 门：那么我不认识你。我从来不曾有过一个忠心的仆人在我的身边；我只是养了一大群恶汉，侍候奸徒们的肉食。

弗莱维斯：神明可以作证，从来不曾有过一个可怜的管家像我一样，为了他的破产的主人而衷心哀痛。

泰 门：怎么！你哭了吗？过来，那么我爱你，因为你是一个女人，不是冷酷无情的男子，男子的眼睛除了在激于情欲和大笑的时候以外，是从来不会潮润的，他们的侧隐之心久已睡去了。奇怪的时代，人们流泪是为了欢笑，不是为了哭泣！

弗莱维斯：请您不要把我当作陌生人，我的好大爷，接受我的同情的安慰；我还剩着不多几个钱在此，请您仍旧让我做您的管家吧。

泰 门：我竟有这样一个忠心正直的管家来安慰我吗？我的狂野的心都几乎被你软化了。让我瞧瞧你的脸。不错，这个人是妇人所生的。原谅我的抹杀一切的武断吧，永远清醒的神明们！我宣布这世界上还有一个正直的人，不要误会我，只有一个，而且他是个管家。但愿没有其他的人和他一样，因为我要痛恨一切的人类！你虽然不再受我的憎恨，可是除了你以外，谁都要受我的咒诅。我想你这样老实，未免太不聪明，因为要是你现在欺骗我凌辱我，也许可以早一点得到一个新的主人；许多人都是踏在他们旧主人的颈子上，去侍候他们的新主人的。可是老实告诉我——我虽然相信你，却不能不怀疑——你的好心是不是别有用意，像那些富人们送礼一样，希望得到二十倍的利息？

弗莱维斯：不，我的最尊贵的主人，唉！您到现在才懂得怀疑，已经太
迟了。当您大开盛宴的时候，您就该想到人情的虚伪；可是一个人
总要到了日暮途穷，方才知道人心是不可轻信的。天知道我现在
向您表示的，完全是一片赤心，我不过对您高贵无比的精神呈献我
的天职和热忱，关心您的饮食起居；相信我，我的最尊贵的大爷，我
愿意把一切实际上或是希望中的利益，交换这一个愿望：只要您
恢复原来的财势，就是给我莫大的报酬了。

泰　　门：瞧，我已经发了财了。你这唯一的善人，来，拿去，天神假手
于我的困苦，把财富送给你了。去，快快活活地做个财主吧；可
是你要遵照我一个条件：你必须在远离人踪的地方筑屋而居；痛
恨所有的人，咒诅所有的人，不要对任何人发慈悲心，听任那枵
腹的饿丐形销骨立，也不要给他一些饮食；宁可把你不愿给人类
的东西拿去丢给狗；让监狱把他们吞咽，让重债把他们压死；让
人们像枯树一样倒毙，让疾病吸干了他们奸诈的血！去吧，愿你
有福！

弗莱维斯：啊，让我留着安慰安慰您吧，我的主人。

泰　　门：要是你不愿意挨骂，那么不要停留；趁你得到我的祝福，还是
一个自由之身的时候，赶快逃走吧。你再也不要看见人类的面，也
让我再不要看见你。（各下）

第　五　幕

第一场到第四场

（剧情简介）泰门拥有黄金的消息传开后，诗人、画师到树林里找到他，
向他谄媚，企图骗到黄金，却遭到他无情地讽刺，最后将他们打跑。
雅典城内两位元老也找到泰门，向他表示悔过，希望他返回雅典抵
抗艾西巴第斯的进攻，被他严词拒绝。雅典城无法抵抗艾西巴第斯
军队，元老们经过谈判，打开城门投降。此时，泰门在对人类的憎恨

中死去。艾西巴第斯赞美泰门是高贵的人，他要那些曾欺骗泰门的人接受严厉的惩罚。

——《雅典的泰门》，载《莎士比亚全集》（增订本）第 6 册，朱生豪译，译林出版社 2016 年版

（黄景春　编选）

【拓展阅读】

1.〔唐〕韩愈：《送穷文》，载马其昶：《韩昌黎文集校注》，上海古籍出版社 1986 年版。

2.〔英〕莎士比亚：《李尔王》，《莎士比亚全集》（增订本）第 6 册，朱生豪译，译林出版社 2016 年版。

3.〔英〕托马斯·莫尔：《乌托邦》，戴镏龄译，商务印书馆 1982 年版。

4.〔法〕巴尔扎克：《高老头》，傅雷译，人民文学出版社 1963 年版。

5.〔德〕爱因斯坦：《我的世界观》，《爱因斯坦文集》第三卷，许良英等编译，商务印书馆 1979 年版。

宗教与信仰

论佛骨表①

〔唐〕韩　愈

【解题】

　　韩愈(768—824)，字退之，河南河阳(今河南孟州市)人，自称"郡望昌黎"，世称韩昌黎、昌黎先生。唐代杰出的思想家、文学家。唐贞元八年(792)中进士，曾任节度推官、监察御史、阳山令等职，并随裴度平定淮西之乱，晚年任吏部侍郎等职。韩愈是唐代古文运动的倡导者，为唐宋八大家之首，与柳宗元并称"韩柳"。韩愈主张学习先秦、两汉的散文，提出"气盛言宜""务去陈言""文从字顺"等理念，扩大了散文的功能和影响力。年五十七病逝，谥号"文"，世称韩文公。著有《韩昌黎集》。

　　韩愈写《谏迎佛骨表》是中国思想史上的一个重大事件。佛教传入中国后，逐渐为中国人所接受，并得到广泛传播。唐代的历代君王，都对佛教礼遇有加，致其盛极一时。当时凤翔法门寺有护国真身塔，塔内有释迦牟尼指骨舍利，三十年开塔一次，供人瞻拜。元和十四年(819)，正值开塔之年，唐宪宗打算迎佛骨入宫，供养三日。儒家人士提出反对意见。韩愈在表奏中列举历朝佞佛都"运祚不长"，"事佛求福，乃更得祸"，因而触怒了唐宪宗，被贬为潮州刺史。虽然韩愈谏迎佛骨在当时收效甚微，但其思想在后世产生了很大影响。

　　臣某言②，伏以佛者，夷狄之一法耳③。自后汉时始流入中国，上古未尝

---

　　① 佛骨：指佛教始祖释迦牟尼的一节指骨。表：古代臣子上给皇帝的奏章，多用于陈情、谢贺等。　② 臣某言：表开头的一种格式，某是上表者的代词。　③ 伏：俯伏，下对上的敬辞。夷狄：古代对少数民族的称呼，此处指天竺。法：法度，这里指宗教。

有也①。昔昔黄帝②在位百年，年百一十岁；少昊③在位八十年，年百岁；颛顼④在位七十九年，年九十八岁；帝喾⑤在位七十年，年百五岁；帝尧⑥在位九十八年，年百一十八岁；帝舜及禹年皆百岁⑦。此时天下太平，百姓安乐寿考⑧，然而中国未有佛也。其后殷汤⑨亦年百岁，汤孙太戊⑩在位七十五年，武丁⑪在位五十九年，书史不言其寿，推其年数，盖亦俱不减百岁。周文王⑫年九十七岁，武王⑬年九十三岁，穆王⑭在位百年。此时佛法亦未至中国，非因事佛而致此也。

　　汉明帝⑮时始有佛法，明帝在位，才十八年耳。其后乱亡相继⑯，运祚⑰不长。宋、齐、梁、陈、元魏已下，事佛渐谨，年代尤促⑱。唯梁武帝⑲在位四十八年，前后三度舍身施佛⑳，宗庙之祭，不用牲牢㉑，昼日一食，止于菜果㉒；其后竟为侯景所逼，饿死台城，国亦寻灭㉓！事佛求福，乃更得祸。由此观之，佛不足信，亦可知矣。

----

① 据范晔《后汉书》载：后汉明帝刘庄派遣蔡愔到天竺去求佛法，与僧人摄摩腾、竺法兰同回，用白马载佛经和佛像。永平十一年(68)在洛阳建寺，以"白马"名之，佛法从此流人中国。　② 黄帝：姓公孙，名轩辕。相传他先后战胜炎帝和蚩尤，为汉族始祖。黄帝与下文的少昊、颛顼、帝喾、尧、舜、禹，皆为传说中上古时代部落联盟的首领。　③ 少昊(hào)：姓己，一说姓嬴，名挚，号穷桑帝。　④ 颛顼(zhuān xū)：相传是黄帝之子昌意的后裔，号高阳氏。　⑤ 帝喾(kù)：相传是黄帝之子玄嚣的后裔，号高辛氏。　⑥ 帝尧：相传是帝喾之子，号陶唐氏。　⑦ 帝舜：相传是颛顼的七世孙，号有虞氏。禹：姓姒(sì)，以治理洪水被人称颂，后建立夏朝。　⑧ 寿考：寿命长。考：老。⑨ 殷汤：又称商汤、汤。　⑩ 太戊(wù)：殷汤第四代孙，殷中宗。　⑪ 武丁：殷汤第十代孙，殷高宗。　⑫ 周文王：姓姬，名昌，商末周族领袖，为后来灭商建周奠定基础。　⑬ 武王：周文王之子，名发，周王朝的建立者。　⑭ 穆王：周文王五世孙，名满。　⑮ 汉明帝：光武帝刘秀之子刘庄，东汉(即后汉)第二代皇帝。　⑯ 后汉自明帝死，到献帝退位，共历一百四十五年，中经章帝、和帝、殇帝、冲帝、质帝、少帝，在位时间皆甚短促。此后的三国和西晋、东晋，皇帝在位年数皆不长。⑰ 运祚(zuò)：国运，此指君位。　⑱ 宋(420—479)，立国五十九年，经八帝。齐(479—502)，立国二十四年，经七帝。梁(502—557)，立国五十六年，经四帝。陈(557—589)，立国三十三年，经五帝。以上为南朝。元魏，即北魏(386—557)，立国一百六十年，经十七帝，此为北朝。已：同"以"。谨：虔诚。促：短暂。　⑲ 梁武帝：南朝梁的开国皇帝，姓萧，名衍。　⑳ 据《南史·梁本纪》载：梁武帝于大通元年(527)、中大通元年(529)、太清元年(547)三次舍身同泰寺作佛徒，每次皆由他的儿子和大臣用重金赎回。　㉑ 据《南史·梁本纪》载：梁武帝于天监十六年(517)三月，下令："郊庙牲牷(纯色全牲)，皆代以麫(miàn，面食)。"牲：祭祀用的牲畜。牢：古代称牛、羊、猪各一头为太牢(也有称牛为太牢的)，称羊、猪各一头为少牢。　㉒ 据《南史·梁本纪》载：梁武帝"溺信佛道，日止一食"。　㉓ 侯景：字万景，怀朔镇(今内蒙古包头)人。原为北魏大将，后降梁，不久又叛梁，破建康(今江苏南京市)，攻入宫城，囚梁武帝。台城：即宫城，宫禁所在之处，当时称朝廷禁省为"台"，故名。寻：不久。

高祖①始受隋禅，则议除之。当时群臣识见不远②，不能深究先王之道、古今之宜③，推阐圣明④，以救斯弊，其事遂止⑤。臣尝恨焉！伏惟皇帝陛下，神圣英武，数千百年以来未有伦比。即位之初，即不许度⑥人为僧尼、道士，又不许别立寺观。臣当时以为高祖之志，必行于陛下之手。今纵未能即行，岂可恣⑦之转令盛也！

今闻陛下令群僧迎佛骨于凤翔，御楼⑧以观，舁入大内⑨，令诸寺递迎供养。臣虽至愚，必知陛下不惑于佛，作此崇奉以祈福祥也。直以年丰人乐，徇⑩人之心，为京都士庶设诡异之观⑪、戏玩之具耳。安有圣明若此，而肯信此等事哉！然百姓愚冥，易惑难晓，苟见陛下如此，将谓真心信佛。皆云天子大圣⑫，犹一心敬信；百姓微贱，于佛岂合惜身命？所以灼顶燔指⑬，百十为群，解衣散钱⑭，自朝至暮，转相仿效，唯恐后时，老幼奔波，弃其生业⑮。若不即加禁遏，更历诸寺，必有断臂脔身⑯以为供养者。伤风败俗，传笑四方，非细事⑰也。

佛本夷狄之人，与中国言语不通，衣服殊制，口不道先王之法言，身不服先王之法服⑱，不知君臣之义、父子之情。假如其身尚在，奉其国命，来朝京师，陛下容而接之⑲，不过宣政⑳一见，礼宾一设㉑，赐衣一袭㉒，卫而出之于境，不令惑于众也。况其身死已久，枯朽之骨，凶秽之余㉓，岂宜以入宫禁！孔子曰："敬鬼神而远之。"㉔古之诸侯，行吊㉕于国，尚令巫祝先以桃茢祓除

---

① 高祖：唐高祖李渊，公元618年废隋恭帝，建立唐朝，年号武德。据《旧唐书·傅奕传》《新唐书·高祖纪》载：武德九年(626)太史令傅奕上疏请除释教，高祖从其言，打算裁汰僧、尼、道士、女冠。 ② 指中书令萧瑀等人反对傅奕除佛的主张。识见不远：才能不高，识见短浅。 ③ 宜：谊，道理。 ④ 推阐圣明：推求阐发圣主(指高祖)英明的旨意。 ⑤ 其事遂止：议除佛教事，因高祖不久退位而中止。 ⑥ 度：世俗人出家，由其师剃去其发须，称为"剃度"，亦称"度"，意即度人脱离世俗苦海。 ⑦ 恣：放纵。 ⑧ 御楼：登上宫楼。御：古代称皇帝的行动为"御"。 ⑨ 舁(yú)入大内：抬入皇宫里。大内：指皇帝宫殿。 ⑩ 徇：顺从，随着。 ⑪ 士庶：士大夫和平民百姓。诡异之观：新奇怪异的观赏。 ⑫ 大圣：大圣人，指唐宪宗。 ⑬ 焚顶燔指：指用香火烧灼头顶或手指，以苦行来表示奉佛的虔诚。 ⑭ 解衣散钱：指以施舍钱财来表示奉佛的虔诚。 ⑮ 生业：工作。 ⑯ 脔(luán)身：从自己身上割下肉来。脔：把肉切成小块。 ⑰ 细事：小事，指迎唐宪宗佛骨一事。 ⑱ 法言：合乎礼法的言语。法服：合乎礼法的服装。 ⑲ 容而接之：答应接见他。 ⑳ 宣政：唐长安宫殿名，在东内大明宫内含元殿后，为皇帝接见外国人京朝贡使臣之所。 ㉑ 礼宾：唐院名，在长兴里北，为招待外宾之所。设：设宴招待。 ㉒ 一袭：一套，指单衣、复衣齐全者。 ㉓ 凶秽之余：尸骨的残余，指所迎佛骨的一节指骨。 ㉔ 敬鬼神而远之：对鬼神要尊敬，但不要接近，即"敬而远之"之意。 ㉕ 行吊：到别的国家参加丧礼。吊：祭奠哀悼死者。

不祥①,然后进吊。今无故取朽秽之物,亲临观之,巫祝不先,桃茢不用,群臣不言其非、御史不举其失,臣实耻之。乞以此骨付之水火,永绝根本,断天下之疑,绝后代之惑,使天下之人,知大圣人②之所作为出于寻常万万也,岂不盛哉!岂不快哉!佛如有灵,能作祸祟,凡有殃咎③,宜加臣身。上天鉴临④,臣不怨悔。无任感激恳悃之至⑤!

谨奉表以闻。臣某,诚惶诚恐⑥。

——选自韩愈:《韩昌黎集》,商务印书馆1933年版

(李德强　选编)

---

① 巫祝:官名。巫:以舞蹈迎神、娱神。祝:以言辞向鬼神求福去灾。桃茢(liè):桃枝做的笤帚,古人认为可以扫除不祥。茢(fú)除:驱除。　② 大圣人:指唐宪宗。　③ 殃咎(jiù):祸害。　④ 鉴临:亲临鉴察。　⑤ 无任:不胜。恳悃(kǔn):恳切忠诚。　⑥ 诚惶诚恐:实在惶恐不安。奏表结尾的套语,有时亦用在开头。

我们对于西洋近代文明的态度

胡 适

【解题】

胡适(1891—1962)，原名嗣穈，学名洪骍，字希疆，笔名胡适，字适之。中国现代著名思想家、文学家、哲学家，安徽绩溪人。曾留学美国，师从哲学家杜威，回国后被聘为北京大学教授。1918年加盟《新青年》，大力提倡白话文，成为新文化运动的领军人物。后历任驻美大使、北京大学校长等职。曾接办《每周评论》，创办《努力周报》《现代评论》《独立评论》等杂志。著有《中国古代哲学史》《白话文学史》《中国哲学史大纲》等，对中国现代文学产生了深远影响。

本文1926年7月发表于《现代评论》杂志，体现了胡适对中西文明的深入思考。当时学界有一种流行观念："西洋文明是唯物的，我国的文明是精神的。"胡适对此并不苟同，他认为：没有一种文明是精神的，也没有一种文明单是物质的。胡适把西洋近代文明看作"真正理想主义的(Idealistic)文明"，但其目的并非单纯赞美异域文明的优越性，而是试图以西洋为参照，来改良中国的社会制度，以优秀的文化和科技作为国家根基，自有其重要的时代意义。

今日最没有根据而又最有毒害的妖言是讥贬西洋文明为唯物的(Materialistic)，而尊崇东方文明为精神的(Spiritual)。这本是很老的见解，在今日却又新兴的气象。从前东方民族受了西洋民族的压迫，往往用这种见解来解嘲，来安慰自己。近几年来，欧洲大战的影响使一部分的西洋人对于近世科学的文化起一种厌倦的反感，所以我们时时听见西洋学者有崇拜东方的精神文明的议论。这种议论,本来只是一时的病态的心理,却正投合东方民族的夸大狂;东方的旧势力就因此增加了不少的气焰。

·········

我们现在要讨论的是(1)什么叫做"唯物的文明"(Materialistic Civilization),(2)西洋现代文明是不是唯物的文明。

崇拜所谓东方精神文明的人说,西洋近代文明偏重物质上和肉体上的享受,而略视心灵上与精神上的要求,所以是唯物的文明。

我们先要指出这种议论含有灵肉冲突的成见,我们认为的成见。我们深信,精神的文明必须建筑在物质的基础之上。提高人类物质上的享受,增加人类物质上的便利与安逸,这都是朝着解放人类的能力的方向走,使人们不至于把精力心思全抛在仅仅生存之上,使他们可以有余力去满足他们的精神上的要求。东方的哲人曾说:

衣食足而后知荣辱,仓廪实而后知礼节。

这不是什么舶来的"经济史观";这是平恕的常识。人世的大悲剧是无数的人们终身做血汗的生活,而不能得着最低限度的人生幸福,不能避免冻与饿,不能设法增进他们的幸福,却把"乐天""安命""知足""安贫"种种催眠药给他们吃,叫他们自己欺骗自己,安慰自己。西方古代有一则寓言说狐狸想吃葡萄,葡萄太高了,他吃不着,只好说"我本不爱吃这酸葡萄!"狐狸吃不着甜葡萄,只好说葡萄是酸的;人们享不着物质上的快乐,只好说物质上的享受是不足羡慕的,而贫贱是可以骄人的。这样自欺自慰成了懒惰的风气,又不足为奇了。于是有狂病的人又进一步,索性回过头去,戕贼身体,断臂,绝食,焚身,以求那幻想的精神的安慰。从自欺自慰以至于自残自杀,人生观变成了人死观,都是从一条路上来的:这条路就是轻蔑人类的基本的欲望。朝这条路上走,逆天而拂性,必至于养成懒惰的社会,多数人不肯努力以求人生基本欲望的满足,也就不肯进一步以求心灵上与精神上的发展了。

·········

我们可以大胆地宣言:西洋近代文明绝不轻视人类的精神上的要求。我们还可以大胆地进一步说:西洋近代文明能够满足人类心灵上的要求的程度，远非东洋旧文明所能梦见。在这一方面看来，西洋近代文明绝非唯物的，乃是理想主义的(Idealistic)，乃是精神的(Spiritual)。

我们先从理智的方面说起。

西洋近代文明的精神方面的第一特色是科学。科学的根本精神在于求真理。人生世间，受环境的逼迫，受习惯的支配，受迷信与成见的拘束。只有真理可以使你自由，使你强有力，使你聪明圣智；只有真理可以使你打破你的环境里的一切束缚，使你戡天，使你缩地，使你天不怕，地不怕，堂堂地做一个人。

求知是人类天生的一种精神上的最大要求。东方的旧文明对于这个要求，不但不想满足他，并且常想裁制他，断绝他。所以东方古圣人劝人要"无知"，要"绝圣弃智"，要"断思惟"，要"不识不知，顺帝之则"。这是畏难，这是懒惰。这种文明，还能自夸可以满足心灵上的要求吗？

东方的懒惰圣人说："吾生也有涯，而知也无涯，以有涯逐无涯，殆已。"所以他们要人静坐澄心，不思不虑，而物来顺应。这是自欺欺人的诳语，这是人类的夸大狂。真理是深藏在事物之中的；你不去寻求探讨，他决不会露面。科学的文明教人训练我们的官能智慧，一点一滴地去寻求真理，一丝一毫不放过，一铢一两地积起来。这是求真理的唯一法门。自然(Nature)是一个最狡猾的妖魔，只有敲打逼拶可以逼她吐露真情。不思不虑的懒人只好永永作愚昧的人，永永走不进真理之门。

·········

我们现在可综合评判西洋近代的文明了。这一系的文明建筑在"求人生幸福"的基础之上，确然替人类增进了不少的物质上的享受；然而他也确然很能满足人类的精神上的要求。他在理智的方面，用精密的方法，继续不断地寻求真理，探索自然界无穷的秘密。他在宗教道德的方面，推翻了迷信的宗教，建立合理的信仰；打倒了神权，建立人化的宗教；抛弃了那不可知的天堂净土，努力建设"人的乐国""人世的天堂"；丢开了那自称的个人灵魂的超拔，尽量用人的新想象力和新智力去推行那充分社会化了的新宗教与新道德，努力谋人类最大多数的最大幸福。

东方的文明的最大特色是知足。西洋的近代文明的最大特色是不知足。

知足的东方人自安于简陋的生活,故不求物质享受的提高;自安于愚昧,自安于"不识不知",故不注意真理的发见与技艺器械的发明;自安于现成的环境与命运,故不想征服自然,只求乐天安命,不想改革制度,只图安分守己,不想革命,只做顺民。

这样受物质环境的拘束与支配,不能跳出来,不能运用人的心思智力来改造环境改良现状的文明,是懒惰不长进的民族的文明,是真正唯物的文明。这种文明只可以遏抑而决不能满足人类精神上的要求。

西方人大不然,他们说"不知足是神圣的"(Divine Discontent)。物质上的不知足产生了今日钢铁世界,汽机世界,电力世界。理智上的不知足产生了今日的科学世界。社会政治制度的不知足产生了今日的民权世界,自由政体,男女平权的社会,劳工神圣的喊声,社会主义的运动。神圣的不知足是一切革新一切进化的动力。

这样充分运用人的聪明智慧来寻求真理以解放人的心灵,来制服天行以供人用,来改造物质的环境,来改革社会政治的制度,来谋人类最大多数的最大幸福,——这样的文明应该能满足人类精神上的要求;这样的文明是精神的文明,是真正理想主义的(Idealistic)文明,决不是唯物的文明。

固然,真理是无穷的,物质上的享受是无穷的,新器械的发明是无穷的,社会制度的改善是无穷的。但格一物有一物的愉快,革新一器有一器的满足,改良一种制度有一种制度的满意。今日不能成功的,明日明年可以成功;前人失败的,后人可以继续助成。尽一份力便有一份的满意;无穷的进境上,步步都可以给努力的人充分的愉快。

——选自胡适:《胡适文集》第 2 卷,花城出版社 2013 年版

(李德强　选编)

中西文明比较

[英]伯特兰·罗素

【解题】

伯特兰·罗素(Bertrand Russell，1872—1970)，英国哲学家、数学家、逻辑学家、历史学家。毕业于剑桥大学，与弗雷格、维特根斯坦和怀特海一同创建了分析哲学。1950年，获得诺贝尔文学奖。代表作品有《幸福之路》《西方哲学史》《数学原理》《物的分析》等。罗素是一个自由主义者，坚持个人的基本自由不应受到侵犯，但又主张对包括言论、出版和宗教的自由以及经营自由等要有所限制。1920年罗素来到中国，正值中国科学与民主呼声高涨，中西文明对话进入新阶段。罗素是以西方文明为参照系来观察中国文明的。

在《中西文明比较》一文中，罗素认为中国是没有宗教的国度，大众生活主要受儒家思想控制，使得大部分中国人安于现状、难有大志。他对孔子和儒家并无好感，但欣赏儒家的礼制。同时，他指出中国文明缺乏科学精神，使得中国落后于西方。出于人道主义及自由主义立场，罗素选择了争取西方对中国的认同感与好感，而不是加强当时西方对中国的偏见与歧视。他以其卓越的洞察力与强烈的批判意识对中国文明进行了深入思考，有些问题至今仍具有借鉴作用。如他指出，中国人必须充分重视日本。日本不仅是中国的祸患，也为中国树立了一面镜子，可以看到自己贫弱的原因。这是极具洞察力的。但罗素对中国的观察也有肤浅之处。如他认为中国人喜欢西方的思想方法，日本人只喜欢西方的机器。实际上，这与当时的情况恰好相反。

今天,在自称天朝帝国的中国,中西文明之间存在着一种密切的交流。这种交流能孕育出一种比目前中西文明更好的新文明呢,还是仅仅毁坏中国本民族的文化,并用美国式的文明取而代之? 这依然是一个令人怀疑的问题。不同文明之间的交流,过去常常被证明是人类文明进步的里程碑。希腊向埃及学习,罗马向希腊学习,阿拉伯向罗马帝国学习,中世纪的欧洲向阿拉伯学习,而文艺复兴的欧洲又向拜占庭帝国学习。许多这样的交流表明,作为落后国家的学生能超过作为先进国家的老师。对于目前中国发生的情形,如果我们把中国人看作是学生,那么中国人一定能再次超过我们西方人。事实上,如同他们向我们学习一样,我们能从他们那里学到许多东西。

　　………

古老的中国文明和西方文明进行交流会带来什么结果呢? 这里我不想谈及政治或经济,只想谈谈这种交流会对中国人的思想概念带来什么影响。但是,绝对脱离政治和经济这两个问题来探讨思想观念是困难的,因为中西文化交往必然受到中西政治和经济交往性质的影响。然而,我希望尽可能单独地考虑文化问题。

当代中国人以极大的热情渴望学得西方的知识,不仅仅是为了富国强民,抵抗西方人的侵略,而且是由于相当多的人们希望从西方文化本身学到有价值的东西。崇尚知识的价值,是中国的传统。但是过去只重视古典文学,现在,人们普遍认识到西方的知识更加实用。每年有许多学生到欧洲上大学,更多的人仍然是去美国,他们到那里去学习科学、经济、法律和政治理论。这些留学欧美的人归国后,大多数人成为教师、政府官员、记者或政治家。他们加速了中国人思想观念的现代化,特别是加速了中国知识分子阶层思想观念的现代化。

中国的传统文明已经变得保守僵化,在艺术和文学的领域内已不能创造出多少有价值的东西。我认为这不是中华民族的任何衰弱造成,仅仅是缺乏新的材料。西方知识的涌入恰恰为中国文明的振兴提供了刺激因素。中国的学生很能干而且特别勤奋。中国高等教育苦于缺乏资金,缺少图书馆,但绝不缺乏最优秀的人才资源。尽管迄今为止中国文明在科学方面有缺陷,但它从来没有包含任何敌视科学的东西。因此。科学知识在中国的普及,将不会遇到像教会在欧洲科学发展中设置的障碍。我敢断言,假如中国人有一个稳定的政府和充裕的资金,那在未来的 30 年内,他们将会在科学上创造出引人注目的成就。他们很可能会超过我们,因为他们具有勤奋向上的精神,具有民族复兴的热情。富有希望的中国表现出来的这种学习热忱,确实使人回想起 15 世纪意大利不朽的文艺复兴精神。

显而易见,中国人与日本人明显区别在于,中国人希望向西方学习的并不是那些能够给他们带来财富和增强军事力量的东西,而是乐意向西方学习具有伦理或社会价值的东西,或者完全是出于一种文化的兴趣。他们对我们西方的文明持批评的态度。一些中国人告诉我,在 1914 年以前他们很少批评西方,然而,西方对中国的侵略战争促使中国人认识到,西方的生活方式必然是不完善的。无论如何,人们习惯上把西方的智慧看成是非常有力的,也有一些年轻人认为布尔什维克主义能给他们带来正在寻求的东西。中国人应当运用一种新的综合的方法,为自己开辟自我挽救之路。日本人采用了我们西方的缺点,并保持了他们自己民族的缺点。但是,难以希望中国人会作出相反的选择,即保持中华民族自己的优点,并采用我们西方的优点。

我想指出,我们西方文明的显著优点是科学的方法;中国人的显著优点是对生活的目标持有一种正确的观念。人们必将期望这两种因素能真正逐渐结合起来。

·········

把中国人在西方寻找的东西与西方人到中国寻找的东西作一个比较是很有趣的。中国人到西方寻求知识,希望知识能为他们提供获得智慧的途径。我担忧他们这样做常常是徒劳的。白种人带着三种动机到中国去;去打仗、赚钱、教中国人改信上帝。这三种动机中最后一种具有理想主义的色彩,因而激励了许多人的英勇献身精神。但是,军人、商人和传教士企图把我们的西方文明强加于中国。所有这三者在一定意义上说都是侵略性的。

中国人无意于强迫我们改信儒教。他们说。"宗教有许多，道理只有一个。"中国人是很好的商人。但是他们经商的方法，完全不同于那些在中国经商的欧洲商人。这些欧洲商人总是不断地在那里寻找租界、垄断商品、铁路、矿藏，并竭力依仗炮舰政策去满足他们的掠夺野心。中国人决不会如此。通常中国的军人并不好战，他们一般知道别人要求他们进行作战的理由，还不值得用打仗来解决问题。这只证明中国人是十分理智的。

我认为，中国人的那种忍耐性，远远超过了欧洲人在本国经历中任何可以想象的限度。我们自以为忍耐，只不过比我们的祖先更自制。……我不否认中国人在与我们西方人不同的生活方向上走得太远了；但我有足够的理由相信，东西方文明的交流将使双方都能获益。中国人可以从我们西方人那里学习不可缺少的讲究最高实际效率的品质，而我们西方人可以从中国人那里学习善于沉思的明智。正是这种沉思的明智使中国的文明得以保持，而其他民族的古代文明却早已消亡。

——选自罗素：《中国人的性格》，王正平译，中国工人出版社 1993年版

（李德强　选编）

我 的 世 界 观

［德］阿尔伯特·爱因斯坦

【解题】

阿尔伯特·爱因斯坦（Albert Einstein，1879—1955），犹太裔物理学家，出生于德国，1932 年移民美国，随后加入美国国籍。爱因斯坦提出了光子理论，创立了狭义相对论和广义相对论，在核物理、天体物理学等方面做出卓越贡献，被认为是与伽利略、牛顿相并列的科学巨匠。1999 年他被美国《时代周刊》评选为"世纪伟人"。爱因斯坦是一位民主主义者，他反对一切战争。在两次世界大战期间，他积极参加各种反战活动，发表了一系列演讲谴责战争、拯救和平。二战结束后，他又为维护世界和平而努力。他也关注中国问题。1922 年 11 月和 12 月，他两次停留上海，接触到中国社会，十分同情中国人民的苦难处境。1931 年"九·一八"事变爆发后，他公开谴责日本对中国的军事侵略。爱因斯坦是一位世界公民，他对中国人民的关注和同情完全建立在人道主义情怀上。

本文 1930 年发表于《论坛与世纪》（*Forum and Century*）第 84 卷，当时采用的题目是《我的信仰》（What I Believe），国内多译作《我的世界观》。文章讨论了人活在这世上的意义。爱因斯坦提出"人是为别人而生存的"观点。他认为人要过简单、纯朴的生活，不要过多占用别人的劳动；以安逸和享乐作为生活目的，那是可鄙的"猪栏的理想"。从民主主义出发，他反对任何形式的专制制度和军国主义。他认为科学家探寻"奥秘的经验"是坚守在真正艺术和真正科学发源地上的基本感情，是"真正的宗教感情"。爱因斯坦否认有意志的、人格化的上帝存在，否认灵魂不朽。他认为科学家的使命是探索世界的奥秘。这些观点对于指导我们的人生观仍具有重要意义。

我们这些总有一死的人的命运是多么奇特呀！我们每个人在这个世界上都只作一个短暂的逗留；目的何在，却无所知，尽管有时自以为对此若有所感。但是，不必深思，只要从日常生活就可以明白：人是为别人而生存的——首先是为那样一些人，他们的喜悦和健康关系着我们自己的全部幸福；然后是为许多我们所不认识的人，他们的命运通过同情的纽带同我们密切结合在一起。我每天上百次地提醒自己：我的精神生活和物质生活都依靠着别人（包括活着的人和已死去的人）的劳动，我必须尽力以同样的分量来报偿我所领受了的和至今还在领受着的东西。我强烈地向往着俭朴的生活，并且时常为发觉自己占用了同胞的过多劳动而难以忍受。我认为阶级的区分是不合理的，它最后所凭借的是以暴力为根据。我也相信，简单淳朴的生活，无论在身体上还是在精神上，对每个人都是有益的。

我完全不相信人类会有那种在哲学意义上的自由。每一个人的行为，不仅受着外界的强迫，而且还要适应内心的必然。叔本华（Schopenhauor）说："人能够做他所想做的，但不能要他所想要的。"这句话从我青年时代起，就对我是一个真正的启示；在我自己和别人生活面临困难的时候，它总是使我们得到安慰，并且永远是宽容的泉源。这种体会可以宽大为怀地减轻那种容易使人气馁的责任感，也可以防止我们过于严肃地对待自己和别人；它还导致一种特别给幽默以应有地位的人生观。

要追究一个人自己或一切生物生存的意义或目的，从客观的观点看来，我总觉得是愚蠢可笑的。可是每个人都有一定的理想，这种理想决定着他的努力和判断的方向。就在这个意义上，我从来不把安逸和享乐看作是生活目的本身——这种伦理基础，我叫它猪栏的理想。照亮我的道路，并且不断地给我新的勇气去愉快地正视生活的理想，是善、美和真。要是没有志同道合者之间的亲切感情，要不是全神贯注于客观世界——那个在艺术和科学工作领域里永远达不到的对象，那末在我看来，生活就会是空虚的。人们所努力追求的庸俗的目标——财产、虚荣、奢侈的生活——我总觉得都是可鄙的。

我对社会正义和社会责任的强烈感觉，同我显然的对别人和社会直接接触的淡漠,两者总是形成古怪的对照。我实在是一个"孤独的旅客",我未曾全心全意地属于我的国家,我的家庭,我的朋友,甚至我最接近的亲人;在所有这些关系面前,我总是感觉到有一定距离并且需要保持孤独——而这种感受正与年俱增。人们会清楚地发觉,同别人的相互了解和协调一致是有限度的,但这不足惋惜。这样的人无疑有点失去他的天真无邪和无忧无虑的心境;但另一方面,他却能够在很大程度上不为别人的意见、习惯和判断所左右,并且能够不受诱惑要去把他的内心平衡建立在这样一些不可靠的基础之上。

我的政治理想是民主主义。让每一个人都作为个人而受到尊重,而不让任何人成为崇拜的偶像。我自己受到了人们过分的赞扬和尊敬,这不是由于我自己的过错,也不是由于我自己的功劳,而实在是一种命运的嘲弄。其原因大概在于人们有一种愿望,想理解我以自己的微薄绵力通过不断的斗争所获得的少数几个观念,而这种愿望有很多人却未能实现。我完全明白,一个组织要实现它的目的,就必须有一个人去思考,去指挥,并且全面担负起责任来。但是被领导的人不应当受到强迫,他们必须有可能来选择自己的领袖。在我看来,强迫的专制制度很快就会腐化堕落。因为暴力所招引来的总是一些品德低劣的人,而且我相信,天才的暴君总是由无赖来继承,这是一条千古不易的规律。就是这个缘故,我总是强烈地反对今天我们在意大利和俄国所见到的那种制度。像欧洲今天所存在的情况,使得民主形式受到了怀疑,这不能归咎于民主原则本身,而是由于政府的不稳定和选举制度中与个人无关的特征。我相信美国在这方面已经找到了正确的道路。他们选出了一个任期足够长的总统,他有充分的权力来真正履行他的职责。另一方面,在德国的政治制度中,我所重视的是,它为救济患病或贫困的人作出了比较广泛的规定。在人类生活的壮丽行列中,我觉得真正可贵的,不是政治上的国家,而是有创造性的,有感情的个人,是人格;只有个人才能创造出高尚的和卓越的东西,而群众本身在思想上总是迟钝的,在感觉上也总是迟钝的。

讲到这里,我想起了群众生活中最坏的一种表现,那就是使我所厌恶的军事制度。一个人能够洋洋得意地随着军乐队在四列纵队里行进，单凭这一点就足以使我对他轻视。他所以长了一个大脑，只是出于误会；单单一根脊髓就可满足他的全部需要了。文明国家的这种罪恶的渊薮，应当尽快加以消灭。由命令而产生的勇敢行为，毫无意义的暴行，以及在爱国主义名义下一切可恶的胡闹，所有这些都使我深恶痛绝！在我看来，战争是多么卑鄙、下流！我宁愿被千刀万剐，也不愿参与这种可憎的勾当。尽管如此，我对人类的评价还是十分高的，我相信，要是人民的健康感情没有被那些通过学校和报纸而起作用的商业利益和政治利益蓄意进行败坏，那末战争这个妖魔早就该绝迹了。

我们所能有的最美好的经验是奥秘的经验。它是坚守在真正艺术和真正科学发源地上的基本感情。谁要是体验不到它，谁要是不再有好奇心也不再有惊讶的感觉，他就无异于行尸走肉，他的眼睛是迷糊不清的。就是这样奥秘的经验——虽然掺杂着恐怖——产生了宗教。我们认识到有某种为我们所不能洞察的东西存在，感觉到那种只能以其最原始的形式为我们感受到的最深奥的理性和最灿烂的美——正是这种认识和这种情感构成了真正的宗教感情；在这个意义上，而且也只是在这个意义上，我才是一个具有深挚的宗教感情的人。我无法想象一个会对自己的创造物加以赏罚的上帝，也无法想象它会有像在我们自己身上所体验到的那样一种意志。我不能也不愿去想象一个人在肉体死亡以后还会继续活着；让那些脆弱的灵魂，由于恐惧或者由于可笑的唯我论，去拿这种思想当宝贝吧！我自己只求满足于生命永恒的神秘，满足于觉察现存世界的神奇的结构，窥见它的一鳞半爪，并且以诚挚的努力去领悟在自然界中显示出来的那个理性的一部分，即使只是其极小的一部分，我也就心满意足了。

——选自许良英等编译：《爱因斯坦文集》第3卷，商务印书馆1979年版

（黄景春、李德强　选编）

【拓展阅读】

1. 〔唐〕玄奘：《大唐西域记》，上海人民出版社 1977 年版。

2. 顾长声：《传教士与近代中国》，上海人民出版社 2004 年版。

3. 朱狄：《信仰时代的文明》，武汉大学出版社 2008 年版。

4. 辜鸿铭：《中国人的精神》，上海三联出版社 2010 年版。

5. ［日］佐藤慎一：《近代中国的知识分子与文明》，刘岳兵译，江苏人民出版社 2011 年版。

6. 许倬云：《中西文明的对照》，浙江人民出版社 2013 年版。

后　记

　　本书是为"文学经典与现代人生"这门大类通识课而编纂的。该课程设想由中文学科富有文学造诣和人生阅历的老师给新入校本科生授课，从文学审美、人生意义、社会理想、自我与社会、情与爱、宗教与信仰以及自然、财富、科技与人生的关系等方面，以文学性、哲理性文本为依托，讨论现代人所面临的内在、外在问题，帮助大学生建立正确的人生观、社会观。经过几年的课堂教学实践，各位老师认为这门课值得继续开设下去。老师和同学们都认为如果有一本教材上课会更方便，于是我们开始着手编订教材。

　　其实，这本教材有一个前身，是王晓明、陈晓兰、蔡锦芳等老师选编的扫描版电子文档集，任课老师提前一周将文本发给学生预习，师生们课堂上阅读文本，讨论相关问题。电子文档集有其便利之处，也有其不便之处。老师和同学们都认为有一本教材更好。于是，中文系就由我牵头，召集八位上课较多的老师，开始编订这本教材。在此过程中，我们听取了王晓明教授的意见，也听取了许道军博士的建议，九位编写者之间也比较充分地交流了各自的想法，包括上这门课的体会。大家多次一起开会，讨论课程板块的设计和课文篇目的选定。我负责制定编写体例，调整部分篇目及其版本，梁奇博士统筹和协调各项编纂工作；然后我们又逐一审订了各篇课文的解题和注释部分。在大家的共同努力下，最终形成了教材如今的面貌。其中难免存在缺失和不足，欢迎各位读者指出。

　　有课文选入的当代作者，我们都尽力联系，教材出版后赠书二册。但仍有作者至今未能联系上，我们仍在努力之中。

　　感谢各位老师，在教材编纂过程中，大家都付出了辛勤的努力！

希望教材的出版为这门大类通识课持续开设提供良好的保障。更期待大学生通过阅读这些课文,通过课堂上的学习和讨论,受到良好的文学熏陶,获得丰富的人生启迪。

黄景春

2019 年 6 月

图书在版编目(CIP)数据

文学经典与现代人生/黄景春主编.—上海：复旦大学出版社，2019.10(2022.7 重印)
ISBN 978-7-309-14540-3

Ⅰ.①文…　Ⅱ.①黄…　Ⅲ.①中国文学-文学欣赏-高等学校-教材　Ⅳ.①I206

中国版本图书馆 CIP 数据核字(2019)第 166158 号

文学经典与现代人生
黄景春　主编
责任编辑/宋启立

复旦大学出版社有限公司出版发行
上海市国权路 579 号　邮编：200433
网址：fupnet@ fudanpress.com　http://www.fudanpress.com
门市零售：86-21-65102580　团体订购：86-21-65104505
出版部电话：86-21-65642845

上海四维数字图文有限公司

开本 787×960　1/16　印张 22.25　字数 303 千
2022 年 7 月第 1 版第 2 次印刷

ISBN 978-7-309-14540-3/I・1183
定价：58.00 元